FANTASY

747
W0250381

Autorin

Patricia A. McKillip war Konzertpianistin, bevor sie sich ganz aufs Schreiben verlegte. Ihre »Erdzauber«-Trilogie gehört zu den wenigen Klassikern der modernen Fantasy und war weltweit ein Bestseller. Patricia McKillip wurde mit dem World Fantasy Award ausgezeichnet und zählt heute zu den profiliertesten Autorinnen des Genres. Patricia McKillip lebt in San Francisco.

Die »Erdzauber«-Trilogie
im Goldmann Verlag

Erdzauber 1:
Die Schule der Rätselmeister (24727)
Erdzauber 2:
Die Erbin von Wasser und Feuer (24728)
Erdzauber 3:
Harfner im Wind (24726)

FANTASY

PATRICIA MCKILLIP

ERDZAUBER

1

DIE SCHULE DER RÄTSELMEISTER

DER FANTASY-KLASSIKER

Aus dem Amerikanischen
von Mechtild Sandberg

GOLDMANN

Die amerikanische Originalausgabe erschien 1976
unter dem Titel »The Riddle-Master of Hed«

Umwelthinweis:
Alle bedruckten Materialien dieses Taschenbuches
sind chlorfrei und umweltschonend.
Das Papier enthält Recycling-Anteile.

Der Goldmann Verlag
ist ein Unternehmen der Verlagsgruppe Bertelsmann

Neuausgabe 5/97
Copyright © der Originalausgabe 1976
by Patricia A. McKillip
Copyright © der deutschsprachigen Ausgabe 1997
by Wilhelm Goldmann Verlag, München
Umschlaggestaltung: Design Team München
Umschlagillustration: Firuz Askin
Satz: IBV Satz- und Datentechnik GmbH, Berlin
Druck: Elsnerdruck, Berlin
Verlagsnummer: 24727
SN / Redaktion: Harry Vogeler
Herstellung: Peter Papenbrok
Made in Germany
ISBN 3-442-24727-6

1 3 5 7 9 10 8 6 4 2

Für Carol
Die ersten elf Kapitel

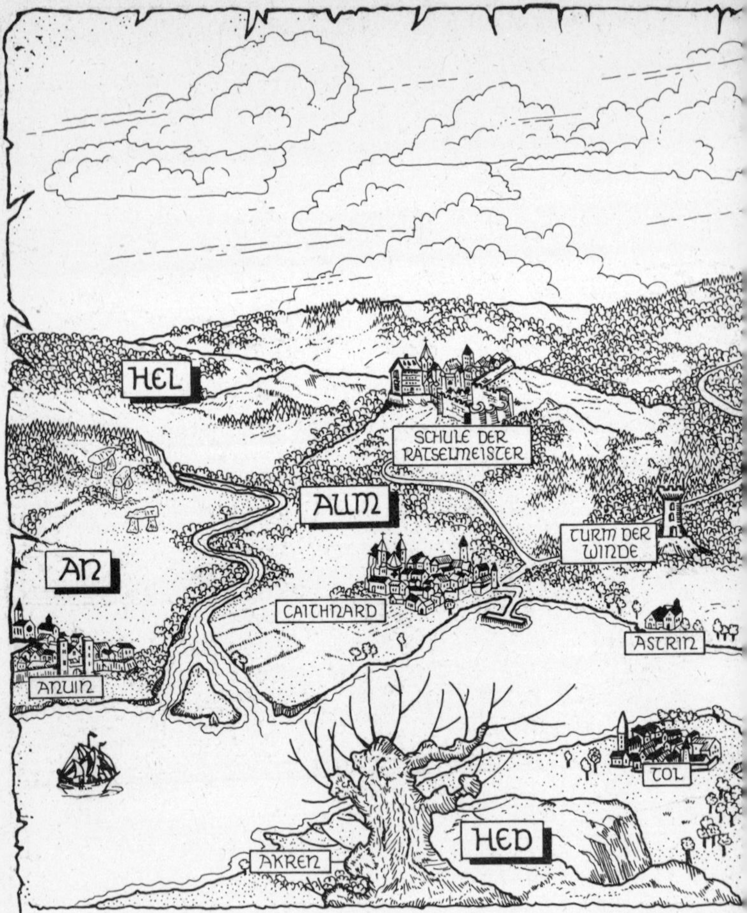
HEL
SCHULE DER RÄTSELMEISTER
AUM
AN
TURM DER WINDE
CAITHNARD
ASTRIN
ANUIN
TOL
HED
AKREN

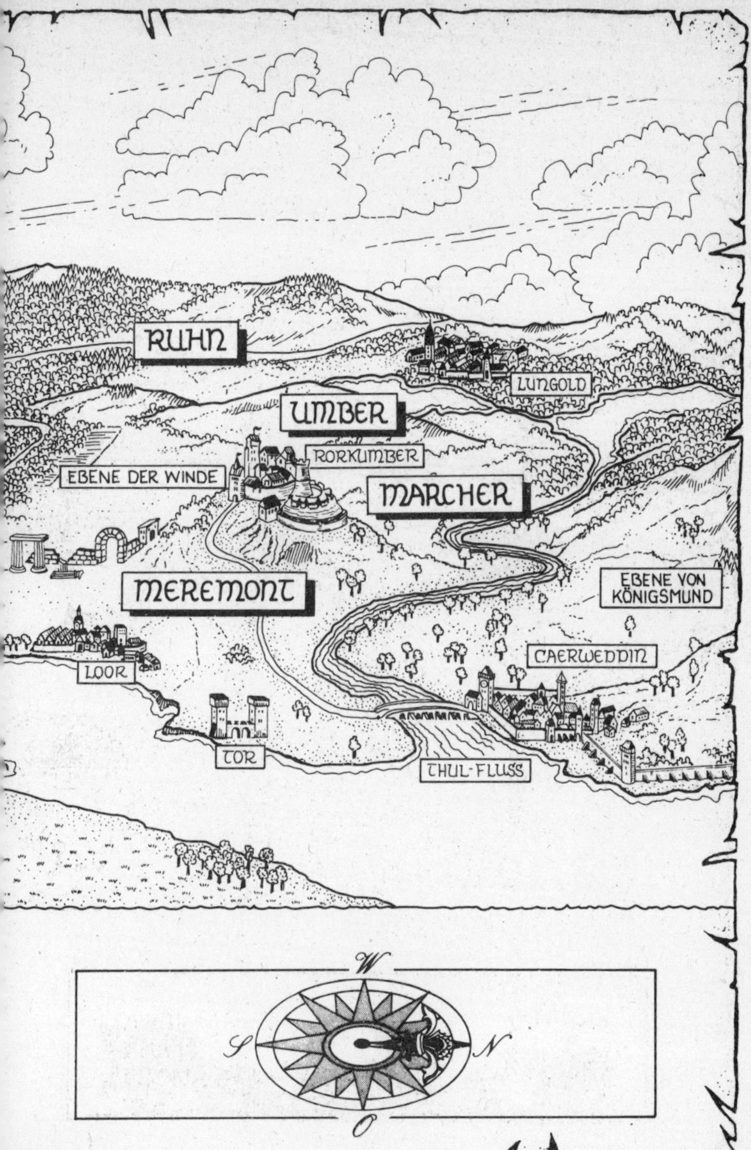
RUHN
LUNGOLD
UMBER
RORKUMBER
EBENE DER WINDE
MARCHER
MEREMONT
EBENE VON KÖNIGSMUND
CAERWEDDIN
LOOR
TOR
THUL-FLUSS
W
S
N
O

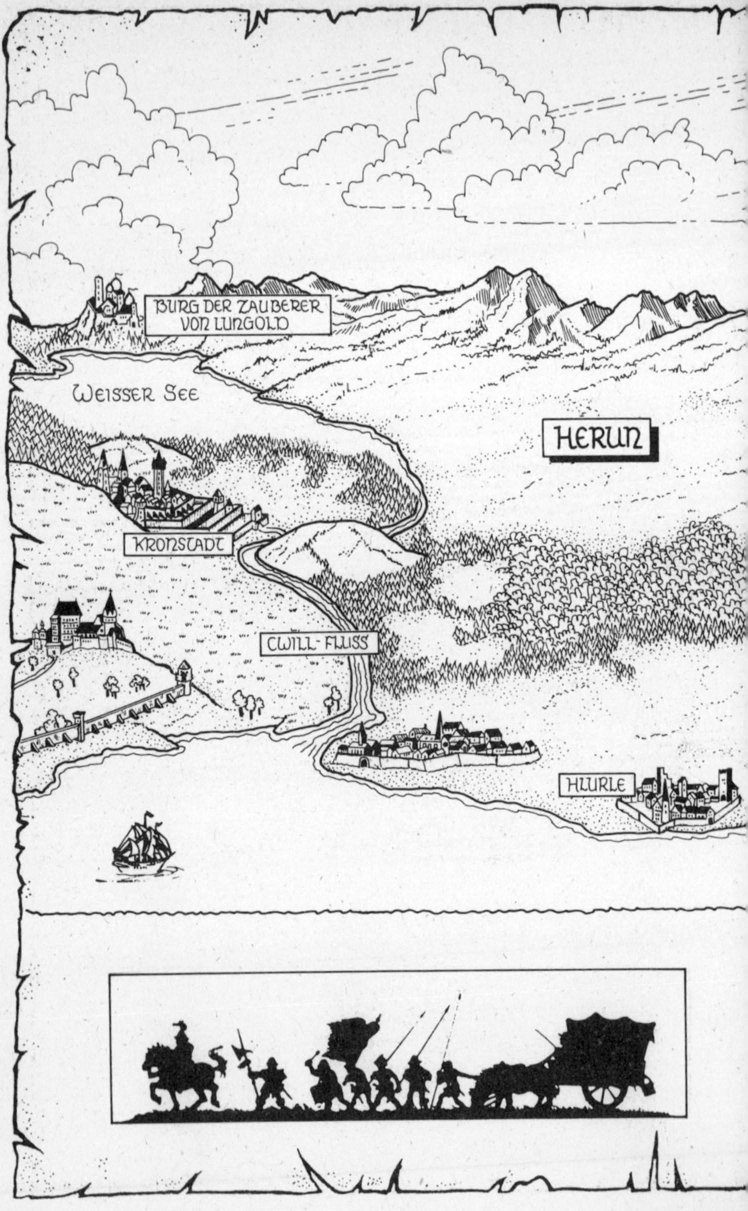
BURG DER ZAUBERER
VON LUNGOLD
WEISSER SEE
HERUN
KRONSTADT
CWILL-FLUSS
HLURLE

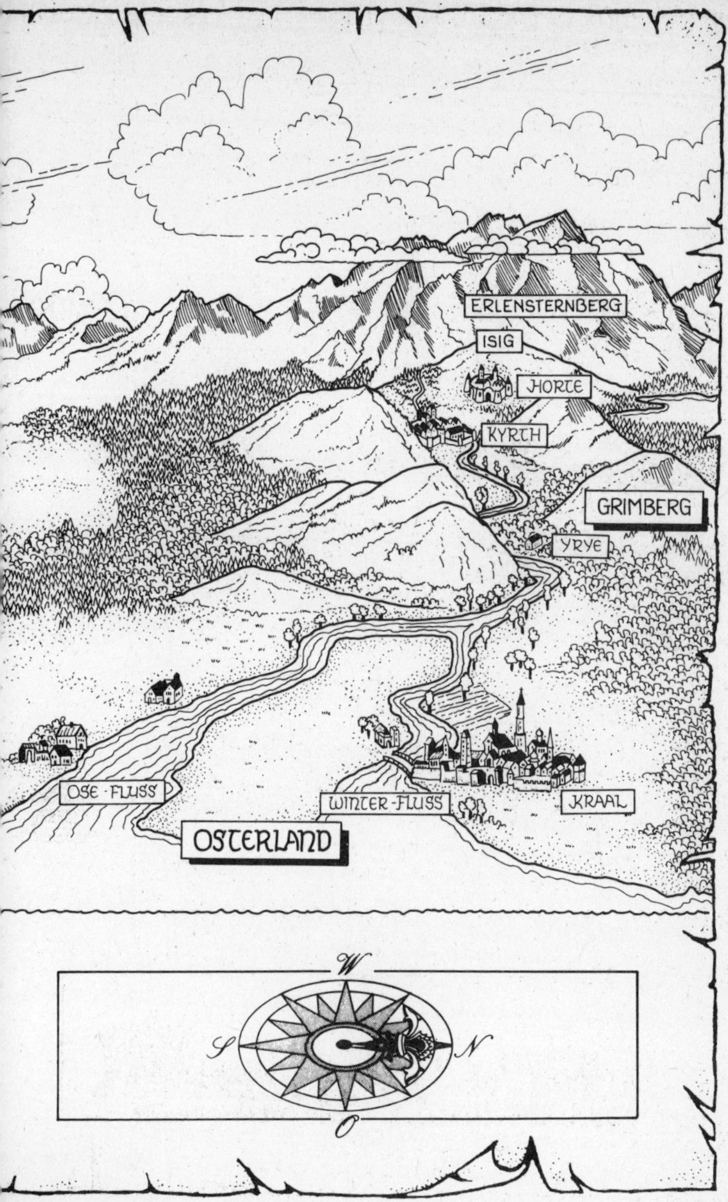

ERLENSTERNBERG
ISIG
HORTE
KYRTH
GRIMBERG
YRYE
OSE-FLUSS
WINTER-FLUSS
KRAAL
OSTERLAND
W
S
N
O

1

Morgon von Hed begegnete dem Harfner des Erhabenen an einem Herbsttag in Tol, als dort, wie alle Jahre um diese Zeit, die Handelsschiffe zum Austausch der Güter anlegten. Ein kleiner Junge sichtete in der Ferne die rundbäuchigen Schiffe, die sich mit windgeblähten Segeln, rot, blau und grün gestreift, zwischen winzigen Fischerbooten ihren Weg bahnten, und er rannte die Küste hinauf von Tol nach Akren, dem Hause Morgons, des Herrschers von Hed. Dort platzte er mitten in einen Streit hinein, übermittelte seine Botschaft und ließ sich an einem der langen, fast leeren Tische nieder, um zu ergattern, was noch vom Frühstück übrig war. Der Herrscher von Hed, mitgenommen noch vom vergangenen Abend, als er mit seinen Leuten zwei Wagen mit Bier beladen hatte, die zum Handelsplatz gebracht werden sollten, blickte mit blutunterlaufenem Auge über die Tische und rief seine Schwester.

»Aber, Morgon«, sagte Harl Stein, einer seiner Bauern, das Haar so grau wie ein Mühlstein und der Körper so plump wie ein Sack Getreide, »was ist mit dem weißen Stier aus An, den Ihr haben wolltet? Der Wein kann warten —«

»Und was«, gab Morgon zurück, »ist mit dem Getreide, das noch in Wyndon Amorys Scheune in Ost-Hed liegt? Es muß nach Tol gebracht werden, zu den Händlern. Warum bleibt hier immer alles liegen?«

»Wir haben das Bier aufgeladen«, erinnerte ihn sein Bruder Eliard, kläräugig und boshaft.

»Danke. Wo ist Tristan? Tristan!«

»Was denn!« sagte Tristan von Hed zornig hinter ihm. Sie

hielt die Enden ihrer dunklen, noch nicht fertig geflochtenen Zöpfe in den Fäusten.

»Nimm den Wein jetzt und den Stier im nächsten Frühjahr«, schlug voller Eifer Meister Cannon vor, der mit Morgon aufgewachsen war. »Wir sind knapp an Herun-Wein; wir haben kaum genug für den Winter.«

Mit einem Blick auf Tristan rief Eliard: »Ha, ich wünschte, ich hätte nichts Besseres zu tun, als den ganzen Morgen herumzusitzen, mir das Haar zu flechten und mein Gesicht mit Buttermilch zu waschen.«

»Ich wasche mich wenigstens. Du riechst wie ein ausgelaufenes Faß Bier. Alle riecht ihr so. Und wer hat den Boden so schmutzig gemacht?«

Sie blickten zu ihren Füßen hinunter.

Im Jahr zuvor noch war Tristan ein mageres, braunes Ding gewesen, das gern barfuß auf Mauern kletterte und durch die Zähne pfiff. Dieser Tage stand sie viel vor dem Spiegel und beäugte stirnrunzelnd ihr Gesicht und jeden, den der Spiegel einfing. Sie ließ ihren unwilligen Blick von Eliard zu Morgon wandern.

»Weshalb hast du nach mir gebrüllt?«

Der Herrscher von Hed schloß die Augen.

»Verzeih mir, ich wollte nicht brüllen. Ich wünsche nur, daß du die Tische abräumst und neu aufdeckst. Stell Krüge mit Milch und Wein hin, laß in der Küche Platten mit Fleisch, Käse, Obst und Gemüse richten, flechte dein Haar, zieh dir Schuhe an und wisch den Schmutz vom Boden auf. Die Händler kommen.«

»Ach, Morgon…« jammerte Tristan.

Morgon wandte sich Eliard zu.

»Und du reitest nach Ost-Hed und bestellst Wyndon, er soll sein Getreide nach Tol schaffen.«

»Morgon! Das ist ein Tagesritt!«

»Ich weiß. Darum wird es Zeit, daß du aufbrichst.«

Reglos und mit geröteten Gesichtern standen sie da, während Morgons Bauern mit unverhohlener Erheiterung zusahen. Sie waren einander nicht ähnlich, die drei Kinder von Athol von Hed und Spring Eichenland. Tristan mit dem widerspenstigen schwarzen Haar und dem kleinen, herzförmigen

Gesicht glich eher der Mutter. Eliard, zwei Jahre jünger als Morgon, hatte Athols breite Schultern und schwere Knochen geerbt und dessen blasses, federleichtes Haar. Morgon, Haar und Augen von der Farbe hellen Bieres, glich der Großmutter, die den Alten noch als eine ranke, stolze Frau aus Süd-Hed in Erinnerung war: Lathe Walts Tochter. Sie hatte die Leute genau so ansehen können, wie Morgon jetzt Eliard ansah, unbeteiligt, wie ein Fuchs, der von einem Häufchen Hühnerfedern aufsieht.

Eliard blähte die Wangen wie einen Blasebalg und seufzte. »Wenn ich ein Pferd aus An hätte, könnte ich bis zum Nachtmahl hin und zurück sein.«

»Ich reite hinüber«, sagte Meister Cannon. Ein Hauch von Farbe überzog sein Gesicht.

»Ich mach es schon«, versetzte Eliard.

»Nein. Ich möchte gern — ich habe Arin Amory eine ganze Weile nicht gesehen. Ich reite hinüber.« Er sah Morgon an.

»Mir ist es gleich«, erklärte Morgon. »Vergiß nur nicht, warum du hinüberreitest. Eliard, du hilfst in Tol beim Laden. Grim, dich brauche ich an meiner Seite, wenn es ans Feilschen geht — das letzte Mal habe ich allein verhandelt und hätte beinahe drei Ackergäule gegen eine Harfe ohne Saiten eingetauscht.«

»Wenn du dir eine Harfe holst«, fuhr Eliard dazwischen, »dann möchte ich ein Pferd aus An.«

»Und ich muß unbedingt Tuch aus Herun haben«, verkündete Tristan. »Morgon, ich brauch es wirklich. Orangefarbenes Tuch. Außerdem brauche ich dünne Nadeln und ein Paar Schuhe aus Isig und silberne Knöpfe und —«

»Was glaubst du wohl«, unterbrach Morgon, »was auf unseren Feldern wächst?«

»Ich weiß, was auf unseren Feldern wächst. Ich weiß auch, was ich seit sechs Monaten unter deinem Bett hin und her kehre. Ich finde, du solltest das Ding entweder aufsetzen oder verkaufen. Der Staub liegt schon so dick darauf, daß man nicht einmal mehr die Farben der Edelsteine erkennen kann.«

Flüchtige, unerwartete Stille senkte sich über die Halle. Mit verschränkten Armen stand Tristan da, und ihre Zöpfe lösten sich. Sie trug ihren Kopf herausfordernd, doch in ihren Augen war ein Schatten von Unsicherheit, als sie Morgon ins Gesicht blickte.

Eliard hing der Mund offen. Er klappte ihn so heftig zu, daß seine Zähne aufeinanderschlugen.

»Was für Edelsteine?«

»Es ist eine Krone«, erklärte Tristan. »In einem Buch von Morgon habe ich ein Bild von einer Krone gesehen. Könige tragen Kronen.«

»Ich weiß, was eine Krone ist.« Ehrfürchtig starrte er Morgon an. »Was hast du dafür gegeben? Die Hälfte von Hed?«

»Ich wußte gar nicht, daß dir an einer Krone so viel liegt«, bemerkte Meister Cannon verwundert. »Dein Vater hat niemals eine gehabt. Dein Großvater hatte keine. Dein —«

»Cannon«, fiel ihm Morgon ins Wort. Er hob die Hände und legte sie über seine Augen. Sein Gesicht war blutrot. »Kern hatte eine.«

»Wer?«

»Kern von Hed. Er war unser Ur-Ur-Ur-Ur-Ur-Ur-Ur-Ur-Großvater. Nein. Noch ein ›Ur‹ dazu. Sie war aus Silber mit einem grünen Edelstein, der wie ein Kohlkopf geformt war. Eines Tages tauschte er sie gegen zwanzig Fässer Herun-Wein ein und löste dadurch —«

»Lenke jetzt nicht ab«, fuhr Eliard ihn scharf an. »Woher hast du sie? Hast du sie eingetauscht? Oder hast du sie —?« Er brach ab.

Morgon nahm die Hände von seinen Augen.

»Habe ich was?«

»Nichts. Sieh mich nicht so an. Du willst schon wieder ablenken. Du hast sie eingetauscht oder du hast sie gestohlen oder du hast jemanden für sie umgebracht —«

»Aber, aber —« ließ sich Grim Eichenland, Morgons behäbiger Verwalter, beschwichtigend vernehmen.

»Oder du hast sie ganz einfach eines Tages in der Futterraufe gefunden wie eine tote Ratte. Wie war es?«

»Ich habe keinen umgebracht!« schrie Morgon. Das Töpfeklappern in der Küche brach plötzlich ab. Morgon senkte die Stimme und fügte ärgerlich hinzu: »Was willst du mir vorwerfen?«

»Ich habe ja gar nicht —«

»Ich habe nichts Böses getan, um diese Krone zu gewinnen; ich habe nichts für sie gegeben, was nicht mir gehörte; ich habe sie nicht gestohlen —«

»Ich wollte ja gar nicht —«

»Sie gehört mir von Rechts wegen. Welches Recht ich darauf habe, darauf hast du noch gar keine Antwort versucht. Du stehst vor einem Rätsel. Vier Lösungen hast du angeboten, und alle vier waren falsch. Wäre ich beim Rätselraten auch so ein Tolpatsch, so stünde ich jetzt nicht hier. Ich gehe jetzt hinunter nach Tol, um die Händler willkommen zu heißen. Du kannst ja nachkommen, wenn du beschließen solltest, heute morgen auch etwas zu arbeiten.«

Er wandte sich ab. Er kam nur bis zu der Treppe vor dem Haus. Eliard, hochrot im Gesicht, löste sich aus der Gruppe, die erstarrt dastand, schoß wie der Blitz durch die große Stube, schlang seine Arme um Morgon und riß ihn von der Treppe herunter, so daß er mit dem Gesicht im Schmutz zu liegen kam.

Hühner und Gänse stoben gackernd und schnatternd auseinander. Die Bauern, der kleine Junge aus Tol, die Frau am Herd und das Mädchen, das das Geschirr spülte, drängten augenblicklich zur Tür.

Morgon, dem der harte Aufprall auf der Erde alle Luft aus den Lungen gepreßt hatte, lag ganz still und rang nach Atem, während Eliard ihn zwischen zusammengebissenen Zähnen hindurch anzischte: »Bist du nicht fähig, eine einfache Frage zu beantworten? Was hast du gemeint, als du sagtest, wenn du beim Rätselraten so ein Tolpatsch wärest, dann stündest du jetzt nicht hier? Morgon, was hast du getan, um diese Krone zu gewinnen? Woher hast du sie? Was hast du dafür getan? Ich schwöre dir, ich werde —«

Benommen hob Morgon den Kopf.

»Ich habe sie mir in einem Turm geholt.«

Blitzartig fuhr er herum, riß Eliard aus dem Gleichgewicht und stieß ihn in einen von Tristans Rosenbüschen.

Der Kampf war kurz und verbissen. Morgons Bauern, die bis zum vergangenen Lenz unter Athols ruhiger und sicherer Herrschaft gestanden hatten, sahen halb entsetzt, halb belustigt zu, wie der Fürst von Hed bäuchlings durch eine Schlammpfütze rutschte, taumelnd wieder aufsprang und sich, den Kopf gesenkt wie ein gereizter Stier, auf seinen Bruder stürzte. Eliard riß sich los und holte zum Gegenangriff aus. Der treffsicher geführte Schlag seiner Faust klang durch den stillen Morgen wie das Krachen einer Axt, die einen Baumstamm spaltet. Morgon kippte um wie ein Mehlsack.

Sogleich fiel Eliard neben dem reglos Daliegenden zu Boden und rief erschrocken: »Es tut mir leid. Es tut mir leid. Morgon, habe ich dir weh getan?«

Und Tristan leerte in wortloser Wut einen Eimer Milch über ihren Köpfen aus.

Von der Veranda her kam ein seltsam prustendes Wimmern, als Meister Cannon sich auf einer Stufe niederhockte und sein Gesicht in die Knie drückte. Eliard blickte auf seinen schmutzverschmierten, durchweichten Kittel. Vergeblich strich er mit den Händen darüber.

»Fein hast du das gemacht«, erklärte er erbittert. »Morgon?«

»Ihr habt meinen Rosenbusch umgeknickt«, gab Tristan zurück. »Und schau doch, was du Morgon vor allen anderen angetan hast.«

Sie kauerte neben Morgon auf der morastigen Erde nieder und wischte sein Gesicht mit der Schürze ab. Morgon blinzelte benommen. Milchtröpfchen hingen an seinen Wimpern. Eliard hockte sich auf die Fersen.

»Morgon, es tut mir leid. Aber glaub nicht, daß du so der Frage ausweichen kannst.«

Morgon blieb noch einen Moment still liegen, dann hob er vorsichtig eine Hand und betastete seinen Mund.

»Was ist — um was für eine Frage geht es denn?« krächzte er heiser.

»Ach, laß gut sein«, erwiderte Tristan. »Eine Prügelei ist es sicherlich nicht wert.«

»Was ist das für ein Zeug in meinem Gesicht und auf meinem Kittel?«

»Milch.«

»Es tut mir wirklich leid«, beteuerte Eliard wieder. Er schob eine stützende Hand unter Morgons Schulter, doch Morgon schüttelte den Kopf.

»Laß mich noch ein Weilchen hier liegen. Warum bist du überhaupt auf mich losgegangen? Erst behauptest du, ich hätte jemanden umgebracht, dann drischst du auf mich ein und schüttest mir eine Ladung Milch über den Kopf. Sie ist sauer. Saure Milch. Du hast mir saure Milch —«

»Das war ich«, fiel Tristan ihm ins Wort. »Es war die Milch für die Schweine. Du hast Eliard in meinen Rosenbusch geschmissen.« Wieder betupfte sie Morgons Mund mit ihrer Schürze. »Vor allen Leuten. Ich schäme mich zu Tode.«

»Was hab ich denn getan?« fragte Morgon.

Eliard seufzte und rieb mit der Hand über eine empfindliche Stelle an seinem Brustkorb.

»Du hast mich wütend gemacht, als du so mit mir sprachst. Du bist glatt und schlüpfrig wie ein Fisch, aber eines ist mir nicht entgangen. Im vergangenen Lenz hast du dir eine Krone geholt, die dir nicht zusteht. Du sagtest, wenn du beim Rätselraten so tolpatschig wärst wie ich, würdest du jetzt nicht hier stehen. Ich möchte wissen, warum. Warum?«

Morgon schwieg. Nach einer kleinen Weile setzte er sich auf, zog die Knie an, senkte seinen Kopf auf sie nieder.

»Tristan, warum mußtest du dir ausgerechnet diesen Tag aussuchen, um das zur Sprache zu bringen?«

»Ja, gib ruhig mir die Schuld«, versetzte Tristan ohne Groll. »Ich laufe mit Flicken auf den Ellbogen herum, und du hast Perlen und Edelsteine unter deinem Bett.«

»Du brauchtest keine Flicken auf deinen Kleidern, wenn du dir bei Narly Stein ein paar Sachen nähen lassen würdest, die passen. Du wächst einfach —«

»Lenk doch nicht dauernd ab!«

Morgon hob den Kopf. »Schrei mich nicht an.« Über Eliards Schulter hinweg blickte er auf die Reihe wie gebannt dastehender Gestalten und seufzte. Er fuhr sich mit beiden Händen über das Gesicht und zog die Finger durch sein Haar. »Ich habe die Krone bei einem Rätselkampf gewonnen, den ich in An mit einem Geist austrug.«

»Oh!« Eliards Stimme wurde wieder laut. »Mit einem was?«

»Mit dem Geist Pevens, des Herrn von Aum. Die Krone unter meinem Bett ist die Krone der Könige von Aum. Vor sechshundert Jahren eroberte Oen von An ihr Königreich. Peven ist fünfhundert Jahre alt. Er lebt in einem Turm, in den er von Oen und den Königen von An verbannt wurde.«

»Wie sieht er aus?« fragte Tristan. Ehrfürchtige Scheu schwang in ihrer Stimme.

Morgon zuckte leicht die Achseln; seine Augen waren den anderen verborgen.

»Er ist ein Greis. Ein alter Fürst, dessen Augen die Antworten auf tausend Rätsel bergen. Einst wettete er, daß keiner in einem Rätselkampf mit ihm siegen könnte. Die Wette hat immer noch Gültigkeit. Da bin ich mit den Händlern hinübergefahren und habe ihn herausgefordert. Er sagte, große Fürsten von Aum, An und Hel — den heutigen drei Teilen von An — und selbst Rätselmeister von Caithnard hätten ihn schon herausgefordert, niemals aber ein Bauer aus Hed. Ich erwiderte ihm, ich hätte viel gelesen. Darauf spielten wir. Und ich gewann. Da hab ich die Krone mit nach Hause gebracht und sie unter mein Bett gelegt, um später zu beschließen, was ich mit ihr anfangen würde. Nun, war dies das ganze Gebrüll wert?«

»Er mußte seine Krone geben, als er verlor«, sagte Eliard ruhig. »Was hättest du geben müssen, wenn du verloren hättest?«

Vorsichtig betastete Morgon seine aufgeplatzte Lippe. Seine Augen schweiften zu den Feldern hinter Eliard. »Nun«, antwortete er schließlich. »Weißt du, ich mußte gewinnen.«

Mit einem Ruck richtete sich Eliard auf. Die Hände zu Fäusten geballt, trat er zwei große Schritte von Morgon weg. Dann drehte er sich um, kam langsam zurück und setzte sich wieder nieder.

»Na!«

»Fang nicht wieder an«, bat Tristan.

»Ich bin kein Narr«, widersprach Morgon. »Ich habe ja den Kampf gewonnen, oder nicht?« Sein Gesicht war reglos, seine Augen lagen ruhig auf Eliards Gesicht, schienen aber in die Ferne zu blicken. »Kern von Hed, der Prinz mit dem Kohlkopf in der Krone —«

»Lenk nicht —«

»Das tue ich ja gar nicht. Kern von Hed, dem einzigen Herrscher von Hed, der außer mir eine Krone besaß, geschah es eines Tages, daß er von einem Ding verfolgt wurde, das keinen Namen hatte. Vielleicht war es die Wirkung des Herun-Weins. Immer wieder, unaufhörlich, rief das Ding seinen Namen. Er lief vor ihm weg, rannte in sein Haus mit sieben Zimmern und sieben Türen und verschloß jede Tür hinter sich, bis er zum innersten Gemach gelangte, aus dem es kein Entkommen mehr gab. Und er hörte, wie eine Tür nach der anderen aufgerissen und jedesmal sein Name gerufen wurde. Er zählte das Öffnen der Türen und kam bis sechs, und sechsmal wurde sein Name gerufen. Dann wurde vor der siebenten Tür wieder sein Name gerufen; aber das Ding rührte die Tür nicht an. Verzweifelt wartete er darauf, daß es eindringen würde, doch das tat es nicht. Da wurde er ungeduldig, fieberte danach, daß das Ding eintreten sollte, aber es kam nicht. Schließlich streckte er den Arm aus und öffnete die Tür selbst. Das Ding war fort. Und er konnte sich nur bis an das Ende seiner Tage immer wieder fragen, was das für ein Ding gewesen war, das ihn gerufen hatte.«

Morgon schwieg.

»Und? Was war es?« fragte Eliard, ohne es zu wollen.

»Kern öffnete die Tür nicht. Dies ist das einzige Rätsel, das in Hed seinen Ursprung hat. Im Sinne der Rätselmeister von Caithnard ist die Lehre daraus diese: Löse das ungelöste Rätsel. Also tue ich es.«

»Das ist nicht dein Geschäft! Du sollst das Land bestellen, nicht bei einem törichten Rätselwettbewerb mit einem Geist dein Leben einsetzen für eine Krone, die wertlos ist, weil du sie unter deinem Bett versteckt hältst. Hast du eigentlich an uns gedacht? Bist du vor oder nach dem Tod unserer Eltern dort hinübergefahren? Vorher oder nachher?«

»Nachher«, warf Tristan ein.

Eliards Faust schlug klatschend in eine Pfütze Milch.

»Ich hab es gewußt.«

»Ich bin ja zurückgekommen.«

»Und wenn du nicht zurückgekommen wärst?«

»Aber ich bin ja zurückgekommen! Warum versuchst du nicht zu begreifen, anstatt dich so zu benehmen, als wäre dein Hirn mit Eichenbrettern vernagelt? Athols Sohn, der sein Haar und seine Augen und seinen Blick —«

»Nein!« rief Tristan scharf.

Eliards erhobene Faust blieb in der Luft hängen. Morgon senkte sein Gesicht wieder auf seine Knie. Eliard schloß die Augen.

»Was glaubst du, warum ich so zornig bin?« flüsterte er.

»Ich weiß es.«

»Glaubst du? Sogar — sogar nach sechs Monaten noch warte ich darauf, ganz überraschend ihre Stimme zu hören, oder ihn aus der Scheune oder im Abendlicht von den Feldern kommen zu sehen. Und du? Woher soll ich jetzt wissen, daß du zurückkommen wirst, wenn du Hed das nächste Mal verläßt? Um einer lumpigen Krone willen hättest du in jenem Turm sterben können, und wir hätten dagestanden und hätten bis in alle Ewigkeit auf deinen Geist warten können. Schwöre, daß du so etwas nie wieder tun wirst.«

»Das kann ich nicht.«

»Doch, das kannst du.«

Morgon hob den Kopf und sah Eliard an.

»Wie kann ich dir ein Versprechen geben, und mir selbst ein anderes? Aber dies will ich dir schwören: Ich werde stets zurückkommen.«

»Wie kannst du —?«

»Ich schwöre es.«

Eliard starrte zu Boden.

»Das kommt nur daher, weil er dich auf jene Schule gehen ließ. Da hat man dieses Durcheinander in deinem Geist angerichtet, so daß du nicht mehr weißt, was wichtig ist und was nicht.«

»Ja, das kann sein«, gab Morgon müde zurück. Er blickte zur Sonne hinauf. »Der halbe Vormittag ist um, und wir sitzen hier im Dreck mit saurer Milch in den Haaren. Warum hast du so lange gewartet, ehe du mich nach der Krone fragtest?« wandte er sich an Tristan. »Das sieht dir gar nicht ähnlich.«

Sie zog die Schultern hoch, den Kopf abgewandt. »Ich hab an dem Tag, als du mit ihr zurückkamst, dein Gesicht gesehen. Was willst du mit ihr anfangen?«

Er strich sich eine Haarsträhne aus den Augen.

»Ich weiß es nicht. Ich denke, irgend etwas sollte ich mit ihr anfangen.«

Schwerfällig stand er auf und gewahrte Cannon, der auf der Veranda saß. »Ich dachte, du wolltest nach Ost-Hed«, sagte er mit Nachdruck.

»Ich mach mich ja schon auf den Weg«, gab Cannon vergnügt zurück. »Wyndon Amory würde mir niemals verzeihen, wenn ich mir das hier nicht bis zum Ende angesehen hätte. Hast du noch alle Zähne?«

»Ich glaube schon.« Die Gruppe an der Tür geriet in Bewegung, löste sich unter seinem Blick auf. Er bückte sich und zog Eliard auf die Füße. »Wie ist dir?«

»Wie soll einem schon sein, wenn man durch einen Rosenbusch gerollt ist? Ich weiß gar nicht, ob ich noch einen frischen Kittel habe.«

»Den hast du«, bemerkte Tristan. »Ich habe gestern deine Kleider gewaschen. Im Haus sieht es schlimm aus; ihr — wir alle sehen schlimm aus, und gleich treffen die Händler ein, dann kommen alle Frauen zu uns herüber, um sich ihre Waren in unserer schmutzigen Halle anzusehen. Ich schäme mich zu Tode.«

»Früher war dir das doch immer gleich«, meinte Eliard. »Und jetzt schimpfst du ständig. Mit schmutzigen Füßen bist du herumgelaufen, die Röcke voller Hundehaare.«

»Das war damals«, gab Tristan frostig zurück, »als noch jemand da war, der sich um das Haus kümmerte. Jetzt ist niemand mehr da. Ich gebe mir die größte Mühe.«

Wie ein Wirbelwind stob sie davon, und die Hühner flatterten vor ihren Füßen auseinander. Eliard betastete sein steifes Haar und seufzte.

»Mein Hirn *ist* mit Eichenbrettern vernagelt. Wenn du für mich pumpst, dann will ich für dich pumpen.«

Hinter dem Haus kleideten sie sich aus und wuschen sich. Danach machte sich Eliard auf den Weg zu Grim Eichenlands Hof, um beim Aufladen des Getreides zu helfen. Morgon aber schritt durch die Stoppelfelder zur Küstenstraße, die nach Tol führte.

Mit gerefften Segeln warteten die drei Handelsschiffe im Hafen. Sie hatten gerade erst angelegt. Krachend fiel eine Rampe herab, als Morgon auf den Kai trat; ein Seemann führte ein Pferd herunter, eine prachtvolle, langbeinige Stute, die in An gezüchtet war, rabenschwarz, mit blitzendem Zaumzeug, an dem Edelsteine funkelten. Die Händler winkten ihm grüßend vom Bug eines der Schiffe, und er ging ihnen entgegen, als sie von Bord kamen.

Eine farbenfrohe Gruppe war das: Einige trugen die langen, schmalen Röcke in Orange und Rot aus Herun, andere die bauschigen Gewänder aus An oder die knapp sitzenden, prächtig bestickten Kittel aus Ymris. Sie waren behangen mit Ringen und Ketten aus Isig, trugen pelzgefütterte Mützen aus Osterland, die sie, ebenso wie Kupferbroschen und Messer mit Elfenbeingriffen, den Kindern schenkten, die sie mit großen Augen ein wenig scheu umdrängten. Die Schiffe trugen neben anderen Dingen Eisen aus Isig und Wein aus Herun.

Grim Eichenland erschien ein wenig später, als Morgon schon den Wein probierte.

»Ich kann mir vorstellen, daß Ihr danach einen Schluck braucht«, bemerkte er.

Morgon verzog den Mund zu einem Lächeln, wurde dann aber anderen Sinnes.

»Ist das Getreide aufgeladen?«

»Fast. Harl Stein bringt die Wolle und die Häute zu Eurer Scheune herunter. Ihr wäret klug, alles Metall zu nehmen, das sie mit sich führen.«

Morgon nickte, während seine Augen wieder zu der Rappstute schweiften, die am Kaigeländer festgebunden war. Einer von der Schiffsbesatzung schleppte einen Sattel vom Boot und legte ihn neben dem Pferd über das Geländer. Morgon wies mit der Hand, die den Becher hielt, hinüber.

»Wem gehört die Stute? Es scheint, als wäre da jemand mit den Händlern gekommen. Oder aber Eliard hat sie insgeheim gegen Akren eingetauscht.«

»Ich weiß es nicht«, antwortete Grim und zog die mit Grau gesprenkelten rötlichen Augenbrauen hoch. »Es geht mich nichts an, Junge, aber Ihr solltet Euch von den Pflichten, die Euch von Geburt her auferlegt sind, nicht von den Neigungen Eures Herzens ablenken lassen.«

Morgon trank einen Schluck Wein.

»Sie lenken mich nicht davon ab.«

»Es wäre schlimm, wenn Ihr sterben würdet.«

Er zuckte die Achseln.

»Eliard ist ja auch noch da.«

Grim stieß einen tiefen Seufzer aus.

»Ich habe Eurem Vater immer gesagt, daß er Euch nicht auf diese Schule schicken soll. Daß es Euren Sinn verwirren würde. Aber er wollte nicht auf mich hören. Ich habe ihm vor Augen gehalten, daß es falsch war, Euch so lange von Hed fortgehen zu lassen; nie zuvor hat es so etwas gegeben, und ich wußte, daß nichts Gutes dabei herauskommen würde. Ich haue recht. Es ist nichts Gutes dabei herausgekommen. Gleich seid Ihr aufgebrochen in ein fernes Land, um Rätselkämpfe auszutragen, und das mit — mit einem Mann, dem es besser anstünde, still in seiner Gruft zu liegen, wo er doch schon tot und begraben ist. Das ist nicht gut. Das ist nicht — solche Neigungen sollte ein Landherrscher von Hed gar nicht haben. Das geht nicht an.«

Morgon drückte das kühle Metall des Bechers gegen seine gespaltene Lippe.

»Es war nicht Pevens eigener Wille, daß es ihn nach seinem Tod umhertrieb. Sieben seiner Söhne tötete er, weil er in der Ausübung seiner Zauberkünste irrte, und dann tötete er sich selbst aus Kummer und aus Scham. Er fand keine Ruhe in der Erde. Er berichtete mir, daß es ihm nach so vielen Jahren schwerfiele, sich der Namen aller seiner Söhne zu erinnern. Das quälte ihn. Ich lernte ihre Namen in Caithnard, so konnte ich sie ihm sagen. Das stimmte ihn heiterer.«

Grims Gesicht war so rot wie die Kehllappen eines Truthahns.

»Es ist schamlos«, stieß er ärgerlich hervor. Er trat weg, hob den Deckel einer Kiste, die mit Eisenbarren angefüllt war, und schlug ihn knallend wieder zu.

An Morgons Seite ließ sich einer der Händler vernehmen.

»Der Wein ist nach Eurem Geschmack, Herr?«

Morgon drehte sich um und nickte. Der Händler trug einen dünnen, blattgrünen Mantel aus Herun, eine Mütze aus weißem Nerz, und über seiner Schulter hing an einem weißen Lederriemen eine Harfe aus schwarzem Holz.

»Wessen Pferd ist das?« fragte Morgon. »Woher hast du diese Harfe?«

Der Händler grinste und ließ das Instrument von seiner Schulter gleiten.

»Ich habe Eure Vorliebe für Harfen nicht vergessen, Herr, und habe diese hier in An für Euch gefunden. Es war die Harfe des Harfners von Col von Hel. Sie ist alt, aber seht, wie schön sie erhalten ist.«

Morgon ließ seine Hände über das feine Schnitzwerk gleiten. Er zog die Finger über die Saiten, zupfte dann leicht an einer. »Was sollte ich mit so vielen Saiten anfangen?« murmelte er. »Das müssen ja über dreißig sein.«

»Gefällt sie Euch? Behaltet sie eine Weile; spielt sie.«

»Ich kann unmöglich —«

Der Händler brachte ihn mit einer flinken Handbewegung zum Schweigen.

»Wie kann man einer solchen Harfe einen Wert geben? Nehmt sie, macht Euch vertraut mit ihr; es ist nicht notwendig, jetzt eine Entscheidung zu treffen.« Er streifte Morgon den Riemen über den Kopf. »Wenn sie Euch gefällt, können wir uns sicherlich einigen.«

»Sicherlich.« Er fing einen Blick von Grim Eichenland auf und errötete.

Er nahm die Harfe mit zur Markthalle in Tol, wo die Händler sein Bier kosteten, Getreide und Wolle prüften, vom Käse und von den Früchten aßen und eine Stunde lang mit ihm feilschten, während Grim Eichenland wachsam an seiner Seite stand. Dann wurden leere Wagen zum Kai gefahren, um Metall, Weinfässer und Salzblöcke aus den Stöcken oberhalb von Caithnard aufzunehmen. Ackergäule, die nach Herun und An gebracht werden sollten, warteten in Pferchen nahe dem Kai darauf, verladen zu werden; die Händler machten sich daran, die Getreidesäcke und die Bierfässer zu zählen. Gegen Mittag rumpelte unerwartet Wyndon Amorys Wagen die Küstenstraße herunter.

Meister Cannon sprang von einem der Wagen herunter und sagte zu Morgon: »Wyndon hat sie gestern schon ausgeschickt; einer der Wagen verlor ein Rad. Die Fahrer richteten es auf Sil Walts Hof und blieben dort über Nacht. Ich traf unterwegs mit ihnen zusammen. Hat man dir eine Harfe aufgeschwatzt?«

»Beinahe. Hör dir ihren Klang an.«

»Morgon, du weißt, ich habe keine Musik im Ohr. Dein Mund sieht aus wie eine zerquetschte Pflaume.«

»Bring mich nicht zum Lachen«, flehte Morgon. »Bringst du zusammen mit Eliard die Händler nach Akren? Sie sind fast fertig hier.«

»Und was hast du vor?«

»Ich will ein Pferd kaufen. Und ein Paar Schuhe.«

Cannon zog die Brauen hoch. »Und eine Harfe?«

»Vielleicht. Ja.«

Cannon lachte.

»Gut. Ich nehm dir Eliard ab.«

Morgon wanderte hinunter in den Bauch eines der Schiffe, wo ein halbes Dutzend Pferde aus An untergebracht waren. Er besah sie sich mit scharfem Blick, während hinter ihm im düsteren Laderaum die Männer Getreidesäcke stapelten. Ein Händler fand ihn dort; sie sprachen eine Weile miteinander, während Morgon seine Finger immer wieder über den glatten, schlanken Hals eines Hengstes gleiten ließ, der die Farbe polierten Holzes hatte. Schließlich begab er sich wieder nach oben und sog tief die frische Luft ein. Die meisten der Wagen waren fort; die Seeleute schlenderten zur Markthalle, um zu essen. Die See liebkoste die Schiffe, umstrudelte weiß die massigen Fichtenstämme, auf denen die Piers ruhten. Morgon ging zum Ende des Stegs und setzte sich. In der Ferne schaukelten die Fischerboote von Tol wie Enten auf dem Wasser; hinter ihnen, eine dunkle Linie am Horizont, lag das weite, ausgedehnte Festland, das Reich des Erhabenen.

Er stützte die Harfe auf seine Knie und spielte ein Erntelied, dessen lebhafter, gleichmäßiger Rhythmus dem Strich der Sense folgte. Bruchstücke einer Ballade aus Ymris gingen ihm durch den Kopf; stockend suchte er die Töne der Weise auf den Saiten, als ein Schatten auf seine Hände fiel. Er blickte auf.

Ein Mann, den er nie zuvor gesehen hatte, weder Händler noch Seemann, stand neben ihm. Er war unaufdringlich gekleidet; das feine Tuch und die gedämpfte Farbe seines blauschwarzen Kittels, die schwere Kette aus aneinandergegliederten Vierecken geprägten Silbers auf seiner Brust wirkten fremdartig. Sein Gesicht war mager, fein gemeißelt, weder jung noch alt; sein Haar war wie eine lose sitzende, silbrig schimmernde Kappe.

»Morgon von Hed?«

»Ja.«

»Ich bin Thod, der Harfner des Erhabenen.«

Morgon schluckte. Er wollte aufstehen, doch der Harfenspieler wartete das nicht ab, sondern kauerte nieder, um sich die Harfe anzusehen.

»Uon«, sagte er und zeigte Morgon einen Namen, der halb versteckt war im verschnörkelten Muster. »Er war vor drei Jahrhunderten ein Harfenbauer in Hel. Es gibt nur noch fünf Harfen von ihm.«

»Der Händler sagte mir, sie hätte dem Harfner des Herrn Col gehört. Seid Ihr —? Ihr müßt mit den Händlern gekommen sein? Ist das Euer Pferd? Warum habt Ihr mich nicht früher schon wissen lassen, daß Ihr hier seid?«

»Ihr wart beschäftigt; da wollte ich lieber warten. Der Erhabene gebot mir schon im vergangenen Lenz, nach Hed zu kommen, seinem Schmerz über den Tod von Athol und Spring Ausdruck zu geben. Doch in Isig setzte mich ein hartnäckiger Winter gefangen, in Ymris hielt mich eine Belagerung von Caerweddin auf, und als ich eben von Caithnard in See stechen wollte, erhielt ich eine dringende Botschaft von Mathom von An, mich nach Anuin zu begeben. Es tut mir leid, daß ich so spät gekommen bin.«

»Ich erinnere mich Eures Namens«, sagte Morgon langsam. »Mein Vater pflegte zu sagen, bei seiner Hochzeitsfeier hätte der Thod aufgespielt.« Er brach ab und lauschte seinen eigenen Worten nach; unerwartet überrieselte ein Schauder ihn. »Verzeiht. Er fand das komisch. Er liebte Euer Harfenspiel. Ich würde Euch gern spielen hören.«

Der Harfner ließ sich auf dem Pier nieder und griff nach Uons Harfe.

»Was möchtet Ihr hören?«

Morgon spürte, wie sich sein Mund, ohne daß er es wollte, zu einem schiefen Lächeln verzog.

»Spielt — laßt mich nachdenken. Würdet Ihr spielen, was ich eben zu spielen versuchte?«

»›Die Klage für Belu und Bilo.‹«

Thod schlug sachte eine Saite an und begann die alte Ballade.

Belu, so hold, dem Dunklen geboren,
Bilo, dem Dunklen; und der Tod band sie auch;
Beweint Belu, schöne Frauen,
Beweint Bilo…

Ohne sich auch nur einmal im Griff zu irren, entlockten seine Finger den blitzenden, eng gespannten Saiten die alte Weise. Morgon lauschte reglos, die Augen auf dem glatten, ruhigen Gesicht. Die geübten Hände, die schöne, auf Genauigkeit geschliffene Stimme zeichneten den Weg Bilos nach, der hilflos war in seinem Ungestüm, Tod säte und vom Tod verfolgt wurde, der hinter Belu auf seinem Pferd mitritt, der seinem Roß hechelnd an der Seite blieb wie ein Jagdhund.

Belu, so fein, folgte dem dunklen
Bilo; und es folgte der Tod ihnen auch.
Rief Bilo mit der Stimme von Belu,
Rief Belu mit der Stimme von Bilo.

Das lange, satte Aufseufzen der Flut brach das Schweigen ihres Todes. Morgon erwachte aus seiner Reglosigkeit. Er legte seine Hand auf das dunkle, reichverzierte Holz der Harfe.

»Wenn ich es vermöchte, dieser Harfe einen solchen Klang zu entlocken, würde ich meinen Namen dafür verkaufen und hinfort namenlos bleiben.«

Thod lächelte. »Das ist ein allzu hoher Preis, selbst für eine von Uons Harfen. Was verlangen die Händler dafür?«

Morgon zog die Schultern hoch. »Sie werden nehmen, was ich ihnen dafür biete.«

»Soviel liegt Euch an ihr?«

Morgon sah ihn an.

»Meinen Namen würde ich für sie hergeben, nicht aber das Getreide, das meine Bauern bei sengender Sonne unter Mühen eingebracht haben, oder die Pferde, die sie aufgezogen und gezähmt haben. Was ich zu geben bereit bin, gehört mir allein.«

»Ihr braucht Euch mir gegenüber nicht zu rechtfertigen«, sagte der Harfenspieler milde.

Morgon verzog den Mund; zerstreut betastete er ihn.

»Verzeiht. Ich hab den halben Vormittag damit zugebracht, mich zu rechtfertigen.«

»Wofür?«

Morgons Augen senkten sich zu den hohen Planken des Piers hinunter; er antwortete dem ruhigen, kunstfertigen Fremden impulsiv.

»Wißt Ihr, wie meine Eltern gestorben sind?«

»Ja.«

»Meine Mutter wollte Caithnard sehen. Mein Vater hatte mich zwei- oder dreimal besucht, während ich auf der Schule der Rätselmeister in Caithnard war. Das klingt einfach, doch es erforderte großen Mut von ihm, das zu tun: Hed zu verlassen, um eine weite, fremde Stadt aufzusuchen. Die Fürsten von Hed sind in Hed verwurzelt. Als ich vor einem Jahr nach Hause zurückkehrte, nachdem ich drei Jahre in Caithnard verbracht hatte, fand ich, daß mein Vater nicht genug davon bekommen konnte, von all den Dingen zu erzählen, die er gesehen hatte — von den Handelsgeschäften, den Leuten aus fremden Ländern —, und als er von einem Geschäft berichtete, wo Tuche und Pelze und Farben aus fünf Königreichen gehandelt werden, konnte meine Mutter nicht mehr widerstehen, sie wollte auch hinüber. Sie hatte stets eine Vorliebe für die Weichheit und die Farben schöner Stoffe. Im vergangenen Lenz segelten sie beide mit den Händlern davon. Und sie kamen nie zurück. Das Schiff, auf dem sie heimkehren sollten, blieb auf See. Sie kamen nie zurück.«

Er tippte mit der Fingerspitze auf den Kopf eines Nagels und beschrieb einen Kreis darum herum. »Es gab da etwas, was ich schon lange hatte tun wollen. Nach ihrem Tod tat ich es. Mein Bruder Eliard fand die Wahrheit heute morgen heraus. Ich sagte ihm damals nichts, weil ich wußte, daß er sich aufregen würde. Ich sagte ihm nur, ich wollte für einige Tage nach West-Hed; davon, daß ich übers Meer nach An segelte, verriet ich nichts.«

»Nach An? Warum seid Ihr —?« Er brach ab. Seine Stimme wurde plötzlich dünn und scharf. »Morgon von Hed, habt Ihr Pevens Krone gewonnen?«

Mit einem Ruck hob Morgon den Kopf.

»Ja«, antwortete er nach einem Moment der Stille. »Woher —? Ja.«

»Ihr habt dem König von An nichts gesagt?«

»Ich habe keinem etwas gesagt. Ich wollte nicht darüber sprechen.«

»Auber von Aum, einer der Nachkommen Pevens, machte sich auf den Weg zu diesem Turm, um von dem toten Herrn die Krone von Aum zurückzugewinnen, und sah, daß die Krone fort war. Peven flehte ihn an, ihn freizusetzen, damit er den Turm verlassen könnte. Vergebens forderte Auber den Namen des Mannes, der die Krone erobert hatte; Peven sagte nur, er wolle keine Rätsel mehr beantworten. Auber berichtete Mathom, und als Mathom hörte, daß jemand sich heimlich in sein Land gestohlen und einen Rätselkampf gewonnen hatte, bei dem jahrhundertelang Männer ihr Leben lassen mußten, und daß dieser Unbekannte sich dann ebenso heimlich wieder fortgemacht hatte, rief er mich aus Caithnard und bat mich, die Krone für ihn zu finden. In Hed hätte ich sie zu allerletzt erwartet.«

»Sie liegt unter meinem Bett«, sagte Morgon.

»Das ist der einzige Ort in Akren, wo kein anderer hinkommt. Ich begreife nicht — will Mathom sie wiederhaben? Ich brauche sie nicht. Ich habe sie mir nicht einmal angesehen, seit ich sie mit nach Hause gebracht habe. Aber ich dachte, gerade Mathom würde verstehen —«

»Die Krone gehört Euch von Rechts wegen. Mathom wäre der letzte, das zu bestreiten.« Thod schwieg einen Moment; in seinen Augen lag ein Ausdruck, der Morgon rätselhaft war. Sachte fügte er hinzu: »Und Euer ist auch, wenn Ihr sie haben wollt, Mathoms Tochter Rendel.«

Morgon war sprachlos. Plötzlich stand er auf den Füßen und blickte auf den Harfner hinunter, und dann kniete er nieder, sah plötzlich an dessen Stelle ein blasses, hohlwangiges Antlitz von starker Ausdruckskraft, das umrahmt war von einer schimmernden Fülle langen, roten Haares.

Er flüsterte: »Rendel. Ich kenne sie. Mathoms Sohn Rood war mit mir auf der Schule; wir waren gute Freunde. Sie hat ihn des öfteren besucht... Aber ich verstehe das nicht.«

»Der König hat bei der Geburt gelobt, sie nur dem Manne zu

geben, dem es gelingt, Peven die Krone von Aum zu entreißen.«

»Er hat — wie töricht von ihm, Rendel irgendeinem beliebigen Mann zu versprechen, der nur genug Hirn besitzt, Peven zu überlisten. Das hätte doch irgendein Dahergelaufener —« Er brach ab, und sein Gesicht erblaßte ein wenig unter der Sonnenbräune. »Und nun war ich es.«

»Ja.«

»Aber ich kann doch nicht — sie kann nicht einen Bauern heiraten. Niemals wird Mathom dazu seine Zustimmung geben.«

»Mathom folgt seinen eigenen Neigungen. Ich würde vorschlagen, Ihr fragt ihn.«

Morgon starrte ihn an.

»Ihr meint, ich soll mich nach Anuin einschiffen, mich zum Hof des Königs begeben, kalten Blutes in den großen Saal schreiten und ihn fragen?«

»Ihr habt Euch doch auch in Pevens Turm hineingewagt.«

»Das war etwas anderes. Da wurde ich nicht von den Fürsten der drei Teile von An beobachtet.«

»Morgon, Mathom hat sich seinem Gelöbnis mit seinem eigenen Namen verpflichtet, und die Fürsten von An, die in jenem Turm Vorfahren, Brüder, ja sogar Söhne verloren haben, werden Euch für Euren Mut und Eure Geistesschärfe nur Ehre zuteil werden lassen. Eine Frage allein müßt Ihr in diesem Augenblick erwägen: Wollt Ihr Rendel heiraten?«

Morgon stand wieder auf, geschüttelt von Unsicherheit. Er fuhr sich mit der Hand durch das Haar, und der Wind, der vom Meer aufsprang, peitschte es ihm aus dem Gesicht. »Rendel.« Ein Sternenmal, das hoch über der einen Augenbraue saß, hob sich lebhaft blitzend von seiner Haut ab. Wieder sah er ihr Gesicht, das sich aus der Ferne ihm zuwandte, um ihn anzusehen. »Rendel.«

Er gewahrte, daß die Züge des Harfenspielers plötzlich starr wurden, als hätte der Wind im Vorbeistreifen ihm Ausdruck und Atem geraubt. Die Unsicherheit verklang in ihm wie das Ende eines Liedes.

»Ja.«

2

Am folgenden Morgen saß Morgon an Deck eines Handelsschiffes auf einem Bierfaß und schaute zu, wie die Bahnen des Kielwassers sich immer mehr ausbreiteten, bis ihre äußeren Linien wie die beiden Schenkel eines Zirkels den Umfang der Insel Hed zu messen schienen. Neben dem Faß lag ein Bündel mit Kleidern, das Tristan für ihn gepackt hatte; die ganze Zeit hatte sie dabei geredet, so daß keiner von ihnen beiden recht wußte, was es außer der Krone enthielt. Es hatte merkwürdige Ausbuchtungen, als hätte sie alles hineingestopft, was ihr gerade in die Hände gekommen war, während sie redete. Eliard hatte kaum etwas gesagt. Er war nach einer Weile aus Morgons Zimmer gegangen; Morgon hatte ihn in der Schmiede gefunden, wo er auf einem Hufeisen hämmerte.

»Mit der Krone wollte ich dir einen braunen Hengst aus An kaufen«, hatte er gesagt.

Eliard schleuderte die Zange und das glühend heiße Eisen ins Wasser, packte Morgon bei den Schultern und drückte ihn gegen die Mauer, wobei er sagte: »Glaub ja nicht, du kannst mich mit einem Pferd bestechen.«

Morgon fand, er redete ungereimtes Zeug, und auch Eliard selbst schienen gleich darauf seine Worte sinnlos. Sein Gesicht nahm einen eher gelockerten Ausdruck der Verwirrung an, und er ließ Morgon los.

»Verzeih. Es macht mir einfach angst, wenn du jetzt fortgehst. Wird es ihr hier gefallen?«

»Wenn ich das wüßte!«

Tristan, die ihm mit seinem Umhang über dem Arm folgte,

als er aufbrechen wollte, blieb in der Mitte der großen Stube stehen; ihr Gesicht war ihm fremd in seiner plötzlichen Verletzlichkeit. Sie blickte auf die schlichten, glänzend geriebenen Wände, zog den Stuhl an einem Tisch gerade.

»Morgon, ich hoffe von Herzen, sie kann lachen«, flüsterte sie.

Das Schiff trieb schnell vor dem Wind; Hed wurde immer kleiner, verschwamm in der Ferne. Der Harfenspieler des Erhabenen war gekommen und stand an der Reling; sein grauer Umhang flatterte hinter ihm wie ein Banner. Morgons Augen wanderten zu seinem Gesicht, das ohne Falten war, unberührt von der Sonne. Ein nebelhaftes Gefühl regte sich in ihm, daß da etwas nicht paßte, daß dem silberweißen Haar, der feinen Linienführung des Gesichts ein Rätsel innewohnte.

Der Harfenspieler wandte den Kopf, seine Augen trafen auf Morgon.

»Aus welchem Land kommt Ihr?« fragte Morgon neugierig.

»Aus keinem Land. Ich wurde in Lungold geboren.«

»Der Stadt der Zauberer? Wer lehrte Euch das Harfenspiel?«

»Viele. Meinen Namen nahm ich mir von Tirunethod, dem Harfner des Morgol Cron. Er lehrte mich die Lieder von Herun. Ich bat ihn um den Namen, bevor er starb.«

»Cron«, sagte Morgon. »Ylcorcron?«

»Ja.«

»Er herrschte vor sechshundert Jahren in Herun.«

»Ich wurde nicht lange nach der Gründung von Lungold vor tausend Jahren geboren«, gab der Harfenspieler ruhig zurück.

Reglos saß Morgon auf dem sachte schwankenden Boot. Vor seinem sonnenbeschienenen, stillen Gesicht woben sich feine Lichtfäden über das Meer und rissen ab.

»Kein Wunder, daß Ihr so spielt«, flüsterte er. »Ihr hattet tausend Jahre, um die Harfenweisen aus dem Reich des Erhabenen zu erlernen. Ihr seht nicht alt aus. Mein Vater sah älter aus, als er starb. Seid Ihr der Sohn eines Zauberers?« Zugleich senkte er den Blick auf seine Hände, die um seine Knie geschlungen waren, und sagte, Verzeihung heischend: »Vergebt mir. Das geht mich nichts an. Ich war nur —«

»Neugierig?« Der Harfenspieler lächelte. »Für einen Fürsten von Hed besitzt Ihr unmäßige Wißbegierde.«

»Ich weiß. Deshalb sandte mein Vater mich schließlich nach Caithnard — weil ich das Fragen nicht lassen konnte. Er wußte nicht, wie er es sich erklären sollte. Doch da er ein weiser, gütiger Mann war, ließ er mich ziehen.«

Wieder hielt er inne, recht abrupt diesmal, und sein Mund zuckte leicht.

Die Augen auf das näher kommende Land gerichtet, sagte der Harfner: »Ich habe meinen eigenen Vater nie gekannt. Ich wurde ohne Namen in den Hintergassen von Lungold geboren, zu einer Zeit, als Zauberer, Könige, ja der Erhabene selbst die Stadt durchwanderten. Da ich keinen Landinstinkt besitze und keine Gaben der Zauberei, habe ich vor langer Zeit schon alle Versuche aufgegeben, zu erraten, wer mein Vater war.«

Morgon hob wieder den Kopf. Nachdenklich meinte er: »Danan Isig war selbst damals schon alt wie ein Baum, und Har von Osterland auch. Keiner weiß, wann die Zauberer geboren wurden, aber wenn Ihr der Sohn eines Zauberers seid, so gibt es jetzt keinen, der Rechte auf Euch geltend machen kann.«

»Es ist nicht von Bedeutung. Die Zauberer sind verschwunden; außer dem Erhabenen schulde ich keinem lebenden Herrscher etwas. Im Dienst des Erhabenen habe ich einen Namen, einen festen Platz, Freiheit der Bewegung und des Urteils. Ihm allein bin ich verantwortlich; er schätzt mich für mein Spiel auf der Harfe und für meine Verschwiegenheit; beides wird durch das Alter nur besser.« Er beugte sich nieder, seine Harfe aufzuheben, und warf sie sich über die Schulter. »Gleich legen wir an.«

Morgon trat zu ihm an die Reling. Die Handelsstadt Caithnard mit ihrem Hafen, ihren Gasthäusern und Geschäften lag eingebettet im Halbrund einer Bucht zwischen zwei Ländern. Schiffe, deren Segel die flammenden Orange- und Goldtöne der Händler aus Herun zeigten, scharten sich, aus Norden kommend, wie die Vögel an ihren Kais. Auf einer Felsspitze, die ein Horn der sichelförmigen Bucht bildete, stand ein massiger, dunkler Bau, dessen steinerne Mauern und kleinen Gemächer Morgon wohlvertraut waren. Das Bild des hageren, spöttischen Gesichts von Rendels Bruder tauchte vor ihm auf; seine Hände schlossen sich fester um die Reling.

»Rood. Ich muß es ihm sagen. Ob er wohl auf der Schule ist? Ich habe ihn ein Jahr lang nicht gesehen.«

»Ich habe vor zwei Tagen mit ihm gesprochen, als ich im Seminar wohnte, ehe ich nach Hed übersetzte. Er hatte sich gerade das goldene Gewand eines Meisters erworben.«

»Dann ist er vielleicht auf eine Weile nach Hause gegangen.«

Das Schiff hob sich auf einem letzten Wogenkamm, ehe es in den Hafen einlief, dann wurde es langsamer, und die Rufe der Seeleute, die die Segel einholten, schallten über das Deck.

Morgons Stimme klang dünn: »Ich bin gespannt, was er sagen wird…«

Die Seevögel über dem stillen Wasser schossen im Wind wie Weberschiffchen hin und her. Auf den Piers, die an ihnen vorüberglitten, stapelten sich Waren, die verladen werden sollten oder ausgeladen worden waren: Stoffballen, Truhen und Kisten, Holz, Wein, Pelze, Vieh. Die Seeleute winkten Freunden, die am Pier standen; Händler riefen einander zu.

»Lyle Orns Schiff läuft heute abend mit der Ebbe nach Anuin aus«, teilte ein Händler Thod und Morgon mit, ehe sie an Land gingen. »Ihr werdet es an seinen roten und gelben Segeln erkennen. Wollt Ihr Euer Pferd, Herr?«

»Ich gehe zu Fuß«, gab Thod zurück. Als die Planke vor ihnen heruntergelassen wurde, fügte er zu Morgon gewandt hinzu: »Auf der Liste der Meister im Seminar steht ein ungelöstes Rätsel: Wer hat Peven von Aum im Rätselkampf besiegt?«

Morgon schwang sein Bündel über die Schulter. Er nickte. »Ich werd es ihnen sagen. Geht Ihr auch zum Seminar hinauf?«

»Später.«

»Bis zum Abend dann, Ihr Herren«, erinnerte sie der Händler, als sie die Planke hinunterschritten.

Auf der mit Kopfsteinen gepflasterten Straße vor dem Pier trennten sie sich, und Morgon, der sich nach links wandte, folgte einem Pfad, der ihm seit Jahren vertraut war. Die engen

Straßen der Stadt waren um diese Mittagszeit dicht bevölkert von Händlern, Seeleuten aus aller Herren Länder, wandernden Musikanten, Fallenstellern, Schülern in den bunten, wallenden Gewändern, die ihren Rang anzeigten, reichgekleideten Männern und Frauen aus An, Ymris, Herun. Morgon, sein Bündel über der Schulter, drängte sich zwischen ihnen hindurch, ohne sie zu sehen, hörte nicht den Lärm, der ihn umgab, spürte nicht die Püffe, die ihn trafen. In den Hintergassen wurde es ruhig; der Weg, den er einschlug, wand sich aus der Stadt hinaus, fort von Tavernen und Handelsgeschäften, stieg aufwärts zur Anhöhe oberhalb der funkelnden See.

Hin und wieder begegneten ihm Schüler, die auf dem Weg zur Stadt waren, und ihre Stimmen klangen heiter und selbstsicher. Die Straße machte einen scharfen Knick, dann wurde das Gelände eben, und unter den hohen, funkelnd verzerrten Bäumen tauchte das ehrwürdige, alte Gebäude der Schule auf, aus hohem, dunklem Stein erbaut, massiv und unerschütterlich wie der Fels selbst.

Er klopfte an die vertraute zweiflügelige Tür aus schwerem Eichenholz. Der Türhüter, ein sommersprossiger junger Mann im weißen Gewand des Gesellen, öffnete, ließ einen kurzen Blick über Morgon und sein Bündel schweifen und sagte gewichtig: »Frage und dir soll Antwort gegeben werden. Wenn du auf der Suche nach Wissen gekommen bist, sollst du empfangen werden. Die Großmeister examinieren gerade einen Kandidaten für das Rot des Lehrlings, und sie dürfen nicht gestört werden, es sei denn durch Tod oder Verdammung. Gib mir deinen Namen.«

»Morgon; Fürst von Hed.«

»Oh!« Der Türhüter tippte sich an den Kopf und lächelte. »Tretet ein. Ich will den Großmeister Tel holen.«

»Nein, stört sie nicht.« Er trat ein. »Ist Rood von An hier?«

»Ja; er ist oben im dritten Stockwerk, gegenüber der Bibliothek. Ich führe Euch hin.«

»Ich weiß den Weg.«

Nur durch die breiten Bleiglasfenster, die an den Enden der niedrigen, gewölbten Gänge in die dicken Mauern eingelassen waren, drang das Licht in die Düsternis. Geschlossene Türen folgten zu beiden Seiten des Korridors in langen Reihen aufeinander. Auf einer von ihnen fand Morgon Roods Namen, eingeritzt in ein Schild aus Holz, darunter fein ziseliert eine Krähe. Er klopfte, erhielt eine unverständliche Erwiderung und öffnete die Tür.

Roods Bett, das etwa ein Viertel der kleinen Steinkammer einnahm, war beladen mit Kleidern und Büchern, und obenauf saß der Prinz von An. Er hockte mit gekreuzten Beinen eingehüllt in eine Wolke des gerade erworbenen goldenen Gewandes und las einen Brief, in einer Hand einen Becher aus dünnem, farbigem Glas, der zur Hälfte mit Wein gefüllt war. Er blickte auf, und angesichts der brüsken, hochfahrenden Bewegung seines Kopfes hatte Morgon, als er die Schwelle überschritt, plötzlich das Gefühl, in ein Bild der Erinnerung einzutreten.

»Morgon!« Rood erhob sich, sprang vom Bett und zog einen Berg von Büchern mit sich hinunter. Er umarmte Morgon, den Becher in der einen Hand, den Brief in der anderen. »Freu dich mit mir. Ich feiere. Du bist mir fremd ohne dein Gewand. Aber ich hatte ja vergessen — du bist jetzt ein Bauer. Ist das der Grund deines Aufenthalts in Caithnard? Bist du mit deinem Getreide oder Wein oder sonst was herübergekommen?«

»Bier. Wir bringen keinen guten Wein zustande.«

»Wie traurig.« Einer neugierigen Krähe gleich betrachtete er Morgon aus rotgeränderten, schwimmenden Augen. »Ich habe vom Tod deiner Eltern gehört. Die Händler redeten von nichts anderem. Es hat mich zornig gemacht.«

»Warum?«

»Weil du dadurch in Hed gefangen wurdest, weil du so zum Bauern gemacht wurdest, der nichts anderes mehr im Kopf hat als Eier und Schweine, Bier und das Wetter. Niemals wirst du hierher zurückkommen, du fehlst mir.«

Morgon ließ sein Bündel zu Boden gleiten; in ihm lag die Krone verborgen wie eine schuldbeladene Tat.

Leise sagte er: »Ich bin gekommen; ich habe dir etwas zu sagen, und ich weiß nicht, wie ich es dir sagen soll.«

Abrupt ließ Rood Morgon los und wandte sich ab.

»Ich will es nicht hören.« Er schenkte Morgon einen zweiten Becher ein und füllte seinen eigenen auf. »Vor zwei Tagen habe ich das goldene Gewand gemacht.«

»Ich weiß. Meinen Glückwunsch. Wie lange feierst du schon?«

»Ich weiß nicht mehr.« Er hielt Morgon den Becher hin, und Wein schwappte über seine Finger. »Ich bin ein Sohn Mathoms, Nachkomme von Kale und Oen und von der Zauberin Madir. Nur ein Mann hat je das goldene Gewand in kürzerer Zeit erworben als ich. Und er kehrte nach Hause zurück, um das Feld zu bestellen.«

»Rood —«

»Hast du inzwischen alles vergessen, was du gelernt hast? Du hast Rätsel gelöst, wie andere Nüsse knacken. Du hättest ein Großmeister werden sollen. Du hast einen Bruder, du hättest ihn die Landherrschaft übernehmen lassen können.«

»Rood«, sagte Morgon geduldig, »du weißt, daß das unmöglich ist. Und du weißt auch, daß ich nicht hierhergekommen bin, um mir das schwarze Gewand zu erwerben. Ich wollte es nie haben. Was hätte ich damit anfangen sollen? Hätte ich es anlegen sollen, um Bäume zu veredeln?«

Roods Stimme peitschte ihm mit einer Heftigkeit ins Gesicht, die ihn verdutzte.

»Rätsel hättest du lösen sollen! Du hattest die Begabung; du hattest das Auge dafür! Du hast einmal gesagt, du wolltest den Kampf gewinnen. Warum hast du dein Wort nicht gehalten? Statt dessen bist du nach Hause zurückgekehrt, um Bier zu brauen, und irgendein Fremder ohne Namen und ohne Gesicht gewann sich die zwei größten Schätze von An.« Er knüllte den Brief zusammen und verschloß ihn in seiner Faust. »Wer weiß, auf wen sie jetzt wartet? Auf einen Mann wie Raith von Hel, mit einem Gesicht wie aus Gold geprägt und einem Herzen, das so schwarz ist wie ein verfaulter Zahn? Oder auf Thistin von Aum, der schwach und weichlich ist wie ein Säugling und zu alt, um ohne stützende Hand in sein Bett zu steigen? Wenn sie einen solchen Mann heiraten muß, werde ich dir und meinem Vater niemals vergeben. Ihm nicht, weil er überhaupt ein solches Gelöbnis getan hat; dir nicht, weil du in diesem Gemach ein Versprechen abgelegt hast, das du nicht hieltest. Seit dem Tag, an dem du von hier fortgingst, habe ich mir gelobt, den Kampf gegen Peven zu gewinnen, Rendel von dem Schicksal zu erlösen, das mein Vater ihr bestimmt hat. Aber ich hatte keine Chance. Ich hatte nicht einmal eine Chance.«

Morgon ließ sich auf einem Stuhl neben Roods Schreibtisch nieder.

»Hör auf zu schreien. Bitte! Hör mich an —«

»Was soll ich mir anhören? Nicht einmal jener einen Regel, die dir mehr galt als alle anderen, konntest du treu sein.« Er ließ den Brief fallen, streckte mit einer abrupten Bewegung den Arm aus, zog das Haar über Morgons Stirn nach hinten. »Löse das ungelöste Rätsel!«

Morgon riß sich von ihm los.

»Rood! Willst du endlich aufhören zu brabbeln und mir zuhören? Es fällt mir auch so schwer genug, dir zu sagen, was ich zu sagen habe. Krächze mich nicht an wie eine volltrunkene Krähe. Glaubst du, Rendel wird es etwas ausmachen, auf einem Bauernhof zu leben? Ich muß es wissen.«

»Verspotte die Krähen nicht; einige meiner Vorfahren waren Krähen. Natürlich kann Rendel nicht auf einem Bauernhof leben. Sie ist die zweitschönste Frau in den drei Teilen von An; sie kann nicht unter Schweinen —« Unvermittelt brach er ab, und sein Schatten hing plötzlich still und reglos an den Steinmauern. »Warum?« flüsterte er.

Morgon beugte sich zu seinem Bündel hinunter. Seine Finger zitterten leicht an der Verschnürung. Als er die Krone herauszog, fing der große Stein in der Mitte, der, selbst ohne Farbe, wild nach allen Farben im Zimmer haschte, das Gold von Roods Gewand ein und erstrahlte wie eine Sonne. Wie gebannt von seinem feurigen Glanz sog Rood scharf die Luft ein und begann lauthals zu schreien.

Morgon ließ die Krone fallen. Er drückte sein Gesicht gegen die Knie, die Hände auf seine Ohren. Das Weinglas auf dem Schreibtisch zersprang; die Karaffe auf einem kleinen Tischchen barst, und Wein ergoß sich über die Steine. Das eiserne Schloß an einem schweren Buch sprang auf; die Tür der Kammer schlug krachend zu.

Laute Rufe der Empörung hallten wie ein Echo durch die langen Korridore. Morgon richtete sich auf. Das Blut hämmerte in seinem Kopf. Er strich sich mit den Fingern über die Augen und flüsterte: »Du hättest nicht zu schreien brauchen.

Bring du die Krone zu Mathom. Ich segle jetzt nach Hause.«

Er stand auf, und Rood packte sein Handgelenk so fest, daß es ihm bis in die Knochen ging. »Du!«

Er hielt inne. Roods Umklammerung lockerte sich; er griff hinter Morgon und drehte den Schlüssel in der Tür, die unter zornigen Fäusten erzitterte. Sein Gesicht trug einen seltsamen Ausdruck, als wären mit dem Schrei alle Regungen außer einem tiefen Staunen fortgeweht worden.

Seine Stimme klang ein wenig heiser, als er sagte: »Setz dich. Ich begreife nicht. Morgon, warum hast du nicht — warum hast du mir nicht gesagt, daß du Peven herausfordern wolltest?«

»Ich habe es dir gesagt. Vor zwei Jahren, damals, als wir die ganze Nacht auf saßen und einander Rätsel aufgaben, um uns auf das Blau des Untermeisters vorzubereiten.«

»Ja, aber was hast du dann getan? Du bist aus Hed fortgegangen, ohne einem Menschen etwas zu sagen; du bist aus Caithnard verschwunden, ohne es mich wissen zu lassen; still und heimlich wie das Verderben hast du dich durch das Land meines Vaters gestohlen, um in jenem dunklen Turm, dessen Gestank der Ostwind verbreitet, dem Tod ins Auge zu sehen. Du hast mir nicht einmal gesagt, daß du gesiegt hattest. Das wenigstens hättest du tun können. Jeder Fürst von An hätte die Krone mit Triumphgeschrei und Trompetenstößen nach Anuin gebracht.«

»Es lag nicht in meiner Absicht, Rendel zu beunruhigen. Ich wußte einfach nichts vom Gelöbnis deines Vaters. Du hast mir nie etwas davon erzählt.«

»Ja, was hast du denn von mir erwartet? Ich habe erlebt, wie große Herren um ihretwillen von Anuin zu diesem Turm aufbrachen und niemals zurückkehrten. Glaubst du denn, ich wollte dir solchen Ansporn geben? Warum hast du es getan, wenn nicht um ihretwillen oder um des Ruhmes willen, mit dieser Krone in den Händen am Hofe von Anuin zu erscheinen? Stolz auf dein Wissen kann es nicht gewesen sein — du hast ja nicht einmal die Großmeister unterrichtet.«

Morgon nahm die Krone und drehte sie in den Händen. Der große Stein in der Mitte fing das Staubgrau und das Grün seines Kittels ein.

»Weil ich es tun mußte. Aus keinem anderen Grund. Und ich habe deshalb keinem Menschen etwas davon gesagt, weil es etwas so Persönliches für mich war — und weil ich, als ich bei Morgendämmerung lebend aus dem Turm trat, nicht wußte, ob ich ein großer Rätselmeister bin oder ein sehr großer Narr.« Er sah Rood an. »Was wird Rendel sagen?«

Roods Mundwinkel zuckte plötzlich aufwärts.

»Ich habe keine Ahnung. Morgon, du hast in An die Gemüter in Wallung gebracht, wie es nicht mehr geschehen ist, seit Madir die Schweineherden von Hel stahl und sie in den Kornfeldern von Aum freiließ. Rendel schrieb mir, daß Raith von Hel ihr versprochen hat, sie zu entführen und heimlich zu heiraten, sobald sie es wünscht. Sie schrieb auch, daß Duac, der meinem Vater immer so nahe war wie sein eigener Schatten, fuchsteufelswild ist über dieses Gelöbnis und den ganzen Sommer kaum drei Worte mit meinem Vater gewechselt hat; außerdem, daß die Herren der drei Teile von An ihm zürnen und darauf bestehen, daß er sein Gelöbnis bricht. Aber leichter ist es, dem Wind mit dem eigenen Atem eine andere Richtung zu geben, als den Sinn unseres Vaters zu ändern. Rendel schrieb, sie hätte ständig schreckliche Träume von einem riesenhaften, gesichts- und namenlosen Fremden, der mit der Krone von Aum auf dem Kopf in Anuin einreitet und seine Rechte auf sie geltend macht, um sie mit sich zu nehmen in ein reiches, kaltes Land im Inneren eines Berges oder tief unter dem Meer. Über ganz An hat mein Vater seine Leute ausgeschickt, um den Mann suchen zu lassen, der sich diese Krone gewonnen hat; er entsandte Boten hierher, an die Schule; er hat die Händler gebeten, sich überall dort, wohin ihre Geschäfte sie im Reich des Erhabenen führen, umzuhören. Er dachte nicht daran, in Hed nachzufragen. Ich auch nicht. Ich hätte daran denken sollen. Ich hätte wissen müssen, daß da nicht plötzlich eine mächtige, riesenhafte Gestalt wie aus einem Alptraum auftauchen würde — sondern daß uns noch Überraschenderes blühen würde. Jeden außer dir hätten wir erwartet.«

Morgon zeichnete mit einem Finger eine Perle nach, die so milchig war wie ein Kinderzahn.

»Ich werde sie lieben«, sagte er. »Ist das von Gewicht?«

»Was meinst du?«

Ruhelos griff Morgon nach seinem Bündel.

»Ich weiß es nicht, und du weißt es auch nicht. Mir ist bang vor dem Ausdruck, der sich auf ihrem Gesicht spiegeln wird, wenn sie mich mit der Krone von Aum an den Hof von Anuin kommen sieht. Sie wird in Akren leben müssen. Sie wird — sie wird sich an meinen Schweinehirten, Snog Nutt, gewöhnen müssen. Er kommt jeden Morgen zum Frühstück. Rood, sie wird sich nicht wohl fühlen. Sie wurde in den Reichtum von An hineingeboren, und sie wird entsetzt sein. Genau wie dein Vater.«

»Das bezweifle ich«, gab Rood gelassen zurück. »Die Herren von An mögen entsetzt sein, aber es müßte schon der Weltuntergang drohen, meinen Vater zu schrecken. Wer weiß, vielleicht hat er dich damals, vor siebzehn Jahren, gesehen, als er das Gelöbnis tat. Sein Geist ist wie ein Morast, keiner, nicht einmal Duac, weiß, wie tief er ist. Ich habe keine Ahnung, wie Rendel sich verhalten wird. Eines aber weiß ich: Nicht einmal wenn in Anuin der Tod auf mich wartete, würde ich mir dieses Schauspiel entgehen lassen. Ich kehre für eine Weile nach Hause zurück; mein Vater sendet mir ein Schiff. Komm mit mir.«

»Ich werde auf einem Handelsschiff erwartet, das heute abend in See sticht; ich muß den Leuten Bescheid geben. Thod reist mit mir.«

Rood zog eine Braue hoch. »Er hat dich gefunden. Dieser Mann könnte im Nebel ein Nadelöhr finden.« Fäuste donnerten an seine Tür; gereizt hob er die Stimme: »Fort mit euch! Wenn ich etwas zerbrochen habe, so tut es mir leid.«

»Rood!« Es war die gebrechliche Stimme von Großmeister Tel, scharf in ungewohnter Strenge. »Ihr habt die Schlösser zu Nuns Büchern der Zauberkunst gesprengt!«

Mit einem Seufzer erhob sich Rood und riß die Tür auf. Zornige Schüler, in dichter Schar hinter dem alten Großmeister zusammengedrängt, erhoben bei seinem Anblick ihre Stimmen wie zankende Krähen. Roods Stimme rannte gegen sie an.

»Ich weiß, daß der Große Schrei verboten ist, aber er entspringt mehr dem Impuls als wohlbedachter Überlegung, und ich wurde von einem Impuls überwältigt. Bitte schweigt!«

Mit einem Schlag verstummten die Stimmen. Morgon trat an Roods Seite, die Krone von Aum in den Händen; der große Stein in der Mitte war so schwarz wie das Gewand des Großmeisters, das Tel trug. Ohne ein Wort begegnete Morgon dem Blick des Großmeisters.

Die Verärgerung in dem asketischen Gesicht, das die Farbe alten Pergaments hatte, löste sich in Verwunderung, und in die gespannte Stille hinein fragte Großmeister Tel: »Wer hat im Rätselkampf mit Peven von Aum gesiegt?«

Ich antwortete Morgon.

In der Bibliothek der Großmeister mit ihrer ungeheuren Sammlung alter Bücher, die an den Wänden keinen freien Raum ließ, berichtete Morgon. Die acht Großmeister hörten ihm schweigend zu. Rood in seinem goldenen Gewand nahm sich wie ein Paradiesvogel zwischen ihren schwarzen Kutten aus. Keiner unterbrach ihn, und erst, als er geendet hatte, murmelte Großmeister Tel voll staunender Verwunderung: »Kern von Hed!«

»Wie bist du darauf gekommen?« fragte Rood. »Wie wußtest du, daß du gerade dieses Rätsel stellen mußtest?«

»Ich wußte es nicht«, gab Morgon zurück. »Ich habe es einfach gestellt, als ich so ermattet war, daß mir kein anderes Rätsel mehr einfiel. Ich glaubte, jeder kenne dieses Rätsel. Aber als Peven schrie: ›Es gibt keine Rätsel aus Hed!‹, wußte ich, daß ich den Kampf gewonnen hatte. Es war kein großer Schrei, aber im Geist werde ich ihn hören bis ans Ende meiner Tage.«

»Kern!« Roods Mund verzog sich zu einem dünnen Lächeln. »Seit dem Lenz stellen die Herren von An nur noch zwei Fragen: Wer ist der Mann, der Rendel heiraten wird, und wie lautete das Rätsel, das Peven nicht lösen konnte? Hagis, der König von An, der Großvater meines Vaters, ließ in Pevens Turm sein Leben, weil er dieses eine Rätsel nicht wußte. Die Herren von An hätten diesem kleinen Eiland mehr Aufmerksamkeit widmen sollen. Jetzt werden sie es gewiß tun.«

»In der Tat«, meinte nachdenklich der Großmeister Ohm, ein magerer, stiller Mann, dessen ruhige Stimme immer gleich blieb. »Vielleicht hat man der Insel Hed im Laufe der Geschichte des Reiches stets zuwenig Aufmerksamkeit gezollt. Es gibt noch ein Rätsel ohne Lösung. Hätte Peven von Aum Euch dieses Rätsel aufgegeben, so wärt Ihr trotz all Eures Wissens heute vielleicht nicht hier.«

Morgon blickte ihm in die Augen. Sie waren nebelgrau, ruhig wie seine Stimme. »Ohne Lösung und Lehrsatz wäre es aus dem Wettbewerb ausgeschieden.«

»Und wenn Peven die Lösung zur Hand gehabt hätte?«

»Wie hätte das möglich sein sollen? Großmeister Ohm, in meinem ersten Jahr hier halft Ihr uns einen ganzen Winter lang nach einer Lösung zu diesem Rätsel suchen. Peven entnahm sein Wissen den Büchern der Zauberkunst, die Madir gehört hatten, und vor ihr den Zauberern von Lungold. Und in all ihren Schriften, die ihr hier habt, werden nirgends drei Sterne erwähnt. Ich weiß nicht, wo ich nach einer Lösung suchen soll. Und ich suche auch gar nicht — dergleichen liegt mir dieser Tage fern.« Rood fuhr auf. »Und dies ist der Mann, der mit seinem Wissen sein Leben in die Waagschale legte. Hüte dich vor dem ungelösten Rätsel.«

»Eben das ist es: Ungelöst, und, wer weiß, vielleicht braucht es gar keine Lösung.«

Roods Arm sauste in flatterndem Ärmel durch die Luft. »Jedes Rätsel hat eine Lösung. Versteck dich hinter den verschlossenen Toren deines Geistes, du starrköpfiger Bauer. In hundert Jahren werden Schüler im weißen Gewand des Gesellenstandes sich die Köpfe kratzen in dem Bemühen, sich den Namen eines obskuren Fürsten von Hed ins Gedächtnis zu rufen, der, wie ein anderer obskurer Fürst von Hed, das A und O der Rätselmeisterschaft mißachtete. Ich glaubte, du hättest mehr Verstand.«

»Ich habe nur einen Wunsch«, gab Morgon zurück. »Ich will nach Anuin reisen, Rendel zur Frau nehmen und dann nach Hause zurückkehren, um Getreide zu pflanzen, Bier zu brauen und Bücher zu lesen. Ist das so schwer zu begreifen?«

»Ja! Wie kannst du so vernagelt sein? Ausgerechnet du?«

»Rood«, sagte der Großmeister Tel in mildem Ton, »du weißt, daß eine Antwort auf das Sternenmal in seinem Gesicht niemals gefunden wurde. Was sollte er deiner Meinung nach noch tun?«

»Meiner Meinung nach«, versetzte Rood, »sollte er den Erhabenen fragen.«

Darauf trat ein kurzes Schweigen ein.

Das Rascheln des Gewandes von Großmeister Ohm brach die Stille.

»Ja, in der Tat, der Erhabene würde die Antwort wissen. Ich vermute allerdings, ihr werdet Morgon stärkeren Ansporn geben müssen als das Wissen um des Wissens willen, damit er eine so lange, beschwerliche Reise auf sich nimmt.«

»Das ist gar nicht nötig. Früher oder später wird er dort hingetrieben werden.«

Morgon seufzte. »Sei doch vernünftig! Ich möchte nach Anuin reisen, nicht zum Erlenstern-Berg. Ich will keine Rätsel mehr stellen; seitdem ich eine ganze Nacht lang vom abendlichen Zwielicht bis zur Morgendämmerung in einem nach Tod und Fäulnis stinkenden Turm gesessen und versucht habe, mir sämtliche Rätsel, die ich je lernte, aus den Gehirnwindungen zu saugen, habe ich eine Abscheu vor Rätselkämpfen.«

Rood beugte sich vor. Jede Spur von Spott war in seinem Gesicht erloschen.

»Du wirst mit Ehren von hier fortgehen, und Großmeister Tel sagte, daß man dir heute das schwarze Gewand anlegen wird; denn du hast vollbracht, was selbst der Großmeister Laern nicht vollbringen konnte. Du wirst nach Anuin reisen, und die Herren von An, mein Vater und Rendel werden dir zumindest die Achtung zollen, die dir für dein Wissen und deinen Mut gebührt. Wenn du aber das schwarze Gewand annimmst, dann wird es eine Lüge sein; und wenn du Rendel den Frieden von Hed bietest, so wird auch das eine Lüge sein, ein Versprechen, das du nicht halten wirst, weil es eine Frage gibt, die du nicht beantworten willst, und genauso wie Peven wirst du sehen, daß nicht die tausend Rätsel, die du kennst, sondern jenes eine, das du nicht kennst, dich vernichten wird.«

»Rood!« rief Morgon, um ihm Einhalt zu gebieten. Sein Gesicht war gespannt, die Hände umklammerten die Armlehnen seines Sessels. »Was willst du aus mir machen? Sag, was willst du aus mir machen?«

»Einen Großmeister — um deinetwillen. Wie kannst du so blind sein? Wie kannst du so eigensinnig, so schamlos alles mißachten, von dem du weißt, daß es wahr ist? Wie kannst du zulassen, daß man dich einen Großmeister nennt? Wie kannst du das schwarze Gewand annehmen, während du vor der Wahrheit die Augen verschließt?«

Morgon spürte, wie ihm das Blut ins Gesicht schoß. Plötzlich schien nur noch Roods Gesicht allein in dem stillen Raum zu sein.

»Ich habe das schwarze Gewand niemals begehrt«, sagte er angespannt. »Aber ich beanspruche für mich eine gewisse Möglichkeit der freien Wahl über mein Leben. Was das Sternenmal in meinem Gesicht bedeutet, weiß ich nicht; und ich will es auch nicht wissen. War es dieses Bekenntnis, das du von mir hören wolltest? Dringe du mit den Augen, die dein Vater und Madir und Ylon, der Gestaltwandler, dir gegeben haben, kalt und furchtlos in die Tiefen der Wahrheit ein, und wenn du dir das schwarze Gewand erworben hast, werde ich kommen und mit dir feiern. Ich aber will nur Frieden.«

»Das Trachten nach Frieden«, bemerkte Großmeister Tel milde, »gehörte nie zu Euren Anlagen, Rood. Wir können Morgon nur nach unseren Richtstäben beurteilen, und an ihnen gemessen hat er sich das schwarze Gewand verdient. Wie sonst können wir ihn ehren?«

Rood sprang auf. Er öffnete sein Gewand und ließ es zu Boden gleiten. Halbnackt stand er unter den entgeisterten Blicken der Großmeister.

»Wenn ihr ihm das schwarze Gewand gebt, werde ich niemals wieder eines der Gewänder eurer Schule tragen.«

In Morgons starrem Gesicht zuckte ein Muskel. Er lehnte sich in seinem Sessel zurück, und seine verkrampften Finger öffneten sich.

»Kleide dich wieder an, Rood«, sagte er eisig. »Ich habe erklärt, daß ich das schwarze Gewand nicht begehre, und ich werde es nicht nehmen. Es ist nicht Sache eines Bauern von Hed, die Kunst des Rätselratens zu meistern. Im übrigen frage ich, welcher Art die Ehre wäre, die mir zuteil wird, wenn ich das gleiche Gewand trage, das Laern trug, und in jenem Turm verlor, und das Peven jetzt noch trägt?«

Rood raffte sein Gewand mit einer Hand zusammen und ging hinüber zu Morgons Sessel. Die Hände auf die Armlehnen gestützt, beugte er sich über Morgon, das hagere, blutlose Gesicht dicht vor dem des anderen.

»Bitte«, flüsterte er. »Denk nach.«

Seine Augen hielten die Morgons fest; sein regloser, gespannter Körper bannte die Stille im Raum, bis er sich schließlich aufrichtete und zum Gehen wandte. Da erst lockerte sich Morgons eigener Körper, wie aus den Fesseln der schwarzen Augen entlassen. Er hörte das Zuschlagen der Tür und senkte den Kopf in eine Hand.

»Verzeiht mir«, flüsterte er. »Das mit Laern wollte ich nicht sagen. Ich habe mich hinreißen lassen.«

»Die Wahrheit«, murmelte der Großmeister Ohm, »braucht keine Entschuldigung.« In seinen nebelgrauen Augen, die unverwandt auf Morgons Gesicht lagen, spielte ein Schimmer von Neugier. »Nicht einmal ein Großmeister glaubt, alles zu wissen — außer in seltenen Fällen, wie den von Laern. Wollt Ihr das schwarze Gewand annehmen? Ihr habt es verdient, und es ist, wie Tel sagte, die einzige Ehrung, die wir Euch zuteil werden lassen können.«

Morgon schüttelte den Kopf.

»Ich hätte es gern. Gewiß, ich hätte es gern. Aber Rood begehrt es heißer als ich; er wird besseren Gebrauch davon machen als ich, und er soll es haben. Es tut mir leid, daß wir hier in Streit geraten sind — ich weiß nicht, wie es dazu kam.«

»Ich werde mit ihm sprechen«, versprach Tel. »Er war recht uneinsichtig und unnötig hart.«

»Er hat den Blick seines Vaters«, bemerkte Ohm. Morgons Augen schweiften flüchtig zu ihm hinüber.

»Ihr glaubt, daß er recht hatte?«

»Im wesentlichen, ja. Und auch Ihr glaubt es, obwohl Ihr Euch entschieden habt, nicht zu handeln — wie das im Sinne Eurer etwas höheren Anschauung Euer Recht ist. Aber ich vermute, eine Reise zum Sitz des Erhabenen wird nicht so sinnlos sein, wie Ihr glaubt.«

»Aber ich möchte heiraten. Und weshalb sollte ich dem Schicksal, das Rood mir bestimmt glaubt, nachspüren, ehe es mich aufspürt? Ich werde doch nicht einem Schicksal nachjagen wie einer verlorenen Kuh.«

Der schmale Mund des Großmeisters Ohm zuckte leicht.

»Wer war Ilon von Yrye?«

Morgon seufzte lautlos. »Ilon war ein Harfner am Hofe

Hars von Osterland, der Har mit einem Lied so schreckliche Schmach antat, daß er vor Har floh, weil er den Tod fürchtete. Allein wanderte er in die Berge, nahm nichts mit sich außer seiner Harfe, und lebte fern von den Menschen still und zurückgezogen, bestellte das Land und spielte auf seiner Harfe. So wunderbar waren die Klänge seiner Harfe in seiner Einsamkeit, daß sie zu seiner Stimme wurden und zu den Tieren sprachen, die um ihn lebten. Und von Geschöpf zu Geschöpf flog Kunde davon, bis es eines Tages dem Wolf von Osterland, Har, zu Ohren kam, als er in dieser Gestalt durch das Land schweifte. Die Neugier zog ihn an die äußersten Grenzen seines Königreichs, und dort fand er Ilon, der am Ende der Welt auf seiner Harfe spielte. Der Wolf setzte sich nieder und lauschte. Und als Ilon seine Weise beendete und den Blick hob, da sah er, daß das Schreckliche, vor dem er geflohen war, auf seiner Schwelle stand.«

»Und der Lehrsatz?«

»Der Mann, der vor dem Tode flieht, muß zuerst vor sich selbst fliehen. Aber ich sehe nicht, was das mit mir zu tun hat. Ich fliehe nicht: Ich hab ganz einfach kein Interesse.«

Das flüchtige Lächeln des Großmeisters vertiefte sich ein wenig. »Dann wünsche ich Euch Frieden in Eurem Desinteresse, Morgon von Hed«, sagte er still.

Morgon sah Rood nicht wieder, obwohl er den halben Nachmittag in den Gärten und auf der Felsklippe über dem Meer nach ihm suchte. Er nahm das Nachtmahl mit den Großmeistern ein, und als er später in der Windstille des abendlichen Zwielichts nach draußen wanderte, sah er den Harfner des Erhabenen die Straße heraufkommen.

Thod blieb stehen und sagte: »Ihr seht bedrückt aus.«

»Ich kann Rood nicht finden. Er muß nach Caithnard hinuntergegangen sein.« Tief in Gedanken fuhr er sich mit der Hand durch das Haar und drückte seine Schultern gegen den Stamm einer Eiche. Drei Sterne schimmerten unter seinem Haaransatz, matt und gedämpft im Abendlicht. »Wir hatten einen Streit; ich weiß nicht einmal genau, worum es eigentlich ging. Ich hätte ihn gern an meiner Seite, wenn ich nach Anuin reise, aber es ist schon spät, und ich weiß nicht, ob er nun kommen wird.«

»Wir sollten aufs Schiff gehen.«

»Ich weiß. Wenn wir die Ebbe versäumen, segeln sie ohne uns ab. Wahrscheinlich hockt er betrunken und nackt bis auf die Stiefel in irgendeiner Taverne. Vielleicht wäre es ihm lieber, ich unternähme eine lange Reise zum Erhabenen, anstatt Rendel zu heiraten. Und vielleicht hat er recht. Sie gehört nicht nach Hed, und das hat ihn so aufgewühlt. Vielleicht sollte ich ihn suchen und mich mit ihm betrinken und dann nach Hause fahren. Ich weiß es nicht.« Er sah den Blick des Unverständnisses im geduldigen Gesicht des Harfners und seufzte: »Ich hole mein Bündel.«

»Ich muß noch mit Großmeister Ohm sprechen, ehe wir abreisen. Aber gerade Rood hätte Euch doch gewiß die Wahrheit darüber gesagt, wie er zu der Heirat steht.«

Morgon stemmte sich von dem Baum ab.

»Ja, wahrscheinlich«, meinte er bedrückt. »Aber ich verstehe nicht, warum er mich gerade zu einer solchen Zeit so in Unruhe versetzen muß.«

Er holte sein Bündel aus dem Chaos von Roods Kammer und entbot den Großmeistern Lebewohl. Der Himmel dunkelte, als er und der Harfenspieler sich auf den langen Weg zurück zur Stadt machten; auf den beiden Landspitzen der Bucht waren die Leuchtfeuer entzündet worden; Lichter aus Häusern und Gaststätten hoben sich wie Sterne aus der Dunkelheit. Die Brandung schlug tosend gegen die Felsen, und ein abendlicher Wind regte sich, wurde stärker, blies den Geruch nach Salz und Nacht zum Festland hin. Das Handelsschiff schaukelte rastlos auf dem Wasser, als sie an Bord gingen; ein loses Segel fing den Wind auf, blähte sich geisterhaft im Mondlicht. Morgon, der am Heck stand, sah zu, wie die Lichter vom Hafen sich im gekräuselten Wasser fingen und verschluckt wurden.

»Wenn uns der Wind günstig ist, werden wir Anuin am Nachmittag erreichen«, sagte ein rotbärtiger Händler mit einer wulstigen Narbe im Gesicht freundlich zu ihm. »Ihr könnt oben oder unten schlafen, wie es Euch beliebt. Mit den Pferden unten, werdet Ihr Euch vielleicht hier oben an der Luft wohler fühlen. Es sind genug Felle von Euren eigenen Schafen da, Euch warm zu halten.«

»Dank Euch«, gab Morgon zurück.

Auf einer großen Rolle Kabel sitzend, die Arme auf die Reling gestützt, blickte er in den weißen Schaum des Kielwassers, das sich strudelnd zum Ruderschlag des schweigenden Steuermanns drehte. Seine Gedanken wanderten zu Rood; er verfolgte die Wirrungen ihres Streits zurück bis zu ihrem Ursprung und rätselte über den Kern der Auseinandersetzung. Der Wind trug die Stimmen der Schiffsbesatzung herüber, Wortfetzen von den Gesprächen der Händler über die Waren, die sie mit sich führten. Die Masten ächzten unter dem Druck des Windes; schwer beladen, tief im Wasser liegend, schnitt das Schiff nur leicht schlingernd durch die Wellen. Der Ostwind strich Morgon über die Wangen, das Knarren und sachte Schaukeln des Bootes schläferten ihn ein. Er legte den Kopf auf die Arme und schloß die Augen. Er schlief, als das Schiff plötzlich gerüttelt wurde, wie von den zwölf Winden zugleich gepackt, und als er hochschreckte, hörte er das dröhnende, unkontrollierte Schlagen des Ruders.

Er sprang auf. Der Ruf, den er ausstoßen wollte, erstarb ihm auf den Lippen, als er sah, daß das Deck hinter ihm leer war. Das Schiff, dessen Segel im rauhen Wind voll gebläht waren, schwankte heftig, so daß er gegen die Reling geschleudert wurde. Im letzten Moment vermochte er sich festzuhalten. Das Kartenhaus, wo die Händler im Lampenschein über ihren Papieren gesessen hatten, war finster. Heulend fuhr der Wind in die Segel, und das Schiff neigte sich so heftig, daß Morgon unter sich plötzlich weißen Schaum schimmern sah. Langsam kam er mit dem Schiff wieder hoch, die Zähne hart aufeinandergebissen, und spürte trotz der feinen, kalten Gischt, die ihn übersprühte, wie ihm im Nacken der Schweiß ausbrach.

Er sah, wie sich die Luke zum Laderaum widerstrebend gegen den Wind öffnete, erkannte das Haar, das im Mondlicht die Farbe von Spinnweben hatte. In einem Moment der Windstille rannte er hinüber, hielt sich dabei an jedem Balken und an jeder Ecke fest, an denen er vorbeikam. Zweimal mußte er rufen, ehe er gehört wurde. »Was machen die da unten?«

»Im Laderaum ist kein Mensch«, gab Thod zurück.

Morgon starrte ihn an, ohne zu begreifen. »Was?«

Thod, der in der offenen Luke hockte, legte eine Hand auf

Morgons Arm. Bei der Berührung und dem über die Decks fliegenden Blick zog sich Morgons Kehle plötzlich zusammen. »Thod —«

»Ja?« Der Harfner schob die Harfe etwas höher auf seine Schulter. Die Brauen hatte er gerunzelt.

»Thod, wo sind die Händler und die Seeleute? Sie können doch nicht einfach — sie können sich doch nicht einfach aufgelöst haben wie Schaumblasen. Sie — wo sind sie? Sind sie über Bord gestürzt?«

»Wenn das der Fall ist, dann haben sie vorher noch genug Segel gehißt, um uns mit sich zu nehmen.«

»Wir können das Segel einholen.« — »Ich glaube«, entgegnete Thod, »dazu haben wir keine Zeit mehr.«

Noch während er sprach, schleuderte sie das Boot in einem seltsam steifen Aufbäumen nach rückwärts. Die Tiere schrien vor Angst; das Deck unter ihren Füßen ächzte und stöhnte, als wollte es bersten. Über Morgons Kopf riß ein Tau, sauste peitschend über das Deck; rund um sie herum splitterte Holz und brach.

»Wir kommen überhaupt nicht vom Fleck!« schrie er. »Wir sind auf offener See, und wir kommen überhaupt nicht vom Fleck!«

Unter sich hörte er das Rauschen von Wasser, das sich gurgelnd durch den offenen Laderaum wälzte; das Schiff neigte sich zur Seite. Thod packte Morgon, als dieser hilflos über das Deck rutschte; eine Welle, die sich an der Seite des Schiffes brach, durchnäßte sie beide, und Morgon verschluckte sich mit dem kalten, bitter schmeckenden Wasser. Es gelang ihm aufzustehen, indem er sich mit einer Hand an Thod festhielt, und er warf seine Arme um den Mast, verzahnte seine Finger im Takelwerk. Als sein Gesicht nahe dem des Harfners war, schrie er heiser: »Was waren das für Leute?«

Wenn der Harfenspieler ihm eine Antwort gab, so hörte er sie nicht. Thods Gestalt verschwamm in einem Wasserschwall; der Mast brach mit einem Krachen, das Morgon durch Mark und Bein ging, und die gestreiften Segel, mit Takelwerk beschwert, rissen ihn aus seiner Umklammerung und zogen ihn ins Meer.

3

Hingeworfen wie ein Bündel Lumpen inmitten von Garben ausgedörrten Seetangs erwachte er, das Gesicht in den Boden gedrückt, den Mund voller Sand. Er hob den Kopf; ein knochenweißer Strand, übersät mit Algen und ausgebleichtem Treibholz, dehnte sich verschwommen unter einem betrachtenden Auge; auf dem anderen Auge sah er nichts. Er ließ den Kopf sinken, schloß die Augen wieder, und auf jener Seite, die erblindet war, berührte ihn jemand.

Er zuckte zusammen. Hände zogen an ihm, wälzten ihn auf den Rücken. Er starrte in die eisblauen Augen einer weißen Wildkatze. Sie hatte die Ohren angelegt.

»Xel«, rief warnend eine Stimme.

Morgon wollte sprechen, doch nur ein seltsam heiseres Geräusch drang aus seiner Kehle, etwa wie das Krächzen einer Krähe.

Die Stimme fragte: »Wer seid Ihr? Was ist Euch zugestoßen?«

Er versuchte zu antworten. Seine Stimme wollte die Wörter nicht formen. Noch während er mit seiner Stimme kämpfte, ging ihm auf, daß nirgendwo in ihm Wörter waren, mit denen er eine Antwort hätte bilden können.

»Wer seid Ihr?«

Er schloß die Augen. Schweigen kreiste wie ein Strudel in seinem Kopf und zog ihn immer tiefer in die Dunkelheit hinein.

Der Geschmack kühlen Wassers auf seinen Lippen weckte ihn erneut. Blind hob er die Hände, trank, bis die Salzkruste in seinem Mund sich auflöste; dann streckte er sich wieder aus, und der leere Becher rollte aus seinen Händen. Einen Augenblick später öffnete er das gesunde Auge wieder.

Ein junger Mann, mit glattem, weißem Haar und weißen Augen, kniete neben ihm auf dem Lehmboden eines kleinen Hauses. Das weit geschnittene, reich bestickte Gewand, das er trug, war fadenscheinig und zerschlissen; die Haut spannte sich straff über dem eingefallenen, fremdartigen Gesicht mit den stolzen Zügen.

Als Morgon blinzelnd zu ihm aufblickte, fragte er wieder: »Wer seid Ihr? Könnt Ihr jetzt sprechen?«

Morgon öffnete den Mund. Wie eine kleine Kräuselwelle, die vom Gestade zurückweicht, glitt sacht und leise etwas davon, das er einmal gewußt hatte. Plötzlich, heftig brach ein Atemstoß aus ihm hervor; gewaltsam preßte er die Ballen seiner Hände in seine Augen.

»Seid vorsichtig.« Der Mann zog ihm die Hände vom Gesicht. »Ihr scheint Euch den Kopf angeschlagen zu haben; Euer Auge ist ganz mit Blut und Sand verkrustet.« Behutsam wusch er es. »Ihr könnt Euch also an Euren Namen nicht erinnern. Seid Ihr in dem Sturm der letzten Nacht von einem Schiff ins Meer gestürzt? Seid Ihr aus Ymris? Aus Anuin? Aus Isig? Seid Ihr ein Händler? Kommt Ihr aus Hed? Aus Lungold? Seid Ihr ein Fischer aus Loor?« Verwundert und ratlos über Morgons Schweigen schüttelte er den Kopf. »Ihr seid stumm und unerklärlich wie die hohlen Goldkugeln, die ich auf der Ebene der Winde ausgrabe. Könnt Ihr jetzt sehen?«

Morgon nickte, und der Mann hockte sich auf die Fersen nieder. Stirnrunzelnd blickte er in Morgons Gesicht, als meinte er, in ihm irgendwo einen Namen finden zu können. Unvermittelt vertieften sich die Falten auf seiner Stirn; er hob eine Hand und strich Morgon das mit Salz verkrustete Haar aus der Stirn. Seine Stimme war heiser, als er sprach.

»Drei Sterne.«

Morgon griff sich mit der Hand an die Stirn, sie zu berühren. Leise, ungläubig sagte der Mann: »Nicht einmal daran erinnert Ihr Euch. Ihr seid aus dem Meer emporgetaucht mit drei Sternen auf Eurem Gesicht, ohne Namen und ohne Stimme, wie ein Omen aus der Vergangenheit —« Er brach ab, als Morgons Hand auf seinen Arm niederfiel und ihn umfaßte und Morgon ein fragendes Knurren hervorstieß. »Oh! Ich bin Astrin Ymris.« Dann fügte er steif, beinahe bitter hinzu: »Ich bin der Bruder und Landerbe von Heureu, dem König von Ymris.« Er schob einen Arm unter Morgons Schultern. »Wenn Ihr Euch aufsetzt, gebe ich Euch trockene Sachen zum Anziehen.«

Er streifte Morgon den zerfetzten, durchnäßten Kittel ab, wusch ihm den Sand vom Körper und half ihm in eine lange Kutte aus kostbarem, dunklem Tuch. Er holte Holz, fachte die Glut unter einem Suppenkessel an; doch als die Suppe heiß war, war Morgon eingeschlafen.

Zur Abenddämmerung erwachte er. Das Häuschen war leer; er setzte sich auf und sah sich um. Möbel gab es nur wenige: eine Bank, einen großen Tisch, auf dem alle möglichen Dinge herumlagen, einen hohen Hocker, den Strohsack, auf dem Morgon geschlafen hatte. An der Tür lehnten einige Werkzeuge: eine Hacke, ein Hammer, ein Meißel, ein Besen; Schmutz haftete an ihnen. Morgon stand auf und ging zur Tür, um sie zu öffnen. Vor ihm dehnte sich eine weite, windgepeitschte Ebene nach Westen so weit sein Auge reichte. Nicht fern vom Haus erhoben sich düstere, formlose Steingebilde, die im verblassenden Licht verwischt wirkten. Im Süden zog sich wie eine Grenze zwischen zwei Ländern die dunkle Linie tiefer Wälder hin. Der Wind, der vom Meer hereinblies, heulte rastlos in hohl klingendem Gewimmer. Er brachte den Geruch von Salz und Nacht mit, und während Morgon seinem Gesang lauschte, flackerte flüchtig eine Erinnerung an Finsternis und schäumendes Wasser, an Eiseskälte und tobende Winde in ihm auf, und er umklammerte den Türpfosten, um nicht zu fallen. Doch das verschwommene Bild löste sich auf, und er fand keine Worte für es.

Er drehte sich um. Seltsame Dinge lagen auf Astrins breitem Tisch. Neugierig berührte er sie; einzelne Stücke zersprungenen, wunderschön gefärbten Glases, Scherben fein bemalter Keramik, einige Glieder einer schweren Kupferkette, eine zerbrochene Flöte aus Holz und Gold. Ein Spiel von Farben zog sein Auge auf sich; er streckte die Hand danach aus. Es war ein geschliffener Edelstein von der Größe seines Handtellers, und durch ihn hindurch zogen, während er ihn drehte, alle Schattierungen der Meeresfarben.

Er hörte Schritte und blickte auf. Astrin kam herein, Xel an seiner Seite. An der Feuerstelle legte er einen schweren, schmutzverschmierten Sack ab.

Während er das Feuer schürte, sagte er: »Er ist herrlich, nicht wahr? Ich habe ihn am Fuß des Turms der Winde gefunden. Kein Händler, dem ich ihn zeigte, konnte mir für diesen Stein einen Namen nennen, deshalb brachte ich ihn nach Isig, zu Danan Isig selbst. Er sagte, nie hätte er in seinem Berg einen solchen Edelstein gesehen, und er wüßte auch keinen außer sich selbst und seinem Sohn, der ihn so makellos hätte schleifen können. Er schenkte mir Xel aus Freundschaft. Ich konnte ihm nichts geben, aber er meinte, ich hätte ihm ein Geheimnis geschenkt, und das wäre manchmal ein kostbares Ding.« Er schaute in den Topf über den Flammen, griff dann zu dem Sack und zu einem Messer, das am Feuer hing. »Xel hat zwei Hasen gefangen; ich mache sie zum Nachtmahl...«

Er blickte auf, als Morgon seinen Arm berührte. Er ließ es zu, daß Morgon ihm das Messer abnahm.

»Könnt Ihr sie häuten?«

Morgon nickte.

»Ihr wißt also, daß Ihr das könnt. Könnt Ihr Euch sonst an irgend etwas erinnern, was Euch selbst angeht? Denkt nach. Versucht —« Er brach ab, als er Morgons gequältes Gesicht sah. Vorsichtig nahm er Morgon beim Arm. »Macht nichts. Es wird Euch schon wieder einfallen.«

Beim Schein des Feuers aßen sie zu Abend, schlossen die Tür, als draußen plötzlich heftiger Regen herabströmte. Astrin aß schweigend, während Xel zusammengerollt zu seinen Füßen lag. Er schien in ein gewohnheitsmäßiges Schweigen verfallen, seine Gedanken nach innen gekehrt. Als er fertig gegessen hatte, öffnete er die Tür, schloß sie wieder angesichts des peitschenden Regens. Die Katze hob miauend den Kopf. Astrins Bewegungen wurden rastlos. Seine Hände glitten über Bücher und öffneten sie nicht, legten Scherben von Glas aneinander, die nicht paßten, und ließen sie wieder fallen. Sein Gesicht war ausdruckslos, als lauschte er auf ein Geräusch jenseits des Rauschens des Regens. Mit schmerzendem Kopf, das verwundete Auge auf kühlen Stein gedrückt, hockte Morgon am Herd und beobachtete ihn. Astrins rastlose Wanderungen führten ihn schließlich zu Morgon hin; aus seinen weißen, geheimnisvoll verschlossenen Augen blickte er auf Morgon nieder, bis dieser wegsah.

Mit einem Seufzer setzte ich Astrin neben ihn.

»Ihr seid so sehr von Geheimnis umwittert wie der Turm des Windes«, bemerkte er unvermittelt. »Ich bin seit fünf Jahren hier, aus Caerweddin verbannt. Ich rede nur mit Xel, mit einem alten Mann, von dem ich in Loor Fisch kaufe, hin und wieder mit einem Händler und mit Rork, dem Ritter von Umber, der mich alle paar Monate aufsucht. Bei Tag ziehe ich aus und grabe aus Neugier in den Ruinen der großen versunkenen Stadt der Erdherren auf der Ebene des Windes. Des Nachts führt die Wißbegierde mich in andere Richtungen, manchmal zu Büchern der Zauberkunst, die zu öffnen ich gelernt habe, manchmal hinaus in die Finsternis am Meer oberhalb von Loor. Ich nehme Xel mit, und wir beobachten etwas, das sich im Schatten der Nacht an den Gestaden von Ymris zusammenbraut, etwas, wofür es keinen Namen gibt... Heute nacht aber kann ich nicht dort hinaus; bei diesem Sturm ist die Brandung rauh und heftig, und Xel mag den Regen nicht.« Er schwieg einen Augenblick. »Eure Augen sehen mich an, als verstündet Ihr alles, was ich sage. Ich wünschte, ich wüßte Euren Namen. Ich wünschte...« Seine Stimme verklang; seine Augen blieben nachdenklich auf Morgons Gesicht.

So plötzlich wie er sich niedergesetzt hatte, stand er auf und nahm von seinem Bücherbord einen schweren Folianten, in den in Gold ein Name geprägt war: Aloil. Das Buch war mit zwei anscheinend nahtlosen Eisenbändern verschlossen. Er berührte sie, murmelte ein Wort, und sie sprangen auf.

Morgon trat zu ihm; er blickte auf. »Wißt Ihr, wer Aloil war?«

Morgon schüttelte den Kopf. Dann aber weiteten sich seine Augen flüchtig, als es ihm einfiel. Astrin jedoch fuhr schon fort zu sprechen.

»Die meisten haben ihn vergessen«, sagte er. »Er war der Zauberer, der den Königen von Ymris neunhundert Jahre lang diente, ehe er nach Lungold ging und dann vor siebenhundert

Jahren mit der ganzen Schule der Zauberer vom Erdboden verschwand. Ich habe das Buch von einem Händler gekauft; zwei Jahre brauchte ich, um das Wort zu finden, das es öffnet. Viele der Verse, die Aloil schrieb, waren an die Zauberin Nun gerichtet, die in den Diensten von Hel stand. Ich versuchte, mit ihrem Namen das Buch zu öffnen, aber das ging nicht. Dann fiel mir der Name ihres Lieblingsschweins aus allen Schweineherden von Hel ein: der Name des sprechenden Schweins, Hegdis-Noon — und das war das Schlüsselwort.«

Er legte den schweren Band auf den Tisch und blätterte darin.

»Irgendwo in diesem Buch steht der Zauberspruch, der den Stein auf der Ebene von Königsmund zum Sprechen brachte. Kennt Ihr diese Sage? Aloil war voller Zorn auf Galil Ymris, weil der König sich weigerte, während einer Belagerung von Caerweddin seinem Rat zu folgen und als Folge davon Aloils Turm niedergebrannt wurde. Aloil ließ deshalb einen Stein auf der Ebene oberhalb von Caerweddin acht Tage und acht Nächte lang mit so lauter Stimme sprechen, daß man bis Umber und Meremont seine Worte vernahm, und der Stein trug alle von Galils heimlich geschriebenen, schlechten und armseligen Versen vor. Daher hat die Ebene ihren Namen.« Er blickte auf und sah Morgons Lächeln. »Soviel habe ich schon einen ganzen Monat lang nicht mehr gesprochen. Xel kann nicht lachen. Ihr bringt mir in Erinnerung, daß ich ein Mensch bin. Ich vergesse das manchmal; nur wenn Rork Umber hier ist, erinnere ich mich allzugut, wer ich bin.« Er blickte wieder auf das Buch hinunter und schlug eine Seite um. »Hier ist es. Wenn ich seine Handschrift lesen kann...«

Eine Weile blieb er still, während Morgon ihm über die Schulter blickte und las und der Schein einer Kerze flackernd über das Papier spielte. Schließlich richtete sich Astrin auf. Behutsam nahm er Morgon beim Arm.

»Ich denke mir«, sagte er langsam, »wenn dieser Zauberspruch einen Stein zum Sprechen bringen kann, wird er vielleicht auch Euch zum Sprechen bringen. Ich habe mich nicht viel mit Seelenarbeit befaßt; ich bin in Xels Seele hineingetaucht und einmal in Rorks, mit seiner Erlaubnis. Wenn Ihr Angst habt, so werde ich dies nicht tun. Aber vielleicht kann ich Euren Namen finden, wenn ich tief genug hineintauche. Wollt Ihr, daß ich es versuche?«

Morgon legte beide Hände auf seinen Mund. Er nickte, die Augen auf Astrin gerichtet, und Astrin holte tief Atem.

»Gut, setzt Euch. Sitzt ganz ruhig. Das ist der erste Schritt. Ihr müßt wie der Stein werden...«

Morgon setzte sich auf den Hocker. Astrin, der ihm gegenüber stand, schien zu einem reglosen, dunklen Schemen im flackernden Licht zu erstarren. Morgon nahm eine seltsame Verwandlung des Raums wahr, als überlagerte ein anderes Bild desselben Raumes sein eigenes, und er blinzelte ein wenig, um schärfer sehen zu können. Abgerissene Gedankenfetzen stiegen in ihm auf: die Ebene, die er betrachtet hatte, Xels Gesicht, die Felle, die er zum Trocknen aufgehängt hatte. Dann kam nichts mehr; nur eine lange Finsternis und ein Zurückweichen.

Bewegung kam wieder in Astrin, seltsam spiegelte sich das Feuer in seinen Augen.

»Es war nichts da«, flüsterte er. »Es ist, als hättet Ihr keinen Namen. Ich konnte den Ort nicht erreichen, wo Ihr Euren Namen und Eure Vergangenheit vor Euch selbst verborgen habt. Es liegt tief, tief unten...«

Er brach ab, als Morgon aufstand. Fest umschlossen Morgons Hände Astrins Arme; er schüttelte Astrin ein wenig, drängend, fordernd.

»Ich will es weiter versuchen«, versprach Astrin. »Aber nie bin ich einem Mann begegnet, der sich vor sich selbst so verborgen hält. Es muß andere Zaubermittel geben; ich werde suchen. Aber ich weiß nicht, warum Euch soviel daran liegt. Das muß doch der höchste Friede sein, keinen Namen zu haben und kein Gedächtnis... Ja, gut, ich werde weiter suchen. Seid geduldig.«

Am folgenden Tag hörte Morgon ihn schon bei Sonnenaufgang rumoren und stand auf. Es regnete nicht mehr; die Wolken hingen in Fetzen über der Ebene des Windes. Sie nahmen ein Morgenmahl aus kaltem Hasen, Wein und Brot zu sich, und danach wanderten sie, mit Astrins Werkzeugen beladen und Xel im Gefolge, über die Ebene zu der alten, untergegangenen Stadt.

Der Ort war ein Labyrinth abgebrochener Säulen, eingestürzter Mauern, dachloser Gemächer, abbröckelnder Treppen, die ins Nichts führten, windschiefer Torbogen, die in ihren Grundfesten erschüttert waren, und das alles einst erbaut aus mächtigen, glatten Quadern glänzenden Steins, die in sämtlichen Schattierungen von Rot, Grün, Gold, Blau, Grau, Schwarz leuchteten, viele gemasert und von anderen Farben durchwoben. Eine breite Prachtstraße aus goldweißen Steinplatten, in deren Ritzen Gras wucherte, begann am östlichen Rand der Stadt, zog sich mitten durch sie hin und endete am Fuß des einzigen noch intakten Gebäudes der Stadt: einem Turm, der sich von einem umfangreichen schwarzen Sockel aus spiralförmig in die Höhe schraubte zu einem kleinen, runden, tiefblauen Gemach hoch oben auf seiner Spitze. Morgon, der an Astrins Seite die breite Straße hinunterschritt, blieb stehen, um das Bauwerk zu betrachten.

»Der Turm des Windes«, bemerkte Astrin. »Kein Mensch war je oben auf seiner Spitze — auch kein Zauberer. Aloil versuchte es; sieben Tage und sieben Nächte lang stieg er die Treppen hinauf und erreichte niemals ihr Ende. Ich selbst habe es viele Male versucht. Ich glaube, auf der Spitze dieses Turms warten die Antworten auf Fragen, die so alt sind, daß wir vergessen haben, sie zu stellen. Wer waren die Erdherren? Welche schreckliche Katastrophe vernichtete sie und ihre Städte? Ich spiele wie ein Kind unter den Gebeinen dieser Stadt, finde hier einen schönen Stein, dort einen zerbrochenen Teller und hoffe, daß ich eines Tages den Schlüssel zu ihrem Geheimnis finden werde, die erste Ahnung einer Antwort... Auch von diesen mächtigen Steinen brachte ich einen Splitter zu Danan Isig; er sagte, er wüßte von keinem Ort im Reich des Erhabenen, wo solcher Stein gefördert wird.« Er tippte Morgon leicht auf den Arm, um sein Augenmerk auf sich zu ziehen. »Ich bin da drüben, in diesem Zimmer ohne Dach. Kommt mir nach, wenn Ihr es wünscht.«

Allein nun in der verödeten, im Wind singenden Stadt, wanderte Morgon durch die dachlosen Säle und die wandlosen Gemächer. Um ihn herum rasten die Winde wie wilde Pferde, tobten durch verödete Zimmer, donnerten die Straße hinunter, um kreiselnd an den Mauern des Turms emporzuklettern und seufzend durch das unzugängliche blaue Gemach oben an seiner Spitze zu flattern. Morgon, angezogen von dem himmelhohen, leuchtenden Bauwerk, folgte den Winden und legte eine Hand flach auf die blauschwarze Wand, während er den Fuß auf die erste Stufe setzte. Die goldenen Stufen wanden sich im Bogen von ihm weg; die Winde pufften ihn wie Kinder, drängten sich an ihm vorbei. Er zögerte einen Augenblick, dann wandte er sich ab und machte sich auf die Suche nach Astrin.

Den ganzen Tag arbeitete er mit Harke und Schaufel an Astrins Seite in einem kleinen Zimmer, dessen Boden unter die Erde gesunken war. Die gelockerte Erde zerkrümelte er in seinen Händen, durchsuchte sie nach Scherben von Metall, Glas, Tongeschirr. Einmal, als er die Hände voll feuchter schwarzer Erde hatte, stieg ihm der kräftige, gute Geruch in die Nase, und etwas in ihm öffnete sich voller Sehnsucht. Ohne sich dessen bewußt zu sein, stieß er einen Laut aus. Astrin blickte auf.

»Was ist? Habt Ihr etwas gefunden?«

Er ließ die Erde aus den Händen rieseln und schüttelte den Kopf. Er spürte Tränen hinter den Augen und wußte nicht, warum.

Als sie, ihre Funde sorgsam in altes Tuch eingehüllt, bei Abenddämmerung heimwärts wanderten, sagte Astrin zu ihm: »Ihr seid so ruhig und geduldig. Vielleicht gehört Ihr hierher, um schweigend inmitten dieser vergessenen Dinge zu arbeiten. Und Ihr laßt mein verschrobenes Gebaren so fraglos gelten, als könntet Ihr Euch nicht erinnern, wie Menschen miteinander leben...« Er schwieg einen Moment, dann sprach er langsam weiter: »Ich war nicht immer allein. Ich bin in Caerweddin aufgewachsen, zusammen mit Heureu und den Söhnen der Ritter meines Vaters. Wir lebten in dem prächtigen, lebhaften Haus, das Galil Ymris aus den Steinen der Erdherren erbaute. Heureu und ich waren einander damals nahe, so als wäre einer der Schatten des anderen. Das war, bevor wir stritten.« Er wedelte die Worte fort, als Morgon ihn ansah. »Hier ist es nicht von Gewicht. Ich werde niemals nach Caerweddin zurückkehren, und Heureu wird nie hierher kommen. Ich hatte nur vergessen, daß es eine Zeit gab, als ich nicht allein war. Man vergißt leicht.«

An diesem Abend ließ er Morgon nach dem Nachtmahl allein. Morgon, der Schmutz und Erde von den Tonscherben fegte, die sie gefunden hatten, wartete geduldig. Stunden nach Sonnenuntergang erhoben sich die Winde; ihm wurde unbehaglich, als er spürte, mit welcher Heftigkeit sie an den Fugen des kleinen Hauses rissen, beinahe so, als wollten sie es davontragen. Einmal drückte er die Tür auf, um nach Astrin Ausschau zu halten; der Wind riß sie ihm aus der Hand, so daß sie krachend aufflog, und stemmte sich im wütenden Kampf gegen ihn, als er sie mühsam wieder zuzog.

Als der Wind sich endlich legte, senkte sich eine tiefe Stille über die Ebene der Winde. Hoch ragte der Turm aus steinernen Ruinen empor, dem Auge des Mondes nichts preisgebend. Morgon legte mehr Holz auf das Feuer, machte sich aus einem Eichenast eine Fackel und ging nach draußen. Plötzlich hörte er von der Seite des Hauses her schweres Atmen, einen seltsam schleppenden Schritt. Er drehte sich um und sah, daß Astrin zusammengekrümmt an der Hauswand lehnte.

Als Morgon seine Fackel löschte, um ihm zu Hilfe zu eilen, sagte er: »Es geht schon.« Im Licht, das durch das Fenster drang, war sein Gesicht fahl wie der Morgennebel. Schwerfällig legte er einen Arm um Morgons Schulter, und zusammen stolperten sie schwankend ins Haus. Astrin ließ sich auf den Strohsack niederfallen. Seine Hände waren blutiggekratzt; sein Haar war zerzaust und naß von Meeresschaum. Er drückte die rechte Hand gegen seine Seite und weigerte sich, sie wegzunehmen, bis Morgon, der sah, wie ein dunkler Fleck sich unter seinen Fingern ausbreitete, einen ärgerlichen Laut des Protests ausstieß. Astrin ließ sich auf dem Strohsack nach rückwärts fallen. Seine Hand glitt herunter.

»Nicht«, flüsterte er, als Morgon eine Naht seines Gewandes aufriß. »Ich bin knapp an Kleidern. Er hat mich zuerst gesehen, aber ich habe ihn getötet. Dann stürzte er ins Meer, und ich mußte zwischen den Felsen nach ihm tauchen, sonst hätten sie ihn gefunden. Ich habe ihn im Sand verscharrt. Dort werden sie ihn nicht finden. Er war — seine Gestalt war aus Tang und Schaum und flüssigem Perlmutt, und das Schwert war aus Dunkelheit und silbernem Wasser. Er hackte auf mich ein und flog davon wie ein Vogel. Hätte Xel mich nicht gewarnt, so wäre ich jetzt tot. Hätte ich mich nicht umgedreht —«

Er zuckte zusammen, als Morgon mit einem feuchten Tuch seine Seite berührte. Dann blieb er stumm, die Zähne aufeinandergebissen, die Augen geschlossen, während Morgon behutsam die Wunde wusch, um sie dann mit Stoffstreifen von seinem trockenen Gewand zu verbinden. Er machte Wein heiß; Astrin trank, und nach einer Weile fröstelte ihn nicht mehr. Er legte sich wieder nieder.

»Ich danke Euch. Xel — danke. Wenn Xel zurückkommt, dann laßt sie ein.«

Er schlief wie ein Toter, völlig erschöpft; nur einmal, kurz vor Morgengrauen, erwachte er, als Xel vor der Tür wimmerte und Morgon, der schlaflos am Feuer gesessen hatte, aufstand, der völlig durchnäßten Jägerin zu öffnen.

Am folgenden Tag sprach Astrin kaum über den Zwischenfall. Er bewegte sich mit steifen Gliedern, und auf seinem Gesicht lag ein verkrampfter, bitterer Ausdruck, der sich nur ein wenig löste, wenn seine Augen auf Morgons stilles, gequältes Gesicht fielen.

Sie verbrachten den Tag im Haus. Astrin blätterte unermüdlich in Zauberbüchern wie ein Tier, das eine Fährte gewittert hat, und Morgon versuchte, Astrins zerfetzte Kutte zu waschen und zu flicken, während Fragen, die er nicht stellen konnte, wie gefangene Vögel in den dunklen Räumen seines Geistes umherflatterten.

Gegen Sonnenuntergang schließlich tauchte Astrin aus seinen finsteren Gedanken auf. Mit einem Seufzer klappte er ein Buch zu und sagte, während er auf die Ebene hinausblickte: »Ich sollte Heureu Bescheid geben.« Mit der flachen Hand schlug er auf das Buch und flüsterte: »Nein. Soll er es mit eigenen Augen sehen. Das Land ist seine Sache. Vor fünf Jahren hat er mich aus Caerweddin vertrieben, weil ich die Wahrheit sprach; weshalb sollte ich zurückkehren?«

Morgon, der ihn beobachtete, während er am Herd saß und mit Nadel und Faden kämpfte, ließ ein fragendes Geräusch hören. Astrin drehte sich um, um für ihr Nachtmahl Holz auf das Feuer zu legen. Er hielt einen Moment inne, um Morgon die Hand auf die Schulter zu legen.

»Ich bin froh, daß Ihr gestern nacht hier wart. Wenn es etwas gibt, das ich für Euch tun kann, so will ich es tun.«

Eine Zeitlang ging er des Nachts nicht mehr aus dem Haus. Bei Tag arbeitete Morgon Seite an Seite mit ihm an den Ausgrabungen in der Ruinenstadt; an den langen, ruhigen Abenden versuchte er dann, die Glasstücke oder Tonscherben zusammenzusetzen, während Astrin über seinen Büchern brütete. Manchmal gingen sie mit Xel in den Eichenwald, der südlich des Hauses lag und sich über die Grenzen von Ymris hinaus nach Westen erstreckte, auf die Jagd.

Einmal, als sie unter dem sanften, stetigen Regen welker Eichenblätter dahinschritten, bemerkte Astrin: »Ich sollte Euch nach Caithnard bringen. Es liegt nur eine Tagesreise südlich dieses Waldes. Vielleicht kennt Euch dort jemand.«

Doch Morgon blickte ihn verständnislos an, so als wäre Caithnard in irgendeinem wildfremden Land auf dem Grund des Meeres gelegen. Astrin erwähnte es nicht wieder.

In einer Ecke des Gemachs, in dem sie arbeiteten, entdeckte Morgon einige Tage später ein Häufchen schöner roter und violetter Glasscherben. Er nahm die Bruchstücke mit in Astrins Haus, kratzte den Schmutz und die Erde herunter und saß lange grübelnd über ihnen. Am folgenden Tag regnete es in Strömen; sie konnten nicht hinaus. In dem kleinen Haus roch es feucht und modrig, und das Feuer rauchte. Xel strich rastlos umher, wandte sich hin und wieder mit klagendem Wimmern an Astrin, der murmelnd über einem Zauberbuch hockte, das er nicht öffnen konnte. Morgon machte sich daran, mit einer Paste, die Astrin angerührt hatte, die Glasscherben Stück um Stück zusammenzusetzen.

Er blickte auf, als Astrin gereizt sagte: »Xel, sei still. Ich weiß keine Worte mehr. Yrth war nach dem Gründer selbst der mächtigste Zauberer, und er verschloß seine Bücher zu gut.«

Morgon öffnete den Mund, stieß ein kurzes Geräusch aus, während auf seinem Gesicht ein Ausdruck lag, in dem sich Verwirrung und Verwunderung mischten. Abrupt drehte er sich um, holte aus dem Feuer einen halbverbrannten Zweig und blies die Flammen aus. Mit Asche schrieb er auf die Tischplatte: ›Ihr braucht seine Harfe.‹

Astrin, der ihn aufmerksam beobachtet hatte, glitt hastig vom Hocker. Er stellte sich hinter Morgon und blickte ihm über die Schulter.

»Ich brauche seine was? Eure Handschrift ist so schwer zu lesen wie Aloils. Oh! Seine Harfe.« Seine Hand schloß sich um Morgons Schulter. »Ja. Vielleicht habt Ihr recht. Vielleicht hat er das Buch mit einer Folge von Tönen der Harfe verschlossen, die er gemacht hat — oder mit jener einzigartigen tiefen Saite, von der es heißt, daß sie Waffen zerschmettern kann. Aber wo soll ich sie finden? Wißt Ihr, wo sie ist?«

Morgon schüttelte den Kopf. Dann ließ er den Zweig fallen, starrte auf ihn hinunter, als hätte dieser selbständig die Worte geschrieben, die auf dem Tisch standen. Als er einen Augenblick später den Kopf wandte, begegneten seine Augen Astrins Blick. Astrin schlug abrupt eines von Aloils Zauberbüchern auf, drückte Morgon eine Feder in die Hand.

»Wer bezahlte für seine Gestalt mit den Narben auf seinen Händen, und wen bezahlte er?«

Morgon begann langsam am Rand eines der Blätter von Aloils Buch hinunterzuschreiben. Als er zum Ende der Antwort auf das uralte Osterlandrätsel gekommen war und eben mit dem Lehrsatz angefangen hatte, unterbrach ihn Astrins Stimme.

»Ihr habt in Caithnard studiert. Kein Mensch ohne Stimme lernt an dieser Schule — das weiß ich; ich habe selbst ein Jahr dort verbracht. Könnt Ihr Euch daran erinnern? Könnt Ihr Euch an irgend etwas im Zusammenhang damit erinnern?«

Morgon starrte ihn an. Er stand auf, als wollte er sogleich aufbrechen, und die Bank hinter ihm stürzte um; Astrin holte ihn ein, als er schon an der Tür war.

»Wartet. Es ist beinahe Abend. Ich will morgen mit Euch nach Caithnard ziehen, wenn Ihr wartet. Ich habe selbst einige Fragen an die Großmeister.«

Unter dem sanften Rauschen des Regens, der aufs Dach klopfte, standen sie am folgenden Tag schon vor Morgengrauen auf. Ehe die Sonne aufging, klarte es auf; sie ließen Xel schlafend am Feuer zurück und wanderten in südlicher Richtung durch das regennasse Gras der Ebene zur Grenze von Ymris. Hinter Regenwolken, die wie Schiffe über dem grauen Meer trieben, kam die Sonne hervor. Zitternd strich der Wind durch die Bäume, zupfte die letzten feuchten Blätter von den Ästen, als sie in den Wald hineinschritten und Kurs nahmen auf die große Handelsstraße, die, die alte Stadt Lungold mit Caithnard verbindend, durch ganz Ymris hindurchführte.

»Gegen Mittag müßten wir die Straße erreichen«, bemerkte Astrin.

Morgon, der unverwandt in das Gewirr der Bäume spähte, als könnte er durch sie hindurch eine Stadt sehen, die er nicht kannte, gab geistesabwesend ein Geräusch der Antwort von sich. Krähen flatterten schwarz durch die fernen Zweige; spottisch hallten ihre heiseren Schreie zu ihm zurück. Er hörte Stimmen; zwei Händler, die lachend durch den frühen Morgen ritten, scheuchten ein ganzes Volk von Vögeln aus einem Baum auf. Sie holten Morgon und Astrin ein; einer von ihnen hielt an, neigte wohlerzogen den Kopf.

»Herr Astrin. Ihr seid weit von Eurer Heimat.« Er drehte sich um und lockerte die Riemen seiner Satteltasche. »Ich habe eine Botschaft von Mathom von An für Heureu Ymris. Ich glaube, es geht um den Mann, der Pevens Krone gewonnen hat. Tatsächlich habe ich Botschaften für fast alle Landherrscher des Reiches. Ich hatte vor, bei Euch einzukehren und Euch die Botschaft zu übergeben.«

Astrins weiße Brauen zogen sich zusammen.

»Ihr wißt, daß ich Heureu seit fünf Jahren nicht gesehen habe«, gab er ziemlich kalt zurück.

Der Händler, ein großer, rothaariger Mann mit einer wulstigen Narbe im Gesicht, zog eine Augenbraue hoch.

»Ach? Ja, seht Ihr, die Schwierigkeit ist, daß ich von Meremont aus zu Schiff weiterreise. Ich werde also nicht bis Caerweddin kommen.« Er griff in seine Satteltasche. »Ich bitte Euch daher, ihm diese Botschaft zu überbringen.«

Eine silberne Klinge schwang sich in hohem Bogen aus der Satteltasche und sauste pfeifend auf Astrin hinunter. Das Pferd des Händlers bäumte sich verschreckt auf, und die Schwertklinge zischte an Astrins Gesicht vorbei, streifte den Ärmel von Morgons Gewand. Nach dem ersten Moment lähmender Ungläubigkeit sprang Morgon vor, packte den Händler beim Handgelenk, ehe er den Arm wieder hochschwingen konnte; der zweite Händler drängte sein Pferd hinter Morgon und holte seinerseits zum Schlag aus. Die Klinge seines Schwerts traf Morgon unter dem erhobenen Arm.

Einen Moment lang verfing sich die Klinge in dem dunklen, schweren Tuch. Morgon, dem der Hieb Luft und Stimme genommen hatte, hörte Astrin ächzen, und dann vernahm er eine Weile gar nichts. Eine seltsame Stille erfüllte ihn, eine verschwommene Wahrnehmung von etwas, das grün war und vertraut und das ähnlich roch wie das feuchte, zertrampelte Gras. Es löste sich auf, ehe er es beim Namen nennen konnte, nicht aber, ehe er wußte, daß es seinen eigenen Namen barg. Dann spürte er, wie seine Knie unter ihm zitterten, und er hörte seinen keuchenden Atem. Die Lippen aufeinandergepreßt, zwinkerte er mit den Wimpern etwas weg, das er für Blut hielt; doch es waren nur die Tropfen des Regens, der wieder zu fallen begonnen hatte.

Ein Pferd ohne Reiter galoppierte unter den Bäumen davon; bei dem anderen stand Astrin, ein blutverschmiertes Schwert in einer Hand, und löste die Sattelgurte. Er zog den Sattel herunter und führte das Pferd zu Morgon hin. Sein Gesicht war mit Blut befleckt; die Händler lagen leblos neben ihren Bündeln und Sätteln.

»Könnt Ihr aufstehen?« fragte Astrin schwer atmend. »Wo seid Ihr verletzt?« Er sah den dunklen Fleck, der sich unter Morgons Arm ausbreitete, und verzog das Gesicht. »Laßt mich sehen.«

Morgon schüttelte den Kopf, den Arm mit der Hand an seine Seite gepreßt. Mühsam rappelte er sich hoch, schluckte all die Laute und Geräusche hinunter, die ihm den Spott der Krähen eingebracht hätten. Astrin nahm ihn fest bei seinem gesunden Arm. Sein Gesicht, das stets ohne Farbe war, wirkte grau im Regen. »Schafft Ihr es zurück zum Haus?«

Morgon nickte und schaffte es bis zum Rand der Ebene.

Er erwachte, als Astrin, der hinter ihm abstieg, ihn behutsam vom Rücken des Pferdes zog und ins Haus trug. Mit dem Fuß stieß er die Tür zu, als Xel, die sie gewittert hatte, hinausschoß. Morgon fiel auf den Strohsack nieder; Astrin schlitzte trotz Morgons stummen Widerstands das dunkle Gewand auf und fand die Wunde, die von der weichen Haut der Achselhöhle schräg nach unten lief und drei Rippen bloßlegte.

In diesem Augenblick klopfte es an der Tür; Astrin wirbelte herum und griff im Aufspringen mit einer einzigen fließenden und geübten Bewegung zu dem Schwert neben dem Lager. Er stieß die Tür auf; die Spitze des blutverschmierten Schwerts richtete sich drohend auf die Brust eines Händlers. Der sagte: »Herr —«, und dann verschlug es ihm die Sprache.

»Was ist?«

Der Händler, ein breitgebauter Mann mit schwarzem Bart und gutmütigem Gesicht, in ein wallendes Gewand aus Herun gehüllt, trat einen Schritt zurück.

»Ich habe eine Botschaft von —« Wieder brach er ab, als das Schwert von seiner Brust zu seinem Hals hinaufglitt. Flüsternd vollendete er: »— von Rork Umber. Herr, Ihr kennt mich —«

»Ich weiß.« Morgon, der mit Anstrengung den Kopf hob, sah, daß Astrins Gesicht wachsbleich geworden war. »Deshalb werde ich Euch vielleicht gestatten, diesen Ort lebend zu verlassen, wenn Ihr auf der Stelle kehrtmacht und Euch schleunigst von hier fortbegebt.«

»Aber, Herr —« Sein Blick löste sich von Astrins Gesicht und wanderte neugierig zu Morgon, und Morgon sah in den dunklen, verwunderten Augen seinen eigenen Namen aufblitzen. Er gab einen drängenden Laut der Frage von sich; der Händler holte Luft. »Das also ist ihm widerfahren? Er kann nicht sprechen —«

»Geht!« Der schrille Unterton von Verzweiflung, die zu allem fähig war, erschreckte selbst Morgon. Der Händler jedoch, dessen Gesicht bleich war unter dem dunklen Bart, behauptete hartnäckig seinen Platz.

»Aber der Harfner des Erhabenen ist in Caerweddin und sucht —«

»Ich habe eben zwei Händler getötet, und beim Namen des Erhabenen, ich schwöre, ich werde einen dritten töten, wenn Ihr Euch nicht augenblicklich von meiner Schwelle hebt.«

Der Händler trat den Rückzug an; Astrin blieb an der offenen Tür stehen, bis der Hufschlag verklang. Dann lehnte er mit zitternden Händen das Schwert an den Türpfosten und kniete wieder neben Morgon nieder.

»Es ist gut«, flüsterte er. »Liegt still. Ich werde tun, was in meiner Macht steht.«

Nach zwei Tagen jedoch mußte er Morgon allein zurücklassen, um bei der Frau eines alten Fischers in Loor Hilfe zu holen. Sie pflückte ihm die Heilkräuter, die er brauchte, und wachte bei Morgon, wenn Astrin schlief oder auf der Jagd war. Nach fünf Tagen kehrte die Alte mit Splittern des Goldes der Erdherren in den Händen nach Hause zurück; und Morgon, der zum Laufen noch zu schwach war, konnte sich wenigstens aufsetzen und heiße Suppe trinken. Astrin, der selbst erschöpft war von kurzen Nächten und quälender Sorge, sagte nach einem halben Tag des Schweigens, als hätte er für sich einen Entschluß gefaßt: »Hier könnt Ihr nicht bleiben; ich wage nicht, Euch nach Caithnard oder Caerweddin zu bringen. Ich will Euch nach Umber begleiten, und Rork kann Thod holen lassen. Ich brauche Hilfe.«

Danach ließ er Morgon keinen Moment mehr allein. Als Morgon langsam kräftiger wurde, brachten sie Stunden damit zu, in mühevoller Arbeit die Scherben roten und violetten Glases zusammenzusetzen, die Morgon gefunden hatte; die Bruchstücke nahmen die Form einer zarten Schale an, und aus der roten Maserung wurden Figuren, die sich im Reigen einer alten Sage auf den Wänden der Schale drehten. Aufgeregt griff Morgon zur Feder und kritzelte kreuz und quer über Aloils Zauberverse, um Astrin zu überreden, nach den restlichen Stücken zu suchen. Sie verbrachten einen ganzen Tag in der Ruinenstadt, fanden drei weitere Scherben und liefen, als sie heimkehrten, der Frau des Fischers in die Arme, die auf Astrins Türschwelle wartete. Sie hatte ihnen einen Korb frischen Fisch gebracht; sie scheuchte Morgon ins Bett zurück, schimpfte Astrin aus und kochte ihnen ein Nachtmahl.

Am folgenden Morgen vollendeten sie die Schale. Mit großer Sorgfalt setzte Astrin die letzten Stücke ein, während Morgon hinter ihm stand und ihm mit angehaltenem Atem zusah. Die roten Figuren wurden wieder ganz und bewegten sich im Zuge irgendeiner merkwürdigen Handlung durch das milchige Violett. Astrin, der, während die Paste noch trocknete, versuchte, die Bilder zu deuten, ohne die Schale zu berühren, stieß ein ungeduldiges Knurren aus, als jemand an die Tür klopfte. Dann spannte sich sein Gesicht. Er griff nach dem Schwert, hielt es lose in der Hand, als er die Tür öffnete.

»Rork!« sagte er, und dann nichts mehr.

Drei Männer drängten an Astrin vorbei ins Haus. Sie trugen

silberweiße Panzerhemden unter langen, schweren, prächtig bestickten Umhängen; Schwerter hingen an den mit Edelsteinen besetzten Gürteln.

Der schwarzbärtige Händler, den Astrin fortgejagt hatte, sah Morgon an und sagte: »Da ist er. Der Fürst von Hed. Seht ihn Euch an. Er ist verletzt, er kann nicht sprechen. Er kennt mich nicht, obwohl ich erst vor fünf Wochen Getreide und Schafe von ihm gekauft habe; ich kannte seinen Vater.«

Langsam erhob sich Morgon. Andere Männer traten ein: ein hochgewachsener, kostbar gekleideter, rothaariger Mann, auf dem Gesicht einen gequälten Ausdruck; noch ein Wächter; ein bleichhaariger Harfner. In dem verwirrenden Durcheinander von Gesichtern suchte er Astrins Gesicht und sah in ihm das gleiche ungläubige Entsetzen wie in den Augen der Fremden.

»Rork«, stieß Astrin hervor, »das ist doch nicht möglich. Ich habe ihn an der Küste gefunden, vom Meer angespült — er konnte nicht sprechen, er konnte nicht —«

Die Augen des Ritters von Umber suchten die des Harfners und erhielten Bestätigung. Müde sagte er: »Er ist der Fürst von Hed.« Er fuhr sich mit der Hand seufzend durch das leuchtende Haar. »Ihr hattet die Harfe bei Euch. Thod sucht ihn seit fünf Wochen, und dieser Händler hier tauchte schließlich beim König in Caerweddin mit der Geschichte auf, daß Ihr rasend geworden wärt, zwei Händler getötet und den Fürsten von Hed verwundet hättet, ihn bei Euch gefangen hieltet und ihm irgendwie — durch Zauber, vermute ich — die Stimme geraubt hättet. Könnt Ihr Euch vorstellen, was Heureu denkt? In Meremont und Tor braut sich unter den Herren, die an der Küste sitzen, eine befremdliche Rebellion zusammen, für die nicht einmal die Edlen des Hofes eine Erklärung finden können. Zum zweitenmal in einem Jahr sind wir aufgefordert, zu den Waffen zu greifen, und nun wird auch noch der Landerbe von Ymris beschuldigt, zwei Männer getötet zu haben und einen Landherrscher bei sich gefangenzuhalten. Der König hat bewaffnete Leute gesandt, die Befehl haben, Euch gefangenzunehmen, wenn Ihr Widerstand leistet; der Erhabene schickte seinen Harfner, Euch zum Untergang zu verdammen, falls Ihr zu fliehen versuchen solltet, und ich bin gekommen — ich bin gekommen, um Euch anzuhören.«

Astrin drückte eine Hand auf seine Augen. Morgon, dessen Blick verwirrt von einem Gesicht zum anderen irrte, stieß wiederum einen unartikulierten Laut aus, als er einen Namen hörte, der ihm gehörte und ihm dennoch nichts sagte. Der Händler sog scharf den Atem ein.

»Hört Euch das an! Vor fünf Wochen noch konnte er sprechen. Als ich ihn sah, lag er dort auf dem Lager und machte unverständliche Geräusche, und das Blut floß ihm in Strömen aus der Seite. Herr Astrin aber stand an der Tür, Blut an seinem Schwert, und drohte, mich zu töten. Es ist alles gut«, fügte er zu Morgon gewandt beschwichtigend hinzu. »Ihr seid jetzt in Sicherheit.«

Morgon wollte sprechen, doch kein Laut kam aus seinem Mund; statt dessen hob er die Schale, die sie so geduldig zusammengesetzt hatten, und zertrümmerte sie auf dem Tisch. Nun hatte er alle Aufmerksamkeit.

Erschrocken starrten ihn die Anwesenden an, doch er konnte nicht sprechen. Er setzte sich wieder und preßte die Hände auf seinen Mund.

Astrin trat einen Schritt auf ihn zu, blieb stehen.

»Er kann nicht bis Caerweddin reiten«, sagte er zu Rork. »Seine Wunde ist kaum verheilt. Rork, Ihr könnt doch nicht glauben — ich habe ihn am Strand gefunden, vom Meer angespült, ohne Namen, ohne Stimme —, Ihr könnt doch nicht glauben, daß ich ihm Böses tun würde.«

»Nein, das glaube ich nicht«, gab Rork zurück. »Aber woher hat er die Verwundung?«

»Ich wollte mit ihm nach Caithnard, um zu sehen, ob die Großmeister ihn erkennen würden. Unterwegs begegneten wir zwei Händlern, die uns beide töten wollten. Da hab ich sie getötet. Und dann klopfte dieser Mann an meine Tür, nachdem ich gerade den Fürsten von Hed hergebracht hatte und selbst kaum wußte, ob er tot oder lebendig war. Könnt Ihr es mir verübeln, daß ich ihn nicht gerade gastfreundlich aufgenommen habe?«

Der Händler zog seine Mütze vom Kopf und fuhr sich mit der Hand durch das Haar.

»Nein«, gab er zu, »aber, Herr, Ihr hättet mich wenigstens anhören können. Wer waren diese Händler? Seit fünfzig Jahren gibt es keine Raubhändler mehr. Dafür sorgen wir. Das ist schlecht für das Geschäft.«

»Ich habe keine Ahnung, wer die Männer waren. Die Leichen habe ich im Wald liegen gelassen, recht nahe am Rand, wenn man von hier aus in südlicher Richtung geht, um die Handelsstraße zu erreichen.«

Rork nickte den Wächtern kurz zu.

»Sucht sie. Nehmt den Händler mit euch.« Als die Männer gingen, wandte er sich wieder an Astrin. »Ihr solltet jetzt pakken. Ich habe zwei Reitpferde und ein Packpferd aus Umber mitgebracht.«

»Rork!« Die beiden Augen flehten. »Ist es notwendig? Ich habe Euch berichtet, was geschehen ist; der Fürst von Hed kann nicht sprechen, aber er kann schreiben, und er wird vor Euch und dem Harfner des Erhabenen Zeugnis für mich ablegen. Es verlangt mich nicht, Heureu zu sehen; ich habe nichts zu verantworten.«

Rork seufzte. »Aber ich, wenn ich Euch nicht mit mir zurückbringe. Viele der Edlen von Ymris, die in Caerweddin versammelt waren, hörten diese Geschichte, und sie wünschen eine Erklärung dafür. Ihr habt weißes Haar und weiße Augen, Ihr befaßt Euch mit den Steinen alter Ruinen und mit Zauberbüchern; seit fünf Jahren hat kein Mensch Euch in Caerweddin zu Gesicht bekommen. Da mag es wohl möglich scheinen, daß Ihr den Verstand verloren habt und genau das getan habt, was der Händler behauptete.«

»Man wird Euch glauben.«

»Nicht unbedingt.«

»Man wird dem Harfner des Erhabenen glauben.«

Rork ließ sich auf den Hocker fallen und rieb sich mit den Fingern die Augen.

»Astrin! Bitte! Kehrt nach Caerweddin zurück.«

»Wozu?«

Rork ließ müde die Hände in den Schoß fallen.

Da sagte der Harfner des Erhabenen mit ruhiger Stimme: »So einfach ist das nicht. Ihr steht unter dem Bann des Erhabenen, und wenn Ihr Heureu Ymris Rechenschaft ablegt, so werdet Ihr dem Erhabenen Rechenschaft ablegen.«

Astrin schlug mit der flachen Hand auf den Tisch.

»Wofür?« Er blickte dem Harfner fest in die Augen. »Der Erhabene muß gewußt haben, daß der Fürst von Hed hier ist. Wofür also habe ich ihm Rechenschaft abzulegen?«

»Ich kann nicht für den Erhabenen antworten. Ich kann Euch nur diese Warnung überbringen, die mir aufgetragen wurde. Ungehorsam wird mit dem Tode bestraft.«

Astrin blickte stumm auf den Tisch. Er setzte sich langsam. Dann streckte er den Arm aus und berührte Morgon.

»Euer Name ist Morgon. Niemand hat es Euch gesagt.«

Zu Rork gewandt fügte er müde hinzu: »Ich muß meine Bücher packen; wollt Ihr mir helfen?«

Die Wächter und der Händler kehrten eine Stunde später zurück. Auf dem Gesicht des Händlers lag ein merkwürdiger Ausdruck, und der Mann beantwortete Rorks Fragen ausweichend.

»Habt Ihr sie erkannt?«

»Einen von ihnen, ja. Ich glaube jedenfalls. Aber...«

»Kennt Ihr seinen Namen? Könnt Ihr Zeugnis ablegen über seinen Charakter?«

»Hm. Ja. Ich glaube. Aber...« Er schüttelte den Kopf, und sein Gesicht war bedrückt. Er war nicht vom Pferd gestiegen; es war, als wollte er keinen Moment länger als unbedingt nötig in diesem einsamen, wilden Winkel von Ymris verweilen.

Rork drehte sich um, von ähnlicher Ungeduld erfaßt.

»Brechen wir auf. Wir müssen Umber bei Einbruch der Nacht erreichen. Und —« Er blickte auf, als ein Regentropfen ihn traf. »Es wird ein langer, ermüdender Ritt nach Caerweddin.«

Xel, die für ein Leben in Caerweddin nicht zahm genug war, hockte auf der Türschwelle, als sie losritten, und blickte ihnen neugierig nach. Sie ritten in östlicher Richtung über die weite Ebene, während sich hinter den Ruinen der untergegangenen Stadt dunkle Wolken zusammenballten und die Winde wie ein unsichtbares Geisterheer das Gras niederdrückten. Das Wetter hielt sich wunderbarerweise bis zum Abend, als sie an den nördlichen Ausläufern der Ebene einen Fluß überquerten und auf eine Straße gelangten, die durch die grünbewaldeten Hügel von Umber zu Rorks Haus führte.

Dort, in dem weiträumigen Haus aus dem roten und braunen Gestein der Hügel, verbrachten sie die Nacht. In seinem weiten Saal schienen all die geringeren Edlen von Umber zugleich versammelt zu sein. Morgon, der nur die Stille von Astrins Haus kannte, fühlte sich unbehaglich unter diesen Männern, die mit polternden Stimmen von Krieg sprachen, und unter den Frauen, die ihm mit feiner, verwirrender Höfischkeit begegneten und ihm von einem Land sprachen, das er nicht kannte. Nur Astrins Gesicht, das verschlossen und unzugänglich war, gab ihm Sicherheit; und der Harfner, der nach dem Nachtmahl aufspielte, wob eine Weise, die wie der Friede im unablässigen Spiel der Winde war, die Morgon erinnerte. In der Nacht, allein in einer Kammer, die so groß war wie Astrins Haus, lag er wach und lauschte dem hohl tönenden Gesang des Windes, während er blind nach seinem Namen suchte.

Bei Tagesanbruch zogen sie weiter, ritten durch morgendlichen Dunst, der sich in wogenden Schleiern drehte und sich in Perlen auf die schwarzen, nackten Bäume der Obstpflanzungen setzte. Der Dunst wurde zu Regen, der sie den ganzen Weg von Umber bis Caerweddin begleitete. Morgon, den Kopf zwischen die Schultern gezogen, spürte, wie die Feuchtigkeit sich wie Moder in seine Knochen setzte. Er nahm es beiläufig hin und war auch der Sorge Astrins nur verschwommen gewahr; da war etwas, das auf seltsame Weise an seinen Gedanken zog und zerrte, als wollte es ihn aus der Finsternis seiner Unwissenheit reißen. Schließlich aber, von einem hartnäckigen Husten geplagt, der die halbverheilte Wunde in seiner Seite unaufhörlich reizte, so daß sie nach einer Weile wie Feuer brannte, mußte er doch anhalten. Der Harfner des Erhabenen legte ihm eine Hand auf die Schulter. Morgon, der in das stille, herbe Antlitz blickte, hielt plötzlich den Atem an, doch der flüchtige Blitz des Wiedererkennens war schon erloschen.

Astrin kam zu ihnen zurückgeritten. Sein Gesicht war gespannt und unzugänglich, als er kurz sagte: »Wir sind beinahe da.«

Das jahrhundertealte Haus der Könige von Ymris stand nicht weit vom Meer an der Mündung des Flusses Thul, der, von einem der sieben Seen Lungolds kommend, in östlicher Richtung quer durch Ymris floß. Handelsschiffe waren in seinen tiefen Wassern verankert; an der Mündung des Flusses lag wie eine Schar farbenfroher Vögel eine Flotte von Schiffen mit den scharlachroten und goldgelben Segeln von Ymris. Als sie über die Brücke ritten, flog ein Bote, der sie gesichtet hatte, eilends durch das offene Tor einer weitläufigen Steinmauer. Jenseits, auf einem Hügel, erhob sich das Haus, das Galil Ymris erbaut hatte, Fassade, Seitenflügel und Türme belebt von prächtigen vielfarbigen Bildern und Ornamenten, die aus dem leuchtenden Gestein der Erdherren zusammengesetzt waren.

Sie ritten durch das Tor, eine gepflasterte Straße zu einer Anhöhe hinauf. Schwere Eichentore in einer zweiten Mauer wurden ihnen geöffnet; sie gelangten in einen Hof, wo Knechte sich ihrer Pferde annahmen und ihnen schwere Pelzumhänge um die Schultern legten. Schweigend schritten sie durch den großen Hof, während der Regen ihnen in Böen in die Gesichter peitschte.

Der Königssaal, aus glattem, dunklem, glitzerndem Gestein erbaut, hatte einen riesigen Kamin, der die Hälfte einer Längswand einnahm. Tropfnaß und fröstelnd eilten sie zum Feuer, merkten gar nicht, daß die Männer rundum plötzlich verstummten und sie reglos anstarrten. Der Klang schneller Schritte auf dem Stein veranlaßte sie, sich umzudrehen.

Heureu Ymris, mager, grobknochig, das dunkle Haar von Regentropfen gesprenkelt, trat mit einem höfischen Neigen seines Kopfes auf Morgon zu und sagte: »Willkommen in meinem Haus. Vor nicht allzulanger Zeit sah ich Euren Vater. Rork, Thod, ich stehe in Eurer Schuld. Astrin —« Er brach ab, als schmeckte das Wort fremd oder bitter in seinem Mund.

Astrins Gesicht war so fest verschlossen wie eines von Yrths Büchern; seine weißen Augen zeigten keine Regung. Er wirkte fehl am Platz in dem prächtigen Saal mit seinem farblosen Gesicht und dem zerschlissenen Gewand. Morgon, auf einen Vater angesprochen, von dem er nichts wußte, wünschte vergeblich und verzweifelt, er und Astrin wären wieder dort, wo sie hingehörten, in dem kleinen Haus am Meer. Er ließ seinen Blick über die schweigenden, neugierigen, fremden Gesichter im Saal schweifen. Und da fing etwas am Ende des langen Saals sein Auge ein; blitzend winkte es ihm zu, so daß er den Kopf drehen mußte wie unter einer Berührung.

Ein Laut brach aus ihm hervor. Im flackernden Fackelschein stand eine große Harfe auf dem Tisch. Es war ein wunderbares, altes Instrument. Gold flocht sich in helles, glänzendes Holz, das mit vollen Monden und schmalen Mondsicheln aus Elfenbein eingelegt war. Auf ihrer Stirnseite, zwischen den vollen Monden, die in Gold eingelegt waren, saßen drei blutrote Sterne.

Morgon lief hin. Es war ihm, als hätte man ihn ein zweitesmal seiner Stimme, seines Namens und seiner Gedanken beraubt. Nichts außer diesen dreiflammenden Sternen, die ihn magisch anzogen, war in diesem großen Raum. Er berührte sie. Seine Finger wanderten fort von ihnen, das feine Netzwerk aus Gold nachzuzeichnen, das tief in das Holz eingegraben war. Er ließ seine Hand über die Saiten gleiten, und bei den satten, süßen Tönen, die folgten, erblühte in ihm eine Liebe zu dieser Harfe, die alle Sorge, alle Erinnerung an die vergangenen dunklen Wochen verdrängte. Er drehte sich um, blickte auf die schweigende Gruppe hinter sich. Das stille Gesicht des Harfners waberte ein wenig im Feuerschein. Morgon trat einen Schritt auf ihn zu.

»Thod.«

4

Keiner rührte sich. Morgon, der das Gefühl hatte, aus einem Traum zu erwachen, warf einen zweiten Blick auf die massigen, uralten Mauern des Hauses, auf die mit funkelnden Ketten geschmückten Fremden, die ihn anstarrten. Seine Augen richteten sich wieder auf den Harfenspieler.

»Eliard...«

»Ich bin nach Hed gereist, um ihn — irgendwie — wissen zu lassen, daß Ihr ertrunken sein könntet; er meinte, Ihr müßtet noch am Leben sein, da die Landherrschaft nicht an ihn übergegangen ist. Da begann ich von Caithnard bis Caerweddin nach Euch zu suchen.«

»Wie habt Ihr —?« Er brach ab, als plötzlich das Bild des leeren, sich seitlich neigenden Schiffes vor ihm auftauchte und in seinen Ohren die geängstigten Schreie der Pferde widerhallten. »Wie konnten wir beide überleben?«

»Was überleben?« fragte Astrin.

Morgon blickte ihn an, ohne ihn zu sehen.

»Wir waren auf einem Schiff, das uns nach An bringen sollte. Ich wollte Pevens Krone von Aum nach Anuin bringen. Die Besatzung war plötzlich einfach verschwunden. Wir kenterten in einem Sturm.«

»Was war mit der Besatzung?« fragte Rork.

»Sie verschwand. Die Seeleute, die Händler, auf offener See — mitten im tobenden Sturm hielt das Schiff einfach an und sank mit seiner ganzen Ladung von Getreide und Tieren.«

Wieder brach er ab, spürte das Peitschen der feuchten, wütenden Winde, sah einen Menschen, der er selbst war und doch nicht er selbst, wie er ohne Namen und ohne Stimme halb tot im Sand lag. Er streckte den Arm aus, die Harfe zu berühren. Und während er auf die Sterne blickte, die unter seiner Hand brannten wie die Sterne auf seinem Gesicht, rief er verwundert: »Wo, um alles in der Welt, ist die hergekommen?«

»Ein Fischer hat sie im vergangenen Frühling gefunden«, antwortete Heureu Ymris. »Nicht weit von der Stelle, wo Ihr mit Astrin lebtet. Sie war am Strand angespült worden. Er brachte sie hierher, weil er glaubte, sie wäre verhext. Keiner konnte darauf spielen.«

»Keiner?«

»Keiner. Die Saiten waren stumm, bis Ihr sie berührtet.«

Morgon zog seine Hand von der Harfe weg. Er sah den Ausdruck der Ehrfurcht in Heureus Augen, der sich in Astrins Blick spiegelte, und einen Moment lang war er sich selbst wieder ein Fremder. Er wandte sich von der Harfe ab und schritt zurück zum Feuer. Vor Astrin blieb er stehen; ihre Augen trafen sich in einem Schweigen der Vertrautheit.

»Danke«, sagte Morgon leise.

Zum erstenmal seit Morgon ihm begegnet war, lächelte Astrin. Dann blickte er über Morgons Schulter auf Heureu.

»Reicht das aus? Oder hast du noch immer die Absicht, mich unter Anklage vor ein Gericht zu bringen, daß ich versucht haben soll, einen Landherrscher zu töten?«

»Ja.« Sein Gesicht, in dem sich die gleiche Starrköpfigkeit spiegelte, war ein dunkles Abbild von Astrins. »Ich werde es tun, wenn du versuchen solltest, dieses Haus zu verlassen, ohne mir eine Erklärung dafür zu geben, weshalb du zwei Händler getötet und gedroht hast, einen dritten zu töten, als er den Fürsten von Hed verletzt in deinem Haus liegen sah. Genug Gerüchte über dich sind in Ymris in Umlauf; ich will nicht, daß noch so etwas dazukommt.«

»Weshalb sollte ich Erklärungen geben? Wirst du mir denn glauben? Frag den Fürsten von Hed. Was hättest du mit mir getan, hätte er seine Stimme nicht wiedergefunden?«

Heureus Ton wurde laut vor Gereiztheit.

»Was glaubst du wohl, was ich getan hätte? Während du dich am anderen Ende von Ymris aufgehalten und alte Tonscherben ausgegraben hast, hat Meroc Tor fast das ganze Küstengebiet von Ymris zu den Waffen aufgerufen. Gestern hat er Meremont angegriffen. Du wärst jetzt schon tot, hätte ich nicht Rork und Thod gesandt, dich aus dieser Hütte herauszuholen, in die du dich wie ein Einsiedlerkrebs verkrochen hattest.«

»Du hast —?«

»Wofür hältst du mich? Meinst du, ich glaube jede Geschichte über dich, die ich höre — einschließlich der, daß du dich jede Nacht in ein Tier verwandelst und das Vieh in Angst und Schrecken versetzt?«

»Daß ich was tue?«

»Du bist der Landerbe von Ymris, und du bist mein Bruder, mit dem ich aufgewachsen bin. Ich bin es müde, alle drei Monate Boten nach Umber zu schicken, um von Rork zu erfahren, ob du tot oder lebendig bist. Ich habe einen Krieg am Hals, den ich nicht verstehe, und ich brauche dich. Ich brauche dein Können und deinen Verstand. Und ich muß folgendes wissen: Wer waren die Händler, die dich und den Fürsten von Hed töten wollten? Waren es Männer aus Ymris?«

Astrin schüttelte den Kopf. Er sah aus wie betäubt.

»Ich habe keine Ahnung. Wir waren — ich wollte mit ihm nach Caithnard, um zu sehen, ob die Großmeister ihn kennen. Da wurden wir überfallen. Er wurde verwundet; ich tötete die Händler. Ich glaube nicht, daß es wirklich Händler waren.«

»Nein, sie waren keine Händler«, erklärte der Händler, der mit ihnen hereingekommen war, mit düsterer Miene.

»Wartet!« rief Morgon plötzlich. »Ich erinnere mich. Der rothaarige Mann — der, der uns angesprochen hat. Er war auf dem Schiff.«

Heureu blickte verwirrt von einem zum anderen.

»Ich verstehe nicht.«

Astrin wandte sich dem Händler zu. »Ihr kanntet ihn?«

Der Händler nickte. Sein Gesicht war bleich, bedrückt.

»Ja, ich kannte ihn. Tag und Nacht sehe ich dieses Gesicht, das ich mir dort im Wald anschaute, vor mir, versuche mir einzureden, daß der Tod in ihm mich narrt. Aber es gelingt mir nicht. Dem Mann fehlte der gleiche Schneidezahn, er hat die gleiche wulstige Narbe im Gesicht. Die holte er sich, als ein Ladetau riß und ihm ins Gesicht schlug. Es war Jarl Aker; aus Osterland.«

»Aus welchem Grund hätte er den Fürsten von Hed überfallen sollen?« fragte Heureu.

»Er hätte es nicht getan. Er hat es nicht getan. Er ist schon seit zwei Jahren tot.«

»Unmöglich«, sagte Heureu scharf.

»Doch, es ist möglich«, entgegnete Astrin grimmig. Er schwieg, schien mit sich selbst im Streit zu liegen. Heureu ließ ihn nicht aus den Augen. »Meroc Tors Rebellen«, fügte Astrin schließlich hinzu, »sind nicht die einzigen in Ymris, die zum Kriege rüsten.«

»Was soll das heißen?«

Astrins Blick wanderte zu den neugierigen, erwartungsvollen Gesichtern der Männer, die im Saal versammelt waren.

»Das möchte ich dir lieber unter vier Augen sagen. Ich halte das für besser, falls du es nicht —«

Abrupt brach er ab. Eine Frau war still und ruhig zu Heureu getreten; ihre dunklen, scheuen Augen huschten über die Versammelten hinweg, verweilten einen Moment auf Morgons Gesicht, glitten dann zu Astrin.

»Astrin«, sagte sie mit großen Augen, und ihre Stimme klang leise durch das Knistern des Feuers, »Astrin, es macht mich froh, daß du zurückgekommen bist. Wirst du jetzt bleiben?«

Astrins Hände, die an seinen Seiten herunterhingen, schlossen sich zu Fäusten. Sein Blick richtete sich auf Heureus Gesicht. Ein stummer Kampf fand zwischen ihnen statt; obwohl der König von Ymris keine Bewegung machte, schien es, als rückte er näher zu der Frau.

Er sagte zu Morgon: »Das ist meine Frau, Eriel.«

»Ihr gleicht Eurem Vater nicht«, bemerkte sie mit Interesse. Gleich darauf schoß ihr das Blut ins Gesicht. »Verzeiht mir — ich habe nicht überlegt.«

»Es ist schon gut«, gab Morgon freundlich zurück.

Die Lichtreflexe des Feuers streichelten wie sanfte Flügel ihr Gesicht und ihr dunkles Haar. Sie zog die Brauen hoch, und ihre Augen blicken besorgt.

»Ihr seht nicht wohl aus. Heureu —«

Leben kam in den König von Ymris.

»Verzeiht mir. Ihr alle könntet trockene Kleider und etwas zu essen gebrauchen; ihr habt einen harten Ritt hinter euch. Astrin, wirst du bleiben? Ich verlang nur eines von dir: Wenn du je wieder von der Sache sprichst, die vor fünf Jahren zwischen uns kam, dann gib mir unerschütterlichen, stichhaltigen Beweis. Du warst lange genug von Caerweddin fort; keinen brauch ich jetzt dringender.«

Astrin neigte den Kopf. Seine Hände waren noch immer zu Fäusten geschlossen. Leise sagte er: »Ja.«

Eine Stunde später stand Morgon vor dem mit Pelz bedeckten Bett in seinem Gemach und ließ sich darauf niederfallen, ohne sich auszukleiden. Kaum einen Augenblick später, wie es ihm scheinen wollte, klopfte es an der Tür; blinzelnd fuhr er hoch. Es war dunkel im Zimmer, nur im Kamin brannte ein niedriges Feuer. Die Steinmauern schienen zu schwanken und sich dichter um ihn zu drängen, als er aufstand; er konnte die Tür nicht finden. Er blieb stehen und dachte nach und murmelte den Lehrsatz eines alten Rätsels aus An vor sich hin.

»Schau mit dem Herzen, was deine Augen nicht schauen können, und du wirst die Tür finden, die nicht ist.«

Unvermittelt öffnete sich die Tür vor ihm, und Licht aus dem Gang flutete herein. »Morgon!«

Das Gesicht und das silberne Haar des Harfners waberten im Feuerschein der Fackel.

»Thod!« rief Morgon erleichtert. »Ich konnte die Tür nicht finden. Einen Moment lang dachte ich, ich wäre in Pevens Turm. Oder in dem Turm, den Oen von An baute, um Madir zu fangen. Mir ist eben eingefallen, daß ich Snog Nutt versprochen habe, sein Dach auszubessern, ehe die Regenzeit beginnt. Er ist so konfus, daß es ihm gar nicht in den Sinn kommen wird, Eliard etwas zu sagen; den ganzen Winter wird der Regen ihm ins Genick tropfen.«

Der Harfenspieler legte eine Hand auf seinen Arm.

»Seid Ihr krank?« fragte er mit gerunzelter Stirn.

»Nein, das glaube ich nicht. Grim Eichenland meint, ich sollte mir einen anderen Schweinehirten suchen, aber Snog würde daran sterben, nicht mehr gebraucht zu werden, wenn ich ihm seine Schweine nähme. Ich muß wirklich nach Hause und sein Dach ausbessern.«

Er fuhr zusammen, als ein Schatten über die Schwelle fiel.
Astrin, der in dem kurzen, knappsitzenden Kittel und mit dem sauber geschnittenen Haar fremd aussah, sagte brüsk zu Thod: »Ich muß mit Euch sprechen. Mit euch beiden. Bitte.«
Er nahm eine Fackel aus dem Gang mit ins Zimmer; die Schatten schwirrten davon, kauerten sich in Ecken und Nischen und hinter Möbelstücken zusammen.
Astrin schloß die Tür und wandte sich an Morgon.
»Ihr müßt dieses Haus verlassen.«
Morgon setzte sich auf die Kleidertruhe.
»Ich weiß. Ich habe es Thod eben gesagt.«
Er merkte, wie ein plötzliches, unbezwingbares Frösteln ihn überkam und trat näher zum Feuer, das Thod anschürte.
Astrin, der rastlos durch das Zimmer strich wie Xel, fragte Thod: »Hat Heureu Euch berichtet, weshalb wir vor fünf Jahren in Streit gerieten?«
»Nein. Astrin —«
»Bitte. Hört mich an. Ich weiß, Ihr könnt nichts tun, Ihr könnt mir nicht helfen, aber Ihr könnt mich wenigstens anhören. Ich verließ Caerweddin an jenem Tag, an dem Heureu Eriel heiratete.«
Das Bild des rebscheuen, zarten Gesichts, erwärmt vom Schein des Feuers, stieg vor Morgons Auge auf.
»Habt Ihr sie geliebt?« fragte er teilnehmend.
»Eriel Meremont starb vor fünf Jahren auf der Ebene von Königsmund.«
Morgon schloß die Augen. Der Harfner, der mit Holzscheiten in den Händen auf dem Boden kniete, war reglos. Seine Stimme war so ruhig wie immer, als er fragte: »Habt Ihr Beweise?«
»Natürlich nicht. Wenn ich einen Beweis hätte, wäre dann diese Frau, die sich Eriel Meremont nennt, noch immer mit Heureu verheiratet?«
»Wer ist dann die Frau, die mit Heureu verheiratet ist?«
»Das weiß ich nicht.« Endlich setzte er sich am Feuer nieder. »Am Tag vor der Hochzeit ritt ich mit Eriel zur Ebene von Königsmund. Sie war der Vorbereitungen müde und wollte ein wenig Ruhe und Frieden haben. Sie bat mich, sie zu begleiten. Wir standen einander nahe; wir kannten einander seit unserer

Kinderzeit, aber zwischen uns war nicht mehr als eine tiefe Freundschaft. Wir ritten zu der Ruinenstadt in der Ebene und trennten uns. Sie setzte sich auf eine abgebröckelte Mauer, um zum Meer hinauszublicken, und ich wanderte ziellos durch die alte Stadt und machte mir wie oft zuvor Gedanken darüber, welche Gewalt wohl die Steine verstreut hatte wie Blätter im Gras. Irgendwann während meiner Wanderung wurde rundum plötzlich alles ganz still; das Meer verstummte, und der Wind legte sich. Ich blickte zum Himmel hinauf. Da sah ich einen weißen Vogel, der über mir am blauen Himmel dahinflog. Es war ein sehr schöner Vogel, und ich weiß noch, daß ich dachte, so wie diese völlige Ruhe müßte die Stille im Auge eines Wirbelsturms sein. Dann hörte ich das Krachen einer Woge, die sich am Felsen brach, und der Wind erhob sich. Ich vernahm einen seltsamen Schrei; ich dachte, der Vogel hätte ihn ausgestoßen. Gleich darauf sah ich Eriel an mir vorbeireiten, ohne zurückzublicken, ohne ein Wort zu sagen. Ich rief ihr zu, sie solle warten, aber sie drehte sich nicht um. Ich rannte zu meinem Pferd, und als ich an der Mauer vorüberkam, auf der sie gesessen hatte, sah ich dort einen weißen Vogel liegen, der tot war. Er war noch warm, blutete noch. Ich hielt ihn in meinen Händen und spürte, wie Schmerz und Entsetzen mich überwältigten, als ich mich der Stille erinnerte, des Schreis, den der Vogel ausgestoßen hatte, und Eriels, die von mir fortgeritten war, ohne sich umzudrehen. Ich vergrub den Vogel unter den alten Steinen dort oben, hoch über dem Meer.

Am Abend berichtete ich Heureu, was ich erlebt hatte. Das Gespräch endete damit, daß wir einander anschrien, und ich schwor, solange er mit dieser Frau verheiratet sei, würde ich nie wieder nach Caerweddin zurückkehren. Ich glaube, Rork Umber ist der einzige, dem Heureu die Wahrheit über den Grund meines Fortgehens anvertraut hat. Eriel hat er nie etwas davon gesagt, aber sie muß es wissen. Erst als ich beobachtete, wie da ein Heer zusammengezogen wurde, wie da Schiffe gebaut und des Nachts Waffen aus Isig und Anuin abgeladen wurden, ging mir allmählich auf, was für ein Wesen sie sein muß... Ich habe in tiefer Nacht gesehen, was Meroc Tor nicht gesehen hat: daß das Heer, das er gebildet hat, zum Teil aus Wesen besteht, die keine Menschen sind. Und diese Frau gehört zu diesem namenlosen, mächtigen Volk.«

Er schwieg einen Augenblick, und seine Augen wanderten von Thod zu Morgon.

»Nur aus einem Grund habe ich mich entschlossen, in Caerweddin zu bleiben: den Beweis dafür zu finden, was sie ist. Ich weiß nicht, was Ihr seid, Morgon. Man hat Euch in meinem Haus einen Namen gegeben, aber nie habe ich von einem Fürsten von Hed gehört, der einen Rätselkampf mit dem Tod gewonnen hat und eine alte Harfe zum Klingen brachte, die irgendwann von irgend jemandem, der dieser Harfe das Zeichen einer Bestimmung aufdrückte, allein für ihn gemacht wurde.«

Morgon lehnte sich in seinem Sessel zurück. Müde sagte er: »Mit einer Harfe kann ich Snog Nutts Dach nicht ausbessern.«

»Was?«

»Ich habe nie gehört, daß eine Bestimmung einem Fürsten von Hed auch nur vom geringsten Nutzen ist. Es tut mir leid, daß Heureu die falsche Frau geheiratet hat, aber das ist seine Sache. Sie ist schön, und er liebt sie, ich verstehe deshalb nicht, weshalb Ihr so außer Euch seid. Ich war auf dem Weg nach Anuin, um selbst eine Frau zu nehmen, als ich beinahe getötet wurde. Daraus könnte man schließen, daß jemandem daran liegt, mich zu töten, aber das ist Sache dieser Leute; ich habe keine Lust, der Frage nachzugehen, warum. Ich bin nicht dumm; wenn ich einmal anfange, Fragen zu stellen — nur eine *einzige* Frage: Was bedeuten drei Sterne? —, dann laß ich mich damit auf ein Rätselspiel ein, das ich, glaube ich, nicht werde beenden wollen. Ich will es nicht wissen. Ich möchte nach Hause, Snog Nutts Dach ausbessern und zu Bett gehen.«

Astrin blickte ihn einen Moment lang schweigend an, dann wandte er sich an Thod.

»Wer ist Snog Nutt?«

»Sein Schweinehirt.«

Astrin beugte sich vor und berührte Morgons Gesicht.

»Vier Tage zu Pferde im strömenden Regen haben Euch nicht gutgetan; ebensogut hättet Ihr dort oben im Wald sterben können. Ich würde Euch nach Hed zurückrudern und das Dach Eures Schweinehirten mit eigener Hand flicken, wenn ich glaubte, Ihr könntet auch nur dieses Zimmer verlassen und am Leben bleiben. Ich fürchte um Euer Leben in diesem Haus, gar jetzt, wo Ihr gerade hier, unter den Augen von Eriel Ymris, diese Harfe gefunden habt. Thod, Ihr habt wegen dieser Leute beinahe selbst Euer Leben verloren; was sagt der Erhabene, wer sind sie?«

»Der Erhabene hat mein Leben gerettet und zweifellos auch das Morgons, aber darüber hinaus hat er nichts getan. Er hüllte sich in Schweigen. Ich mußte selbst herausfinden, ob Morgon noch am Leben war und wo er sich aufhielt. Es war unerwartet, aber der Erhabene geht seine eigenen Wege.«

Er legte ein Scheit Holz aufs Feuer und stand auf. Von seinen Mundwinkeln zogen sich zwei schwache, schmale Linien abwärts.

»Ihr wißt«, fügte er hinzu, »ich kann ohne seinen Auftrag nichts tun. Ich darf es nicht wagen, den König von Ymris in irgendeiner Weise zu beleidigen oder zu verärgern, da ich im Namen des Erhabenen handele.«

»Ich weiß. Ihr werdet bemerkt haben, daß ich Euch nicht gefragt habe, ob Ihr mir glaubt. Aber habt Ihr denn irgendwelche Vorschläge?«

Thod warf einen Blick auf Morgon.

»Ich schlage vor, Ihr schickt nach der Leibärztin des Königs.«

»Thod —«

»Wir können beide nichts anderes tun als warten. Und wachen. Morgon ist krank. Er sollte keinen Moment allein gelassen werden.«

In dem mageren, farblosen Gesicht lockerte sich etwas. Mit einer brüsken Bewegung stand Astrin auf.

»Ich hole Rork. Er kann mit uns wachen. Mag sein, daß er mir nicht glaubt, aber er kennt mich immerhin so gut, daß ihm bei der ganzen Sache nicht recht behaglich ist.«

Die Leibärztin des Königs, Frau Anoth, eine alte, vertrauenerweckende Frau mit nüchterner Stimme, untersuchte Morgon nur kurz. Ohne auf seine Widerreden einzugehen, gab sie ihm etwas, das ihn in einen tiefen Schlaf der Betäubung versenkte. Stunden später erwachte er benommen, von innerer Rastlosigkeit getrieben. Astrin, der geblieben war, um bei ihm zu wachen, war erschöpft am Feuer eingeschlafen. Morgon betrachtete ihn ein Weilchen, hätte gern mit ihm geredet, ließ ihn aber dann weiterschlafen.

Seine Gedanken wanderten zu der Harfe im Saal; wieder hörte er ihren leichten, satten Klang, spürte die straffgespannten, feingestimmten Saiten unter seinen Fingern. Ein Gedanke schoß ihm plötzlich durch den Kopf, eine Frage, was es mit der Zeitlosigkeit, dem Zauber dieser Harfe, auf sich habe. Leicht schwankend stand er auf, hüllte sich in den Pelz des Bettes und glitt geräuschlos aus dem Gemach.

Der Gang war leer und verlassen; das Licht der Fackeln flakkerte über die zugesperrten Gesichter verschlossener Türen. Wie von sicherer Hand geführt, fand er den Weg zu einer Treppe, die in den großen Saal hinunterführte.

Die Sterne leuchteten wie Augen in der Düsternis. Er berührte die Harfe, hob sie vom Tisch. Sie war unerwartet leicht trotz ihrer Größe. Das feine Filigran von Gold brannte unter seinen Fingern. Er berührte eine Saite, und bei dem wohlklingenden, einsam schwebenden Ton lächelte er. Plötzlich überkam ihn ein Hustenanfall, und er grub sein Gesicht in den Pelz, um das Geräusch zu ersticken.

Eine erstaunte Stimme hinter ihm sagte: »Morgon!«

Mit schlaffem Gesicht, vom quälenden Husten erschöpft, richtete er sich auf.

Eriel Ymris kam die Treppe herunter, gefolgt von einem Mädchen mit einer Fackel. Still schritt sie ihm durch den langen Saal entgegen. Sie sah sehr jung aus mit dem gelösten Haar.

»Astrin sagte mir, Ihr wäret tot«, bemerkte er mit forschendem Blick.

Sie blieb stehen. Er konnte den Ausdruck in ihren Augen nicht deuten.

Dann sagte sie gelassen: »Nein. Ihr seid tot.«

Seine Hand bewegte sich leicht auf der Harfe. Von irgendwoher, zu fern, um ihn aufzustören, schrie etwas in ihm eine Warnung. Er schüttelte den Kopf.

»Noch nicht. Wer seid Ihr? Seid Ihr Madir? Nein, sie ist tot. Und sie tötete keine Vögel. Seid Ihr Nun?«

»Auch Nun ist tot.« Sie betrachtete ihn mit reglosem Blick,

glühenden Feuerschein in den Augen. »Ihr geht nicht weit genug zurück, Herr! Geht zurück, so weit Eure Gedanken Euch führen, zurück zu dem frühesten Rätsel, das gestellt wurde, und ich bin noch älter.«

Er lenkte seine Gedanken nach rückwärts, wanderte von Rätsel zu Rätsel, doch er fand sie nirgends.

Ungläubig sagte er: »Es gibt Euch nicht in den Büchern der Großmeister — nicht einmal in den Büchern der Zauberkunst, die entschlüsselt wurden. Wer seid Ihr?«

»Der Weise kann seinem Feind einen Namen geben.«

»Der Weise weiß, daß er Feinde hat«, versetzte er ein wenig bitter. »Was ist der Grund? Sind es die Sterne? Würde es etwas ändern, wenn ich Euch sagte, daß nicht ein Funken des Verlangens in mir brennt, Euch zu bekämpfen; ich habe nur den Wunsch, in Ruhe gelassen zu werden, um Hed in Frieden zu regieren.«

»Dann hättet Ihr Euer Land nicht verlassen dürfen, um in Caithnard alten Rätseln nachzuspüren. Der Weise kennt seinen eignen Namen. Ihr kennt meinen Namen nicht; Ihr kennt Euren eigenen Namen nicht. Es ist besser für mich, wenn Ihr so sterbt, unwissend.«

»Aber warum?« fragte er verwirrt, und sie trat einen Schritt auf ihn zu.

Das junge Mädchen an ihrer Seite verwandelte sich plötzlich in einen kräftigen, rothaarigen Händler mit einer wulstigen Narbe im Gesicht. Statt der Fackel schwang er ein Schwert aus dünnem, aschgrauem Metall. Morgon wich zurück, stieß mit dem Rücken gegen die Mauer. Er sah, wie das Schwert emporgeschwungen wurde, langsam, wie in einem Traum. Brennend legte es sich an seinen Hals, und er fuhr zusammen.

»Warum?« Die Klinge hatte seiner Stimme allen Klang genommen. »Sagt mir wenigstens, warum!«

»Hütet Euch vor dem ungelösten Rätsel.« Sie wandte den Kopf von ihm ab und nickte dem Händler zu.

Morgon schloß die Augen.

»Niemals sollt Ihr einen anderen Rätsellöser unterschätzen«, sagte er und zupfte die unterste Saite der Harfe.

Das Schwert zersprang, und er hörte einen Schrei wie den schwachen Schrei eines Vogels. Dann brach rund um ihn herum klirrendes Getöse los, als alte Schilde, die an den Mauern aufgehängt waren, mit metallischem Krachen auseinanderbrachen und ihre Splitter auf den Steinboden schlugen. Morgon spürte, wie er selbst aus großer Höhe herabstürzte, und er vergrub das Gepolter seines Sturzes in dem Pelzumhang. Stimmengewirr folgte auf das Klirren und Dröhnen von Metall. Es klang verwischt, undeutlich.

Jemand schüttelte ihn.

»Morgon, steht auf. Könnt Ihr aufsteh'n?«

Er hob den Kopf. Rork Umber, nur mit einem Umhang und einem Waffengürtel bekleidet, half ihm auf die Beine.

Heureu stand oben an der Treppe und blickte zu ihnen nieder. Eriel hielt sich hinter ihm.

»Was geht hier vor?« fragte er verdutzt. »Es klingt, als würde hier eine Schlacht geschlagen.«

»Verzeiht mir«, sagte Morgon. »Ich habe Eure Schilde zerbrochen.«

»Ja, das habt Ihr getan. Wie, in Aloils Namen, habt Ihr das fertiggebracht?«

»So.« Noch einmal zupfte er die Saite der Harfe, und das Messer an Rorks Gürtel, die Lanzen der Wächter an den Türen zersprangen.

Heureu schnappte entgeistert nach Luft.

»Yrths Harfe.«

»Ja«, gab Morgon zurück. »Ich dachte mir, daß sie es sein müßte.« Seine Augen glitten zu Eriels Gesicht, die noch immer hinter Heureu stand, die Hände auf den Mund gedrückt. »Ich dachte — mir träumte, Ihr wäret hier unten bei mir gewesen.«

Verwundert schüttelte sie den Kopf.

»Nein. Ich war bei Heureu.«

Er nickte. »Dann war es ein Traum.«

»Ihr blutet ja«, rief Rork plötzlich. Er drehte Morgon zum Licht. »Woher habt Ihr die Wunde an Eurem Hals?«

Morgon berührte sie. Da begann er zu zittern, und hinter Eriel sah er Astrins hageres, blutloses Gesicht.

Mit einem Schlaftrunk wieder zur Ruhe gebettet, träumte er von Schiffen, die mit menschenleeren Decks und zerfetzten Segeln auf einem wildumtosten, schwarzen Meer umhertrieben; von einer schönen, schwarzhaarigen Frau, die ihn töten wollte, indem sie die unterste Saite auf einer gestirnten Harfe zupfte, und die weinte, als er sie mit donnernder Stimme anschrie; von einem Rätselkampf, der niemals endete, mit einem Mann, dessen Gesicht er nicht zu sehen bekam, der ihm ein Rätsel nach dem anderen aufgab, Lösung um Lösung forderte und doch niemals selbst eine Lösung bot. Snog Nutt tauchte von irgendwoher auf, hockte geduldig im Regen, der ihm in Strömen das Genick hinunterlief, und wartete darauf, daß der Kampf enden würde, doch er war ohne Ende. Schließlich verwandelte sich der fremde Rätselspieler in Tristan, die ihm befahl, nach Hause zurückzukehren. Er fand sich in Hed, wo er bei Abenddämmerung durch die nassen Felder schritt und den Geruch der Erde aufsog. Gerade als er die offenen Türen seines Hauses erreichte, erwachte er.

Das Gemach mit den prächtig gezierten Wänden aus blauem und schwarzem Stein war von einem grauen Nachmittagslicht erfüllt. Jemand, der am Feuer saß, beugte sich vornüber, ein heruntergefallenes Scheit wieder aufzulegen. Morgon erkannte die magere, ausgestreckte Hand, das silbernschimmernde Haar.

»Thod«, sagte er.

Der Harfner stand auf. Sein Gesicht war eingefallen, schwach gezeichnet von Müdigkeit; in seiner Stimme, die ruhig und gleichmäßig war wie immer, lag keine Spur davon.

»Wie fühlt Ihr Euch?«

»Wieder am Leben.« Er drehte sich um und sagte widerstrebend: »Thod, mich bedrückt etwas. Es mag sein, daß ich geträumt habe, aber ich glaube, Heureus Frau wollte mich töten.«

Thod hüllte sich in Schweigen. In dem kostbaren, dunklen Gewand mit den weiten Ärmeln ähnelte er ein wenig einem Großmeister von Caithnard. Flüchtig berührte er mit den Fingern seine Augen, dann setzte er sich auf die Bettkante.

»Erzählt.«

Morgon erzählte. Der Regen, dessen Rauschen hin und wieder in seine Träume eingedrungen war, klopfte sachte an die breiten Fenster; er lauschte ein Weilchen stumm, nachdem er geendet hatte, dann fügte er hinzu: »Ich kann nicht dahinterkommen, wer sie sein könnte. Sie hat keinen Platz in den Sagen und Rätseln der Königreiche... So, wie die Sterne keinen Platz haben. Ich kann sie nicht beschuldigen; ich habe keinen Beweis, und sie würde mich nur stumm aus ihren scheuen Augen ansehen und nicht wissen, wovon ich spreche. Deshalb glaube ich, daß ich diesen Ort hier schnell verlassen sollte.«

»Morgon, zwei Tage habt Ihr krank gelegen, seit man Euch dort unten im Saal fand. Selbst wenn wir annehmen, daß Ihr die Kraft besitzt, dieses Zimmer zu verlassen, was würdet Ihr tun?«

Morgon verzog den Mund.

»Ich werde nach Hause zurückkehren. Der Weise hütet sich wohl, in einem Hornissennest zu stochern, um zu sehen, was darinnen summt. Hed ist seit sechs Wochen ohne Landherrscher; ich möchte Eliard und Tristan wiedersehen. Ich bin dem Erhabenen für den Namen verantwortlich, mit dem ich in Hed geboren wurde, nicht aber für irgendeine fremde Persönlichkeit, die ich außerhalb Heds zu besitzen scheine.« Er schwieg einen Moment; das Geräusch des Regens änderte sich, wurde zu einem lauten Trommeln am Glas. Seine Augen schweiften zum Fenster hinüber. »Ich bin neugierig«, bekannte er. »Dies ist jedoch ein Rätselspiel, aus dem ich mich heraushalten werde. Der Erhabene mag es spielen.«

»Die Herausforderung ist aber nicht an den Erhabenen gegangen.«

»Es ist sein Reich; ich bin nicht verantwortlich für die Machtkämpfe in Ymris.«

»Ihr seid es vielleicht doch, wenn die Sterne in Eurem Gesicht sie ausgelöst haben.«

Morgon sah ihn an. Unruhig wälzte er sich hin und her. Die Schatten von Schmerz und Erschöpfung in seinem Gesicht vertieften sich.

Thod legte ihm eine Hand auf den Arm.

»Ruht Euch aus«, sagte er freundlich. »Wenn Ihr Euch, sobald Ihr wohl genug seid, um abzureisen, dafür entscheidet, nach Hed zurückzukehren, will ich mit Euch reisen, es sei denn, der Erhabene gibt mir anderen Auftrag. Wenn Ihr zwischen Hed und Ymris verschwindet, würde ich nur wieder nach Euch suchen müssen.«

»Dank Euch. Ich verstehe nicht, warum der Erhabene Euch

in Unwissenheit darüber ließ, wo ich mich aufhielt. Habt Ihr ihn gefragt?«

»Ich bin ein Harfner, kein Zauberer, der seine Gedanken von hier zum Erlenstern-Berg schicken kann. Der Erhabene taucht nach Belieben in meinen Geist ein; ich kann nicht in den seinen eintauchen.«

»Aber er muß gewußt haben, daß Ihr nach mir suchtet. Warum half er Euch nicht?«

»Ich kann nur raten. Im Geist des Erhabenen vereinigen sich das Sinnen und Trachten all jener, die in seinem Reiche leben, zu einem großen Gewebe, an dem er nach seinen eigenen Zielen webt. Er führt sein Schiffchen hin und her, von Handlung zu Handlung, um ein bestimmtes Muster zu wirken. Und deshalb sind seine Antworten auf Ereignisse häufig unerwartet. Vor fünf Jahren heiratete Heureu Ymris, und Astrin Ymris verließ Caerweddin, in seinem Herzen ein Wissen, das schwer wog wie ein Stein. Vielleicht wart Ihr dem Erhabenen das Werkzeug, Astrin und sein Wissen nach Caerweddin zurückzubringen, um Heureu gegenüberzutreten.«

»Wenn das wahr ist, dann weiß er, was sie ist.« Er hielt inne. »Nein. Er hätte handeln können, als Heureu heiratete, das wäre einfacher gewesen. Ihre Kinder werden die Landerben von Ymris sein; wäre sie so mächtig, so gesetzlos, dann hätte der Erhabene gewiß damals schon gehandelt. Astrin muß sich täuschen. Ich muß in jener Nacht geträumt haben. Und doch...« Er schüttelte den Kopf und legte eine Hand über die Augen. »Ich weiß es nicht. Ich bin froh, daß all dies nicht meine Sache ist.«

Die Leibärztin des Königs hielt ihn zurück, verbot ihm, das Bett zu verlassen und reichte ihm am Abend einen heißen, berauschenden Trank aus Wein und Kräutern, der ihn in traumlosen Schlaf schickte. Nur einmal erwachte er, mitten in der Nacht, und sah Rork Umber lesend am Feuer sitzen. Das Haar des Ritters verwischte sich im Flammenschein, als Morgon die Augen zufielen und er wieder einschlief.

Am folgenden Nachmittag kamen Heureu und Eriel zu ihm. Astrin, der Rork abgelöst hatte, stand an den weiten Fenstern, die auf die Stadt hinunterblickten; Morgon sah, wie die Augen des Königs und seines Landerben flüchtig einander trafen, ausdruckslos. Dann zog Heureu den Sessel ans Bett und setzte sich.

»Morgon«, sagte er müde, »Anoth befahl mir, Euch nicht zu stören, aber ich muß es tun. Meroc Tor hat den Ritter von Meremont unter Belagerung genommen; in zwei Tagen ziehe ich mit einem Heer von Ruhn, Caerweddin und Umber aus, die Belagerung zu brechen. Ich habe Nachricht erhalten, daß eine Flotte von Kriegsschiffen an der Küste von Meremont liegt, um nach Caerweddin zu segeln, sobald Meremont fällt. Wenn es dieser Flotte gelingt, Caerweddin zu erreichen, werdet Ihr hier auf unbegrenzte Zeit festsitzen. Um Eurer Sicherheit willen denke ich, Ihr solltet nordwärts ziehen, zum Hause des Ritters von Marcher.«

Morgon antwortete nicht gleich.

»Heureu«, sagte er dann langsam, »ich bin Euch dankbar für Eure Sorge und Eure Güte. Aber ich möchte nicht noch weiter von Hed fort, als ich jetzt schon bin. Könnt Ihr ein Schiff entbehren, mich nach Hause zu bringen?«

Das dunkle, bedrückte Gesicht hellte sich ein wenig auf.

»Das kann ich. Aber ich glaubte, Ihr würdet Euch sträuben, zu Schiff nach Hause zurückzukehren. Ich kann Euch in einem meiner Handelsschiffe unter Bewachung heimbringen lassen. Ich kenne meine Händler gut; ich bin schon selbst mit ihnen gefahren.«

»Ach?«

»Nach Anuin, Caithnard, sogar nach Kraal...« Er lächelte bei der Erinnerung. »Damals war ich noch jung, und mein Vater lebte noch. Astrin ging nach Caithnard, um zu lernen, ich aber entschloß mich, die Welt außerhalb von Ymris auf andere Weise kennenzulernen. Es war schön, aber seit ich die Herrschaft übernommen habe, habe ich Ymris nur noch selten verlassen.«

»War es damals, daß Ihr meinen Vater traft? Auf einer Eurer Reisen?«

Heureu schüttelte den Kopf.

»Euren Eltern begegnete ich im letzten Frühling, als Eriel und ich Caithnard besuchten.«

»Im letzten Frühling!« Er sog den Atem ein. »Damals seid Ihr Ihnen begegnet! Ich hatte keine Ahnung.«

»Das konntet Ihr ja auch nicht«, sagte Eriel leise, und Astrin, der am Fenster stand, drehte sich um. Ihre Brauen waren ein wenig ängstlich zusammengezogen, doch sie fuhr fort: »Wir begegneten ihnen, als — als Heureu auf einer Straße voller fremder Menschen mit Eurer Mutter Spring zusammenstieß und eine Glasschale zerbrach, die sie in den Händen trug. Sie begann zu weinen. Ich glaube, all die Menschen und der Lärm machten ihr angst. Und Euer Vater bemühte sich, sie zu trösten – wir bemühten uns alle —, aber sie kam nicht hinter ihren Händen hervor. Da haben wir einfach eine Weile miteinander gesprochen. Wir nannten einander unsere Namen, und Euer Vater erzählte uns, daß Ihr dort oben auf die Schule gingt. Er war sehr stolz auf Euch. Und da nahm auch Eure Mutter die Hände vom Gesicht, wir sprachen ja von ihrem Kind.«

Sie lächelte flüchtig, dann aber zogen sich ihre Brauen wieder zusammen, und ihre Augen senkten sich unter seinem fragenden Blick.

»Wir nahmen zusammen das Nachtmahl ein und redeten bis in die Nacht hinein miteinander. Eure Mutter, ich hatte — ich hatte ein Kind, das wenige Monate vor diesem Zusammentreffen gestorben war, und ich hatte niemals vor diesem Abend darüber sprechen können. Erst mit ihr konnte ich es. Als wir dann nach Caerweddin zurückkamen und hörten, was ihnen zugestoßen war, da war ich — ich war tief bekümmert.«

Morgon beobachtete sie aufmerksam. Sein Blick flog einmal zu Astrin hinüber, doch die weißen Augen waren unergründlich.

Heureus Hand berührte die ihre und schloß sich um ihre Finger.

»Morgon«, bemerkte er, »Euer Vater sagte etwas, das mir plötzlich in der letzten Nacht wieder einfiel. Er erzählte mir, er hätte Euch eine Harfe gekauft, eine sehr schöne, seltsam aussehende Harfe, von der er glaubte, daß sie Euch gefallen würde. Er hatte sie einem fahrenden Händler aus Lungold abgekauft, der kaum etwas dafür haben wollte, weil er meinte, die Harfe wäre verflucht. Sie gab keine Töne von sich. Euer Vater sagte, kein vernünftiger Mensch glaube an Flüche. Ich fragte ihn, wie Ihr denn fähig sein solltet, auf der Harfe zu spielen, und da lächelte er nur und sagte, er glaube fest, daß Ihr es könntet. Er zeigte mir die Harfe nicht, weil sie schon auf dem Schiff war. Gestern nacht ging mir auf, daß Euer Vater gewußt haben muß, daß Ihr auf der Harfe würdet spielen können, weil sie auf ihrer Stirnseite Eure Sterne trägt.«

Morgon wollte etwas sagen, doch seine Stimme verweigerte ihm den Dienst. Mit einem Sprung stand er auf, blieb auf schwankenden Beinen stehen und starrte ins Feuer, nur von einem einzigen schrecklichen Gedanken beseelt.

»Ist es so geschehen? Jemand sah diese Sterne und bereitete ihnen eine Fahrt in den Tod auf einem Schiff, dessen Besatzung verschwand, so daß sie allein und hilflos zurückblieben, während das Schiff unter ihnen zersplitterte und sie nicht wußten, nicht begriffen, warum es geschah? Sind sie so umgekommen? Ist das —?«

Abrupt drehte er sich um, sah den Wein in dem Glasflakon beim Feuer, die Becher aus Glas und Gold, und fegte alles in einer raschen, zornigen Bewegung vom Tisch, so daß es auf den Steinen zersplitterte. Die von rotem Wein benetzten Scherben auf dem Boden brachten ihn wieder zu sich selbst.

»Verzeiht mir«, murmelte er bleichen Gesichts. »Ich wollte nicht —«

Heureu war aufgestanden. Mit fester Hand packte er Morgon; seine Stimme klang fern, kam dann näher und wurde volltönend.

»Ich hätte ein wenig nachdenken sollen — ich hätte nachdenken sollen. Legt Euch nieder, ehe Ihr Euch etwas antut. Ich hole Anoth.«

Morgon hörte kaum, daß sie das Zimmer verließen. Er drückte sein Gesicht fest in die Beuge seines Arms und spürte die Tränen, die wie Meerwasser in seinen Augen brannten.

Später erwachte er zum Klang leiser, angespannter Stimmen: Astrins und Heureus. Der gedämpfte Zorn im Ton des Königs zerriß das Gespinst seiner dunklen Träume wie ein kalter Wind.

»Hältst du mich für schwachsinnig, Astrin? Ich brauche nicht zu fragen, wo ich dich oder Rork Umber oder selbst den Harfner des Erhabenen zu suchen habe. Bei Tag oder bei Nacht. Was Thod tut, ist Sache des Erhabenen, aber wenn ihr, du und Rork, den Schwierigkeiten, die uns gegenwärtig bedrängen, soviel Zeit widmen wolltet, wie ihr darauf verschwendet, dieses Gemach vor einem Trugbild zu hüten, wäre mir leichter ums Herz bei dem Gedanken an das Schicksal von Caerweddin.«

Astrins Stimme war kalt und scharf.

»Es gibt in diesem Land mehr Trugbilder, als nur die Frau, die du geheiratet hast. Jeder Beliebige könnte in einer Maske hier hereinkommen, die uns so vertraut ist, daß keiner von uns daran dächte, hinter sie zu blicken —«

»Was verlangst du von mir? Soll ich jedem Mann und jeder Frau in diesem Haus mißtrauen? War es das, was dich in den äußersten Winkel von Ymris trieb — entsetzliches Mißtrauen? Ich habe gesehen, wie du sie anblickst, wie du mit ihr sprichst. Was steckt dahinter? Bist du eifersüchtig auf ihre ungeborenen Kinder? Verlangt dich so brennend nach der Landherrschaft? Auch dieses Gerücht kam mir zu Ohren, aber nie zuvor war ich so nahe daran, es zu glauben.«

Stumm und reglos starrte Astrin ihn an. Sein farbloses Gesicht war wie aus Stein gemeißelt. Dann bröckelte etwas von der steinernen Maske ab, und er wandte sich ab.

»Alles kann ich von dir ertragen«, flüsterte er, »aber das nicht. Ich werde in die Ebene der Winde zurückkehren. Drei Nächte ist es her, da hätte diese Frau beinahe den Fürsten von Hed in deinem Königssaal getötet; ich werde nicht bleiben, um mit ansehen zu müssen, daß es ihr doch noch gelingt. Halte du die Augen offen; du hast sie geheiratet.«

Er ging, Heureu starrte auf die leere Türöffnung. Morgon sah den ersten schwachen Schimmer von Unsicherheit in seinen Augen, ehe er aufstand und folgte.

Rastlos wälzte sich Morgon auf seinem Lager. Der unlösbare Streit, die hoffnungslosen Fragen, die schweren, schwarzen Gedanken über den Tod seiner Eltern wucherten wie ein bösartiges Gewächs in seinem Gehirn. Er wollte aufstehen, gab seiner Schwäche nach und fiel wieder in Halbschlaf.

Erschreckt fuhr er hoch, als die Tür sich wieder öffnete. Astrin trat an sein Bett.

»Unablässig träume ich von der Schale, die ich zerbrochen habe«, murmelte Morgon heiser. »Die Figuren auf ihr bewegen sich in einem seltsamen Ablauf; ich weiß, daß es ein Rätsel ist, aber jedesmal, wenn ich nahe daran bin, es zu lösen, birst es, und mit ihm bersten alle Lösungen auf alle Rätsel der Welt. Warum seid Ihr zurückgekehrt? Ich hätte es Euch nicht verübelt, wenn Ihr fortgegangen wäret.«

Astrin antwortete nicht. Statt dessen zog er mit raschen, gezielten Bewegungen den Pelz von Morgons Körper, bündelte ihn in seinen Armen zusammen und drückte ihn mit aller Kraft auf Morgons Gesicht.

Der Pelz erstickte Morgons erschreckten Aufschrei. Schwer legte er sich um Morgons Gesicht, preßte sich in seinen Mund, in seine Augen. Er packte die Hände, die den Pelz hielten, mühte sich ab, sie auseinanderzureißen, um vom Bett aufstehen zu können, während das Blut in seinen Ohren sang und die Finsternis in riesigen, trägen Wellen über ihm zusammenschlug.

Dann bekam er wieder Luft. Er kniete auf dem Boden und hörte sein Schluchzen, während sein Atem wie das Knirschen von Kieselsteinen klang. Neben dem Feuer stand Heureu, die Hände in Astrins Schultern vergraben, und drückte den Mann an die Wand, während Rork Umbers Schwert wie die Zunge einer Flamme auf seine Brust gerichtet war.

Morgon rappelte sich hoch. Heureu und Rork starrten ungläubig auf den Mann mit den weißen Augen.

Als hätte es ihm den Atem verschlagen, so daß er nicht laut sprechen konnte, flüsterte Rork: »Ich kann es nicht glauben. Ich kann es nicht glauben —«

Eine Bewegung an der Tür zog Morgons Auge auf sich. Er wollte sprechen; seine Stimme, die gequetscht in seiner Kehle gefangen saß, kam in einem schrillen, verzweifelten Vogelschrei über seine Lippen, und die beiden Männer wandten ihm hastig ihre verständnislosen Gesichter zu.

»Heureu!«

Der König wirbelte herum. Astrin stand unter der Tür. Einen Moment lang waren sie beide wie erstarrt, Astrin und Heureu; dann kam Leben in Heureus Augen.

»Sei vorsichtig«, sagte er. »Ich habe nicht deine Sehergabe. Wenn ich dich verwechsle, werde ich dies hier niemals verstehen.«

»Heureu!« rief Rork scharf.

Die Gestalt unter seinem Schwert zerfloß. Wie Rauch hob sie sich vor ihren Augen in die Luft, bis sie plötzlich verschwunden war und ein weißer Vogel durch das Zimmer zu Astrin hinschoß.

Der riß die Arme hoch, als der Vogel ihm ins Gesicht schlug. Gleichzeitig schrien sie auf, er und der Vogel; er stolperte und stürzte, die Hände auf den Augen.

Morgon war zuerst bei ihm, hielt ihn fest und sah das Blut, das zwischen den starren Fingern hervorquoll, die ein Auge bedeckten. Ein Krachen ertönte hinter ihnen; heulend fuhr der Wind durch die zackige Öffnung, die der Vogel ins Fenster geschlagen hatte.

Heureu ging zu Astrin. Mit beschwichtigendem Murmeln zog er Astrins Finger von seinem Auge. Der Atem stockte ihm, und er fuhr einen Pagen an, der mit bleichem Gesicht draußen im Gang stand und zu ihnen hereinspähte.

»Hol Anoth.«

Astrin, dessen Kopf auf Morgons Schulter ruhte, stammelte heiser: »Ich wollte fortgehen, aber ich konnte nicht. Ich kam zurück zu Morgons Zimmer, um zu sehen, ob du noch hier wärst, und als ich durch den Gang schritt, sah ich — ich sah mich selbst in das Zimmer vor mir hineingehen. Da habe ich etwas getan, was ich nie zuvor zustande gebracht habe. Ich sandte dir durch das Gestein der Mauern hindurch einen Ruf — den Ruf der Zauberer. Ich — ich wartete. Es fiel mir schwer, aber du wolltest Beweise.«

»Ich weiß. Lieg still. Du hast —« Er brach ab. Nichts an ihm regte sich, nicht sein Atem, nicht seine Hände, nicht seine Augen, während das Blut langsam aus seinem Gesicht wich. »So lange schon«, flüsterte er. »Dieser weiße Vogel.«

Er verstummte, kniete nieder und neigte sich zu Astrin. Eine Weile schwiegen sie beide. Dann stand er hastig auf; Rork packte ihn bei der Schulter.

»Heureu!«

Der König riß sich von ihm los, schritt den langen, öden Gang hinunter. Morgon schloß die Augen. Frau Anoth kam, ernsten Gesichts und außer Atem, um Astrins Auge zu verbinden. Rork half ihm auf. Von seiner Last befreit, stand Morgon einen Moment lang allein. Er ging zum Fenster, berührte das zerbrochene Glas. Und da sah er jenseits von Caerweddin die Steine der Ruinenstadt in der Ebene von Königsmund, die verstreut lagen wie die Gebeine eines riesenhaften, namenlosen Menschen.

Er kleidete sich an und ging hinunter in den großen Saal. Feuerschein blitzte in den Sternen auf der Stirnseite der Harfe. Er hob das Instrument auf und streifte sich den juwelenbesetzten Riemen über die Schulter. Er hörte einen Schritt hinter sich und drehte sich um. Der Harfenspieler des Erhabenen trat auf ihn zu und legte die Finger auf die Sterne.

»Ich war dabei«, sagte er leise, »als Yrth diese Harfe machte. Ich hörte das erste Lied, das auf ihr gespielt wurde...«

Seine Hand wanderte aufwärts, schloß sich behutsam um Morgons Schulter. Morgon hörte auf zu zittern.

»Ich möchte fort«, sagte er.

»Ich werde den König bitten, Euch ein Schiff und Wächter zu geben. Ihr seid jetzt wohl wieder soweit gesund, daß Ihr nach Hed reisen könnt, wenn Ihr vorsichtig seid.«

»Ich reise nicht nach Hed. Ich reise zum Erlenstern-Berg.« Die Sterne schienen ihm, als er auf sie hinunterblickte, wie eine Spiegelung seines eigenen Gesichts. »Die Drohungen, die gegen mein eigenes Leben gerichtet sind, kann ich mißachten. Ich kann mich meiner Neugier erwehren. Ich kann leugnen, daß irgendwo in mir ein Mensch wohnt, dessen Namen ich nicht weiß. Aber ich kann nicht leugnen, daß diese Sterne auf meinem Gesicht jenen, die ich liebe, den Tod bringen können. Deshalb reise ich zum Erlenstern-Berg, den Erhabenen zu fragen, warum das so ist.«

Der Harfner schwieg; Morgon konnte den Ausdruck in seinen Augen nicht deuten.

»Reist Ihr mit dem Schiff?«

»Nein. Ich möchte lebend an meinem Ziel ankommen.«

»Es ist spät im Jahr für eine Reise nach Norden. Es wird eine lange, einsame, gefährliche Reise werden; Ihr werdet monatelang von Hed fern sein.«

»Wollt Ihr mich davon abbringen?« fragte Morgon überrascht.

Die Hand, die auf seiner Schulter lag, griff etwas fester zu.

»Seit drei Jahren bin ich nicht mehr am Erlenstern-Berg gewesen. Ich würde gern heimkehren, sollte der Erhabene nicht andere Aufgaben für mich haben. Darf ich mit Euch reisen?«

Morgon neigte den Kopf. Seine Hand berührte die Harfe, und einige Saiten erklangen zart und zögernd, als suchten sie den Anfang eines Liedes.

»Ich danke Euch. Aber habt Ihr keine Angst, mit einem Mann zu reisen, dessen Spuren der Tod folgt?«

»Nicht, wenn dieser Mann die Harfe des Harfners von Lungold trägt.«

Schon am nächsten Tag in aller Frühe brachen sie auf. Sie gingen so still und heimlich, daß nur Heureu und der halbblinde Landerbe von Ymris wußten, daß sie fortgezogen waren. In nördlicher Richtung ritten sie über die Ebene von Königsmund, und ihre langen morgendlichen Schatten spielten über die massigen, glatten Steine. Eine Möwe, die über ihnen im kühlen Morgen kreiste, stieß einen Schrei aus, der wie eine Herausforderung klang; dann flog sie, ein leuchtender Fleck am klaren Morgenhimmel, südwärts über die Kette schlanker Kriegsschiffe davon, die sich, die blauen Segel leicht gebläht, auf den trägen Wassern des Flusses Thul zum Meer hinaustragen ließen.

5

In gemächlicher Gangart ritten sie durch Ymris, während Morgon noch mit den Nachwehen seiner Krankheit kämpfte. Sie mieden die stattlichen Häuser der Ritter von Ymris, suchten des Abends Unterkunft in kleinen Dörfern, die inmitten eines Teppichs von Feldern und Wiesen kauerten oder sich in die Biegung eines Flusses schmiegten. Thod bezahlte mit seinem Harfenspiel für die Gastfreundschaft der Bauern. Morgon, der von einer Erkältung geplagt wurde, die ihn schweigsam und verdrießlich machte, schlürfte heiße Brühe, die die Frauen ihm brachten, und sah zu, wie vom Tagwerk müde Bauern und widerspenstige Kinder ruhig und gelöst wurden beim Klang von Thods süßem, kunstvollem Harfenspiel, beim Gesang seiner schönen, geübten Stimme. Ohne Zögern spielte er ihnen jedes Lied, jede Ballade, jeden Tanz, den sie sich wünschten; und ab und zu kam es vor, daß einer seine eigene Harfe holte, eine Harfe, die von Generation zu Generation weitergegeben worden war, und von ihrem merkwürdigen Lebenslauf berichtete oder ein Lied darauf spielte, das Thod unweigerlich wiederholen konnte, nachdem er es nur einmal gehört hatte. Oft spürte Morgon, wenn er das alterslose Gesicht betrachtete, das über das glänzende Eichenholz der Harfe geneigt war, das vertraute Drängen einer Frage in den geheimen Tiefen seines Geistes.

In Marcher, einem rauhen, unwirtlichen Gebiet mit steinigen Feldern und Hügeln, wo es nur vereinzelt Dörfer und Höfe gab, kampierten sie zum erstenmal im Freien. An einem schmalen Bach unter drei alten Eichen machten sie halt. Das

Licht der Abendsonne, die am klaren, tiefblauen Himmel hing, wurde von den roten Wänden der Felsen, die aus der Erde aufragten, zurückgeworfen und überzog das Hügelgras mit goldnem Glanz. Morgon, der gerade dabei war, ein Feuer anzufachen, hielt einen Augenblick inne und sah sich um. Das rauhe, gewellte Land zog sich zu einer Kette alter, abgetragener Hügel hin, die, kahl und rundrückig, an schlafende Greise erinnerten.

»Nie habe ich so einsames Land gesehen«, sagte er verwundert.

Thod, der ihre Vorräte an Brot, Käse und Wein auspackte, dazu die Äpfel und Nüsse, die ein Bauer ihnen mitgegeben hatte, lächelte.

»Wartet, bis Ihr den Isig-Paß erreicht. Dies hier ist sanftes Land.«

»Es ist von ungeheurer Weite. Wäre ich so lange in gerader Linie durch Hed gereist, so marschierte ich schon seit einer Woche auf dem Grund des Meeres.«

Er legte noch einen Zweig ins Feuer und sah zu, wie die Flammen über die welken Blätter züngelten. Der dumpfe Schmerz in seiner Seite und die Mattigkeit des Fiebers waren endlich verflogen; sein Kopf war klar, und seine Wißbegierde regte sich wieder. Er genoß den kühlen Wind und konnte sich am abendlichen Spiel der Farben erfreuen.

Thod reichte ihm den Wein; er trank einen Schluck. Das Feuer, das jetzt höher loderte, schimmerte in der reinen Luft wie ein kostbares, eigentümlich gewobenes Fries. Eine Erinnerung erwachte bei seinem Anblick in Morgon, und er sagte langsam: »Ich sollte Rendel schreiben.«

Seit sie Caithnard verlassen hatten, hatte er ihren Namen nicht mehr ausgesprochen. Er sah langes, fliegendes, lohfarbenes Haar vor sich, Hände, an denen Gold und Bernstein schimmerten, bernsteinfarbene Augen. Er warf noch einen Zweig ins Feuer und spürte den Blick des Harfners auf seinem Gesicht. An einen Baum gelehnt, griff er nochmals zum Wein.

»Und Eliard. Die Händler werden ihm wahrscheinlich solche Schauergeschichten berichten, daß ihm das Haar ergrauen wird vor Sorge, noch ehe ein Brief von mir ihn erreicht. Wenn ich auf dieser Reise umkomme, wird er mir niemals vergeben.«

»Wenn wir um Herun einen Bogen schlagen, werdet Ihr vielleicht keine Briefe absenden können, ehe wir Osterland erreichen.«

»Ich hätte früher daran denken sollen, ihm zu schreiben.« Er reichte den Wein an den Harfner zurück und schnitt sich eine Ecke Käse ab; seine Augen wanderten wieder zum Feuer. »Seit dem Tod unseres Vaters wuchsen wir so eng zusammen, daß wir manchmal dieselben Träume haben... So nahe war ich auch meinem Vater. Ich spürte ihn sterben. Ich wußte nicht, wie oder warum oder wo; ich wußte ganz einfach in jenem Moment, daß er starb. Und dann, daß er tot war, daß die Landherrschaft an mich übergegangen war. Einen Augenblick lang sah ich jedes einzelne Blatt, jedes einzelne Saatkorn, jede Wurzel in Hed... Ich war jedes Blatt, jedes neugepflanzte Samenkorn...« Er beugte sich vor und griff nach dem Brot. »Ich weiß nicht, warum ich das erzähle. Ihr müßt hundertmal davon gehört haben.«

»Vom Übergang der Landherrschaft? Nein. Doch dem wenigen, was ich darüber gehört habe, entnehme ich, daß der Übergang in anderen Gebieten nicht so glatt vonstatten geht. Mathom von An berichtete mir einiges über die verschiedenen Bannflüche, die von den Landherrschern von An ständige Aufmerksamkeit erfordern: Da ist der Bann auf die Zauberbücher der Hexe Madir, der Bann, der die alten, aufrührerischen Ritter von Hel in ihren Gräbern festhält, der Bann, der Peven in seinem Turm in Banden hält...«

»Ja, davon hat Rood mir erzählt. Ob wohl Mathom Peven jetzt freigesetzt hat, wo ich die Krone habe, oder vielmehr«, fügte er hinzu, »wo sie auf dem Grund des Meeres liegt?«

»Das bezweifle ich. Bannflüche von Königen werden nicht leicht gebrochen. Und auch nicht ihre Gelöbnisse.«

Morgon, der sich einen Fetzen Brot aus dem Laib herausriß, spürte das Brennen in seinen Wangen. Er sah den Harfner an und sagte ein wenig scheu: »Ja, das glaube ich. Aber niemals könnte ich Rendel bitten, meine Frau zu werden, wenn sie mich nur nähme, um Mathoms Gelöbnis zu erfüllen. Es ist ihre Entscheidung und nicht Mathoms, und es kann sein, daß sie nicht in Hed leben möchte. Doch wenn es eine Chance gibt, dann möchte ich schreiben und ihr mitteilen, daß ich früher oder später kommen werde, falls sie — wenn sie auf mich warten möchte.« Er aß einen Happen Brot und Käse und fragte dann recht unvermittelt: »Wie lange werden wir brauchen bis zum Erlenstern-Berg?«

»Wenn wir den Berg Isig vor Einbruch des Winters erreichen, werden wir vielleicht sechs Wochen brauchen. Wenn der Schnee vor uns nach Isig kommt, werden wir vielleicht bis zum Frühjahr dort bleiben müssen.«

»Ginge es nicht schneller, um Herun herum nach Westen zu reiten und dann durch das Ödland hinauf zum Erlenstern-Berg?«

»Ohne den Paß zu nehmen? Gewissermaßen durch die Hintertür? Man müßte schon ein halber Wolf sein, um in Ödland um diese Jahreszeit überleben zu können. Ich habe diesen Weg nur wenige Male in meinem Leben eingeschlagen und niemals so spät im Jahr.«

Morgon lehnte seinen Kopf nach rückwärts an den Baumstamm.

»Vor ein paar Tagen«, bemerkte er, »als ich wieder anfing zu denken, wurde mir klar, daß ich nicht die blasseste Ahnung hätte, welche Richtung ich einschlagen muß, wenn Ihr nicht an meiner Seite wäret. Ihr bewegt Euch durch diese Lande, als hättet Ihr sie tausendmal durchwandert.«

»Das mag sein. Ich zähle schon lange nicht mehr mit.«

Er legte Holz ins Feuer, und die züngelnden Flammen flakkerten in seinen stillen Augen. Die Sonne war untergegangen; ein grauer Wind raschelte in den welken Blättern. Es klang, als wisperten sie miteinander in einer unbekannten Sprache.

»Wie lange seid Ihr schon in den Diensten des Erhabenen?« fragte Morgon plötzlich.

»Als Tirunethod starb, verließ ich Herun, und der Erhabene rief mich zum Erlenstern-Berg.«

»Sechshundert Jahre... Was habt Ihr davor getan?«

»Ich bin durch die Lande gereist und habe auf meiner Harfe gespielt...« Er schwieg, die Augen ins Feuer gerichtet. Dann fügte er beinahe widerstrebend hinzu: »Eine Weile studierte ich in Caithnard. Aber ich wollte nicht lehren, deshalb zog ich fort, nachdem ich mir das schwarze Gewand erworben hatte.«

Morgon, der den Weinschlauch zum Munde gehoben hatte, ließ ihn wieder sinken, ohne zu trinken.

»Ich hatte keine Ahnung, daß Ihr ein Großmeister seid. Was trugt Ihr damals für einen Namen?« Noch während ihm die Frage über die Lippen kam, spürte er, wie ihm wieder das Blut ins Gesicht schoß, und sagte hastig: »Verzeiht. Ich vergesse manchmal, daß manches, was ich wissen möchte, nicht meine Sache ist.«

»Morgon —« Thod verstummte. Eine Weile saßen sie schweigend beieinander und aßen. Dann griff Thod nach seiner Harfe und nahm sie aus ihrer Hülle. Leicht strich er mit dem Daumen über die Saiten. »Habt Ihr schon versucht, auf Eurer Harfe zu spielen?«

Morgon lächelte. »Nein. Ich habe Angst davor.«

»Versucht es.«

Morgon nahm die Harfe aus der weichen Lederhülle, die Heureu ihm geschenkt hatte. Gebannt von der Schönheit des Instruments betrachtete er einen Augenblick lang wortlos das schimmernde Goldfiligran, die knochenweißen Monde und das glänzende Holz. Thod zupfte die hohe Saite an seiner Harfe; Morgon ließ ein leises Echo folgen. Die Saite seines Instruments war vollendet gestimmt. Langsam führte ihn Thod über die Saiten, und Ton um Ton fand er genau gestimmt. Nur zweimal gab es einen leichten Mißklang, und jedesmal hielt Thod inne, um seine eigene Harfe zu stimmen.

Als Morgons Finger zur tiefen Saite wanderten, sagte Thod: »Ich habe keine Saite, die ich danach stimmen kann.«

Morgon zog rasch seine Hand fort. Der Himmel über ihnen war schwarz. Der Wind hatte sich gelegt. Das Licht des Feuers zeichnete die Wölbungen und Bögen der dunklen Zweige nach, die ihnen Obdach gaben.

»Wie kann die Harfe nach so langer Zeit, gar, nachdem sie vom Meer fortgespült wurde, noch so vollendet gestimmt sein?« fragte er voller Staunen.

»Yrth hat die Tonhöhe mit seiner Stimme auf ewig in diese Saiten gebunden. Im ganzen Reich des Erhabenen gibt es keine Harfe, die schöner klingt.«

»Und weder Ihr noch ich könnte sie spielen.« Seine Augen wanderten zu Thods Harfe, deren blasses Schnitzwerk im Feuerschein golden erglühte. Sie war weder mit Metall noch mit Edelsteinen geschmückt, doch das Eichenholz war auf allen Seiten mit feinen Schnitzereien geziert. »Habt Ihr Eure Harfe selbst gemacht?«

Thod lächelte überrascht. »Ja.« Mit dem Finger fuhr er eine fein ziselierte Linie nach, und etwas in seinem Gesicht öffnete sich unerwartet. »Ich habe sie gemacht, als ich nach meinen Maßstäben noch jung war, nachdem ich jahrelang auf allen möglichen Harfen gespielt hatte. An nächtlichen Feuern in fernen, einsamen Gegenden, wo ich keines Menschen Stimme hörte außer meiner eigenen, baute ich sie aus dem Holz der Eichen von Ymris. Ich schnitzte die Ebenbilder von Blättern, Blumen, Vögeln, die ich auf meinen Wanderungen sah, in ihr Holz. In An suchte ich drei Monate lang nach Saiten für sie. Schließlich fand ich sie und verkaufte mein Pferd, um sie erwerben zu können. Es waren die Saiten der zerbrochenen Harfe von Ustin von Aum, der aus Gram über die Eroberung von Aum starb. Ihre Saiten waren auf seinen Schmerz gestimmt, und ihr Holz war gebrochen wie sein Herz. Ich bespannte meine Harfe mit diesen Saiten, und dann stimmte ich sie neu auf meine Freude ein.«

Morgon seufzte. Er senkte plötzlich den Kopf, so daß sein Gesicht vor dem Harfenspieler verborgen war. Lange schwieg er still, während Thod wartete, hin und wieder das Feuer schürte, daß die Funken wie Sterne aufwärts sprühten. Schließlich hob er den Kopf wieder.

»Warum hat Yrth die Sterne in dieser Harfe eingelegt?«

»Er machte die Harfe für Euch.«

Morgon schüttelte hastig den Kopf.

»Keiner kann von mir gewußt haben. Keiner.«

»Vielleicht«, gab Thod ruhig zurück. »Aber als ich Euch in Hed sah, da dachte ich sogleich an die Harfe; und die Sterne auf ihrer Stirn und auf Eurem Gesicht passen zusammen wie ein Rätsel und seine Lösung.«

»Aber wer…?« Wieder hielt er inne, seine Stimme unsicher. Er lehnte sich zurück, und sein Gesicht verwischte sich im Schatten. »Ich kann dies alles nicht einfach beiseite schieben, und ich kann es nicht verstehen, wenngleich ich mich hart geplagt habe, beides zu tun. Ich bin ein Rätselmeister. Warum bin ich so entsetzlich unwissend? Warum hat Yrth in seinen Werken die Sterne niemals erwähnt? Wer ist die, die hinter meinem Rücken lauert und mich in der Dunkelheit verfolgt, und woher kommt sie? Wenn diese Sterne eine solche Reaktion bei einem so befremdlichen, mächtigen Volk auslösten, wie kommt es, daß die Zauberer selbst weder von den Sternen noch von dem Volk wußten? In Caithnard habe ich zusammen mit dem Großmeister Ohm einen Winter lang in der Geschichte, der Dichtung, den Legenden und Liedern des Reiches nach einem Bezug auf die Sterne gesucht. Yrth selbst erwähnte in seinen Schriften über den Bau dieser Harfe in Isig die Sterne nicht mit einem Wort. Und doch sind sie schuld daran, daß meine Eltern tot sind, daß Astrin ein Auge verloren hat, daß man dreimal versucht hat, mich zu töten. Das alles scheint mir so ungereimt. Manchmal habe ich den Eindruck, ich versuche, einen Traum zu verstehen, nur könnte kein Traum so tödlich sein. Thod, ich habe Angst davor, auch nur anzufangen, dieses Gespinst zu entwirren.«

Thod warf einen Zweig ins Feuer, und eine Lichtwelle hob Morgons Gesicht aus dem Schatten.

»Wer war Sol von Isig, und nun sag mir, warum mußte er sterben?«

Morgon wandte sein Gesicht ab.

»Sol war der Sohn von Danan Isig. Er wurde eines Tages in den Erzgruben des Berges Isig von Händlern verfolgt, die ihm einen kostbaren Edelstein stehlen wollten. Er kam zu der steinernen Tür auf dem Grund des Berges, auf deren anderer Seite Grauen und Schmerz eingesperrt waren, die noch älter waren als der Berg Isig selbst. Er brachte es nicht über sich, diese Tür aufzustoßen, die kein Mensch aus Angst vor dem, was in der Finsternis hinter ihr warten mochte, je geöffnet hatte. Und da erhaschten ihn seine Feinde in seiner Unschlüssigkeit, und er mußte sterben.«

»Und der Lehrsatz?«

»Besser ist es, vorwärts zu schreiten in das Unbekannte als rückwärts in den Tod.«

Er schwieg wieder, die Augen verhüllt. Er richtete die Harfe auf; seine Finger glitten über die Saiten, entlockten ihnen die Melodie einer lieblichen Ballade aus Hed.

Thod, der ihm zuhörte, sagte: »›Die Liebe von Segler und Vogelin‹ — könnt Ihr es singen?«

»Alle achtzehn Strophen. Aber ich kann es auf dieser Harfe nicht spielen.«

»Schaut her.« Er stellte seine eigene Harfe zurecht. »Wenn Ihr Euren Geist, Eure Hände und Euer Herz dem Wissen um eine Sache öffnet, bleibt kein Raum in Euch für Furcht.«

Er lehrte Morgon Akkorde und Tonfolgen in wechselnden Lagen auf der wunderbaren Harfe; sie spielten bis spät in die Nacht hinein, und die Töne ihrer Harfen flatterten wie Vögel in die Dunkelheit hinauf.

Noch eine Nacht verbrachten sie in Ymris, dann überquerten sie die abgetragenen Hügel und wandten sich ostwärts, wo jenseits einer niedrigen Bergkette die Ebenen und Felskuppen von Herun warteten. Der Herbstregen begann wieder zu fallen, eintönig und hartnäckig, und sie ritten schweigend durch die Wildnis zwischen den Ländern, vermummt in weite Umhänge mit Kapuzen, ihre Harfen in den Lederhüllen darunter. Abends suchten sie sich ein trockenes Fleckchen Erde, wo sie übernachten konnten, schliefen in Felsenhöhlen oder unter dichtstehenden Bäumen. Wenn der Regen nachließ, spielte Thod Lieder, die Morgon nie gehört hatte, Weisen aus Isig, Herun, Osterland oder vom Hof des Erhabenen. Morgon versuchte dann, Thods Spiel auf seiner eigenen Harfe zu folgen; seine Töne kamen zögernd, stockend, bis sie sich plötzlich mit denen von Thod vereinigten und die Stimmen der beiden Harfen eine Weile in vollendeter Harmonie miteinander verschmolzen, bis Morgon sich wieder verhedderte und abbrach, enttäuscht und ärgerlich, so daß Thod ein Lächeln nicht unterdrücken konnte. Und irgendwie drangen die Klänge ihres Spiels an die Ohren der Morgol, die tief im Inneren Heruns hofhielt.

An einem Tag ritten sie lange durch das regennasse, felsige Land und machten erst spät abends Rast. So müde waren sie, daß sie nur ein kleines Feuer entzündeten, als der Regen endlich versiegte. Sobald sie gegessen hatten, streckten sie sich in ihren feuchten Schlafsäcken aus. Morgon, der auf dem harten, steinigen Boden unruhig schlief, wachte immer wieder auf, um einen Stein unter sich wegzuschieben. Er träumte von einem endlos weiten, einsamen Land, auf das der Regen ohne Unterlaß herunterprasselte, und durch das Trommeln des Regens hindurch hörte er den Hufschlag von Pferden. Als er sich herumwälzte, spürte er unter sich den harten Druck eines Steins und öffnete die Augen. Im schwachen Schein der Feuerglut sah er ein Gesicht, das sich über Thod neigte, eine Speerspitze, die über seinem Herzen hing.

Erschreckt und geängstigt griff er nach einem Stein von der Größe seiner Faust, fuhr hoch und warf. Er hörte einen Aufprall und einen unterdrückten Schrei, und das Gesicht verschwand in der Dunkelheit. Thod fuhr mit einem Ruck aus dem Schlaf. Er setzte sich auf und sah Morgon an, doch noch ehe er sprechen konnte, traf ein Stein, der mit großer Zielsicherheit aus der Dunkelheit geflogen kam, den Arm, auf den Morgon sich stützte. Morgon fiel nieder.

Eine Stimme rief ärgerlich: »Müssen wir uns mit Steinen bewerfen wie Kinder?«

»Lyra!« sagte Thod.

Morgon hob den Kopf. Ein Mädchen von vierzehn oder fünfzehn Jahren trat zu ihnen ans Feuer, rührte in der Glut, bis Flammen aufloderten, und warf eine Handvoll Zweige hinein. Ihr schwerer, loser Umhang war von der Farbe des Feuers; ihr dunkles Haar war aus dem Gesicht gezogen und auf ihrem Scheitel in einem dicken Zopf zusammengerollt. Sie richtete sich auf, den einen Arm etwas steif, als schmerzte er sie. In der anderen Hand hielt sie einen leichten Speer aus Eschenholz und Silber.

Morgon setzte sich auf. Ihre Augen huschten zu seinem Gesicht, und der Speer richtete sich mit flinkem Schwung auf ihn.

»Wer seid Ihr?« fragte Morgon.

»Ich bin Lyraluthuin, die Tochter der Morgol von Herun. Ihr seid Morgon, der Fürst von Hed. Wir sind beauftragt, Euch zur Morgol zu bringen.«

»Mitten in der Nacht?« Dann fügte er hinzu: »Wir?«

Sie hob einen Arm, und aus der Dunkelheit traten andere junge Frauen in langen, leuchtenden Umhängen. In einem Ring umschlossen sie ihr Lager, und ihre Speerspitzen bildeten einen vielzackigen Kreis. Morgon rieb sich seinen Arm und betrachtete sie mit düsterer Miene. In plötzlicher, drängender Frage schoß sein Blick zu Thod.

Thod schüttelte den Kopf.

»Nein. Wenn dies eine Falle wäre, die Eriel uns gestellt hat, wäret Ihr längst tot.«

»Ich weiß nicht, wer Eriel ist«, bemerkte Lyra. Ihre Stimme, ohne Ärger jetzt, klang leicht und selbstsicher. »Und dies ist keine Falle. Es ist eine Bitte.«

»Ihr habt eine seltsame Bitte vorzubringen«, stellte Morgon fest. »Gern würde ich die Morgol von Herun kennenlernen, und es wäre mir eine Ehre, aber ich wage nicht, mir jetzt die Zeit zu nehmen. Wir müssen den Berg Isig erreichen, ehe der erste Schnee fällt.«

»Ich verstehe. Möchtet Ihr in Kronstadt einreiten, wie es einem Herrscher gebührt, oder möchtet Ihr lieber quer über Eurem Sattel hängen wie ein Getreidesack?«

Morgon starrte sie verblüfft an.

»Was ist das für ein Willkommen? Wenn die Morgol je nach Hed käme, so würde sie nicht —«

»Mit Steinen empfangen werden? Ihr habt mich zuerst angegriffen.«

»Ihr standet mit einem Speer in der Hand vor Thod! Hätte ich erst fragen sollen, warum?«

»Ihr hättet wissen müssen, daß ich den Harfner des Erhabenen nicht anrühren würde. Bitte erhebt Euch und sattelt Euer Pferd.«

Morgon legte sich zurück und verschränkte die Arme.

»Ich rühre mich nicht von der Stelle«, erklärte er fest. »Ich will jetzt weiterschlafen.«

»Es ist nicht mitten in der Nacht«, sagte Lyra ruhig. »Es ist beinahe Morgen.«

Mit einer flinken Bewegung stieß sie ihren Speer über ihn hinweg und schob ihn unter den Riemen seiner Harfe. Er fuhr hoch und wollte ihn fassen; die Speerspitze, an der die Harfe hing, schwang von ihm weg. Sie hielt den Speer senkrecht und ließ die Harfe an ihm hinunter auf ihren Arm gleiten.

»Die Morgol warnte mich vor dieser Harfe. Ihr hättet unsere

Speere zerbrechen können, wenn Ihr Euren Kopf gebraucht hättet. Jetzt, wo Ihr schon aufgestanden seid, sattelt bitte Euer Pferd.«

Wütend blies Morgon die Wangen auf, dann sah er plötzlich in den klaren Augen, die ihn anblickten, ein unterdrücktes Lächeln, das ihn auf seltsame Weise an Tristan erinnerte. Der Zorn wich aus seinen Zügen, doch er setzte sich wieder auf den nackten Boden und sagte: »Nein. Ich habe keine Zeit, nach Herun zu reiten.«

»Dann werdet Ihr —«

»Und wenn Ihr mich gefesselt in die Stadt der Kreise bringt, so werden die Händler bis zum Frühling die Geschichte über das ganze Reich verbreitet haben, und ich werde mich zuerst bei der Morgol beschweren und dann beim Erhabenen.«

Einen Herzschlag lang blieb sie stumm. Dann hob sie hochfahrend ihren Kopf.

»Ich gehöre zu den auserwählten Wächterinnen der Morgol, und ich habe eine Pflicht zu erfüllen. Ihr werdet kommen, so oder so.«

»Nein.«

»Lyra«, sagte Thod. Ein Unterton von Erheiterung lag in seiner Stimme. »Wir müssen den Berg Isig vor Einbruch des Winters erreichen. Wir haben keine Zeit, uns aufzuhalten.«

Achtungsvoll neigte sie den Kopf.

»Ich will Euch nicht aufhalten. Ich wollte Euch nicht einmal wecken. Aber die Morgol verlangt nach dem Fürsten von Hed.«

»Der Fürst von Hed verlangt nach dem Erhabenen.«

»Ich habe eine Pflicht —«

»Deine Pflicht schließt nicht aus, daß du Landherrschern mit Achtung begegnest.«

»Ob sie mir nun mit Achtung begegnet oder nicht«, bemerkte Morgon, »ich komme nicht mit. Warum laßt Ihr Euch überhaupt auf eine Diskussion mit ihr ein? Sagt es ihr. Auf Euch wird sie hören. Sie ist ein Kind, und wir können uns nicht durch Kinderspiele aufhalten lassen.«

Lyra betrachtete ihn gelassen.

»Keiner, der mich kennt, nennt mich so. Ich sagte, daß Ihr kommen würdet, so oder so. Die Morgol hat Fragen an Euch, die die Sterne in Eurem Gesicht und diese Harfe betreffen. Sie hat die Harfe schon früher gesehen. Ich hätte Euch das eher gesagt, aber ich geriet in Zorn, als Ihr diesen Stein warft.«

»Wo?« fragte Morgon. »Wo hat sie die Harfe gesehen?«

»Das wird sie Euch selbst sagen. Auch soll ich Euch ein Rätsel kundtun, sobald wir die Berge und das Sumpfland hinter uns haben und Kronstadt in Sicht ist. Sie sagt, daß in ihm Euer Name wohnt.«

Morgon stand auf. »Ich komme mit.«

Sie ritten von Tagesanbruch bis Sonnenuntergang, während sie Lyra über eine wenig bereiste Paßstraße in den niedrigen, alten Bergen folgten, und schlugen am Abend jenseits der Bergkette ihr Lager auf. Morgon hockte in seinen Umhang gehüllt am Feuer und sah zu, wie der kühle, dunstige Atem des Sumpflandes zu ihnen heraufkroch. Thod, dessen Händen die Kälte offenbar nichts anhaben konnte, spielte eine liebliche Weise ohne Worte, die in Morgons Gedanken hineintanzte und ihn lockte, bis er nachgab und zuhörte.

Als das Lied endete, sagte er: »Was war das? Das war wunderschön.«

Thod lächelte. »Ich habe dem Lied nie einen Namen gegeben.« Einen Moment lang saß er schweigend da, dann griff er nach der Hülle seiner Harfe.

Lyra trat geräuschlos in den Lichtkreis des Feuers und bat: »Spielt weiter. Alle hören zu. Das war das Lied, das Ihr für die Morgol gemacht habt.«

Erstaunt blickte Morgon den Harfner an.

»Ja«, gab Thod zurück, während seine Finger leicht über die Saiten glitten und schon eine neue Melodie woben.

Lyra nahm Morgons Harfe von ihrer Schulter und stellte sie neben ihm nieder.

»Ich wollte sie Euch schon früher geben.« Sie setzte sich und hielt die Hände ans Feuer. Das Licht gab ihrem jungen Gesicht warme, runde Konturen; Morgon konnte den Blick nicht von ihr wenden.

»Ist es Eure Gewohnheit«, fragte er abrupt, »jenseits der Grenzen von Herun vorüberkommenden Landherrschern aufzulauern, um sie zu entführen?«

»Ich habe Euch nicht entführt«, gab sie unerschüttert zurück. »Ihr habt Euch selbst entschieden, mitzukommen. Im allgemeinen —«, fuhr sie fort, als er Luft holte, um zu widersprechen, »führe ich Händler durch das Sumpfland. Besucher aus anderen Ländern sind selten, und wenn sie kommen, dann sind sie manches Mal zu unwissend, um auf mich zu warten, und sie versinken in den Sümpfen oder sie laufen in die Irre. Außerdem beschütze ich die Morgol, wenn ihre Reisen sie über die Grenzen von Herun hinausführen, und ich erfülle alle Pflichten, die sie mir aufgibt. Ich bin geübt im Umgang mit dem Messer, mit Pfeil und Bogen und mit dem Speer; der letzte Mann, der mein Können unterschätzte, ist tot.«

»Ihr habt ihn getötet?«

»Er zwang mich dazu. Er wollte zwei Händler berauben, die unter meinem Schutz standen, und als ich ihn warnte, mißachtete er meine Warnung. Das war nicht klug. Er wollte einen der Händler töten, da habe ich ihn getötet.«

»Wieso läßt die Morgol Euch ohne Begleitschutz reisen, wenn Euch solche Dinge zustoßen?«

»Ich bin in ihrer Wache, und man erwartet von mir, daß ich für mich selbst sorgen kann. Und Ihr: Wieso reist Ihr unbewaffnet wie ein Kind durch das Reich des Erhabenen?«

»Ich habe die Harfe«, erinnerte er sie kurz, doch sie schüttelte den Kopf.

»Die ist Euch nicht nütze in ihrer Hülle. In den Ländern jenseits der Grenze gibt es andere Feinde als mich: Raubgierige Männer, die Händler überfallen, Verbannte und Vogelfreie — Ihr solltet Euch bewaffnen.«

»Ich bin Bauer, nicht Krieger.«

»Im ganzen Reich des Erhabenen gibt es keinen, der es wagen würde, Thod anzurühren. Aber Euch —«

»Ich kann für mich selbst sorgen. Dank Euch.«

Ein wenig erstaunt sah sie ihn an.

»Ich will Euch ja nur mit meiner Erfahrung helfen«, erklärte sie gutmütig. »Zweifellos kann Thod für Euch sorgen, wenn es Schwierigkeiten gibt.«

Thods Stimme klang in sein Harfenspiel hinein.

»Der Fürst von Hed hat eine bemerkenswerte Gabe für das Überleben... Hed ist ein Land, das berühmt ist für seinen Frieden, ein Begriff, der oft schwer zu verstehen ist.«

»Der Fürst von Hed«, gab Lyra zurück, »befindet sich nicht mehr in Hed.«

Morgon blickte sie über das Feuer hinweg verschlossen an.

»Ein Tier wechselt nicht Farbe oder Instinkte, nur weil es sich von einem Land in ein anderes begibt.«

Sie ging auf seinen Einwand nicht ein, sondern sagte statt dessen hilfsbereit: »Ich könnte Euch lehren, einen Speer zu werfen. Es ist einfach. Es könnte Euch nützlich sein. Ihr hattet gutes Ziel mit dem Stein.«

»Das reicht mir als Waffe. Mit einem Speer würde ich vielleicht einen Menschen töten.«

»Dazu ist er da.«

Er seufzte. »Seht es doch einmal mit den Augen des Bauern. Man entwurzelt keinen Getreidehalm, bevor das Getreide reif ist. Man fällt keinen Baum, der voll junger grüner Birnen hängt. Weshalb also sollte man das Leben eines Menschen verkürzen, der noch mitten im —?«

»Händler«, fiel ihm Lyra ins Wort, »werden nicht von Birnbäumen getötet.«

»Darum geht es nicht. Wenn man einem Menschen das Leben nimmt, so hat er nichts. Man kann ihm sein Land nehmen, seinen Rang, seine Gedanken, seinen Namen, aber wenn man ihm das Leben nimmt, dann hat er nichts. Nicht einmal Hoffnung.«

Sie hörte ihm still zu, und das Licht das Feuers flackerte in ihren dunklen Augen.

»Und wenn Ihr wählen müßtet zwischen Eurem Leben und seinem, was würdet Ihr wählen?«

»Mein Leben natürlich.« Dann dachte er darüber nach und verzog ein wenig das Gesicht. »Glaube ich.«

»Wie unvernünftig.«

Er lächelte gegen seinen Willen.

»Wahrscheinlich. Aber wenn ich je einen Menschen tötete, wie würde ich das Eliard sagen? Oder Grim Eichenland?«

»Wer ist Eliard? Wer ist Grim Eichenland?«

»Grim ist mein Verwalter. Eliard ist mein Bruder, mein Landerbe.«

»Oh, Ihr habt einen Bruder? Ich habe mir immer einen gewünscht. Aber ich hab nur Vettern und Kusinen, und die Wache, die wie eine Familie von Schwestern ist. Habt Ihr auch eine Schwester?«

»Ja. Tristan.«

»Wie ist sie?«

»Oh, ein wenig jünger als Ihr. Dunkel wie Ihr. Sie ist Euch ein wenig ähnlich, nur ärgert sie mich nicht soviel wie Ihr.«

Zu seiner Überraschung lachte sie.

»Ja, ich habe Euch geärgert, nicht wahr? Ich habe mich schon gefragt, wann Euer Ärger gegen mich vergehen würde.« Mit einer geschmeidigen Bewegung stand sie auf. »Ich glaube, die Morgol wird auch nicht sehr zufrieden sein mit mir. Aber ich bin auch sonst nicht höflich gegenüber Leuten, die mich auf solche Art überraschen, wie Ihr es tatet.«

»Woher soll die Morgol das wissen?«

»Sie weiß es.« Lyra neigte ihren dunklen Kopf zu ihnen hinunter. »Danke Euch für Euer Spiel, Thod. Gute Nacht. Wir reiten bei Morgendämmerung weiter.«

Sie trat aus dem Feuerschein und verschmolz lautlos mit der Nacht. Morgon griff nach seinem Schlafsack. Die Nebel aus den Sümpfen hatten sie jetzt überzogen, und die Nacht war feucht und kalt wie die Klinge eines Messers. Er legte noch einen Zweig ins Feuer und streckte sich nahe der Wärme aus. Ein Gedanke ging ihm durch den Kopf, während er die Flammen betrachtete, und er stieß ein kurzes, gar nicht frohes Lachen aus. Wäre ich im Umgang mit Waffen geübt, so hätte ich heute morgen vielleicht einen Speer geschleudert statt eines Steins. Und sie will es mich lehren.

Am folgenden Morgen sah er zu, wie Herun, ein kleines, von Bergen umschlossenes Land, sich mit dem Licht der frühen Dämmerung füllte wie eine Schale. Morgendliche Nebel senkten sich herab, als sie das Flachland erreichten, und die hohen Felskuppen ragten aus ihnen heraus wie neugierig hochgereckte Köpfe. Grasbewachsene Ebenen und von den Winden verzerrte Bäume tauchten aus den Dunstschwaden auf und verschwanden wieder, und der Boden unter ihnen zog schmatzend an den Hufen ihrer Pferde. Hin und wieder hielt Lyra an, bis sich aus den wogenden Nebeln eine Landmarke heraushob, die ihr den Weg zeigte.

Morgon, an festen, zuverlässigen Boden unter seinen Füßen

gewöhnt, ritt sorglos vorwärts, bis Lyra haltmachte, um auf ihn zu warten, und sagte: »Dies hier sind die großen Sümpfe von Herun. Kronstadt steht auf ihrer anderen Seite. Der Weg, der durch sie hindurchführt, ist ein Geschenk der Morgol. Nur wenige kennen ihn. Wenn Ihr also Herun eilig betreten oder verlassen müßt, so reitet nordwärts über die Berge. Nicht diesen Weg. Viele, die in Eile waren, sind hier spurlos verschwunden.«

Morgon blickte mit plötzlichem Interesse zu Boden.

»Ich bin froh, daß Ihr mir das gesagt habt.«

Der Nebel lichtete sich schließlich, enthüllte einen wolkenlosen, blauen Himmel, der sich hart von den feuchten, grünen Wiesen abhob. Häuser aus Stein und kleine Dörfer krönten die Hügelkämme des welligen Landes oder kauerten zu Füßen hoher Felsspitzen, die ohne sanften Übergang aus dem Boden emporragten. In der Ferne wand sich das weiße Band einer Straße durch die Ebene. Ein dunkler Fleck begann langsam, sich vom gebirgsgrauen Horizont abzuheben und Gestalt anzunehmen. Die Konturen steinerner Bauwerke leuchteten vor dem Dunkel der Erde auf: ein weitgefaßter Ring aus roten, hochaufgerichteten Steinen, die wie flammende Wächter ein schwarzes, ovales Gebäude umschlossen. Als sie näher kamen, schob sich ein Fluß in ihr Blickfeld, der sich aus den Bergen im Norden herunterwälzte, blauschimmernd die Ebene durchteilte und den mächtigen Steinbauten zustrebte.

»Kronstadt«, bemerkte Lyra. »Sie ist auch als die Stadt der Kreise bekannt.«

Sie hielt ihr Pferd an; und die Wache hinter ihr hielt ebenfalls.

Morgon, die Augen auf die fahlen Bauten gerichtet, meinte: »Ich habe von dieser Stadt gehört. Welches sind die sieben Kreise von Herun, und wer hat sie erbaut? Rhu, der vierte Morgol, gab der Stadt ihre Gestalt und plante einen Kreis für jedes der acht Rätsel, das seine Wißbegierde ihm stellte und das er lösen konnte. Als er auszog, die Lösung des achten Rätsels zu suchen, wurde er getötet. Und keiner weiß, wie dieses Rätsel lautete.«

»Die Morgol weiß es«, erklärte Lyra. Ihre Stimme lenkte Morgons Blick von der Stadt. Tief in seinem Inneren sprang

Erregung auf. Seinen Blick festhaltend, fuhr sie fort: »Das Rätsel, für das Rhu sein Leben lassen mußte, ist jenes, das ich jetzt von der Morgol an Euch weitergebe: Wer ist der Sternenträger, und was wird er befreien, das gefesselt ist?«

Morgon stockte der Atem. Ruckartig schüttelte er den Kopf, und sein Mund formte ein Wort, ohne daß ihm ein Laut über die Lippen kam. Dann aber schrie er es ihr ins Gesicht, so daß sie erschrak: »Nein!«

Er riß sein Pferd herum, rammte ihm die Fersen in die Seite, und es sprang vorwärts. Die grünen Wiesen unter ihm verwischten sich. Tief im Sattel hängend galoppierte er auf die Sümpfe zu, die trügerisch eben und fest in der Sonne lagen, und auf die Bergkette hinter ihnen. Das Dröhnen der Hufe, das ihm folgte, hörte er erst, als ein Aufblitzen von Farbe seinen Blick seitwärts zog. Mit starrem, trotzigem Gesicht trieb er sein Pferd vorwärts, doch der Rappe blieb an seiner Seite wie ein Schatten, wurde weder langsamer noch schneller, während er auf die Linie zuraste, wo Erde und Himmel sich vereinigten. Er spürte sein Pferd plötzlich stocken, langsamer werden, und dann griff Thod herüber, packte die Zügel und brachte ihn mit einem Ruck zum Stillstand.

»Morgon —«, stieß er keuchend hervor.

Morgon riß die Zügel aus Thods Hand und drängte sein Pferd einen Schritt zurück.

»Ich reise nach Hause«, erklärte er mit zitternder Stimme. »Ich brauche keinen Schritt weiterzugehen. Ich habe eine Wahl.«

Thods Hand streckte sich nach ihm aus, als wollte sie ein verschrecktes Tier beruhigen.

»Ja. Ihr habt eine Wahl. Aber niemals werdet Ihr Hed erreichen, wenn Ihr blindlings durch das Sumpfland von Herun jagt. Wenn Ihr nach Hed zurückkehren wollt, dann bring ich Euch dorthin. Aber denkt erst nach, Morgon. Ihr seid geschult zu denken. Ich kann Euch durch die Sümpfe führen, aber was werdet Ihr dann tun? Werdet Ihr durch Ymris zurückkehren? Oder mit einem Schiff von Osterland aus?«

»Ich werde um Ymris einen Bogen schlagen und nach Lungold reiten — ich werde die Handelsstraße nach Caithnard nehmen — ich werde mich als Händler verkleiden —«

»Und wenn das Glück Euch wirklich so lange treu sein sollte, daß Ihr Hed erreicht, was wollt Ihr dann tun? Namenlos werdet Ihr für den endlosen Rest Eures Lebens an diese Insel gefesselt sein.«

»Ihr versteht mich nicht!« Seine Augen waren wild wie die eines Tieres, das in der Falle sitzt. »Mein Leben ist mir vorbestimmt worden — vorbestimmt von etwas — von jemandem, der meine Handlungen sah, noch ehe ich selbst auch nur einen Grund für sie erkennen kann. Wie ist es möglich, daß Yrth mich schon vor Hunderten von Jahren gesehen hat, um mir diese Harfe zu bauen? Wer ist es, der mich vor zweitausend Jahren gesehen hat und mein Leben in dieses Rätsel einsperrte, das den Morgol Rhu tötete? Man zwingt mich auf einen Weg, den ich nicht erkennen kann, den ich nicht selbst bestimmen kann — man gibt mir einen Namen, den ich nicht haben will —, ich habe ein Recht der Wahl! Ich wurde geboren, Hed zu regieren, und dort gehöre ich hin — das ist mein Name und mein Platz.«

»Morgon, Ihr mögt Euch selbst als der Fürst von Hed sehen, aber es gibt andere, die Antworten auf eben jene Fragen suchen, die Ihr stellt, und sie werden Euch diesen Namen geben: Sternenträger, und es wird keinen Frieden für sie geben, bis Ihr tot seid. Niemals werden sie Euch friedlich in Hed leben lassen. Sie werden Euch dorthin folgen. Wollt Ihr die Tore von Hed für Eriel öffnen? Für jene, die Athol töteten und auch Euch töten wollen? Glaubt Ihr, sie werden Erbarmen haben mit Euren Bauern, mit Eurem zahnlosen Schweinehirten? Wenn Ihr jetzt nach Hed zurückkehrt, dann wird der Tod mit Euch reiten, und Ihr werdet ihn hinter den offenen Türen Eures Hauses wartend vorfinden.«

»Dann werde ich eben nicht nach Hed zurückkehren.« Sein Gesicht verriet den Kampf, der in ihm vorging; er wandte es von Thod ab. »Ich will nach Caithnard gehen und mir das schwarze Gewand erwerben, um dort zu lehren —«

»Was wollt Ihr lehren? Die Rätsel, die Euch keine Wahrheit sind, die nicht mehr sind als alte Sagen, bei Abenddämmerung gesponnen —«

»Das ist nicht wahr!«

»Und was ist mit Astrin? Mit Heureu? Auch sie sind in das

Rätsel Eures Lebens eingebunden; sie brauchen Euren klaren Blick, Euren Mut —«

»Ich habe keinen! Nicht *dazu!* Den Tod wenigstens habe ich gesehen; ich kann ihm einen Namen geben, dies aber — dieser Weg, der sich da vor mir entrollt —, den kann ich nicht einmal sehen! Ich weiß nicht, wer ich bin, wozu ich geboren wurde. In Hed habe ich wenigstens einen Namen!«

Thods Stimme wurde leiser. Er hatte den Abstand, den Morgon zwischen sie gelegt hatte, überwunden; seine Hand umfaßte behutsam Morgons Arm.

»Es gibt einen Namen für Euch jenseits von Hed. Morgon, wozu taugen die Rätsel und Lehrsätze von Caithnard, wenn nicht für dies? Ihr seid Sol von Isig, schwankend vor Furcht zwischen dem Tod und einer Tür, die seit Jahrtausenden verschlossen ist. Wenn Ihr keinen Glauben an Euch selbst habt, dann habt Glauben in die Dinge, die Ihr die Wahrheit nennt. Ihr wißt, was zu tun ist. Ihr mögt nicht den Mut oder das Vertrauen oder das Verständnis oder den Willen haben, es zu tun, aber Ihr wißt, was getan werden muß. Ihr könnt nicht umkehren. Es liegt keine Lösung hinter Euch. Ihr fürchtet das, was Ihr nicht beim Namen nennen könnt. Darum seht es Euch an und findet einen Namen dafür. Schreitet vorwärts und lernt. Tut, was getan werden muß!«

Die Winde jagten fauchend über die Ebene, brachen sich an ihnen, warfen einen silbernen Schimmer über das Gras. Hinter ihnen wartete die Wache der Morgol.

Morgon hob langsam den Kopf.

»Es ist nicht Eure Sache, als Harfner des Erhabenen, mir solchen Rat zu geben. Oder sprecht Ihr mit mir als einer, der von Rechts wegen das Schwarz des Großmeisters tragen kann? Kein Rätselmeister in Caithnard hat mir je diesen Namen gegeben: ›Sternenträger‹; keiner wußte je, daß es ihn gibt. Und doch nehmt Ihr ihn an, als hättet Ihr ihn erwartet. Welche Hoffnung, die niemand außer Euch je geschaut hat, welches Rätsel seht Ihr in mir?«

Die Augen des Harfners lösten sich plötzlich von Morgons Gesicht. Er erwiderte nichts. Morgons Stimme wurde lauter: »Ich frage Euch: Wer war Ingris von Osterland, und warum mußte er sterben?«

Thod ließ Morgons Arm los. Auf seinem Gesicht stand ein seltsamer Ausdruck.

Nach einem Moment des Schweigens sagte er: »Ingris von Osterland erzürnte eines Abends Har, den König von Osterland, als dieser in Gestalt eines Greises an Ingris' Tür klopfte und Ingris sich weigerte, ihn aufzunehmen. Da verhängte der Wolfskönig diesen Fluch über ihn: Wenn der nächste Fremde, der bei Ingris anklopfen sollte, nicht seinen Namen nannte, dann sollte Ingris sterben. Und der erste Fremde, der erschien, nachdem Har weitergezogen war, war — ein gewisser Harfner. Dieser Harfner gab Ingris alles, worum er bat: Lieder, Sagen, Harfenspiel, die Geschichte seiner Wanderungen — alles, nur nicht den Namen. Den aber wollte Ingris hören und bat ihn in Verzweiflung darum. Doch der Harfner konnte Ingris, jedesmal, wenn dieser fragte, nur ein Wort geben, und dieses Wort war, so wie Ingris es vernahm, Tod. Voll tiefer Furcht vor Har und in Verzweiflung über den Fluch spürte Ingris, wie sein Herz zu schlagen aufhörte, und er starb.«

Thod schwieg.

Morgon, dessen Gesicht immer stiller geworden war, während er zugehört hatte, sagte stockend: »Ich hätte nie gedacht... Ihr hättet Ingris Euren Namen nennen können. Euren wahren Namen. Der Lehrsatz heißt: Gib anderen, was sie von dir für ihr Leben brauchen.«

»Morgon, gewisse Dinge konnte ich Ingris nicht geben, und gewisse Dinge kann ich auch Euch jetzt nicht geben. Aber eines will ich schwören: Wenn Ihr diese schwere Reise zum Erlenstern-Berg vollendet, will ich Euch alles geben, worum Ihr mich bittet. Ich will Euch mein Leben geben.«

»Warum?« flüsterte Morgon.

»Weil Ihr drei Sterne tragt.«

Morgon sagte lange nichts. Dann schüttelte er zaghaft den Kopf.

»Nie werde ich das Recht haben, das zu verlangen.«

»Die Wahl liegt bei mir. Habt Ihr daran gedacht, daß der Lehrsatz auch auf Euch anwendbar ist? Ihr müßt anderen geben, was sie von Euch brauchen.«

»Und wenn ich das nicht kann?«

»Dann werdet Ihr sterben wie Ingris.«

Morgon schlug die Augen nieder. Er saß reglos auf seinem Pferd, während die Winde im Reigen um ihn herum tanzten, an seinem Haar zupften, an seinem Umhang. Schließlich wendete er sein Pferd und ritt langsam zurück zur Wache, und schweigend setzten sie ihre Reise zur Stadt der Kreise fort.

6

Die Morgol von Herun hieß sie im Hof ihres Hauses willkommen. Sie war eine hochgewachsene Frau mit blauschwarzem Haar, das ihr, streng aus dem Gesicht gekämmt, glatt und gerade über das lose Gewand aus laubgrünem Tuch fiel. Ihr Haus war ein weites Oval aus schwarzem Stein. Das Wasser des Flusses, der zu seinen Füßen dahinströmte, spielte über steinerne Brunnen in ihrem Hof, bildete kleine Bäche und Teiche, wo Fische wie rote und grüne und goldene Flammen unter dem Schattenspiel der Bäume hin und her schossen.

Die Morgol trat an Thods Seite, als er vom Pferd stieg, und lächelte ihm entgegen. Sie waren von gleicher Größe.

»Ich wollte nicht, daß Lyra dich stört«, sagte sie. »Ich hoffe, dieser Abstecher kommt dir nicht ungelegen.«

Ein Lächeln spielte um seinen Mund. In seiner Stimme lag ein Ton, den Morgon nie zuvor gehört hatte.

»El, du weißt, daß ich dem Fürsten von Hed folgen würde.«

»Aber wie könnte ich das gewußt haben? Du hast stets selbst deinen Weg bestimmt. Aber es macht mich froh, daß du gekommen bist. Ich träume von deinem Harfenspiel.«

Mit ihm trat sie zu Morgon, während schweigsame Frauen ihre Pferde aus dem Hof führten und andere ihr Gepäck ins Haus trugen. Sie streckte ihm ihre Hand hin.

»Ich bin Elrhiarhodan, die Morgol von Herun. Nennt mich El. Ich bin sehr froh, daß Ihr gekommen seid.«

Er neigte seinen Kopf, war sich plötzlich seiner staubigen Kleider und seines zerzausten Haares bewußt.

»Ihr habt mir keine Wahl gelassen.«

»Nein«, antwortete sie sanft, »ich habe Euch keine Wahl gelassen. Ihr seht sehr müde aus. Aus irgendeinem Grund meinte ich, Ihr müßtet älter sein, sonst hätte ich abgewartet, Euch dieses Rätsel selbst mitzuteilen, anstatt Euch so sehr damit zu erschrecken.« Sie wandte den Kopf, um Lyra zu begrüßen. »Danke dir, daß du mir den Fürsten von Hed gebracht hast. Aber war es nötig, einen Stein auf ihn zu werfen?«

Ein Lächeln blitzte in Lyras Augen auf, als sie Morgons Verwunderung sah.

»Mutter«, erwiderte sie ernst, »der Fürst von Hed hat zuerst einen Stein auf mich geworfen, und ich bin darüber in Zorn geraten. Ich habe Dinge gesagt, die nicht — nicht recht diplomatisch waren. Aber ich glaube nicht, daß er noch zornig mit mir ist. Er scheint mir kein kriegerisches Gemüt zu haben.«

»Nein, aber er zeigte sich zielsicher, und wäre er bewaffnet gewesen, so wärst du jetzt tot, und das wäre mir gar nicht recht. Für gewöhnlich waffnen sich die Leute von Hed nicht gegen andere, und diese Zurückhaltung ist lobenswert. Es war vielleicht nicht klug, bei Dunkelheit ihr Lager zu betreten; du mußt lernen, Mißverständnisse zu vermeiden. Aber du hast ihn wohlbehalten hierhergebracht, und dafür danke ich dir.«

Lyra ging, und die Morgol legte ihre Finger in die Beuge von Thods Arm.

»Sie ist gewachsen, seit du sie zuletzt sahst. Aber du warst ja auch eine lange Zeit nicht mehr in Herun. Tritt ein.«

Sie führte sie durch die schweren Türen aus Silber und hellem Holz in ihr Haus. Drinnen verzweigten sich die gewölbten Gänge scheinbar ziellos von Zimmer zu Zimmer; die Gemächer, mit feingearbeiteten Wandbehängen, fremdartigen Pflanzen, kostbaren Hölzern und kunstvoll geschmiedetem Metall ausgestattet, folgten einander verschachtelt wie die Fächer eines Schmuckkästchens. In einem Raum, dem Wandteppiche in Orange und Gold Wärme gaben, blieb die Morgol schließlich stehen und lud sie ein, auf riesigen, weichen Sitzkissen Platz zu nehmen, die mit weißer Wolle überzogen waren. Danach ließ sie sie allein.

Morgon ließ sich todmüde in die weiche Schafwolle sinken, schloß die Augen und flüsterte: »Ich weiß gar nicht mehr, wann ich das letzte Mal ein Bett gesehen habe. — Kann sie in unsere Gedanken eindringen?«

»Die Morgol hat das Auge, das hinter die Dinge sieht. Herun ist ein kleines, sehr reiches Land; die Morgols haben die Kraft ihrer Augen gestählt, seit in den Jahren der Gründung ein Heer aus dem Norden von Ymris Herun angriff, um seine Erzgruben zu erobern. Herun ist ringsum von Bergen umschlossen; die Morgols haben gelernt, durch sie hindurchzusehen. Ich dachte, Ihr wüßtet das.«

»Ich wußte nicht, daß sie ein so scharfes Auge haben. Sie hat mich erschreckt.«

Danach schlief er ein und wachte auch nicht auf, als wenig später Dienerinnen eintraten, die ihr Gepäck hereintrugen und Platten mit Speisen und Wein brachten.

Erst Stunden später erwachte er und sah, daß Thod fort war. Er wusch sich und kleidete sich in das leichte, lose Gewand aus orangefarbenem und goldenem Tuch, das die Morgol ihm hatte bringen lassen. Sie hatte ihm auch ein Messer aus milchigweißem Metall hinlegen lassen, doch das nahm er nicht an sich.

Eine Dienerin führte ihn in einen weiten Raum, der vom Boden bis zur Decke weiß war. Rund um einen Kamin hockten auf Sitzkissen die Wächterinnen in ihren leuchtenden Gewändern und plauderten. Auf niedrigen Tischen vor ihnen standen Platten mit dampfenden Speisen. Thod, Lyra und die Morgol saßen an einem Tisch aus glänzendem, weißem Stein. Die silbernen Becher und Teller vor ihnen funkelten von Amethysten. Die Morgol, in einem weißen Gewand, das reich mit Silber verziert war, das Haar geflochten, winkte Morgon lächelnd zu. Lyra rückte ein Stück, um ihm neben sich Platz zu machen. Sie gab ihm von den heißen, würzigen Gerichten, den eingelegten Früchten und Gemüsen, von Käse und Wein. Thod, der etwas abseits von der Morgol saß, zupfte sachte auf seiner Harfe. Er spielte die letzten Takte eines Liedes und schlug dann sehr leicht die Weise an, die er für sie komponiert hatte.

Sie wandte ihm ihr Gesicht zu, als hätte er ihren Namen gesprochen; sie lächelte und sagte: »Du hast lange genug gespielt. Setz dich zu mir und iß.«

Thod stellte seine Harfe weg und ließ sich an ihrer Seite nieder. Er trug einen Umhang, der so silbrig weiß war wie sein Haar; seine Kette aus Silber mit kleinen, weißglühenden Steinen hing auf seiner Brust.

Morgon, der ihre Gesichter betrachtete, während die Morgol ihm von den Speisen reichte, wurde von Lyra aus seiner Versunkenheit gerissen.

»Euer Essen wird kalt«, sagte sie. »Er hat es Euch also nicht gesagt?«

»Was? Nein.« Er aß von den gewürzten Pilzen. »Zumindest nicht in Worten. Ich erriet es an diesem Lied. Ich weiß nicht, warum es mich überrascht. Kein Wunder, daß er Euch gestattete, uns nach Herun zu führen.«

Sie nickte. »Er wollte herkommen, aber die Wahl war natürlich die Eure.«

»Wirklich? Wie konnte die Morgol das eine wissen, das mich nach Herun bringen würde?«

Lyra lächelte. »Ihr seid ein Rätselmeister. Sie sagte, auf ein Rätsel würdet Ihr ansprechen wie ein Jagdhund auf eine frische Fährte.«

»Woher wußte sie das?«

»Als Mathom von An nach dem Mann forschen ließ, der Pevens Krone gewonnen hatte, kamen seine Boten bis nach Herun. Und da sie eine wißbegierige Frau ist, ließ sie es sich angelegen sein, herauszufinden, wer die Krone hatte.«

»Aber so wenige nur wußten es — Thod, Rood von An, die Großmeister —«

»Und die Händler, die Euch von Hed nach Caithnard brachten. Die Morgol hat eine Gabe dafür, Geheimnisse aufzuspüren.«

»Ja.« Einen Moment lang blickte er stirnrunzelnd in den Becher, der vor ihm auf dem Tisch stand. Dann wandte er sich der Morgol zu, beobachtete sie, während sie mit Thod sprach, und sagte dann, als sie schwieg: »El!«

Ihre goldgefleckten Augen richteten sich auf sein Gesicht.

»Woher wußtet Ihr das Rätsel, das Ihr mir gegeben habt? Es steht nirgends in den Büchern der Großmeister, und es hätte dort stehen müssen.«

»Glaubt Ihr, Morgon? Es scheint ein so gefahrvolles Rätsel

zu sein, daß nur ein Mann den Versuch wagen sollte, es zu lösen. Was hätten die Großmeister damit anfangen sollen?«

»Sie hätten nach der Lösung geforscht. Das ist ihr Geschäft. Rätsel sind häufig gefährlich, aber ein ungelöstes Rätsel kann tödlich sein.«

»Das ist wahr, wie Dhairrhuwyth herausfand — und das scheint mir um so mehr Grund, es geheimzuhalten.«

»Nein«, widersprach er, »Unwissen ist tödlich. Bitte. Wo habt Ihr es gefunden? Ich mußte — ich mußte nach Herun kommen, um einen Namen zu finden. Warum?«

Sie senkte die Lider, und ihre Augen waren ihm einen Moment lang verborgen.

»Ich fand es vor Jahren in einem alten Buch«, antwortete sie langsam, »das der Morgol Rhu hinterlassen hatte. Es waren die Aufzeichnungen seiner Reisen. Das Buch war von dem Zauberer Iff mit dem unaussprechlichen Namen mit einem Wortschlüssel verschlossen worden. Er befand sich damals im Dienste Heruns. Ich hatte einige Schwierigkeiten, das Buch zu öffnen. Iff hatte es mit seinem Namen verschlossen.«

»Und Ihr spracht ihn aus?«

»Ja. Ein weiser, alter Gelehrter an meinem Hof meinte, Iffs Name sollte vielleicht gleichzeitig gesungen und ausgesprochen werden, und lange Stunden brachten wir in dem Bemühen zu, die Töne zu finden, die zu den Silben von Iffs Namen gehörten. Schließlich sang ich rein zufällig den Namen mit den richtigen Tönen und sprach ihn dabei aus. Da sprang das Buch auf. Die letzte Eintragung, die der Morgol gemacht hatte, war das ungelöste Rätsel, das er Herun hinterließ: das Rätsel vom Sternenträger. Er schrieb, er wollte zum Erlenstern-Berg. Danan fand ihn tot und sandte ihn von Isig nach Hause. Der Gelehrte, der mir geholfen hatte, ist tot, und ich behielt das Rätsel für mich selbst — weniger aus Vernunft als aus Instinkt.«

»Warum?«

»Oh — weil es gefährlich ist; weil ich von den Händlern gehört hatte, daß in Hed ein Kind mit drei Sternen in seinem Gesicht aufwuchs; und weil ich einen Großmeister in Caithnard fragte, was er von den drei Sternen wüßte, und er sagte, er hätte niemals von ihnen gehört. Und weil der Name dieses Großmeisters ›Ohm‹ war.«

»Großmeister Ohm?« fragte er verdutzt. »Er hat mich unterrichtet. Warum hielt sein Name Euch davon ab, zu sprechen?«

»Es war nur eine Kleinigkeit, aber es lenkte meine Gedanken in eine merkwürdige Bahn... Ich hielt seinen Namen für eine Abkürzung eines Namens von Herun. Ghisteslohm.«

Morgon starrte sie an. Sein Gesicht wurde bleich.

»Ghisteslohm. Wer war der Gründer von Lungold, und wie lauten die neun Lehrsätze seiner Lehren? Aber er starb. Vor siebenhundert Jahren, als die Zauberer aus Lungold verschwanden.«

»Vielleicht«, gab sie zurück. »Aber ich habe da meine eigenen Gedanken...« Sie riß sich aus ihren Überlegungen und berührte leicht seinen Arm. »Ich störe Euch mit meinen müßigen Mutmaßungen beim Essen. Aber seht Ihr, es geschah etwas Sonderbares, das mir seitdem stets Kopfzerbrechen gemacht hat. Ich habe ein scharfes Auge; ich kann mit meinem Blick durchdringen, was ich will, wenn ich auch im allgemeinen nicht durch die Menschen hindurchblicke, mit denen ich gerade spreche; das lenkt ab. Doch während ich mit Ohm in der Bibliothek der Großmeister war, drehte er sich einmal um, um in den Regalen nach einem Buch zu suchen, und als er es zur Hand nahm, schickte ich meinen Blick durch ihn hindurch, um den Titel zu sehen. Aber ich konnte nicht durch ihn hindurchblicken. Ich konnte die Mauern der Schule durchdringen, ich konnte durch den Fels ins Meer hinabsehen; aber Ohm konnte mein Auge nicht durchdringen.«

Morgon schluckte einen Bissen Essen hinunter, der plötzlich allen Geschmack verloren hatte.

»Wollt Ihr sagen —?« Die Stimme stockte ihm. »Was wollt Ihr damit sagen?«

»Ich brauchte Monate, mir einen Reim darauf zu machen, da ich, genau wie Ihr, lieber vorbehaltlos an die Unantastbarkeit der Großmeister von Caithnard glauben möchte. Jetzt aber, besonders seit Ihr gekommen seid und ich dieses Rätsel mit einem Namen und einem Gesicht verbinden kann, neige ich zu der Ansicht, daß Großmeister Ohm vielleicht Ghisteslohm ist, der Gründer der Zauberschule in Lungold, und daß er Lungold vernichtet hat.«

Ein unartikulierter Laut drang aus Morgons Mund.

»Mutter«, protestierte Lyra schwach, »wie soll einer essen, wenn du solche Dinge sagst? Weshalb hätte er Lungold zerstören sollen, nachdem er sich solche Mühe gemacht hatte, es zu gründen?«

»Dann sage mir, warum gründete er vor tausend Jahren die Schule?«

Lyra zuckte die Achseln. »Um die Zauberer auszubilden. Er war der mächtigste Zauberer im Reich des Erhabenen, und die anderen Zauberer waren roh und ungebildet; sie waren unfähig, ihre Gaben in vollem Umfang zu gebrauchen. Weshalb also sollte Ohm sich bemüht haben, sie zu unterrichten, ihre Macht zu gebrauchen, wenn er nur ihre Macht zerstören wollte?«

»Versammelte er sie dort, um sie zu lehren?« fragte die Morgol. »Oder versammelte er sie, um sie in seiner Gewalt zu haben?«

Morgon fand seine Stimme wieder. Seine Finger umklammerten die rauhe Kante des Steintisches, als er leise fragte: »Was habt Ihr für Beweise? Auf welche Beweise stützt Ihr Eure Folgerungen?«

Das Essen, das vor ihnen stand, wurde kalt. Thod saß mit gesenktem Kopf da und hörte ruhig zu; Morgon konnte sein Gesicht nicht sehen. Von den anderen Tischen wehte hin und wieder Gelächter zu ihnen herüber; das Feuer im Kamin knisterte und knackte.

»Ich stütze meine Folgerungen auf eine Unwissenheit, die mir nicht geheuer ist«, antwortete sie und hielt seinem Blick stand. »Warum konnten die Großmeister Euch nichts über das Sternenmal in Eurem Gesicht sagen?«

»Weil nirgends in ihren Schriften etwas davon erwähnt wurde.«

»Warum nicht?«

»Weil — nirgendwo wird seiner Erwähnung getan, nicht in der Geschichte und in den Sagen der Königreiche, nicht in den Liedern und nicht in der Dichtung. Die Bücher der Zauberer, die die Großmeister aus Lungold holten und die den Grundstock ihres Wissens bilden, berichten nichts darüber.«

»Warum nicht?«

Er schwieg, suchte nach einer einleuchtenden Antwort. Dann ging eine Wandlung in seinem Gesicht vor. »Iff zumindest wußte, welches Rätsel Rhu zu lösen suchte«, flüsterte er. »Er muß es gewußt haben. In jenen Büchern, die die Großmeister in Caithnard geöffnet haben, berichtet er von Rhu und seiner Suche; er führte jedes Rätsel auf, das Rhu zu lösen auszog, nur das eine nicht.«

»Warum nicht?«

»Ich — ich weiß nicht, warum. Wollt Ihr sagen, daß Ohm — Ghisteslohm — sie unter sich versammelte, um ihr Wissen in Grenzen zu halten, um sie nur das zu lehren, was er sie wissen lassen wollte? Wollt Ihr sagen, daß er all jene Dinge, die mit dem Sternenmal zu tun haben, ihnen vorenthielt — daß er vielleicht sogar das, was sie darüber wußten, aus ihrem Geist löschte?«

»Ich halte es für möglich. Nach dem, was ich heute von Thod über Euch erfahren habe, halte ich es für sehr wahrscheinlich.«

»Aber warum? Zu welchem Ziel sollte er das getan haben?«

»Das weiß ich nicht. Noch nicht.« Mit gesenkter Stimme fuhr sie fort: »Nehmt an, Ihr wäret ein Zauberer. Machthunger treibt Euch umher. Ohms Zauberkräfte und seine Verheißungen großer Kunst und hohen Wissens ziehen Euch nach Lungold. Ihr übergebt Euren Namen seinem Geist; Ihr vertraut seiner Kunst, Ihr habt vorbehaltlosen Glauben an seine Lehren. Ihr tut fraglos alles, was er von Euch verlangt, und dafür bündelt er Eure eigenen Kräfte zu einer Macht, die zu besitzen Ihr Euch nicht hättet träumen lassen. Und nehmt weiter an, daß Ihr eines Tages dann plötzlich erkennt, daß dieser Zauberer, dessen Geist den Euren so geschickt lenken kann, seinen Lehren untreu ist, untreu Euch, untreu jedem Manne, König, Gelehrten, Bauern, dem er je diente. Was würdet Ihr tun, wenn Ihr entdecktet, daß er gefährliche Pläne und schreckliche Ziele hat und daß die Grundlagen selbst seiner Lehren nichts als Lügen sind? Was würdet Ihr tun?«

Morgon schwieg. Er hielt den Blick gesenkt und sah unbeteiligt, als gehörten sie einem anderen, wie seine Hände sich auf dem Tisch zu Fäusten ballten.

»Ohm«, flüsterte er. Dann schüttelte er hastig den Kopf. »Ich würde fliehen. Ich würde so weit fliehen, daß kein Mensch oder Zauberer mich finden könnte. Und dann würde ich anfangen, nachzudenken.«

»Ich würde ihn töten«, erklärte Lyra schlicht.

Morgons Hände öffneten sich.

»Ihr würdet ihn töten? Wie? Er würde sich auflösen wie Nebel, ehe Euer Speer ihn berühren könnte. Rätsel löst man nicht, indem man Menschen tötet.«

»Aber wenn dieser Großmeister Ohm Ghisteslohm ist, was wollt Ihr dann tun? Irgend etwas müßt Ihr tun.«

»Warum ich? Der Erhabene kann sich mit ihm befassen — und die Tatsache, daß er es nicht getan hat, ist guter Beweis dafür, daß Großmeister Ohm nicht der Gründer von Lungold ist.«

Thod hob den Kopf.

»Ich erinnere mich, daß Ihr das gleiche Argument in Caerweddin gebrauchtet.«

Morgon seufzte. »Es paßt, nehme ich an«, sagte er widerstrebend, »aber ich kann es nicht glauben. Ich kann nicht glauben, daß Ohm oder Ghisteslohm böse sind, wenngleich damit vielleicht sowohl das seltsame, plötzliche Verschwinden der Zauberer erklärt wäre als auch die Berichte über die Gewaltsamkeit, die mit ihrem Verschwinden einhergingen. Aber Ohm — ich lebte drei Jahre mit ihm zusammen. Niemals — er begegnete mir mit großer Güte. Es ergibt keinen Sinn.«

Die Morgol betrachtete ihn gedankenvoll.

»Nein, das ergibt keinen Sinn. All dies erinnert mich an ein Rätsel aus An. Re von Aum.«

»Wer war Re von Aum?« fragte Lyra, und als Morgon stumm blieb, antwortete die Morgol ruhig: »Re von Aum erzürnte einst den Herrn von Hel und bekam darüber so große Angst, daß er rund um sein Haus eine hohe Mauer bauen ließ, der Rache zu entgehen. Er beschäftigte einen Fremden, sie zu bauen, und der versprach ihm eine Mauer, die kein Mensch je zerstören oder erklimmen könne, sei es durch Gewalt oder durch Zauberei. Die Mauer wurde gebaut; der Fremde nahm sein Entgelt; und Re fühlte sich endlich sicher. Eines Tages, als er meinte, der Herr von Hel hätte die Fruchtlosigkeit der Rache eingesehen, beschloß er, sich aus seinem Gebiet herauszuwagen. Und da wanderte er dreimal um seine Mauer herum, aber er fand kein Tor, das ihn hinausgelassen hätte. Und langsam wurde ihm klar, daß der Herr von Hel selbst diese Mauer gebaut hatte.« Sie schwieg. »Den Lehrsatz habe ich vergessen.«

»Erlaube niemals einem Fremden, um dich herum Mauern zu bauen«, riet Lyra. »Dann baute also Ghisteslohm eine Mauer der Unwissenheit um Caithnard und um Lungold, und das ist der Grund, weshalb Morgon nicht weiß, wer er ist. Sehr kompliziert ist das. Mir sind Aufgaben lieber, die ich mit dem Speer lösen kann.«

»Und was ist mit Eriel?« fragte Morgon unvermittelt. »Hat Thod Euch von ihr erzählt?«

»Ja«, antwortete die Morgol. »Das jedoch, glaube ich, ist eine ganz andere Geschichte. Wenn Ohm Euch tot sehen wollte, hätte er Euch mit Leichtigkeit töten können, während Ihr noch an der Schule wart. Er reagierte nicht so auf das Sternenmal in Eurem Gesicht wie diese — diese namenlosen Leute.«

»Diese Frau«, entgegnete Morgon, »hat einen Namen.«

»Wißt Ihr ihn?«

»Nein. Ich habe nie von einer Frau wie ihr gehört. Und ich fürchte ihren verborgenen Namen mehr als den Mann, dessen Namen ich weiß.«

»Vielleicht hat Ohm auch ihren Namen verborgen«, meinte Lyra. »Morgon, ich finde, Ihr solltet mir erlauben, Euch zu zeigen, wie man sich verteidigt. Thod, sagt es ihm.«

»Es ist nicht meine Sache, mit dem Fürsten von Hed zu streiten«, versetzte Thod müde.

»Aber heute nachmittag habt Ihr mit ihm gestritten.«

»Ich habe nicht gestritten. Ich machte ihn lediglich auf das Unlogische seiner Argumente aufmerksam.«

»Oh! Ja, also, warum tut der Erhabene nichts? Es ist doch seine Sache. Seltsame Leute treiben sich an den Küsten seines Reiches herum und versuchen, den Fürsten von Hed zu töten — wir könnten gegen sie kämpfen. Ymris hat ein Heer; die Leute von An tragen Waffen; von Kraal bis Anuin könnte der Erhabene ein Heer zusammenziehen. Ich verstehe nicht, warum er es nicht tut.«

»Osterland könnte sich bewaffnen«, sagte Morgon, »Ymris, Anuin, selbst Caithnard. Aber diese Leute könnten Hed überschwemmen wie eine Springflut, und es wäre innerhalb eines Tages öde und ausgedörrt. Es muß ein besseres Mittel geben, sie zu bekämpfen.«

»Bewaffnet Hed.«

Morgons Becher klirrte, als er ihn auf den Tisch stellte.

»Hed?«

»Warum nicht? Ich finde, Ihr solltet die Leute dort wenigstens warnen.«

»Wie? Die Fischer von Tol fahren jeden Morgen hinaus, und das einzige, was sie je im Meer gefunden haben, sind Fische. Ich glaube, die Bauern von Hed können sich nicht vorstellen, daß es zwischen Hed und dem Erhabenen noch mehr Dinge gibt. Von den sechs Königreichen ist Hed das einzige, wo niemals ein Zauberer Dienst gesucht hat — es gab dort nichts für sie zu tun. Der Zauberer Talies besuchte es einmal und sagte, es wäre unbewohnbar: Es wäre ohne Geschichte, ohne Lieder und völlig ohne Interesse. Der Friede von Hed geht wie die Landherrschaft von Herrscher zu Herrscher über; er ist an die Erde von Hed gebunden, und es ist Sache des Erhabenen, nicht meine, diesen Frieden zu brechen.«

»Aber —«, rief Lyra eigensinnig.

»Wenn ich je eine Waffe nach Hed hineintrüge und den Leuten Befehl gäbe, sich zu bewaffnen, würden sie mich ansehen wie einen Fremden — und ein Fremder wäre ich dann auch: ein Fremder in meinem eigenen Land. Und die Waffe wäre wie eine Krankheit, die alle lebenden Wurzeln Heds absterben lassen würde. Und täte ich es ohne die Billigung des Erhabenen, so könnte er mir die Landherrschaft nehmen.«

Lyras dunkle Brauen zogen sich über ihren Augen zusammen.

»Das verstehe ich nicht«, sagte sie. »Die Herren von Ymris kämpfen doch ständig gegeneinander; An und Aum und Hel haben in der Vergangenheit schreckliche Kriege ausgetragen. Die Edlen von Herun haben früher gegeneinander gekämpft; wieso ist Hed so anders? Weshalb sollte es den Erhabenen kümmern, ob es bewaffnet ist oder nicht?«

»Es hat sich einfach so entwickelt. In den Jahren der Gründung machte Hed seine eigenen Gesetze, und an diese Gesetze sind die Fürsten von Hed gebunden. Es gab nichts auf der Insel, was zum Kampf herausgefordert hätte; keine Bodenschätze, keine großen Ländereien, keine Stätten der Macht oder des Geheimnisses, es gab nur gutes Ackerland und gutes Wetter, und die Insel selbst ist so klein, daß sie nicht einmal die Könige von An in den Jahren ihrer Eroberungskämpfe reizte. Die Leute dort suchten sich die Herrscher, die sie haben wollten, um Frieden zu halten, und ihr Friedenswille senkte sich tief ins Land wie ein Samenkorn. Er ist auch in meinem Blut. Um das in mir zu ändern, würde ich meinen Namen ändern müssen...«

Lyra schwieg. Ihre dunklen Augen ruhten auf Morgons Gesicht, während er trank. Als er den Becher absetzte, spürte er die leichte Berührung ihrer Hand auf seiner Schulter.

»Nun gut, da Ihr selbst Euch nicht schützen wollt, werde ich mit Euch kommen und Euch bewachen«, erklärte sie. »Unter den Waffen der Morgol gibt es keine, die das besser könnte als ich; keine in ganz Herun.« Sie blickte zu El hinüber. »Habe ich deine Erlaubnis?«

»Nein«, sagte Morgon. »Zweifelt Ihr an meinen Fähigkeiten?« Sie nahm ihr Messer und hielt die Klinge zwischen Zeigefinger und Daumen. »Seht Ihr dieses Seil am anderen Ende des Saals, an dem die Fackel hängt?«

»Lyra, bitte setze nicht das Haus in Brand«, mahnte die Morgol.

»Mutter, ich will ihm doch nur zeigen —«

»Ich glaube Euch«, sagte Morgon.

Er drehte sich um, die Hand, die das Messer hielt, in seine Hände zu nehmen. Ihre Finger waren schmal und warm. Sie zitterten sachte, wie ein Vogel in seinem Nest, und etwas, das er in den langen, harten Wochen beinahe vergessen hatte, berührte ihn unversehens. Mit Mühe hielt er seine Stimme ruhig und sanft.

»Ich danke Euch. Aber wenn Ihr in dem Bemühen, mich zu schützen, verletzt oder getötet werden würdet, könnte ich mir das mein Leben lang nicht verzeihen. Meine einzige Hoffnung besteht darin, so rasch und so unauffällig wie möglich zu reisen; wenn mir das gelingt, dann bin ich sicher.«

Er sah den Zweifel in ihren Augen, doch sie sagte nur: »Nun, in diesem Haus jedenfalls werde ich Euch bewachen. Und dem könnt selbst Ihr nicht widersprechen.«

Nach dem Abendessen spielte Thod für die Morgol — süße, wortlose Weisen vom alten Königshof von An, Balladen aus Ymris und Osterland. Tiefes Schweigen breitete sich aus, als er endete. Außer der Morgol und ihrer Tochter, Morgon und Thod war niemand mehr im Raum. Die Kerzen waren weit heruntergebrannt. Widerstrebend stand die Morgol auf.

»Es ist spät«, sagte sie. »Wenn Ihr mir morgen sagt, was Ihr braucht, werde ich Eure Vorräte auffüllen, so daß Ihr in Osterland nicht haltzumachen braucht.«

»Danke«, erwiderte Thod und schob den Riemen seiner Harfe über seine Schulter. Einen Moment lang sah er El schweigend an, und sie lächelte. »Ich würde gerne bleiben«, fügte er leise hinzu. »Ich werde zurückkommen.«

»Ich weiß.« Sie führte sie wieder durch das fließende Gewirr von Gängen zu ihrem Zimmer. Wasser und Wein und weiche Decken warteten auf sie; das Feuer brannte ruhig, verströmte einen reinen, flüchtigen Duft.

Als El sich zum Gehen wandte, sagte Morgon: »Darf ich einige Briefe für die Händler bei Euch hinterlassen? Mein Bruder hat keine Ahnung, wo ich mich aufhalte.«

»Natürlich. Ich werde Euch Papier und Tinte bringen lassen. Und darf ich Euch um einen Gefallen bitten? Darf ich Eure Harfe sehen?«

Er nahm das Instrument aus seiner Hülle. Sie drehte es in den Händen, berührte die Sterne, zeichnete das feine Netzwerk von Gold nach, die weißen Monde.

»Ja«, sagte sie leise. »Ich dachte mir, daß sie es sein müßte. Thod erzählte mir vor einiger Zeit von Yrths Harfe, und als ein Händler im vergangenen Jahr diese Harfe in mein Haus brachte, war ich sicher, daß Yrth sie gebaut hatte — eine verzauberte Harfe mit stummen Saiten. Ich hätte sie so gern gekauft, aber sie stand nicht zum Verkauf. Der Händler sagte mir, sie wäre einem Mann in Caithnard versprochen.«

»Was für einem Mann?«

»Das sagte er nicht. Warum? Morgon, was habe ich gesagt, um Euch zu verstimmen?«

»Mein Vater — ich glaube, mein Vater kaufte diese Harfe für mich. Im letzten Frühjahr in Caithnard, kurz bevor er ums Leben kam. Wenn Ihr Euch also erinnern könnt, wie der Händler aussah, oder wenn Ihr seinen Namen herausfinden könntet —«

»Ich verstehe.« Ihre Hand schloß sich behutsam um seinen Arm. »Ja, ich verstehe. Ich werde seinen Namen für Euch ausfindig machen. Gute Nacht.«

Lyra bezog ihren Platz an der Tür, als die Morgol ging. Sie trug einen kurzen, dunklen Kittel und hielt ihren Speer reglos in der Hand, während sie ihnen den Rücken zuwandte. Eine Dienerin brachte Papier, Federn, Tinte und Siegelwachs; Morgon setzte sich vor das Feuer. Lange Zeit starrte er in die Flammen, und die Tinte trocknete an seiner Feder; einmal murmelte er: »Was soll ich ihr sagen?« Dann begann er langsam zu schreiben.

Als er den Brief an Rendel endlich beendet hatte, schrieb er ein kurzes Wort an Eliard, versiegelte den Umschlag und legte sich in die Kissen. Seine Augen starrten in die Flammen, die miteinander verschmolzen und wieder auseinanderstrebten, und mit halbem Ohr nahm er die leise raschelnden Bewegungen Thods wahr, während dieser ihre Sachen durchsah. Schließlich hob er den Kopf und sah den Harfner eindringlich an.

»Thod — habt Ihr Ghisteslohm gekannt?«

Thods Hände wurden still. Dann begannen sie wieder, sich zu regen, lösten einen Knoten an einem Schlafsack. Ohne aufzublicken, sagte er: »Ich habe nur zweimal mit ihm gesprochen, sehr kurz. Er war eine ferne, Ehrfurcht einflößende Gestalt in Lungold, damals, in den Jahren vor dem Verschwinden der Zauberer.«

»Ist Euch jemals der Gedanke gekommen, Großmeister Ohm könnte der Gründer von Lungold sein?«

»Es gab keinen Hinweis, der mich auf einen solchen Gedanken hätte bringen können.«

Morgon streckte den Arm aus, um mehr Holz aufzulegen; die Schatten, die wie feine Gespinste an den Wänden hingen, waberten und beruhigten sich wieder.

»Ich möchte wissen«, murmelte er, »warum Morgol nicht

durch Ohm hindurchsehen konnte. Ich weiß nicht, aus welchem Land er kommt; es kann sein, daß er wie Rood mit Zauberkraft im Blut geboren wurde... Ich habe nie daran gedacht, ihn zu fragen, wo er geboren wurde. Er war ganz einfach Großmeister Ohm, und es schien, als wäre er immer schon in Caithnard gewesen. Wenn El ihm sagte, daß sie ihn für Ghisteslohm hält, würde er vermutlich lachen... Nur habe ich ihn nie lachen sehen. So lange Zeit ist vergangen seit der Zerstörung von Lungold; von den Zauberern wurde seitdem nichts mehr gehört. Keiner von ihnen kann mehr am Leben sein.«

Seine Stimme verklang. Er wälzte sich auf die Seite, und seine Augen fielen zu. Ein wenig später vernahm er das sanfte, träumerische Spiel von Thods Harfe, und er ließ sich von den Klängen in Schlaf wiegen.

Er erwachte beim Gesang eines anderen Harfners. Die Klänge der Harfe durchwoben ihn wie ein Netz. Der langsame, dunkle Rhythmus maß das träge, bebende Pulsen seines Bluts, und die leidenschaftlichen, hohen Töne rissen am Gewebe seiner Gedanken wie die Krallen kleiner, verängstigter Vögel. Er wollte sich erheben, doch ein Gewicht lag auf seinen Händen und auf seiner Brust. Er öffnete den Mund, um nach Thod zu rufen; der Laut, der ihm über die Lippen kam, war wie das Krächzen der schwarzen Krähe.

Er öffnete die Augen und merkte, daß er sie nur im Traum geöffnet hatte. Nochmals öffnete er sie und sah nichts als die Dunkelheit hinter seinen Augenlidern. Entsetzen stieg in seiner Kehle auf. Als tauchte er durch tiefe, schwere Wasser von Finsternis und Schlaf, als drängte er keuchend zu Wahrheit und Bewußtsein. Und endlich hörte er die Stimme des Harfners und sah durch seine Wimpern hindurch die müden, feurigen Augen verlöschender Glut.

Die Stimme war rauh und volltönend, und Wort um Wort fesselte sie ihn wie in einem Alptraum.

Verdorren wird deine Stimme
Wie die Wurzeln deines Bodens.
Träge wird der Strom deines Bluts
Wie die schleppenden Wasser

Der Flüsse von Hed.
Wirr wird dein Geist
Wie das Geschlinge des Hopfens,
Der welk und knisternd unter deinen Füßen.
Verdorren wird dein Leben
Wie das späte Korn verdorrt...

Morgon öffnete die Augen. Die Dunkelheit und die rote, zischende Glut drehten sich in Wirbeln um ihn herum, bis die Dunkelheit wie eine Flutwelle über sein Gesicht schlug und das Feuer winzig schien, weit entfernt. Im schwarzen Schacht der Nacht sah er Hed wie ein geborstenes Schiff auf dem Meer treiben; er hörte das dürre Knistern der Hopfenblätter, spürte in seinen Adern, wie die Flüsse träger zu fließen begannen, wie ihr Wasser schwer wurde von Schlamm und schließlich versiegte, wie ihre ausgetrockneten Betten unter dem Lied des Harfners rissig wurden. Er stieß einen schrillen Laut der Ungläubigkeit aus und sah endlich den Spieler jenseits des Feuers. Seine Harfe war aus seltsam weißem Bein und glänzenden Muschelschalen geformt. Sein Gesicht war im Schatten verborgen. Beim Klang von Morgons Stimme schien sich das Gesicht ein wenig zu heben; Morgon sah flüchtig ein Aufblitzen feurig glühenden Goldes.

Trocken, staubtrocken, die Erde,
Deine Erde, Herr des Landes,
Herr der Sterbenden. Dürr die Felder
Deines Körpers, seufzend der Hauch
Deines letzten Worts,
Das hinstreift über die Öde,
Die große Öde von Hed.

In einer Flutwelle schien das Meer von dem dunklen, zerstörten Land zurückzuweichen, die letzten Wasser der Flüsse mit sich zu nehmen, die Quellen von Hed leerzusaugen; kahl und öde blieb das Gestade zurück, eine unfruchtbare Wildnis von Muscheln und Sand. Morgon, der spürte, wie die trockene, kalte Erde, das Lebensblut von Hed mit dem Meer davongespült wurde, schöpfte voller Verzweiflung Atem. Mit letzter

Kraft schrie er einen Protest, der kein Wort war, sondern ein heiserer Vogelschrei gegen die Schrecklichkeit der Harfenweise. Das Krächzen brachte ihn zu sich selbst zurück, als hätte sein Körper, der in Dunkelheit zerflossen war, sich wieder gesammelt. Er sprang auf, zitternd, so schwach, daß er über den Saum seines langen Gewandes stolperte und dann stürzte. Ehe er wieder aufstand, raffte er heiße Asche und dürre Holzspäne zusammen und schleuderte sie nach dem Harfner.

Dieser riß den Kopf zur Seite und stand auf. Seine Augen waren bleich im düsteren Feuerschein, und goldene Lichter schillerten in ihnen. Er lachte, und der Ballen seiner Hand traf mit hartem Schlag Morgons Kinn. Morgons Kopf wurde nach hinten gerissen; zu Füßen des Harfners fiel er benommen, röchelnd auf die Knie. Seine Finger streiften über Harfensaiten und sandten einen dünnen Mißklang von Tönen in die Dunkelheit. Des Spielers eigene Harfe, die zischend abwärts sauste, verfehlte Morgons Kopf, als dieser eine Bewegung machte, und zersprang an seinem Schlüsselbein in Stücke.

Er schrie auf, als der Knochen krachend brach. Durch den Schweiß und die Nebelschleier vor seinen Augen sah er Lyra reglos unter der Tür stehen. Sie hatte ihm den Rücken zugewandt, als wäre er hinter ihr so lautlos wie ein Traum. Der Schmerz, der Zorn, der in ihm aufstieg, brachte etwas Klarheit in seinen Kopf. Noch immer kniend, warf er sich gegen den Harfner, riß ihn, mit der unverletzten Schulter zustoßend, aus dem Gleichgewicht, so daß er in die schweren Kissen stürzte. Dann schwang er, seine Finger in den Riemen verkrallt, die Harfe in seiner Hand hoch und schleuderte sie auf den Harfner. Mit einem wirren Schwall von Tönen schlug sie auf, und Morgon hörte ein schwaches, unfreiwilliges Stöhnen.

Er stürzte sich auf die schattenhafte Gestalt. Der Harfner unter ihm wehrte sich; im schwachen Licht, das vom Korridor hereindrang, sah Morgon Blut auf dessen Gesicht. Ein Messer, das aus Luft gemacht schien, sauste auf Morgon zu; wild grapschte er nach dem Handgelenk des Gegners, dessen andere Hand sich wie die Klaue eines Raubvogels um Morgons gebrochene Schulter schloß.

Er stöhnte auf, und die Umrisse des Harfners verdunkelten

sich vor seinen Augen. Und dann spürte er, wie die Gestalt des Mannes, den er festhielt, sich wandelte, wie die Form unter seiner Hand zerfloß. Mit zusammengebissenen Zähnen hielt er die Gestalt mit seiner gesunden Hand umklammert, als hielte er seinen Namen fest.

Er konnte die flüchtigen, wie rasend sich wehrenden Gestalten, die er hielt, nicht zählen. Er roch Holz, die scharfe Ausdünstung eines Tierfells, spürte Flügelschlag unter seiner Hand, schleimigen Sumpfschlamm zwischen seinen Fingern. Er hielt den schweren, zottigen Huf eines Pferdes, dessen Versuche, auszuschlagen, ihn auf die Knie rissen; hielt einen glitschigen Lachs, der beinahe seinen Fingern entglitt; eine Wildkatze, die wütend herumwirbelte, um nach ihm zu schlagen. Er hielt Tiere in seiner Hand, die so alt waren, daß sie keinen Namen hatten; er erkannte sie mit Verwunderung nach den Beschreibungen aus uralten Büchern. Er hielt einen riesigen Stein aus einer der Städte der Erdherren, der beinahe seine Hand zerschmetterte; er hielt einen Schmetterling, der so schön war, daß er ihn beinahe hätte fliegen lassen, um seine Flügel nicht zu verletzen. Er hielt eine Harfensaite, deren Klang in seinen Ohren schrillte, bis sie selbst der Klang wurde. Und der Klang, den er hielt, verwandelte sich in ein Schwert.

Er hielt seine Klinge, silbrig weiß, halb so lang wie sein Körper; seltsame verschnörkelte Muster, fein ziseliert, schmückten die Klinge, fingen das Licht der Feuersglut ein. Das Heft war aus Kupfer und Gold. In Gold gefaßt waren feuersprühend drei Sterne.

Der Griff seiner Hand lockerte sich. Der pfeifende Atem, der aus seiner Kehle hervordrang, brach ab. Kein Laut war mehr im Zimmer. Mit einem plötzlichen, wütenden Schrei schleuderte er das Schwert von sich weg, hinüber zur Tür, wo es klirrend niederfiel und sich auf den Steinen des Bodens drehte und Lyra erschreckte.

Sie hob es auf und fuhr herum, doch das Schwert bekam eigenes Leben in ihrer Hand, und sie ließ es wieder fallen, wich vor ihm zurück in den Gang. Sie stieß einen Schrei aus; Stimmengewirr flutete durch den Korridor. Das Schwert verschwand; an seiner Stelle stand der Meister der Verwandlung.

Er bewegte sich blitzschnell, wandte sich Morgon zu; Lyras Speer, einen Herzschlag zu spät abgeworfen, zischte an ihm vorüber und durchbohrte eines der Kissen neben Morgon. Morgon, der noch immer auf den Knien lag, sah, wie die Gestalt durch das Gespinst der Schatten brach. Ihr Haar verwob sich mit der Dunkelheit, das haarige Gesicht hatte die Farbe von Muscheln, die schwerlidrigen Augen leuchteten in einem blaugrünen Licht. Der Körper war fließend, schillerte ständig wechselnd in den Farben von Schaum und Meer; er bewegte sich ohne Geräusch, und seine seltsamen Gewänder erglänzten in Lichtreflexen von der Farbe nassen Tangs und dem Glitzern nasser Schuppen. Als er sich näherte, unerbittlich wie die Flut, spürte Morgon die Ausstrahlung einer ungeheuren, namenlosen Macht, rastlos und unergründlich wie das Meer, gleichgültig wie das Licht hinter den Augen, die auf sein Gesicht gerichtet waren.

Lyras Schrei riß ihn aus seiner Benommenheit wie aus einem Traum.

»Der Speer! Morgon! Der Speer bei Eurer Hand! Werft ihn!«

Er griff danach. Etwas regte sich in den meerfarbenen Augen; es war wie das ferne, schwache Flackern eines Lächelns. Morgon sprang auf, wich langsam zurück, den Speer mit beiden Händen vor sich haltend. Er hörte Lyras verzweifelten Schrei. »Morgon!« Seine Hände begannen zu zittern; das Lächeln in den befremdlichen Augen vertiefte sich. Mit einem Aufschluchzen und einem Fluch zog Morgon den Arm nach rückwärts und warf.

7

»Ich reise nach Hause«, sagte Morgon.

»Ich verstehe Euch nicht«, entgegnete Lyra.

Sie saß neben ihm am Feuer, einen leichten, karminroten Umhang über ihrem Kittel. Ihr Gesicht war grau von Schlaflosigkeit. Der Speer lag locker unter ihrer Hand an ihrer Seite.

Zwei Wächterinnen standen, einander den Rücken zugewandt, vor der Tür. Die Spitzen ihrer Speere blitzten im morgendlichen Sonnenlicht.

»Er hätte Euch getötet, wenn Ihr ihn nicht getötet hättet. So einfach ist das. Es gibt doch in Hed gewiß kein Gesetz, das Euch verbietet, einen anderen in Notwehr zu töten?«

»Nein.«

»Warum dann?«

Sie seufzte, die Augen auf sein Gesicht gerichtet, während er in die Flammen starrte. Seine Schulter war geschient und verbunden; sein Gesicht war unbewegt, so zugesperrt wie ein wortverschlüsseltes Buch.

»Seid Ihr zornig, weil Ihr im Haus der Morgol nicht gut bewacht wurdet? Morgon, ich habe die Morgol heute morgen gebeten, mich wegen dieser Sache ablösen zu lassen, aber sie weigerte sich.«

Endlich hatte sie seine Aufmerksamkeit.

»Es bestand kein Anlaß für Euch, das zu tun.«

Sie hob leicht das Kinn. »Oh, doch, Anlaß gab es genug. Nicht nur habe ich untätig dagestanden, während Ihr um Euer Leben kämpftet, ich habe auch gefehlt, als ich endlich versuchte, den Gestaltwandler zu töten. Ich fehle nie.«

»Er zauberte eine Glasglocke der Stille; es war nicht Eure Schuld; Ihr hörtet einfach nichts.«

»Ich habe versäumt, Euch zu schützen. Auch das ist einfach.«

»Nichts ist einfach.«

Er lehnte sich in die Kissen zurück und verzog ein wenig das Gesicht; seine Brauen krausten sich wieder. Er war still; sie wartete, fragte dann zaghaft: »Seid Ihr dann vielleicht auf Thod zornig, weil er bei der Morgol war, als Ihr überfallen wurdet?«

»Thod?« Verständnislos sah er sie an. »Natürlich nicht.«

»Was erzürnt Euch dann?«

Er starrte auf den mit Wein gefüllten silbernen Becher, den sie ihm hingestellt hatte.

Eine Zeitlang schwieg er.

Schließlich kamen die Worte langsam und schmerzhaft über seine Lippen, als hätte er Mühe, sie hervorzulocken.

»Ihr habt das Schwert gesehen.«

Sie nickte. »Ja.« Die steile Falte der Verwirrung zwischen ihren Brauen vertiefte sich. »Morgon, ich bemühe mich, Euch zu verstehen.«

»Das kann doch nicht schwer sein. Irgendwo in diesem Reich wartet ein gestirntes Schwert darauf, daß der Sternenträger es in Besitz nimmt. Und ich weigere mich, es in Besitz zu nehmen. Ich reise nach Hause. Dort gehöre ich hin.«

»Aber, Morgon, es ist doch nur ein Schwert. Ihr braucht es ja gar nicht zu benützen, wenn Ihr nicht wollt. Außerdem kann es sein, daß Ihr es braucht.«

»Ich werde es ganz sicher brauchen.« Seine Finger umschlossen verkrampft den silbernen Becher. »Es ist unvermeidbar, daß ich es brauchen werde. Der Gestaltwandler wußte es. Ja, er wußte es. Er lachte mich aus, als ich ihn tötete. Er wußte genau, was ich dachte, wo doch keiner außer dem Erhabenen es hätte wissen können.«

»Was dachtet Ihr denn?«

»Daß kein Mann den Namen annehmen kann, den die Sterne auf diesem Schwert ihm geben, und dennoch die Landherrschaft von Hed behalten kann.«

Lyra schwieg. Das zaghafte Sonnenlicht trübte sich, graue

Schatten hüllten das Zimmer ein; windgepeitschte Blätter klopften wie Finger an die Fensterscheiben.

Schließlich sagte sie, die Hände fest um die Knie geschlungen: »Ihr könnt doch all dem nicht einfach den Rücken kehren und nach Hause reisen.«

»Doch, das kann ich.«

»Aber Ihr — Ihr seid auch ein Rätselmeister —, Ihr könnt nicht kurzerhand aufhören, Rätsel zu lösen.«

Er sah sie an.

»Doch, das kann ich. Ich kann alles, was ich tun muß, um mir den Namen zu bewahren, mit dem ich geboren wurde.«

»Wenn Ihr nach Hed zurückkehrt, wird man Euch dort töten. In Hed habt Ihr nicht einmal Bewacher.«

»Wenigstens sterbe ich dann in meinem eigenen Land und werde in der Erde meiner Heimat begraben.«

»Wieso ist das so wichtig? Wie kommt es, daß Ihr in Hed dem Tod ins Auge sehen könnt, den Ihr in Herun fürchtet?«

»Es ist nicht der Tod, den ich fürchte — ich fürchte mich davor, um eines Namens und eines Schwerts und einer Bestimmung willen, die ich nicht wählte und die ich nicht annehmen werde, alles zu verlieren, was ich liebe. Lieber möchte ich sterben, als die Landherrschaft verlieren.«

»Und wir?« meinte sie bekümmert. »Und Eliard?«

»Eliard?«

»Wenn sie Euch in Hed töten, dann werden sie immer noch da sein, und auch Eliard wird noch da sein. Und wir werden Fragen stellen, die Ihr uns nicht mehr beantworten könnt.«

»Der Erhabene wird Euch schützen«, sagte er unnachgiebig. »Das ist seine Aufgabe. Ich kann es nicht. Ich bin nicht bereit, dem Weg eines Schicksals zu folgen, das sich jemand vor Jahrtausenden für mich ausdachte. Ich will mich nicht wie ein Schaf zur Schlachtbank führen lassen.« Er trank einen Schluck Wein und sah die Unsicherheit und die Ängstlichkeit in ihrem Gesicht. Milder sagte er: »Ihr seid die Landerbin von Herun. Eines Tages werdet Ihr über Herun herrschen, und Eure Augen werden golden werden wie die der Morgol. Dies ist Euer Zuhause; Ihr wäret zu sterben bereit, es zu verteidigen; Ihr gehört hierher. Um welchen Preis würdet Ihr Herun aufgeben, Euch für immer von ihm wenden?«

Sie antwortete nicht gleich. Dann zuckte sie leicht die Achseln.

»Wohin sonst könnte ich wohl gehen? Auf mich wartet kein anderer Platz. Aber bei Euch ist das etwas anderes«, fügte sie hinzu, als er den Mund öffnete. »Ihr habt einen anderen Namen, auf Euch wartet ein anderer Ort. Ihr seid der Sternenträger.«

»Lieber wäre ich ein Schweinehirt in Hel«, gab er unwirsch zurück.

Müde ließ er den Kopf sinken und rieb sich mit einer Hand die Schulter. Draußen begann es zu regnen, dünn zunächst, zaghaft; die Pflanzen in den Gärten der Morgol neigten sich unter den feinen Tropfen. Er schloß die Augen, roch die Feuchtigkeit des Herbstregens, der auf Hed niederströmte. Das Knistern der Flammen, die gierig nach einem frisch aufgelegten Holzscheit züngelten, drang durch die Stille. Die Stimmen der Flammen verschmolzen, wurden nach einer Weile vertraut; er hörte Tristan und Eliard, die sich, behaglich am Feuer in Akren sitzend, sinnlos miteinander stritten, während Snog Nutt, ein Bündel Knochen und Spinnweben, im Hintergrund schnarchte.

Mit halbem Ohr lauschte er dem Streit, der das sachte Wispern der Flammen durchwob, bis die Stimmen allmählich immer leiser wurden und er sich anstrengen mußte, sie zu hören; schließlich verklangen sie ganz, und er öffnete die Augen und blickte in den grauen Regen von Herun.

Thod saß ihm gegenüber, sprach leise mit der Morgol, während er abgerissene Saiten von seiner Harfe entfernte. Ihre Gesichter wandten sich Morgon zu, als dieser sich aufrichtete.

El strich sich das lange, lose hängende Haar aus dem müden Gesicht und sagte: »Ich habe Lyra zu Bett geschickt. Ich habe überall im Haus Wachen aufgestellt, aber es fällt schwer, auch den Nebel zu verdächtigen oder die Spinne, die vor dem Regen ins Haus flieht. Wie fühlt Ihr Euch?«

»Recht wohl.« Sein Blick fiel auf Thods Harfe, und er flüsterte: »Ich erinnere mich. Ich hörte das Reißen von Saiten, als ich mich auf den Gestaltwandler stürzte. Das war Eure Harfe.«

»Nur fünf Saiten«, erwiderte Thod. »Ein geringer Preis, den

ich Corrig für Euer Leben bezahlt habe. El hat mir Saiten von Tirunethods Harfe gegeben.«

Er stellte die Harfe nieder.

»Corrig.« Morgon sah Thod verwundert an. »Wie kommt es, Thod, daß Ihr den Namen des Gestaltwandlers kennt?«

»Ich habe einmal mit ihm zusammen Harfe gespielt. Das ist Jahre her. Ich begegnete ihm, noch bevor ich in die Dienste des Erhabenen trat.«

»Wo?« fragte die Morgol.

»Ich ritt allein die nördliche Küste von Isig hinunter, in jenen fernen Gegenden, die weder zu Isig noch zu Osterland gehören. Eines Nachts kampierte ich am Meer und saß bis spät in die Dunkelheit an meinem Feuer und spielte auf der Harfe. Da kam aus der Finsternis ebenfalls Harfenspiel, berauschend schön, leidenschaftlich, makellos... Er trat in den Lichtkreis meines Feuers; schaumglänzend stand er vor mir, und seine Harfe aus Muscheln und Fischbein und Perlmutt leuchtete im Schein der Flammen. Lieder wollte er von mir hören, und ich spielte für ihn so gut wie für die Könige, für die ich gespielt hatte; Geringeres wagte ich ihm nicht zu bieten. Und dafür gab er mir seine Lieder. Er blieb bis zum Morgen, bis zum Sonnenaufgang, und das Lied, das er spielte, während die rote Sonne das Meer in Feuerglut tauchte, brannte noch tagelang in meinem Herzen. Wie Dunst verschmolz er mit dem feinen Gischt des Morgens, aber vorher noch gab er mir seinen Namen. Er bat mich um den meinen. Ich nannte ihn, und er lachte.«

»Auch gestern nacht hat er gelacht«, flüsterte Morgon.

»Auch für Euch hat er gespielt, nach dem, was Ihr uns erzähltet.«

»Er sang mir meinen Tod; den Tod von Hed.« Sein Blick hob sich. »Was ist das für eine Macht, die das bewirken könnte? War es die Wahrheit? Oder war es Trug?«

»Spielte das denn eine Rolle?«

Morgon schüttelte den Kopf.

»Nein. Er war ein glänzender Harfner — weiß der Erhabene, was er war?«

»Der Erhabene sagte mir nichts; er gab mir nur den Auftrag, Herun mit dir so schnell wie möglich zu verlassen.«

Morgon schwieg. Schwerfällig stand er auf und ging zum Fenster. Als wäre er plötzlich mit dem alles durchdringenden Blick der Morgol begabt, konnte er durch die flimmernde Luft die weiten, regennassen Ebenen von Herun sehen, die Hügel, die wilden, felsigen Regionen von Ymris, konnte bis nach Caithnard sehen, wo Handelsschiffe die Segel setzten, um nach An, Isig und Hed auszulaufen.

Leise sagte er: »Thod, wenn ich morgen schon wieder auf einem Pferd sitzen kann, reite ich nach Osten bis Hlurle und nehme ein Schiff nach Hause. Ich glaube nicht, daß mir etwas zustoßen wird; niemand wird das erwarten. Doch selbst wenn sie mich auf See wieder finden sollten, möchte ich lieber als Landherrscher sterben, der sich auf der Fahrt in seine Heimat befindet, denn als namenloser Heimatloser, der in ein Leben hineingezwungen wird, das er nicht versteht und nicht selbst bestimmen kann.«

Nur der Regen, der mit gleichgültiger Gewalt gegen die Scheiben trommelte, antwortete ihm. Dann hörte er, wie der Harfner aufstand, spürte seine Hand auf seiner Schulter, die ihn herumdrehte. Schweigend begegnete er dem dunklen, ruhigen Blick.

»Da steckt mehr dahinter als der Tod von Corrig«, sagte der Harfenspieler leise. »Wollt Ihr mir nicht sagen, was Euch bedrückt?«

»Nein.«

»Soll ich Euch nach Hed begleiten?«

»Nein. Es gibt keinen Grund, weshalb Ihr Euer Leben nochmals aufs Spiel setzen solltet.«

»Wie wollt Ihr Eure Rückkehr mit dem in Einklang bringen, woran Ihr in Caithnard geglaubt habt?«

»Ich habe eine Wahl getroffen«, antwortete Morgon unerschütterlich, und die Hand glitt von seiner Schulter. Ein Schmerz stach ihn mitten ins Herz, ein Schmerz, der sich einstellt, wenn etwas zu Ende geht. »Ihr werdet mir fehlen«, fügte er hinzu.

Ein neuer Zug trat in das Gesicht des Harfners, verwandelte die ruhige Miene, an der die Zeit spurlos vorübergegangen zu sein schien. Zum erstenmal gewahrte Morgon die Sorge, die Unsicherheit, die Fülle der Erfahrungen, die hinter diesem stillen Gesicht strömten wie Wasser unter einer Eisdecke. Thod antwortete nichts; er neigte nur den Kopf wie vor einem König oder einer Unvermeidlichkeit.

Zwei Tage später verließ Morgon die Stadt der Kreise noch vor Tagesanbruch. Zum Schutz gegen die feuchten, kühlen Nebel trug er einen schweren, dickgefütterten Umhang, den die Morgol ihm gegeben hatte. Pfeil und Bogen, die Lyra für ihn gefertigt hatte, hingen neben seinen Satteltaschen. Das Packpferd hatte er zurückgelassen, da Hlurle kaum drei Tagreisen entfernt lag, ein kleiner Hafen, in dem die Händler die Waren abluden, die für Herun bestimmt waren. Thod hatte Morgon das ganze Geld gegeben, das er noch hatte, für den Fall, daß er in Hlurle warten mußte. Im Spätherbst nämlich, wenn die Stürme über das Meer fegten, wagten sich nur noch selten Schiffe an die nördlichen Küsten.

Morgons Harfe lag eingehüllt hinter ihm; mit leisem, rhythmischem Wispern streiften die Hufe seines Pferdes durch das hohe Gras des Weidelandes. Der dunkle Himmel war klar; das kalte Licht der Sterne leuchtete ihm. In der Ferne blitzten wie goldene Augen in der Dunkelheit die Lichter von Bauernhäusern. Die Felder, die die Stadt umgaben, wichen einer weiten Ebene, aus der sich hochaufragende Felsnadeln erhoben. Er meinte, die Berührung ihrer Schatten zu spüren, als er unter ihnen dahinritt. Dann wälzte sich der Nebel in dichten Schwaden aus den Hügeln herunter; eingedenk Lyras Rat hielt er an, suchte den Schutz eines vereinzelt stehenden Baumes und wartete.

Die erste Nacht verbrachte er zu Füßen der östlichen Hügel. Zum erstenmal seit Wochen hockte er allein unter den schweigenden Bäumen und sah zu, wie die rauchgraue Abenddämmerung sich langsam zur Nacht verdichtete. Im Schein seines kleinen, einsamen Feuers nahm er die gestirnte Harfe aus ihrer Hülle und begann zu spielen. Voll und harmonisch erklangen unter seinen Fingern die Saiten, geschaffen für eine empfindsame, kundige Hand. Nach einer Stunde stockte sein Spiel. Er betrachtete die Harfe wie nie zuvor, zeichnete jede geschwungene goldene Linie nach, blickte staunend auf die weißen Monde, denen Alter und Meerwasser nichts hatte anhaben können. Behutsam, als hielte er seine Finger an eine Flamme, berührte er die Sterne.

Am nächsten Tag suchte er sich einen Weg durch das flache, menschenleere Hügelland. Er stieß auf einen Bach, der sich zwischen den Hügeln hindurchschlängelte, und folgte ihm, während er sich durch Eschenhaine und Eichenwälder wand, deren dunkle, kahle Äste unter dem blauen Himmel verschlungene Muster bildeten. Der Bach begann schneller zu strömen, sprudelte über Baumwurzeln und grün bemooste Felsbrocken, führte ihn schließlich aus den Bäumen heraus auf die kahlen östlichen Hänge, über die ständig der Wind hinwegpfiff. Unerwartet sah er vor sich das brettebene Niemandsland der östlichen Gestade, das sich zwischen Ymris und Osterland dehnte, und im Norden die weißen Gipfel der Berge, die am äußersten Ende des Reiches des Erhabenen zum Himmel aufragten, und das weite, grenzenlose Meer.

Der Bach mündete schließlich in einen breiten Fluß, und Morgon überlegte sich, daß das der Cwill sein mußte, dessen tosende weiße Wasser sich aus dem Weißen See herabwälzten, dem riesigen See in den Tiefen des Ödlands, der auch die sieben Seen von Lungold speiste. Hlurle, erinnerte er sich, lag unmittelbar nördlich seiner Mündung.

In dieser Nacht schlug er sein Lager auf der Landzunge zwischen dem Bach und dem Fluß auf und ließ sich von den Stimmen der beiden Gewässer einschläfern; die eine tief, geheimnisvoll rauschend; die andere silberhell, freundlich plätschernd. Ruhig lag er am Feuer, den Kopf auf seinem Sattel, streckte nur hin und wieder den Arm aus, um einen Zweig oder einen Tannenzapfen in die Flammen zu werfen. Sachte wie kleine Vögel flatterten Fragen in seine Gedanken, die er nun nicht mehr beantworten mußte; neugierig betrachtete er jede von ihnen, als wäre er ihr nie zuvor begegnet; gelassen sah er sie an, als hätten die Antworten nichts mit ihm zu tun und nichts mit dem weißhaarigen, halbblinden Landerben von Ymris oder dem König von Ymris, in dessen Land zu einem seltsamen Krieg gerüstet wurde; und auch nicht mit der Morgol, die den Frieden ihres Hauses plötzlich von einer Macht gestört gesehen hatte, die keinen Ursprung und keine Erklärung hatte. Im Geist sah er die Sterne auf seinem Gesicht, die Sterne auf der Harfe, die Sterne auf dem Schwert. Er sah sich an, als wäre er eine erfundene Gestalt aus einem alten Märchen: ein Fürst von Hed, der aufgezogen worden war, seine Felder zu bestellen, sich über die vielfältigen Krankheiten von Bäumen und Tieren Gedanken zu machen, das Wetter aus der Farbe einer Wolke zu lesen oder aus der knisternden Spannung eines windstillen Nachmittags; ein Fürst von Hed, der erzogen war für das einfache Leben des Bauern, der keine Neugier kennt. Er sah die gleiche Gestalt im wallenden Gewand eines Schülers von Caithnard, wie sie bis tief in die Nacht hinein über uralten Büchern brütete, während ihre Lippen lautlos Rätsel, Lösung, Lehrsatz, Rätsel, Lösung, Lehrsatz formten; er sah, wie eben dieser Mann eines Morgens aus freien Stücken einen feuchten Turm in Aum betrat und angesichts des Todes erkennen mußte, daß nicht sein Name, nicht seine Lebensweise, nicht das Recht seiner Geburt, sondern nur sein Geist ihn retten konnte. Er sah einen Fürsten von Hed, drei Sterne auf der Stirn, der aus seinem Land fortzog, um in Ymris eine gestirnte Harfe zu finden, in Herun ein Schwert, einen Namen und Zeichen eines Schicksals. Und diese beiden Gestalten aus dem uralten Märchen, der Fürst von Hed und der Sternenträger, standen einander unvereinbar gegenüber; er konnte nichts finden, sie miteinander zu versöhnen.

Er griff zu einem Zweig und hielt ihn in die Flammen; seine Gedanken wandten sich dem Erhabenen zu, der seinen Sitz im Herz eines jener fernen Berge im Norden hatte. Von Anfang an hatte der Erhabene den Menschen die Freiheit gelassen, ihre eigene Bestimmung zu finden. Sein einziges Gesetz war das Gesetz des Landes, jenes Gesetz, das wie ein Lebenshauch von Landerbe zu Landerbe weitergegeben wurde; sollte der Erhabene sterben oder den Menschen seine unerschöpfliche und unergründliche Macht entziehen, so konnte er sein Reich in eine Wildnis verwandeln. Die Zeichen seiner Macht waren subtil und unerwartet; wenn man überhaupt seiner gedachte, so mit Ehrfurcht und Vertrauen: Seine ganze Sorge galt dem Land; der Beachtung jenes einen Gesetzes, das tiefer als alle Gedanken, tiefer als alle Träume in seinen Landherrschern verwurzelt war.

Morgon gedachte der schrecklichen Geschichte von Borst

von An, der, in dem Bemühen, ein Heer aus Hel abzuwehren, An in Flammen gesetzt hatte, so daß die Feuersbrunst sich über das halbe Land gewälzt, Getreide und Obstpflanzungen vernichtet, Hügelhänge und Flußufer kahlgebrannt hatte. Endlich sicher, war er aus einem tiefen Schlaf der Erschöpfung erwacht, um zu erkennen, daß ihm das stille, feine Empfinden für den Gehalt der Dinge, das über bloßes Sehen hinausreichte, und das ihm seit dem Tod seines Vaters wie ein verborgenes Auge gedient hatte, verlorengegangen war. Sein Landerbe, der wehklagend in die Kammer gestürzt war, hatte innegehalten, verwundert, ihn noch am Leben zu finden...

Das Feuer sank in sich zusammen wie ein Tier, das sich zum Schlaf zusammenrollt. Morgon warf eine Handvoll Zweige und trockene Eicheln darauf, und es loderte wieder auf. Borst hatte seinem Leben selbst ein Ende gemacht. Der Zauberer Talies, methodisch und scharfzüngig, dem Borsts Kriege ein Dorn im Auge gewesen waren, schrieb die Episode mit Genuß nieder, berichtete sie einem vorbeikommenden Händler, und innerhalb von drei Monaten brachen schlagartig — so unsicher und gefährlich das Handelsgeschäft in jenen Jahren des Aufruhrs auch war — alle Kampfhandlungen im Reich des Erhabenen ab. Der Friede war nicht von langer Dauer; die Kämpfe um Grenzen und Königsmacht waren noch nicht beendet, doch sie wurden seltener und hatten nicht mehr so verheerende Auswirkungen. Damals waren die Häfen und die großen Städte langsam gewachsen: Anuin, Caithnard, Caerweddin, Kraal, Kyrth...

Und nun erhob sich an den Küsten, von den meisten Ländern unbemerkt, ungehindert vom Erhabenen, eine befremdliche, dunkle Macht. Seit Lebzeiten der Zauberer hatte es keine Wesen von solcher Macht mehr gegeben; die Zauberer, selbst hochbegabt, rastlos und willkürlich, hätten sich nie träumen lassen, einen Landherrscher zu töten. In den Sagen und der Geschichte des Landes hatte es kaum eine Spur ihrer Existenz gegeben, bis sie, ein jahrhundertealtes Schweigen brechend, aufgestanden waren, dem Sternenträger in Caithnard gegenüberzutreten. Ein Gesicht hob sich vor Morgons Augen aus dem Feuer: schaumbleich, verwischt, mit Augen, die leuchteten wie feuchter Tang, wie nasse Muschelschalen... Ein Lächeln stand in ihnen, ein wissendes Lächeln, dem seine Gedanken vertraut waren...

Er stieß zum Herzen der Fragen vor; seine Lippen bewegten sich, flüsterten die entscheidende Frage: »Warum?«

Ein feiner, kalter Lufthauch wehte über den Fluß; sein Feuer erzitterte unter ihm. Plötzlich sah er, wie winzig dieses Feuer war in der unendlichen Dunkelheit. Furcht prickelte auf seiner Haut; er wurde starr und lauschte, um über das Rauschen und Plätschern des Wassers hinweg das feine Knacken eines Zweiges, das Rascheln der Blätter zu hören. Doch das Murmeln des Baches verschluckte alle Geräusche, und der Wind strich geräuschlos durch die kahlen Zweige. Er legte sich zurück. Das Feuer sank zusammen; die Sterne über den schwarzen Ästen der Eichen schienen im Wind zu zittern und zu schwanken. Als brächte der Wind ein Echo der Leere, die ihn umgab, erstarb seine Furcht. Er drehte sich auf die Seite, schlief traumlos.

Am nächsten Tag erreichte er, dem Cwill folgend, das Meer. Hlurle, kaum mehr als ein Kai, eine lockere Ansammlung von Lagerhallen, Gasthäusern und kleinen, windschiefen Hütten, lag zusammengekauert unter regenschwerem Nebel, der sich vom Meer hereinwälzte. Zwei Schiffe lagen zwischen den Fischerbooten verankert; ihre eingezogenen Segel waren blau. Kein Mensch schien in der Nähe zu sein. Triefend naß und fröstelnd ritt er den Kai hinunter, hörte durch das Prasseln des Regens hindurch das Klirren von Ketten, das Knarren von Holz, den gelegentlichen Anprall eines Schiffes an die Kaimauer. Vor ihm drangen die Lichter eines kleinen Gasthauses durch die milchigen Nebel. Dort hielt er an, stieg unter dem weit vorspringenden Dach vom Pferd.

Rauchende Fackeln und ein loderndes Feuer erleuchteten drinnen die Tische aus rohem Holz, an denen sich Seeleute drängten, Händler mit edelsteingeschmückten Händen, mürrische Fischer, die der Regen hereingetrieben hatte. Von flüchtigen, oberflächlich forschenden Blicken verfolgt, schritt Morgon zum Feuer, knöpfte mit vor Kälte starren Fingern seinen Umhang auf und hängte ihn zum Trocknen auf. Er setzte sich auf die Bank vor dem Feuer; der Wirt kam zu ihm.

»Herr?« sagte er fragend und fügte dann mit einem Blick auf den Umhang hinzu: »Ihr seid weit von zu Hause.«

Morgon nickte müde. »Bier«, sagte er. »Und was ist das für ein Gericht, das ich da rieche?«

»Ein sehr schmackhafter, dicker Eintopf, mit zartem Lamm, Pilzen und Wein — ich bringe Euch eine Schale.«

Stumm und erschöpft aß und trank er, der Rauch und die Hitze und das Gewirr von Stimmen schläferten ihn ein wie der Gesang des Flusses. Er saß noch über seinem Bier, als der Geruch nach nasser Wolle und ein kühler Luftzug, der Regen und Wind mitzubringen schien, ihn störten. Ein Händler, Wassertropfen auf dem Pelzkragen seines Umhangs, nahm neben ihm Platz. Morgon spürte den Blick seiner Augen auf seinem Gesicht.

Gleich darauf sprang der Mann auf und schlüpfte aus seinem Umhang. Ein Sprühregen rieselte auf Morgon herunter, und der Händler sagte entschuldigend: »Verzeiht, Herr. Ihr wart auch ohne meine Hilfe schon naß genug.«

Er war kostbar in schwarzes Leder und Samt gekleidet. Sein Haar und seine Augen in dem groben, gutmütigen Gesicht waren so schwarz wie das Gefieder einer Amsel. Morgon, schläfrig und benommen von der Wärme, raffte sich zusammen und versuchte, seine Gedanken auf praktische Dinge zu richten. Er hatte keine Möglichkeit, zu prüfen, ob er zu einem Menschen sprach oder zum Trugbild eines Menschen; er nahm das Risiko auf sich und fragte: »Wißt Ihr, wohin diese Schiffe fahren?«

»Ja. Sie kehren nach Kraal zurück, um dort zu überwintern.« Er schwieg, und seine scharfen Augen forschten in Morgons Gesicht. »Ihr wollt nicht nach Norden? Was braucht Ihr?«

»Ein Schiff nach Caithnard. Ich werde auf der Schule erwartet.«

Der Mann schüttelte den Kopf und krauste nachdenklich die Stirn.

»Es ist spät im Jahr... Laßt mich nachdenken. Wir sind gerade aus Anuin gekommen, haben in Caithnard, Tol und Caerweddin angelegt.«

»Tol«, sagte Morgon unwillkürlich. »Wozu?«

»Um Rood von An aus Caithnard nach Hed zu bringen.«

Er winkte und ließ sich Wein bringen. Morgon ließ sich

nach rückwärts an die Lehne der Bank sinken und hoffte, Rood hätte sich damit begnügt, auf der Suche nach ihm nicht über Hed hinauszuschweifen. Der Händler nahm einen tiefen Zug aus dem Weinbecher und lehnte sich dann ebenfalls zurück.

»Es war eine widrige Reise«, bemerkte er düster. »Vor Hed tobte ein Sturm, der uns die Küste hinunterblies, und wir mußten fürchten, sowohl das Schiff als auch Rood von An zu verlieren... Er hat eine bissige Zunge, wenn er seekrank ist«, fügte er nachdenklich hinzu, und Morgon hätte beinahe gelacht. »In Tol warteten Eliard von Hed und die Kleine — Tristan — und drängten uns, ihnen Nachrichten von ihrem Bruder zu geben. Ich konnte ihnen allerdings nur berichten, daß er in Caerweddin gesehen worden war; was er dort getan hatte, konnte ich ihnen nicht sagen. Wir verloren unsere Segel in dem Sturm, aber in Meremont konnten wir nicht landen; dort lagen die Kriegsschiffe des Königs im Hafen. Wir schleppten uns also mühsam bis Caerweddin. Da hörte ich zum erstenmal, daß die junge Frau des Königs verschwunden war, und sein Bruder wieder zu Hause, auf einem Auge blind. Keiner weiß, was davon zu halten ist.«

Er trank wieder von seinem Wein. Morgon, der ins Feuer starrte, sah Gesichter in den Flammen: Astrins, weißäugig, schmerzverzerrt; das von Frau Eriel, scheu, schön, erbarmungslos; und Heureus Gesicht, als ihm langsam dämmerte, was für eine Frau er geheiratet hatte... Er fröstelte.

Der Händler warf ihm einen Blick zu.

»Ihr seid naß bis auf die Haut. Das war ein langer Ritt von Herun. Es würde mich interessieren, ob ich Euren Vater kenne.«

Morgon lächelte über diesen Wink mit dem Zaunpfahl.

»Wahrscheinlich. Aber er hat einen so langen Namen, daß nicht einmal ich ihn aussprechen kann.«

»Ach so.« In den dunklen Augen blitzte ein verstehendes Lächeln auf. »Verzeiht. Keinesfalls möchte ich neugierig sein. Aber ich brauche ein bißchen müßiges Geplauder, damit mir wieder warm wird. In Kraal, wenn wir bis dahin kommen, warten meine Frau und zwei kleine Söhne auf mich, die ich vor zwei Monaten das letztemal gesehen habe. Ihr sucht ein Schiff nach Caithnard... Da müßtet Ihr eines nehmen, das von Kraal herunter kommt, und ich weiß im Augenblick nicht, wer da oben sitzt. Wartet.« Er drehte sich um und schrie in das Lärmen hinter ihnen: »Joss! Wer ist noch in Kraal?«

»Drei von Rustin Kors Schiffen. Sie warten auf Holz aus Isig«, dröhnte eine Stimme zurück. »Wir sind nicht an ihnen vorübergekommen; sie müssen noch oben sein. Warum?«

»Dieser junge Herr aus Herun muß zurück aufs Seminar. Legen die Schiffe hier an, was meinst du?«

»Rustin Kor hat hier eine halbe Lagerhalle voll Wein aus Herun; er muß Lagergebühren bezahlen, wenn er hier nicht haltmacht.«

»Er wird gewiß anlegen«, erklärte der Händler, sich wieder zu Morgon wendend. »Ich weiß jetzt, Mathom von An möchte den Wein haben. Ihr mögt also das Rätselraten? Wißt Ihr, wer ein großer Rätselspieler ist? Der Wolf von Osterland. Ich war im letzten Sommer an seinem Hof Yrye, weil ich ihm zwei Becher aus Bernstein verkaufen wollte. Da kam ein Mann aus Lungold, um ihn zum Kampf herauszufordern. Der Wolf von Osterland hat ein Versprechen getan, das ständige Gültigkeit hat: Jeder, der einen Kampf gegen ihn gewinnt, kann nach dem Kampf das erste haben, worum er bittet. Der Preis hat seine Haken; es heißt, daß vor langer Zeit einmal ein Mann einen Kampf gegen den Wolf von Osterland gewonnen hat, der einen Tag und eine Nacht währte. Seine Kehle war so ausgetrocknet, daß er als erstes um einen Becher Wasser bat. Ich weiß nicht, ob diese Geschichte wahr ist. Kurz und gut, dieser Mann aus Lungold — er war ein kleines, verhutzeltes, überhebliches Männchen — sah aus, als wäre er ganz ausgelaugt vor lauter rätseln; hielt Har zwei Tage lang auf Trab, und der alte Wolf genoß es. Alle, die zuhörten, sprachen eifrig dem Wein zu, und ich verkaufte in den nächsten zwei Tagen mehr Tuch und Edelsteine als im ganzen Jahr. Es war herrlich. Am Ende stellte der Wolfskönig ein Rätsel, das der kleine Mann nicht lösen konnte — er hatte es nie gehört. Er wurde zornig und stellte das Rätsel in Frage. Har sagte ihm, er solle das Rätsel dem Großmeister in Caithnard bringen, und dann stellte er dem kleinen Mann zehn Rätsel hintereinander, die dieser nicht beantworten konnte — ich dachte, der Kleine würde platzen vor Zorn. Aber Har beschwichtigte ihn und sagte, er hätte schon seit Jahren keinen so großartigen Kampf mehr ausgetragen.«

»Wie lautete das erste Rätsel, das der Mann nicht lösen konnte?« fragte Morgon neugierig.

»Hm — laßt mich nachdenken. Was wird ein Stern aus der Dunkelheit rufen? — Nein. Was wird ein Stern aus der Stille rufen, ein Stern aus der Dunkelheit und ein Stern aus dem Tod?«

Morgon stockte der Atem. Er richtete sich auf. Sein Gesicht war maskenhaft starr und weiß. Aus zusammengekniffenen Augen forschte er in den Zügen des Händlers. Einen Moment lang waberte das dunkle Gesicht vor ihm im Schein der Flammen, dann sah er, daß der Händler ihn entgeistert anstarrte.

»Herr, was habe ich gesagt?« Plötzlich wandelte sich der Ausdruck seines Gesichts, und mit einer raschen Bewegung griff seine Hand nach Morgons Arm. »Oh«, flüsterte er, »ich glaube, Ihr seid gar kein Herr aus Herun.«

»Wer seid Ihr?«

»Herr, mein Name ist Ash Streifer, ich komme aus Kraal; ich habe eine Frau und zwei Kinder, und lieber würde ich mir den Arm abschlagen, als Euch Böses tun. Aber Ihr wißt doch wohl, daß man Euch überall sucht?«

Morgons Hände entspannten sich. Die Augen unverwandt auf das besorgte Gesicht gerichtet, antwortete er: »Ja, ich weiß.«

»Und jetzt reist Ihr nach Hause? Von Anuin bis Caerweddin habe ich immer nur die gleiche Frage gehört: Habt ihr Nachricht vom Fürsten von Hed? Was ist? Seid Ihr in Schwierigkeiten? Kann ich Euch helfen?« Er schwieg. »Ihr vertraut mir nicht.«

»Es tut mir leid —«

»Nein. Ich habe es gehört. Ich hörte da eine Geschichte von Tobak Rogge, dem Händler, der Euch bei Herrn Astrin in Ymris fand. Er behauptete, Ihr und der Harfner des Erhabenen wäret beinahe auf einem Handelsschiff ertrunken, dessen Besatzung spurlos verschwand, und er sagte, einer der Händler auf dem Schiff wäre Jarl Aker gewesen. Ich habe mit eigenen Augen gesehen, wie Jarl Aker starb. Das war vor zwei Jahren, auf einer Fahrt von Caerweddin nach Caithnard. Er bekam ein Fieber, und er bat darum, im Meer begraben zu werden. Und das — das haben wir getan.« Wieder verstummte er. Dann fragte er mit gesenkter Stimme: »Hat jemand seine Gestalt vom Grund des Meeres heraufgeholt?«

Morgon ließ sich gegen die Lehne der Bank fallen. Das Blut pulste ihm immer noch wie rasend durch die Adern.

»Ihr — Ihr habt es doch nicht meinem Bruder erzählt?«

»Natürlich nicht.« Er schwieg wieder, während er unter zusammengezogenen Brauen hervor Morgon betrachtete. »Das mit den Händlern, die sich plötzlich in Luft auflösten, ist also wahr? Jemand versucht, Euch zu töten? Deshalb also habt Ihr Angst vor mir. Aber Eure Furcht rührte sich erst, als ich die Sterne erwähnte. Jene Sterne. Herr, versucht man, Euch wegen des Sternenmals in Eurem Gesicht zu töten?«

»Ja.«

»Aber warum? Wem auf der ganzen Welt könnte es nützen, einen Fürsten von Hed zu töten? Das ist verrückt.«

Morgon holte tief Atem. Das Lärmen der Stimmen hinter ihnen war unverändert; niemand war nahe genug, sie zu hören, niemand machte auch nur ein neugieriges Gesicht. Alle wußten, daß sie, sollte Morgons Auftauchen mit einer aufregenden Geschichte verbunden sein, es erfahren würden, sobald er wieder fort war.

Morgon strich sich mit den Händen über das Gesicht.

»Ja, es ist verrückt. Hat Har das Rätsel von den Sternen gelöst?«

»Nein.«

»Wie geht es Eliard und Tristan?«

»Sie sind außer sich vor Sorge. Sie fragten, ob Ihr Euch auf der Heimreise von Caerweddin befändet, und ich sagte so taktvoll wie möglich, daß Ihr vielleicht einen Umweg macht, weil niemand wußte, wo Ihr Euch aufhaltet. Niemals hätte ich erwartet, Euch hier oben im Norden zu begegnen.«

»Ich war in Herun.«

Ash Streifer schüttelte den Kopf.

»Mir ist diese Sage nicht geheuer«, murmelte er grüblerisch. »Wesen, die eine seltsame Macht besitzen und sich in Händler verwandeln — sind es Zauberer?«

»Nein. Ich glaube, sie sind sogar noch mächtiger.«

»Und sie verfolgen Euch? Herr, ich würde mich auf dem schnellsten Weg zum Erhabenen begeben.«

»Viermal haben sie versucht, mich zu töten«, gab Morgon müde zurück. »Und dabei bin ich nur bis Herun gekommen.«

»Viermal, einmal auf dem Meer —«

»Zweimal in Ymris und dann noch einmal in Herun.«

»Caerweddin.« Die Augen richteten sich auf ihn. »Ihr wart in Caerweddin, und nun ist die Frau des Königs verschwunden, und Astrin Ymris, der mit Euch kam, ist auf einem Auge blind. Was geschah, während Ihr dort wart? Wo ist Eriel Ymris?«

»Fragt Heureu.«

»Mir ist das nicht geheuer«, flüsterte der Händler wieder. »Ich habe Geschichten gehört, die ich meinem eigenen Bruder nicht weitererzahlen würde. Ich bin Menschen begegnet, deren Herzen finster waren wie die Nacht, aber niemals habe ich so etwas gehört. Nie habe ich von einer Macht gehört, die den Landherrschern etwas anhaben könnte, die auf so verstohlene Weise zuschlägt. Und das alles wegen Eurer Sterne?«

Morgon nickte. »Ich reise nach Hause«, sagte er beinahe zu sich selbst.

Der Händler hielt ihre Becher hoch, um sie von der Dienerin wieder auffüllen zu lassen. Er reichte Morgon den seinen.

»Herr«, sagte er bedachtsam, »ist es klug, den Seeweg zu nehmen?«

»Ich kann nicht durch Ymris zurück. Ich muß es wagen.«

»Warum? Ihr seid näher an Isig als an Hed. Herr, fahrt mit uns nach Kraal...« Er spürte Morgons feine Ablehnung und sagte milde: »Ich weiß. Ich weiß. Ich verüble Euch Euer Mißtrauen nicht. Aber ich kenne mich selbst, und in diesem Saal gibt es nicht einen Mann, dem ich mißtraue. Besser wäre es für Euch, mit uns nach Norden zu reisen, als ein fremdes Schiff nach Hed zu nehmen. Wenn Ihr zu lange verweilt, werden Eure Feinde Euch vielleicht finden.«

»Ich reise nach Hause.«

»Aber Herr, in Hed werden sie Euch töten!« Seine Stimme war lauter geworden; er hielt inne und sah sich um. »Wie sollen Eure Bauern Euch schützen? Geht zum Erhabenen. Wie könnt Ihr in Hed irgendwelche Lösungen finden?«

Morgon, der ihn anstarrte, begann plötzlich zu lachen. Er bedeckte seine Augen mit den Fingern; er spürte die Hand des Händlers auf seiner Schulter.

»Verzeiht«, flüsterte er, »aber nie zuvor ist es mir geschehen, daß ein Händler mir so deutlich das Herz eines Irrgartens von Rätseln zeigte.«

»Herr…«

Er ließ seine Hände sinken, und sein Gesicht wurde wieder ruhig.

»Ich werde nicht mit Euch fahren. Soll der Erhabene ein paar Rätsel lösen; ich tauge nicht dazu. Das Reich ist seine Sache; Hed ist die meine.«

Die Hand an seiner Schulter schüttelte ihn leicht, als wollte sie ihn wecken.

»In Hed geht es gut, Herr«, sagte der Händler leise. »Um uns andere, die Welt außerhalb von Hed, die Ihr in Unruhe gestürzt habt, mache ich mir Sorgen.«

Die Schiffe stachen am Abend in See. Morgon blickte ihnen nach, als sie im geisterhaften, blassen lavendelblauen Zwielicht, das unter den Regenwolken über dem Meer hing, davonsegelten. Er hatte sein Pferd in einen Stall gegeben und im Gasthaus ein Zimmer genommen, um auf das Eintreffen von Rustin Kors Schiffen zu warten; durch das von Regenbächen gestreifte Fenster konnte er auf die öden Piers hinuntersehen, das stürmische Meer und die beiden Schiffe, die mit der Anmut von Seevögeln auf den rauhen Wogen schaukelten. Er blickte ihnen nach, bis das Licht verblich und ihre Segel mit der Dunkelheit verschmolzen. Dann legte er sich auf sein Bett. Irgend etwas nagte an ihm, etwas, das er nicht zu fassen bekam, obwohl er unaufhörlich seine Gedanken wandern ließ, in dem Bemühen, ihm auf die Spur zu kommen. Unerwartet tauchte Rendels Gesicht vor ihm auf, und er war erschreckt über die Freudlosigkeit, die er bei dem Gedanken an sie in sich gewahrte.

Vor Jahren einmal war er mit ihr den Hang hinauf zum Seminar um die Wette gelaufen. Sie hatte ein langes, grünes Kleid getragen, das sie bis zu den Knien geschürzt hatte, um ungehindert laufen zu können. Er hatte sie gewinnen lassen, und oben hatte sie sich lachend und keuchend über seine Galanterie lustig gemacht. Rood war hinter ihnen heraufgekommen, in den Händen juwelenblitzende Nadeln, die sich aus ihrem Haar gelöst hatten; er warf sie ihr zu; sie fingen das Licht wie ein Schwarm fremdartiger, glitzernder Insekten, rot, grün, bernsteinfarben, lila. Zu ermattet, sie aufzufangen, hatte sie sie um sich herum zu Boden fallen lassen und gelacht, während ihr rotes Haar wie eine Mähne im Wind flatterte. Und Morgon hatte sie betrachtet, reglos und versunken, bis er von Roods schwarzen Augen auf seinem Gesicht einen Blick spürte, der fragend war, ausnahmsweise einmal beinahe sanft. Während er sich jetzt dieser Episode erinnerte, hörte er Roods Stimme, wie sie an dem letzten Tag geklungen hatte, an dem sie einander begegnet waren, scharf, mitleidlos. ›Wenn du Rendel den Frieden von Hed bietest, so ist das eine Lüge!‹

Er fuhr hoch. Jetzt wußte er, was ihn gequält hatte. Rood hatte von Anfang an alles gewußt. Er konnte nicht nach Anuin reisen, um sich für seinen Sieg in einem Rätselkampf in dem Turm von Aum ehren zu lassen, wenn rund um ihn herum eine Hecke von Rätseln wuchs, die ihn, todbringend und unerbittlich, zu einem Kampf forderte, auf den einzulassen er sich weigerte. Er konnte anderen Königreichen den Rücken kehren, er konnte sich hinter den Toren des Friedens von Hed verschanzen, aber wenn er ihr die Arme öffnete, so würde er damit auch der Fremdheit und der Ungewißheit seines anderen Namens die Arme öffnen, denn er konnte ihr nicht weniger geben als sich selbst.

Er stand auf, setzte sich auf das Fensterbrett und blickte lange in den Regen hinaus. Ein verschlungenes Netz von Rätseln wurde um seinen Namen gewoben; einmal hatte er sich aus ihm befreit; er brauchte nur die Hand zu heben, um es zu berühren, um wiederum darin verstrickt zu werden. In diesem Moment hatte er eine Wahl: Er konnte nach Hed zurückkehren, ohne Rendel ein stilles Leben führen, keine Fragen stellen, auf den Tag warten, an dem der Sturm, der sich an den Küsten und auf dem Festland zusammenbraute, mit tobender Gewalt über Hed hereinbrechen würde — dieser Tag, das wußte er, würde bald kommen. Oder er konnte sich auf einen Rätselkampf einlassen, den zu gewinnen er keine Hoffnung hatte, und der ihm als Preis, wenn er doch gewinnen sollte, einen Namen brachte, mit dessen Annahme alle Bande, die ihn an Hed fesselten, zerrissen.

Nach einer Weile stand er kurz auf. Es war finster im Zimmer. Er suchte nach einer Kerze und zündete sie an. In ihrem Schein blickte ihm sein eigenes Gesicht aus dem Fenster entgegen und erschreckte ihn. Die Flamme selbst war ein Stern in seiner Hand.

Er ließ die Kerze zu Boden fallen, trat die Flamme aus und legte sich wieder auf das Bett. Spät erst, nachdem der Regen aufgehört und das Heulen des Windes zu einem Murmeln geworden war, schlief er ein. Bei Tagesanbruch erwachte er, ging nach unten, um beim Wirt Brot und Wein zu kaufen. Dann sattelte er sein Pferd und ritt aus Hlurle hinaus, ohne noch einmal zurückzublicken. Er ritt in nördlicher Richtung auf Yrye zu, dem König von Osterland ein Rätsel zu stellen.

8

Zwei Wochen, nachdem er Hlurle verlassen hatte, setzten die winterlichen Schneefälle ein. Er hatte das Nahen des Schnees gespürt, hatte ihn in der Luft geschmeckt, hatte sein Kommen in den Stimmen der wilden, ungestümen Winde gehört. An der Küste entlang war er bis zur Mündung der Ose geritten, des mächtigen Stroms, der seinen Ursprung im Herzen des Erlenstern-Berges hatte. Der Strom floß durch den Isig-Paß, an der Schwelle des Bergs Isig vorüber, um auf seinem Weg zum Meer die südliche Grenze von Osterland zu bilden. Geduldig folgte Morgon seinem Lauf stromaufwärts, ließ sich durch Land führen, das niemandem gehörte, durch vergessene Wälder, die nur die Händler, die von Isig herunter segelten, je sahen, durch unwirtliches, felsiges Gebiet, wo Hirsch und Elch hausten. Einmal glaubte er am Rand eines fernen Waldes eine Herde von Vesta ziehen zu sehen. Ihre legendären Gehörne glitzerten wie schlanke, gebogene, goldene Pfeile zwischen den Bäumen. Doch vor dem weißen, leeren Himmel hätte es auch eine treibende Nebelschwade sein können; er war nicht sicher.

So geschwind wie möglich ritt er durch das wilde Land, den Schnee auf den Fersen. Wie Schatten begleiteten ihn die Fragen, ob die Wildnis wohl je ein Ende nähme, ob es überhaupt noch Menschen im Reich des Erhabenen gäbe, ob der Fluß, dem er folgte, vielleicht gar nicht die Ose war, sondern irgendein anderer, nicht auf Karten verzeichneter Wasserlauf, der sich nach Westen in die weiten, unbewohnten Öden des Reiches hineinwand. Mehr als einmal schreckte ihn dieser Gedanke des Nachts aus dem Schlaf, und er fragte sich, was er hier tat, mitten im Nichts, wo ein Beinbruch, ein erschrecktes Tier, ein plötzlicher Sturm ihn so leicht töten konnten wie seine Feinde. Wie eine unterschwellige Strömung rannen diese Ängste ständig durch seine Gedanken. Und doch verspürte er manchmal des Nachts, wenn nur das Feuer der Dunkelheit Farbe gab und nur die Klänge seiner Harfe die Stille durchwoben, einen seltsamen Frieden. In jenen Momenten gehörte er der Nacht; ihm war, als wäre er namenlos und körperlos, als könnte er Wurzeln schlagen und zum Baum werden, oder sich auflösen und zur Nacht werden.

Endlich sah er in der Ferne die ersten Bauernhöfe, Schafherden, Vieh, das am Fluß weidete, und er wußte, daß er irgendwo die Grenze nach Osterland überschritten hatte. Teils aus Vorsicht, teils aus einem Hang zur Verschwiegenheit, der in den letzten Wochen in ihm gewachsen war, mied er die Höfe und die kleinen Orte am Strom. Nur einmal machte er halt, um Brot, Käse und Wein zu kaufen und nach dem Weg nach Yrye zu fragen. Die neugierigen Blicke flößten ihm Unbehagen ein; ihm wurde plötzlich klar, wie merkwürdig er wirken mußte, wie er da, weder Händler noch Fallensteller, aus den Einöden von Osterland kam, in einen leuchtenden, abgetragenen Umhang aus Herun gehüllt, das Haar lang und zerzaust wie das eines alten Einsiedlers.

Yrye, der Sitz des Wolfskönigs, lag im Norden, im Schatten des Berges Grim, dem höchsten Gipfel in einer niedrigen Bergkette; aus einem der Dörfer führte eine Straße zu ihm hin. Morgon ließ die Ortschaft hinter sich und schlug sein Nachtlager in einem naheliegenden Wald auf. Die Winde heulten wie Wölfe durch die Fichten; gegen Morgen erwachte er durchfroren und entzündete ein Feuer, das wie ein hilfloser Vogel zuckte. Von früh bis spät umbrausten ihn an diesem Tag die Winde während er ritt, sprachen in seltsam rauher, tiefer Stimme miteinander. Gegen Abend legten sie sich; der Himmel war ein glattes Wolkenvlies, hinter dem ungesehen die Sonne wanderte und versank. In der Nacht kam der Schnee; unter einer weißen Decke erwachte er.

Sachte fielen die Flocken, und die kalten Winde ruhten; in einer traumhaften Stille ritt er durch weiße Welten, in denen nur hin und wieder das Schwarz einer Amselschwinge oder das

Braun eines hoppelnden Hasen auftauchte. Als er am Abend halt machte, errichtete er sich aus der gegerbten Haut, auf der er zu schlafen pflegte, ein notdürftiges Zelt und machte mit den dürren Zweigen eines verschlungenen Brombeergesträuchs ein Feuer. Während er aß, wanderten seine Gedanken zu dem geheimnisumwitterten, steinalten König, der bei seinen Rätselspielen auf ein weiteres Rätsel gestoßen war, das die Großmeister in Caithnard nie gehört hatten. Har, der Wolfskönig, war früher geboren als die meisten der Zauberer; seit den Jahren der Gründung herrschte er in Osterland. Zahlreich und Ehrfurcht einflößend waren die Geschichten, die man sich über ihn erzählte. Er konnte die Gestalt wechseln. Während der stürmischsten Jahre des Zauberers Suth war er bei diesem in die Lehre gegangen. Auf seinen Händen trug er Narben, die die Form von Vestahörnern hatten, und er verstand sich aufs Rätselraten wie einer der Großmeister.

Morgon lehnte sich an einen Felsbrocken, schlürfte langsam heißen Wein und überlegte, woher wohl der König sein Wissen haben mochte. Die Neugier, die seit Wochen verschüttet gewesen war, regte sich leise in ihm, und ein Sehnen danach, in die Welt der Menschen zurückzukehren. Er trank den letzten Schluck Wein und beugte sich vor, den Becher in sein Bündel zu packen. Und da sah er jenseits des Lichtkreises seines Feuers ein Paar Augen, das ihn beobachtete.

Er erstarrte. Sein Bogen lag auf der anderen Seite des Feuers; sein Messer steckte aufrecht im Käse. Ganz langsam streckte er den Arm nach ihm aus. Die Augen zwinkerten kurz. Aus der Dunkelheit kam ein Scharren, ein leises Rascheln; dann trat eine Vesta in den Schein des Feuers.

Es war ein mächtiges Tier, breit gebaut wie ein Ackergaul, das dreieckige Gesicht so zart und scheu wie das eines Rehs. Das Fell war weiß wie der Schnee; die Hufe und die gebogenen Hörner hatten die Farbe gehämmerten Goldes. Mit unergründlichem Blick beäugte ihn das Tier aus samtigen, violettschimmernden Augen; dann hob es den Kopf, um an einem Fichtenast zu knabbern. Mit angehaltenem Atem, so, als täte er etwas Verbotenes, hob Morgon eine Hand zu dem weißen, leuchtenden Fell. Die Vesta schien die sanfte Berührung gar nicht zu bemerken. Morgon griff zum Brot und riß ein Stück ab. Neugierig senkte die Vesta den Kopf, als ihr der Geruch in die Nase stieg, beschnüffelte das Brot. Morgon berührte das schmale Gesicht; die Vesta zuckte unter seiner Hand, und die violetten Augen, sehr groß und von unergründlicher Tiefe, hoben sich wieder zu seinem Gesicht. Dann senkte die Vesta den Kopf und fraß weiter, während er das Tier sachte zwischen den Hörnern kraulte. Nachdem es das erste Stück Brot verspeist hatte, beschnüffelte es seine Hand, als wollte es mehr. Morgon fütterte der Vesta Stück um Stück das ganze Brot, bis nichts mehr davon da war. Das Tier beschnupperte flüchtig seine leeren Hände und seinen Umhang, dann machte es kehrt und tauchte beinahe geräuschlos in der Nacht unter.

Morgon holte tief Atem. Die Vesta, hatte er gehört, waren so scheu wie Kinder. Nur selten sah man ihr Fell in den Handelsgeschäften, denn sie waren den Menschen gegenüber mißtrauisch, und Hars unversöhnlicher Zorn drohte jedem, Händler oder Fallensteller, der es wagte, eine Vesta zu erlegen. Die Tiere folgten dem Schnee, wanderten im Sommer immer tiefer in die Berge hinein. Mit einem plötzlichen Anflug von Beunruhigung überlegte Morgon, was das Tier wohl in der Nachtluft gewittert hatte, das es so weit aus den Bergen heruntergeführt hatte.

Vor Morgen noch wußte er es. Ein heulender Sturm riß ihm das Zelt über den Kopf weg und fegte es in den Fluß. Dicht an sein Pferd geschmiegt, die Augen zusammengekniffen gegen das scharfe Schneetreiben, wartete Morgon auf einen Morgen, der nicht kommen zu wollen schien. Als er endlich doch heraufzog, zeigte sein Licht Morgon rundum nur ein milchigweißes, undurchdringliches Gebrodel, das selbst den nur zehn Schritte entfernten Fluß verbarg.

Hilflose Verzweiflung übermannte ihn. Wie wütende Wölfe umtobten ihn die Stürme, und die Kälte drang selbst durch den dicken Umhang mit der Kapuze. Er wußte plötzlich nicht mehr, wo der Fluß lag, hatte das Gefühl, die ganze Welt wäre ein einziges blindes Chaos ohne Muster und Form. Er zwang sich, einen kühlen Kopf zu behalten. Steifbeinig stand er auf. Sein Pferd zitterte unter der Decke, die er ihm übergeworfen hatte. Zwischen kältestarren Lippen hervor sprach er beruhigend auf es ein; hörte, wie es nervös aufsprang, als er sich zum

Gehen wandte. Den Kopf tief gesenkt, stapfte er beinahe blind durch das Schneetreiben dorthin, wo er glaubte, daß der Fluß sein müßte. Unerwartet tauchte das graue Wasser vor ihm auf, und er wäre beinahe hineingestolpert. Er kehrte um, um sein Pferd zu holen, folgte der Spur seiner Schritte zurück zum Lagerplatz. Doch als er dort ankam, sah er, daß das Pferd fort war.

Er blieb stehen und rief laut nach ihm; der Sturm drückte ihm die Worte wieder zurück zum Mund. Er sah einen Schatten im Schnee und trat auf ihn zu, doch der Schatten löste sich vor seinen Augen in formloses Weiß auf. Als er sich wieder umdrehte, konnte er im Schneegestöber weder sein Bündel noch seine Harfe entdecken.

Blindlings stürzte er vorwärts, grub mit den Händen im Schnee unter Felsbrocken und Bäumen, die unvermittelt aus dem Flockenwirbel hervortraten. Immer wieder mußte er die Augen schließen, wenn der Sturm ihm münzgroße Flocken ins Gesicht trieb. Verzweifelt, wie rasend suchte er und verlor wieder die Orientierung, während er wie irr durch den Schnee kroch und das gellende Heulen des Windes ihn taub machte.

Schließlich stieß er auf die Harfe, die schon von einer Schneedecke überzogen war; als er sie in den Händen hielt, begann er wieder klarer zu denken. Sie lag dort, wo er sie zurückgelassen hatte, unter dem Felsbrocken, neben dem er geschlafen hatte; der Fluß, das wußte er, befand sich zu seiner Linken. Sein Bündel und der Sattel lagen irgendwo im Schneetreiben vor ihm; aus Angst, wieder die Orientierung zu verlieren, versagte er es sich, nach ihnen zu suchen. Er hängte sich die Harfe über die Schulter und tappte langsam und vorsichtig zum Fluß zurück.

Der Marsch am Fluß entlang war mühsam und beschwerlich. Gefährlich nahe hielt er sich am Wasser, um das schwache schiefergraue Leuchten des Flusses nicht aus den Augen zu verlieren. Manchmal, wenn vor seinen Augen alles in einem eintönigen weißen Gewoge verschwand, blieb er stehen und fragte sich erschreckt, ob er einem Trugbild gefolgt war. Sein Gesicht und seine Hände wurden steif und starr vor Kälte; das Haar, das unter seiner Kapuze hervorsah, war eisverkrustet. Er verlor jegliches Zeitgefühl, wußte nicht, ob Augenblicke oder Stunden verstrichen waren, seit er aufgebrochen war; wußte nicht, ob es Mittag oder Abend war. Er fürchtete den Einbruch der Nacht.

Einmal prallte er Kopf voran gegen einen Baum; er blieb stehen und drückte sein Gesicht an die kalte, rauhe Rinde. Wie losgelöst von sich selbst fragte er sich, wie lange er noch durchhalten würde, was geschehen würde, wenn seine Beine zu müde waren, um ihn länger zu tragen, wenn die Nacht kam und er dem Fluß nicht mehr folgen konnte. Es war wohltuend, so an den Baum gelehnt zu stehen, der im Wind schwankte. Er wußte, daß er weiter mußte, doch seine Arme wollten den Stamm nicht loslassen. Ganz unerwartet sah er Eliards Gesicht vor sich, das ärgerlich und beunruhigt war, und er hörte seine eigene Stimme wie aus tiefster Vergangenheit: ›Das will ich schwören: Ich komme zurück.‹

Widerwillig lösten sich seine Hände von dem Baum. Er erinnerte sich der Erleichterung in Eliards Augen. Hätte Eliard ihm nicht geglaubt, so hätte er jetzt wie ein Baum inmitten des Schneesturms von Osterland Wurzel fassen können; doch Eliard, der immer alles wörtlich nahm, würde von ihm erwarten, daß er sein Wort hielt. Er öffnete die Augen wieder; die bleiche, graue Welt war noch immer um ihn, und am liebsten hätte er geweint, so müde war er ihrer.

Unmerklich begann der Tag sich zu verdunkeln. Zunächst fiel es ihm gar nicht auf, so angespannt war sein Blick auf das Wasser gerichtet; dann aber gewahrte er, daß der Fluß im Wind zu verschmelzen schien. Immer wieder stolperte er über Wurzeln, eisglatte Steine, immer schwerer wurde es ihm, einen Arm auszustrecken, um sich sein Gleichgewicht zu bewahren. Einmal glitt ein Stein unter seinem Fuß ins Wasser; nur ein wilder Griff nach dem herabhängenden Zweig eines Baumes rettete ihn davor, dem Stein zu folgen. Er kam wieder auf die Beine, umklammerte den Baum, während er von Kopf bis Fuß zitterte wie Espenlaub.

Er drückte sein Gesicht fest gegen die Rinde und versuchte, klar zu denken. Die Nacht konnte er nicht überlisten. Er konnte versuchen, Obdach zu finden — eine Höhle, einen hohlen Baumstamm —, ein Feuer anzufachen; seine Hoffnung allerdings, daß ihm eines von beiden gelingen würde, war gering. Im Dunkeln konnte er dem Fluß nicht folgen, doch wenn er von ihm abschwenkte, würde er wahrscheinlich eine kurze Zeitlang ziellos durch das Schneegestöber streifen, dann einfach anhalten und vom Schnee und Sturm verschluckt werden; würde durch sein Verschwinden wie Kern zu einem weiteren Kuriosum von Hed werden, das die Großmeister in Caithnard auf ihre Listen setzen konnten. Hartnäckig wälzte er das Problem, während er unverwandt auf die Windungen und Biegungen der Baumrinde starrte, um seine Augen offen zu halten. Eine Höhle, ein Feuer waren seine einzige Hoffnung. Matt und schwerfällig richtete er sich schließlich auf; nicht seine Beine, merkte er, sondern der Baum hatte ihn gehalten. Feuchte Wärme, die ihn mehr als alles andere erschreckte, was ihm an diesem Tag widerfahren war, schlug ihm plötzlich ins Gesicht; erschreckt fuhr er herum. Aus den wild wirbelnden Schneeschleiern heraus tauchte der Kopf einer Vesta auf.

Er wußte nicht, wie lange er in die violetten Augen starrte. Die Vesta stand reglos, während der Sturm ihr Fell kräuselte. Wie von selbst hoben sich seine Hände, glitten über das Gesicht und den Hals des Tieres; murmelnde Worte kamen aus seinem Mund, die wohl mehr ihn selbst als das Tier beruhigen sollten. Mit kleinen, vorsichtigen Schritten entfernte er sich von dem Baum, während seine Hände der schlanken Biegung des Halses folgten, zum Rücken des Tieres hinunterglitten. Schließlich stand er neben ihm, und seine gefühllosen Hände gruben sich in das dichte Rückenfell der Vesta. Da erst regte sie sich, hob den Kopf nach einem Tannenzapfen an dem Baum. Morgon ging in die Knie und schnellte sich mit federndem Sprung zum Rücken des Tieres empor.

Er war nicht vorbereitet auf das plötzliche, explosionsartige Vorwärtsstürmen des Tieres, das ihn wie einen Pfeil in das Herz des Schneesturms hineintrug. Mit zusammengebissenen Zähnen, die Augen zugedrückt, die Harfe gegen seine Rippen gepreßt, umklammerte er die Hörner; so heftig schlug ihm der Sturm ins Gesicht, daß er kaum atmen konnte. Ein Schrei kam über seine Lippen; wie als Antwort darauf verlangsamte sich die wilde, kopflose Jagd allmählich zu ruhigem, gleichmäßigem Lauf, der müheloser und geschwinder war als der jedes Pferdes, das er je geritten hatte. Er schmiegte sich dicht in das warme Fell des Tieres, ohne sich zu fragen, welches Ziel es hatte oder wie lange es ihm erlauben würde, auf seinem Rücken zu bleiben. All seine Gedanken waren allein darauf gerichtet, an dem Tier festzuhalten, bis es nicht mehr weiterlaufen konnte.

Er fiel in einen leichten Schlummer, getragen von den schwerelosen, rhythmischen Bewegungen des Tieres. Seine Hände, die um die Hörner geklammert waren, lockerten sich; er verlor das Gleichgewicht und stürzte, kam hart auf dem Boden auf. Der Himmel über ihm war schwarz; drückend lag die Stille über dem lichten Schnee. Er stand auf und blickte zu den Sternen hinauf, die miteinander zu verschwimmen schienen. Er sah die Vesta, die reglos dastand, von hellerem Weiß noch als der Schnee, und zu ihm zurückblickte. Er ging auf das Tier zu. Einen Moment lang beobachtete es ihn still, als wäre er ein anderes, fremdartiges Tier. Dann kam es ihm entgegen, mit leichtem Schritt, der kaum Spuren in der Schneedecke hinterließ. Er zog sich wieder auf seinen Rücken, und seine Arme zitterten vor Anstrengung. Und wieder flog es durch die Dunkelheit den Sternen zu.

Er erwachte von der Berührung kühlen Schnees in seinem Gesicht. Die Vesta schritt ruhig durch die leeren, schneebedeckten Straßen der Stadt. Schöne, in bunten Farben bemalte Holzhäuser säumten die Straßen; ihre Türen und Fensterläden waren geschlossen im Morgengrauen. Mit einer Anstrengung richtete Morgon sich auf, und eine Schneekruste, die sich auf seinem Umhang gebildet hatte, zerbrach. Die Vesta bog um eine Ecke; vor sich erblickte Morgon ein großes, freistehendes Haus, dessen verwitterte Mauern mit Hölzern aus den entlegensten Winkeln des Reiches errichtet waren. Eiche, helle Birke, rötlich schimmernde Zeder. Giebel, Fensterrahmen und zweiflügelige Türen zierten Einlegearbeiten aus reinem Gold.

Die Vesta trabte ohne Furcht in den Vorhof und blieb stehen. Einen Moment lang starrte Morgon wie betäubt auf das dunkle Haus, das träumend im Schnee stand. Die Vesta unter ihm stampfte ein wenig ungeduldig, als hätte sie ihre Aufgabe erfüllt und hätte es jetzt eilig, wieder ihre eigenen Wege zu gehen. Morgon glitt von ihrem Rücken. Seine Muskeln wollten ihn nicht halten; seine Beine gaben nach, und er fiel auf die Knie. Hart schlug die Harfe neben ihm auf den Boden. Während die Vesta ihn aus tiefen, neugierigen Augen betrachtete, versuchte er aufzustehen, sackte hilflos wieder zusammen. Er zitterte vor Erschöpfung. Die Vesta gab ihm mit der Schnauze einen sachten Stoß. Ihr warmer Atem streifte sein Ohr. Er schlang seinen Arm um ihren Hals, und sein Gesicht fiel gegen ihren Kopf. Einen Herzschlag lang verhielt sich das Tier ganz ruhig in seiner Umschlingung. Dann riß es sich mit einer plötzlichen Bewegung los und warf den Kopf zurück; und während das Rund der gebogenen goldenen Hörner wie Sonnenglanz vor dem weißen Himmel funkelte, zerfloß die Vesta, und ein Mensch stand plötzlich an ihrer Stelle.

Es war ein hochgewachsener, sehniger Mann mit weißem Haar, der halbnackt im Schnee stand. Die Augen in dem mageren, durchfurchten Gesicht waren eisblau; auf den Händen, die sich Morgon entgegenstreckten, leuchteten zwei weiße Narben, die die Form von Vestahörnern hatten.

»Har«, flüsterte Morgon.

Ein kleines Lächeln blitzte wie eine Flamme in den hellen Augen auf. Der Wolfskönig schob einen kraftvollen Arm unter Morgons Schulter und zog ihn auf die Beine.

»Willkommen!«

Geduldig half er Morgon die Stufen hinauf, stieß die breite Flügeltür zu einem Saal auf, der etwa so groß war wie die Scheune in Akren, auf der einen Seite mit einem riesigen Kamin. Hars laute Stimme zerschnitt die Stille; zwei Krähen, die auf dem Sims eines hohen Fensters hockten, krächzten erschreckt.

»Hält dieses Haus Winterschlaf? Ich wünsche Essen, Wein und trockne Kleider, und ich bin nicht gewillt, darauf zu warten, bis meine Knochen brüchig werden vom Alter und mir die Zähne aus dem Mund fallen. Aia!«

Verschlafene Knechte und Mägde hasteten in den Saal, begleitet von einer Horde von Hunden, die begierig um sie herumsprangen. Ein halber Baumstamm wurde auf das matt glühende Feuer geworfen; Funken stoben zum Dach hinauf. Man legte Har einen weiten Umhang aus weißer Wolle um die Schultern; Morgon wurde noch auf der Schwelle flink aus seinen Kleidern geschält. Man zog ihm einen langen, wollenen Kittel über den Kopf und legte ihm dann einen Mantel aus vielfarbigen Pelzen um die Schultern. Platten mit Speisen wurden hereingebracht und am Feuer niedergestellt. Morgon roch den Duft warmen Brotes und heißen, gewürzten Fleisches. Immer noch auf Hars Arm gestützt, sank er schlaff zusammen. Kühler, herber Wein wurde ihm eingeflößt. Er trank davon und verschluckte sich, spürte das schmerzhafte Prickeln seines Bluts, das sich langsam wieder zu regen begann.

Als sie sich endlich setzten und zu essen begannen, trat eine Frau in den Saal. Sie hatte ein klares, schönes Gesicht, Haare von der Farbe alten Elfenbeins, das ihr in einem Zopf bis zu den Knien reichte. Sie trat ans Feuer, und ihre Augen wanderten von Har zu Morgon.

Sie drückte Har einen sanften Kuß auf die Wange und sagte gelassen: »Willkommen daheim. Wen hast du diesmal mitgebracht?«

»Den Fürsten von Hed.«

Morgon drehte ruckartig den Kopf. Sein Blick begegnete dem von Har; in seinen Augen stand eine unausgesprochene Frage. Das kleine Lächeln in den Augen des Wolfskönigs vertiefte sich.

»Ich habe eine Gabe, den Menschen ihre richtigen Namen zu geben«, bemerkte er. »Ich will sie Euch lehren. Das ist meine Frau Aia. — Ich habe ihn draußen an der Ose gefunden, wo er zu Fuß durch den Schneesturm irrte«, fügte er zu ihr gewandt hinzu. »Vieles habe ich schon erlebt, wenn ich in Gestalt der Vesta durch die Lande streifte; man hat auf mich geschossen; ein Fallensteller hat mir einst in den Hügeln hinter dem Grimberg ein Netz übergeworfen, ehe er erkannte, wer ich war; nie zuvor aber bin ich von einem Mann gefüttert worden, der im ganzen Reich gesucht wird.«

Sein Blick richtete sich wieder auf Morgon, der aufgehört hatte zu essen. Freundlich und sanft klang seine Stimme über dem Knistern des Feuers, als er sagte: »Ihr und ich, wir sind Rätselmeister; ich will keine Kämpfe mit Euch austragen. Ich weiß einiges über Euch, aber nicht genug. Ich weiß nicht, was Euch zum Erlenstern-Berg treibt, oder vor wem Ihr Euch verbergt. Ich möchte es wissen. Ich will Euch an Wissen oder

Können alles geben, was Ihr von mir verlangt, wenn Ihr mir dafür nur eines gebt. Wäret Ihr nicht in mein Land gekommen, so wäre ich früher oder später in dieser oder jener Gestalt nach Hed gewandert: als alte Krähe, als alter Händler, der Euch Knöpfe gegen Wissen verkauft. Ich wäre gekommen.«

Morgon stellte seinen Teller nieder. Langsam kehrte die Kraft in seinen Körper zurück, und bei Hars Worten rührte sich auch in seinem Geist eine Kraft, ein Zielbewußtsein.

»Wenn Ihr mich am Fluß nicht gefunden hättet«, erwiderte er stockend, »wäre ich umgekommen. Ich will Euch alle Hilfe geben, die Ihr braucht.«

»Es ist gefährlich, mir so etwas unbesehen in meinem Hause zu versprechen«, bemerkte Har.

»Ich weiß. Auch ich habe einiges von Euch gehört. Ich bin bereit, Euch alle Hilfe zu geben, die Ihr braucht.«

Har lächelte. Flüchtig legte er seine Hand leicht auf Morgons Schulter.

»Gegen Sturm und Schneegestöber habt Ihr Euch Schritt um Schritt die Ose hinaufgekämpft und an dieser Harfe festgehalten, als wäre sie Euer Leben. Ich bin geneigt, Euch zu glauben. Die Bauern von Hed sind bekannt für ihre Starrköpfigkeit.«

»Vielleicht.« Morgon lehnte sich zurück. Im heißen Atem des Feuers schloß er die Augen. »Aber ich trennte mich in Herun von Thod, um nach Hed zurückzukehren. Statt dessen bin ich hierhergekommen.«

»Was veranlaßte Euch zu dieser Sinnesänderung?«

»Ihr habt aus Osterland ein Rätsel ausgesandt, um mich zu finden...« Seine Stimme verklang in der Stille. Er hörte, wie Har etwas sagte; die Worte schienen mitten aus dem Feuer zu kommen; dann sah er wieder den Schneesturm, formlos, ein wilder Flockenwirbel, der immer dunkler wurde...

Er erwachte in einem kleinen, reich ausgestatteten Gemach, in dem schon das Dunkel des Abends sich ausbreitete. Ohne einen Gedanken im Kopf lag er da, den Arm über den Augen, bis ein metallisches Kratzen am Kamin ihn veranlaßte, den Kopf zu drehen. Jemand stocherte im Feuer herum. Ein weißer Kopf hob sich, und Morgon rief verdutzt: »Thod!«

Der Kopf drehte sich herum.

»Nein. Ich bin's. Har hat mir befohlen, Euch zu dienen.«

Ein Junge stand auf und näherte sich, um eine Fackel an Morgons Bett zu entzünden. Er war einige Jahre jünger als Morgon, grobknochig, mit milchweißem Haar. Sein Gesicht war still und unbewegt, doch Morgon spürte Scheu und Wildheit dahinter. Die Augen leuchteten im Fackelschein in einem glänzenden, vertrauten Violett. Während Morgon den Jungen noch verwirrt betrachtete, sprach dieser weiter, wobei hin und wieder seine Stimme ein wenig brüchig wurde, als würde sie nicht häufig gebraucht.

»Er sagte — Har sagte, ich soll Euch meinen Namen nennen. Ich bin Hugin. Suths Sohn.«

Morgon war wie vor den Kopf geschlagen.

»Suth ist tot.«

»Nein.«

»Alle Zauberer sind tot.«

»Nein. Har kennt Suth. Har fand — er fand mich vor drei Jahren in einer Herde von Vestas. Er blickte in meine Seele und sah dort Suth.«

Morgon starrte ihn wortlos an. Er dehnte seine schmerzenden Muskeln und Glieder und richtete sich mühsam auf.

»Wo sind meine Kleider? Ich muß mit Har sprechen.«

»Er weiß es«, erwiderte Hugin, »er erwartet Euch.«

Wenig später folgte Morgon dem Jungen in den großen Saal. Er war angefüllt mit Menschen, reichen Männern und Frauen aus der Stadt, Händlern, Fallenstellern, Musikanten, eine Handvoll einfach gekleideter Bauern; sie alle saßen beim Feuer, tranken heißen Wein, plauderten, spielten Schach oder lasen. Die Zwanglosigkeit erinnerte Morgon an Akren. Har saß neben Aia, die einen Hund an ihrer Seite kraulte; er saß in seinem Sessel am Feuer und lauschte dem Spiel eines Harfenspielers. Als Morgon sich näherte, hob der König den Blick und sah ihm lächelnd entgegen.

Morgon ließ sich auf einer Bank neben dem Paar nieder. Der Hund erhob sich, um ihn neugierig zu beschnuppern, und da sah Morgon etwas verdutzt, daß es ein Wolf war. Andere Tiere lagen zusammengerollt am Feuer: ein Rotfuchs, ein plumper Dachs, ein graues Eichhörnchen, zwei Wiesel, die so weiß wie Schnee waren.

Während er vorsichtig den Wolf hinter den Ohren kraulte, sagte Aia ruhig: »Der Winter hat sie hereingetrieben. Sie sind Hars Freunde. Manchmal bleiben sie den ganzen Winter hier, manchmal kommen sie nur vorbei, um uns Nachricht von Menschen und Tieren in Osterland zu bringen. Manchmal auch werden sie von unseren Kindern geschickt, wenn uns diese nicht selbst besuchen können — der weiße Falke, der dort oben in den Dachbalken schläft, ist ein Bote von unserer Tochter.«

»Könnt Ihr mit ihnen sprechen?« fragte Morgon.

Lächelnd schüttelte sie den Kopf.

»Ich kann nur in Hars Seele eintauchen, und dann nur, wenn er seine eigene Gestalt hat. Es ist besser so; sonst hätte ich viel mehr Angst um ihn gehabt, als ich noch jünger war und er oft lange Tage abwesend war, um sein Königreich zu durchstreifen.«

Das Lied der Harfe verstummte; der Harfner, ein hagerer, dunkler Mann mit einem düsteren Lächeln, stand auf, sich Wein zu holen. Der Wolf trottete zu Har hin, als der König nach seinem eigenen Becher griff. Har schenkte Morgon Wein ein, sandte eine Magd fort, Speisen zu holen.

»Ihr habt mir Eure Hilfe angeboten«, sagte er dann, und seine Stimme klang milde und leise im Lärmen rundum. »Wäret Ihr ein anderer, so würde ich die Einlösung Eures Versprechens nicht von Euch verlangen; aber Ihr seid ein Fürst von Hed, diesem phantasielosesten aller Lande. Was ich von Euch verlange, wird schwer werden, aber es ist von hohem Wert. Ihr sollt Suth finden.«

»Suth? Har, wie kann er noch am Leben sein? Wie kann er nach siebenhundert Jahren noch am Leben sein?«

»Morgon, ich habe Suth gekannt.« Die Stimme war noch immer sanft und freundlich, doch eine Schärfe schwang in ihr wie Kälte im Wind. »Wir waren zusammen jung, vor langer Zeit. Wir lechzten nach Wissen, und es kümmerte uns nicht, wie wir es uns erwarben, wie sehr wir uns dafür verausgaben mußten, wie einer den anderen gebrauchte. Wir trugen schon Rätselkämpfe aus, ehe es Caithnard überhaupt gab, Kämpfe, die sich über Jahre hinzogen, während wir nach den Lösungen suchten. In jenen wilden Jahren verlor er ein Auge; er selbst zeichnete meine Hände mit den Vestahörnern, lehrte mich, die Gestalt zu wechseln. Als er zusammen mit der Schule der Zauberer verschwand, glaubte ich ihn tot. Doch vor drei Jahren, als sich eine Vesta vor meinen Augen in einen Jungen verwandelte, und als ich in die Tiefen der Seele dieses Jungen blickte, sah ich den Mann, den er als seinen Vater kannte, und das Gesicht war mir so vertraut wie mein eigenes Herz: Suth. Er lebt. Seit siebenhundert Jahren ist er auf der Flucht und hält sich versteckt. Als ich ihn einmal fragte, wie er sein Auge verloren hätte, lachte er und sagte nur, es gäbe nichts, das man nicht ansehen dürfte. Und doch hat er etwas gesehen, hat ihm den Rücken gewandt und ist geflohen, untergetaucht wie eine Schneeflocke im Schneetreiben. Er hat wohl daran getan, sich zu verstecken. Er kennt mich. Seit drei Jahren bin ich ihm wie ein Wolf auf der Fährte, und ich werde ihn finden.«

Gedankenbilder zerschlugen sich und veränderten sich in Morgons Geist, so daß er blind suchend zurückblieb.

»Die Morgol von Herun meinte, Ghisteslohm, Gründer von Lungold, müßte auch noch am Leben sein. Doch das war reine Mutmaßung, es gibt keine Beweise dafür. Wovor ist er auf der Flucht?«

»Was treibt Euch zum Erlenstern-Berg?«

Morgon stellte seinen Becher nieder. Er fuhr sich mit den Fingern durch das Haar und streifte es nach hinten, so, daß die drei Sterne blutrot auf seiner bleichen Haut leuchteten.

»Das hier.«

Har machte eine kurze Handbewegung, die Ringe an seinen Fingern blitzten. Aia saß reglos da und hörte zu, die Augen nachdenklich.

»Das Wellenspiel dieses gewaltigen Machtkampfes geht also von Hed aus«, sagte der König. »Wann erkanntet Ihr das das erste Mal?«

Er dachte zurück. »In Ymris. Ich fand eine Harfe mit drei Sternen, die zu dem Sternenmal auf meinem Gesicht paßten. Keiner außer mir konnte sie spielen. Ich traf die Frau, mit der Heureu von Ymris verheiratet ist, und sie wollte mich aus keinem anderen Grund als um dieser drei Sterne willen töten. Sie sagte, sie wäre älter als das erste Rätsel, das jemals gestellt wurde.«

»Wie trug es sich zu, daß Ihr nach Ymris kamt?«

»Ich wollte die Krone von Aum nach Anuin bringen.«

»Ymris«, stellte Har fest, »liegt in der entgegengesetzten Richtung.«

»Har, Ihr müßt wissen, was geschehen ist. Selbst wenn alle Händler des Reiches mit der Krone von Aum auf dem Grund des Meeres versunken wären, würdet Ihr wahrscheinlich dennoch wissen, was geschehen ist.«

»Ja, ich weiß, was geschehen ist«, antwortete Har ruhig. »Aber Euch kenne ich nicht. Seid geduldig mit mir, einem alten Mann, und beginnt am Anfang.«

Morgon begann. Als er schließlich zum Ende seines Berichts kam, hatte sich der große Saal geleert. Nur der König, Aia, der Harfner, der leise die Saiten zupfte, und Hugin, der sich, den Kopf an den Knien des Königs, zu Füßen Hars niedergelassen hatte, waren noch auf. Die Fackeln waren heruntergebrannt; die Tiere seufzten im Schlaf.

Als Morgon verstummte, stand Har auf und blickte lange Zeit schweigend ins Feuer. Morgon sah, wie seine Hände sich zu Fäusten ballten.

»Suth…«

Hugins Gesicht wandte sich ihm zu beim Klang dieses Namens.

»Weshalb sollte gerade er etwas wissen?« fragte Morgon müde. »Die Morgol meint, daß das Wissen um die Bedeutung der Sterne aus dem Geist der Zauberer ausgelöscht worden ist.«

Langsam öffneten sich Hars Hände wieder. Er drehte sich um und betrachtete Morgon gedankenvoll. Als hätte er Morgons Frage nicht gehört, sagte er: »Ihr wollt nicht töten. Es gibt andere Arten der Verteidigung. Ich könnte Euch lehren, in die Seele eines Menschen hineinzublicken, durch Trug und Täuschung hindurchzusehen, die Tore Eurer eigenen Seele und Eures eigenen Geistes gegen fremdes Eindringen zu verschließen. Ihr seid so verletzlich wie ein Tier ohne seinen Winterpelz. Ich könnte Euch lehren, den Winter selbst zu überlisten…«

Morgon sah ihn an. Etwas rührte sich in ihm, der Schimmer eines Gedankens, der an die Oberfläche wollte.

»Ich verstehe nicht«, sagte er, obwohl ihm das Verständnis schon dämmerte.

»Ich habe Euch gesagt«, versetzte Har, »daß Ihr in meinem Haus niemals unbesehen ein Versprechen geben solltet. Ich glaube, daß Suth hinter dem Grimberg mit den Vestas durch die Lande zieht. Ich will Euch lehren, die Gestalt der Vesta anzunehmen; frei wie eine Vesta werdet Ihr Euch durch den Winter bewegen, und doch werdet Ihr keine Vesta sein. Euer Körper und Eure Instinkte werden die einer Vesta sein, Euer Geist und Eure Seele jedoch werden Eure eigenen sein. Mag sein, daß Suth sich vor dem Erhabenen selbst verborgen hält, Euch aber wird er sich zeigen.«

»Har«, erwiderte Morgon mit einer unruhigen Bewegung, »ich habe keine Begabung, die Gestalt zu wechseln.«

»Woher wißt Ihr das?«

»Es ist einfach so... Nie wurde in Hed ein Mensch mit einer solchen Begabung geboren.« Wieder packte ihn Unruhe, während er das Gefühl hatte, ihm wüchsen vier kraftvolle Läufe, die dazu geschaffen waren, wie der Wind über den Schnee zu fliegen, und ein Kopf, der schwer trug am Gewicht der goldenen Hörner; während er sich vorstellte, wie es wäre, keine Hände zum Greifen zu haben, keine Stimme zum Sprechen. Ein wenig zaghaft warf Hugin ein: »Es ist etwas Wunderbares — eine Vesta zu sein. Har weiß es.«

Morgon sah vor sich die Gesichter Grim Eichenlands und Eliards, die ihn verständnislos und voller Verblüffung anstarrten: Was kannst du? Wozu soll das gut sein? Er spürte, daß Har ihn beobachtete, und er sagte leise, widerstrebend: »Ich will es versuchen, weil ich es Euch versprochen habe. Aber ich bezweifle, daß es gehen wird. Alle meine Instinkte lehnen sich dagegen auf.«

»Eure Instinkte!« Die Augen des Königs glühten plötzlich feurig wie die eines Tieres, so daß Morgon erschrak. »Ihr seid starrköpfig. Da seid Ihr nun tausend Meilen weiter von Eurem Land entfernt als je ein Fürst von Hed vor Euch, Euren Blick auf den Erlenstern-Berg gerichtet, eine Harfe und einen Namen in Eurem Besitz, und noch immer klammert Ihr Euch an Eure Vergangenheit wie ein Nestling. Was wißt Ihr von Euren Instinkten? Was wißt Ihr über Euch selbst? Wollt Ihr uns alle verdammen mit Eurer Weigerung, Euch selbst anzusehen und dem, was Ihr seht, einen Namen zu geben?«

Morgons Hände umklammerten die Kante der Bank. Er strengte sich an, seine Stimme ruhig zu halten, als er antwortete.

»Ich bin ein Landherrscher, ein Rätselmeister und ein Sternenträger — in dieser Reihenfolge.«

»Nein. Ihr seid der Sternenträger. Ihr habt keinen anderen Namen, keine andere Zukunft. Ihr habt Gaben, die kein Landherrscher von Hed je sein eigen nannte; Ihr habt Augen wie Seen, einen Geist, der Gedanken spinnt. Eure Instinkte führten Euch fort aus Hed, noch ehe Euch selbst bewußt war, weshalb; fort aus Hed nach Caithnard, nach Aum, nach Herun, nach Osterland, dessen König kein Mitleid mit jenen kennt, die vor der Wahrheit fliehen.«

»Ich wurde geboren —«

»Ihr wurdet als der Sternenträger geboren. Der Weise kennt seinen eigenen Namen. Ihr seid kein Tor; Ihr seid so fähig wie ich, zu spüren, welches Chaos sich unter der Oberfläche unseres Daseins regt. Laßt die Vergangenheit ruhen; sie ist ohne Bedeutung. Ihr könnt ohne die Landherrschaft leben, wenn Ihr müßt; sie ist nicht wesentlich —«

»Nein!« Morgon war aufgesprungen.

»Ihr habt einen äußerst fähigen Landerben, der brav zu Hause bleibt und das Land bestellt, anstatt dunkle Rätsel zu lösen. Euer Land kann ohne Euch existieren; aber wenn Ihr vor Eurer eigenen Bestimmung flieht, so werdet Ihr uns alle vernichten.«

Er brach ab. Ein trocknes Schluchzen ohne Tränen war Morgon unwillkürlich über die Lippen gekommen. Aias und Hugins Züge schienen im Licht wie aus weißem Stein gemeißelt; nur das Gesicht des Königs regte sich im Flackern des Feuers, fremdartig, weder Menschenantlitz noch Tiergesicht. Morgon drückte sich die Hand auf den Mund, um das Schluchzen zurückzudrängen.

»Wie hoch ist der Preis«, flüsterte er, »den Ihr für den Verzicht auf das Landrecht zu zahlen bereit seid? Was bietet Ihr mir für den Verzicht? Wie hoch ist der Preis, den Ihr für all jene Dinge zu zahlen bereit seid, die ich je geliebt habe?«

Die hellen, blitzenden Augen ruhten unverwandt auf seinem Gesicht.

»Fünf Rätsel«, antwortete Har. »Bares Geld verdient, der nichts hat. Wer ist der Sternenträger, und was wird er befreien, was gefesselt ist? Was wird ein Stern aus der Stille rufen, ein Stern aus der Dunkelheit und ein Stern aus dem Tod? Wer wird am Ende der Zeit kommen, und was wird er bringen? Wer wird die Harfe der Erde zum Klingen bringen, die seit den Anfängen stumm ist? Wer wird Sterne aus Feuer und Eis bis zum Ende der Zeiten tragen?«

Morgons Hände glitten langsam von seinem Mund. Totenstille war im Saal. Er spürte die Tränen wie Schweiß sein Gesicht hinunterströmen.

»Was für ein Ende?«

Der Wolfskönig antwortete nicht.

»Was für ein Ende?«

»Das Lösen von Rätseln ist Eure Sache. Suth gab mir diese Rätsel eines Tages, wie ein Mann, der einem Freund sein Herz zur sicheren Verwahrung anvertraut. Seit seinem Verschwinden trage ich sie ungelöst mit mir herum.«

»Wo hatte er sie her?«

»Er weiß es.«

»Dann will ich ihn fragen.«

Sein Gesicht war blutlos, angehaucht nur vom Feuer; seine Augen, die die Farbe verkohlten Holzes hatten, senkten sich in Hars, schienen in diesem Moment etwas von ihrer Mitleidlosigkeit aus ihnen herauszusaugen.

»Ich werde diese Rätsel für Euch lösen. Und ich glaube, wenn ich das getan habe, werdet Ihr bis zu Eurem letzten Atemzug wünschen, ich hätte Hed niemals verlassen.«

Am folgenden Morgen saß er in einer runden, aus Stein erbauten Hütte hinter Hars Haus und wartete darauf, daß das Feuer, das Hugin angezündet hatte, den eisigen Boden mit ein wenig Wärme durchstrahlte. Er trug einen leichten, kurzen Leinenkittel; seine Füße waren nackt. In einer Ecke standen mehrere Krüge mit Wasser verdünnten Weins und einige Becher; sonst war nichts da, weder Essen noch Schlafstatt. Die Tür war geschlossen; Fenster gab es keine, nur im Dach war ein rundes

Loch, durch das der Rauch aufwärts stieg. Die herabtaumelnden Schneeflocken schmolzen in seiner Wärme.

Har saß Morgon gegenüber; im flackernden Schein der Flammen wechselte der Ausdruck seines Gesichtes ständig. Hugin, der mit gekreuzten Beinen hinter ihm hockte, war völlig reglos, als atmete er nicht einmal.

»Ich tauche jetzt in Eure Seele ein«, sagte das Gesicht jenseits des Feuers. »Ich werde die Dinge sehen, die Ihr dort im Verborgenen haltet. Versucht nicht, Euch meinem Eindringen zu widersetzen. Wenn Ihr mir entwischen wollt, so laßt alle Gedanken einfach aus Euch herausfließen wie Wasser, laßt sie gestaltlos und unsichtbar werden wie der Wind.«

Morgon spürte einen leisen Hauch, der durch seine Gedanken blätterte. Bilder einzelner Momente, vergangener Ereignisse, stiegen auf, ohne daß er sie hervorgerufen hatte: Rood, wie er des Nachts bei Kerzenlicht neben ihm über den Büchern saß; Frau Eriel, die in einem dunklen Saal leise zu ihm sprach, während seine Finger zu der letzten, untersten Saite seiner Harfe glitten; Tristan, die mit schmutzigen Füßen ihre Rosenbüsche goß; Lyra, die zu einem Schwert griff, das in ihren Händen zum Leben erwachte und die Gestalt wechselte. Ohne Widerstand nahm er das befremdliche Wissen um die Anwesenheit eines anderen Geistes in dem seinen hin, bis plötzlich aus der Finsternis seiner eigenen Gedanken die Gestalt eines Mannes emporgeschleudert wurde, einen Speer in der Brust, der die fließenden, ständig sich verändernden, meerfarbenen Linien seines Körpers still hielt, bis das Gesicht einen flüchtigen Moment lang klar und deutlich wurde, ehe er stürzte. Morgon fuhr hoch. Aus den Flammen blickten ihn Hars Augen unverwandt an.

»Es gibt nichts, dem man nicht ins Auge schauen, nichts, das man nicht ansehen kann. Noch einmal.«

Erinnerungen zogen in einem Strom ständig wechselnder Bilder hinter seinen Augen vorbei; bei manchen schien Har in seiner Neugier länger zu verweilen. Gemessen nur von der sich häufenden Asche des langsam verglimmenden Holzes verstrichen die Stunden, und Morgon ließ es geduldig geschehen, daß die forschenden Finger des fremden Geistes tief in ihn eintauchten, lernte, sich den Erinnerungen, die tief in ihm verschüttet lagen, zu stellen, ohne vor ihnen zurückzuzucken. Ermattet dann begann er, sich vor dem unaufhörlich forschenden Geist zurückzuziehen, ließ seine Gedanken fortgleiten, ließ sie gestaltlos werden wie Nebel, in denen der suchende Geist umherirrte, ohne einen Rastplatz zu finden. Ganz unvermittelt sprang er schließlich auf, wanderte in dem kleinen Raum hin und her, keinen Gedanken im Kopf, nur vom Hungergefühl geplagt wie ein Tier, von der Kälte, die unter seinen Füßen brannte, während er auf und ab schritt, von dem Lechzen nach Schlaf, das unerträglich war. Ruhelos wanderte er durch die kleine Hütte, hörte Har nicht, als dieser sprach, sah auch nicht Hugin, der zu ihm aufblickte, bemerkte nicht das Dunkel der Nacht, das durch die offene Tür drang, als Hugin davonging, um frisches Holz zu holen. Dann spürte er, wie etwas in seinem Geist Gestalt annahm, das Har noch nicht angerührt hatte, der geheimste Moment seines Lebens: Ein Unbehagen, ein wachsendes Entsetzen, die Wehen eines Schmerzes, der so furchtbar war, daß er jeden Moment darin versinken konnte. Er suchte dem erbarmungslos forschenden Geist zu entrinnen, spürte, wie der Schmerz aufwallte, sich entfaltete, kämpfte wütend dagegen an, kämpfte ohne Erfolg gegen Har, bis er im Feuerschein wieder die reglosen, neugierigen Augen sah. Da nahm er den einzigen Ausweg, der ihm noch blieb: Er entschlüpfte seinen eigenen Gedanken, indem er unter die Oberfläche eines fremden Geistes tauchte.

Es war, als hätte er eine andere Welt betreten. Mit Hars Augen sah er die Hütte, sah sich selbst, wie er überrascht im Schatten stand. Zaudernd zapfte er den nie versiegenden Quell der Erinnerung in den Tiefen von Hars Seele an. Er sah eine junge Frau mit sonnengoldenem Haar und wußte, daß es Aia war, die zusah, wie das Holz bearbeitet wurde, aus dem die Mauern ihres neuen Hauses erbaut werden würden. Er sah einen Zauberer mit wildzerzaustem weißen Haar und graugoldenen Augen, der barfuß im Schnee stand und lachte, ehe er zerschmolz und sich in einen hageren Wolf verwandelte. Er sah die geheime Welt von Osterland: einen Fuchsbau in der warmen Erde unter dem Schnee, in dem sich eine Schar rotfelliger Junger tummelte, das Nest einer weißen Eule in der Höhle eines hohen Baumes, eine Herde hungernden Wilds im kalten, karstigen

Ödland, ein schlichtes Bauernhaus, an dessen Wänden glänzende Werkzeuge hingen, während die Kinder wie die jungen Hunde vor dem offenen Kamin durcheinanderpurzelten. Er folgte Har auf seinen Wegen durch das Königreich, das er manchmal in Tiergestalt, manchmal in der Gestalt eines recht wohlhabenden, recht törichten alten Mannes durchwanderte, während sein scharfer Geist hinter den schläfrig wirkenden Augen unermüdlich Wissen sammelte. Und als Morgon plötzlich einige der Orte erkannte, die Har bereist hatte, wurde ihm klar, daß der Wolfskönig seine Wanderungen nicht auf Osterland beschränkt hatte. Ein vertrautes Haus zeigte sich in Hars Gedanken: Mit einem Blitzschlag der Überraschung, der Morgon in sich selbst zurückkatapultierte, erkannte er die Schwelle seines eigenen Hauses.

»Wann?« fragte er mit heiserer Stimme, als wäre er eben aus tiefem Schlaf erwacht.

»Ich ging nach Hed, um Kern zu sehen. Ich hatte eine Geschichte über ihn gehört, die von einem Ding ohne Namen berichtete. Das machte mich neugierig. Ich hatte diese Reise ganz vergessen. Ihr habt Eure Sache gut gemacht.«

Morgon setzte sich wieder auf die Steine nieder. Die Forderungen seines Körpers schienen ihm unbestimmt, unpersönlich, als kämen sie von seinem Schatten. Das Feuer im Kamin erstarrte, loderte wieder auf, sank in sich zusammen, züngelte wieder empor. Die Steine erwärmten sich. Morgon tauchte in Hugins Seele ein, entdeckte seine wortlose Sprache, teilte mit ihm quälenden Hunger, so daß ein Lächeln der Überraschung in dieses Augenpaar trat. Dann wieder hielt Har Morgons Geist umfangen, forschte unermüdlich, lehrte ihn, die Barrieren eines zugesperrten Geistes überwinden, seine eigenen Grenzen zu verteidigen, griff immer wieder an, focht immer von neuem mit Morgons Geist, bis dieser von Müdigkeit überwältigt seinen Geist völlig entleerte. Har ließ ihn frei; er spürte den Schweiß, der ihm über das Gesicht tropfte und über seinen Rücken; er spürte, wie er selbst in der Hitze fröstelte.

»Wie lange — wie lange haben wir? ...« Seine Kehle war völlig ausgetrocknet.

»Was hat das schon für Bedeutung? Hugin, hol Wein.«

Mit einem Becher in den Händen kniete Hugin neben Morgon nieder. Das Gesicht des Jungen wirkte eingefallen, die Haut unter den Augen war beschattet vor Müdigkeit. Dennoch gab sein Gesicht Morgon ein Lächeln zurück. Die kleine Hütte war grau von Rauch und Qualm. Durch das runde Loch im Dach konnte Morgon nicht sehen, ob Tag oder Nacht war. Hugin öffnete einen Moment die Tür; messerscharfe Winde fuhren herein, spien Schnee. Die Welt draußen war schwarz. Der Schweiß auf Morgons Armen gefror. Er begann wieder zu frösteln, und Hugin schloß die Tür.

»Noch einmal«, sagte Har leise und glitt in Morgons Seele hinein wie eine Katze, während Morgon überrascht nach der Erinnerung seiner Lehren suchte.

Und wieder begannen die langen Stunden, in denen Morgon entweder versuchte, seine Seele Hars forschenden Fingern zu entziehen oder einen Weg in Hars verschlossenen Geist zu finden. Hugin saß still wie ein Schatten neben ihm. Manchmal sah Morgon ihn schlafen, auf den Steinen ausgestreckt. Manchmal, wenn er sich Har erschöpft entzog, blickten die violetten Augen zu ihm auf, und er sah durch sie hindurch das Bild einer Vesta. Dann plötzlich erblickte er an der Stelle, wo Hugin saß, eine Vesta und wußte nachher nicht, ob Hugin ihm den Gedanken eingegeben hatte oder ob die Gestalt des Jungen hin und her wechselte. Einmal blickte er über das Feuer hinüber und sah nicht Har, sondern einen mageren, grauen Wolf mit gelben, lächelnden Augen.

Mit den Handballen rieb er sich die Augen, und Har kehrte zurück.

»Noch einmal«, sagte er.

»Nein«, flüsterte Morgon, der spürte, wie sein Geist und sein Körper ihm entglitten. »Nein.«

»Dann geht.«

»Nein.«

Der Qualm hüllte ihn ein wie Wind. Ihm war, als blickte er aus der Ferne auf sich nieder, als hätte der Mann, der halb blind war, zu schwach, sich zu regen, nichts mit ihm zu tun. Hugin und Har schienen Gestalten aus Rauch, bald König und Zauberers Sohn, bald Wolf und Vesta. Unbewegt beobachteten sie ihn, warteten. Der Wolf rückte ihm näher und näher, umkreiste ihn, Feuer in den Augen, bis er neben ihm stand. Morgon spürte, wie seine Hände geöffnet wurden und mit Asche ein Muster in seine Handteller gezeichnet wurde.

Dann sagte der Wolf: »Jetzt!«

Der Schmerz brachte ihn mit einem Schlag zu sich selbst zurück. Er öffnete die Augen und zwinkerte die Tränen salzigen Schweißes weg, die an seinen Wimpern hingen. Die violetten Augen der Vesta blickten tief in die seinen. Aus dem Augenwinkel sah er das Blitzen einer Messerklinge; ein Schrei riß ihm die ausgetrocknete Kehle auf. Er wirbelte herum, floh vor dem Rauch, der Qual seiner Müdigkeit, dem brennenden Schmerz des Messers und stolperte in die Welt, die jenseits der Vestaaugen lag.

Die Steinmauern verschmolzen mit der farblosen Linie des winterlichen Horizonts. Allein stand er in einer Einsamkeit von Schnee und Himmel, lauschte den Winden, entwirrte das Netz der Gerüche, das sie flatternd mit sich trugen. Irgendwo in und hinter sich spürte er einen Kampf, einen chaotischen Wirbel von Gedanken; er mied ihn, strebte fort von ihm, um tiefer in die wohltuende Stille zu gelangen, die er entdeckt hatte. Fauchend fuhren die Winde aus dem grellen Blau des Himmels und brachten Schattierungen und Abstufungen von Gerüchen mit, denen er plötzlich Namen geben konnte: Wasser, Hase, Wolf, Fichte, Vesta. Er hörte die hohen, wimmernden Stimmen der Winde, kannte ihre Kraft, spürte sie jedoch nur undeutlich. Die furchteinflößenden Stimmen des Chaos, vor denen er zu fliehen versuchte, wurden schwächer, vermischten sich mit dem sinnlosen Heulen des Sturms. Tief sog er die saubere Luft des Winters ein, merkte, wie die Stimmen verklangen. Der Wind zog seine Bahn durch seinen Körper, strömte durch seine Adern, stählte seine Muskeln, bis auch ihnen die unermüdliche Kraft des Windes eigen war. Er spürte, wie der Wind gegen ihn anlief, ihn herausforderte; und die spielenden Muskeln seines Körpers ballten sich plötzlich zu einem Wettlauf mit dem Wind zusammen.

Die Steine erhoben sich aus einer unbekannten Welt. Verwirrt lief er im Kreis, suchte einen Fluchtweg, als er die stillen Gestalten sah, die ihn beobachteten. Das Feuer fauchte ihn knisternd an. Er schreckte davor zurück und wandte sich um. Seine Hörner kratzten an Stein. Da gewahrte er mit einem Ausbruch von Panik, daß er Hörner hatte. Er fand sich in seiner eigenen Gestalt wieder, wie er zitternd vor Har stand und diesen anstarrte. Seine Hände, die klebrig waren von Blut, schmerzten wieder.

Hugin öffnete die Tür. Das schwache Licht des Mittags lag hell auf dem Schnee auf der Schwelle. Har stand auf. Auch seine Hände zitterten leicht. Er sagte nichts, und Morgon, dem die Seele des Königs so vertraut war wie seine eigene, spürte, wie die panische Angst verebbte und innere Ruhe sich in ihm ausbreitete. Stockenden Schrittes ging er zur Tür und lehnte sich an den Pfosten, während er mit seinem Atem den Wind einsog. Seine schlaff herunterhängenden Hände befleckten seinen Kittel. Er empfand einen merkwürdigen Kummer, als hätte er sich für immer von etwas Namenlosem, das in ihm wohnte, abgewandt.

Har legte ihm eine Hand auf die Schulter.

»Ruht Euch jetzt aus. Ruht Euch aus. Hugin —«

»Ich weiß.«

»Verbinde ihm die Hände. Bleib bei ihm. Ruht Euch beide aus.«

9

Während Morgons Hände langsam verheilten, fuhr Har fort, mit ihm zu üben. Morgon lernte, über lange Zeitspannen hinweg die Gestalt der Vesta anzunehmen. Hugin führte ihn durch die Umgebung von Yrye. In den Wäldern, die Yrye umschlossen, nährten sie sich vom Grün und den Zapfen der Fichten, erklommen die steilen Felsen und die Hangwälder des Grimberges, der sich hinter Yrye erhob. Anfangs stürzten die Instinkte der Vesta Morgon in Verwirrung; er kämpfte gegen sie wie gegen das Ertrinken und stand dann plötzlich halb nackt im tiefen Schnee, während Hugin, noch immer in der Gestalt der Vesta, an ihm schnupperte und seine innere Stimme in Morgon eindrang.

Kommt, Morgon, laufen wir. Ihr liebt es, über den Schnee dahinzufliegen; davor habt ihr keine Furcht. Kommt, Morgon, laßt die Kälte hinter euch.

Und dann flogen sie Meile um Meile durch die weiße Landschaft, ohne zu ermüden. Ihre Hufe berührten kaum die Schneedecke, während sie mühelos, schwerelos dahinstürmten. Abends, manchmal spät abends, kehrten sie dann nach Yrye zurück und trugen die Stille der starren Winternacht mit sich in den großen Saal, wo Har auf sie wartete, entweder im Gespräch mit Aia oder schweigend dem Spiel des Harfenspielers lauschend, der am Feuer saß. Während dieser Zeit sprach Morgon kaum mit Har; es war, als müßten nicht nur seine Hände heilen, sondern auch eine Wunde in seiner Seele. Und auch Har hüllte sich in Schweigen, wartete, schaute.

Eines Abends schließlich kamen Morgon und Hugin erst

spät zurück, und beim unerwarteten Klang ihres Gelächters, das abrupt abbrach, als sie eintraten, mußte Aia lächeln. Morgon schritt ohne Zögern zu Har hin, ließ sich neben ihm nieder, während Hugin aus dem Saal lief, um das Essen zu holen. Morgon blickte auf seine Handflächen nieder, in denen weiß das Mal der Vestahörner leuchtete.

»Es ist doch gar nicht so schrecklich, eine Vesta zu sein, nicht wahr?« bemerkte Har.

Morgon lächelte. »Nein. Es ist wunderbar. Diese Stille und der Friede sind wunderbar. Aber wie soll ich das Eliard erklären?«

»Das«, entgegnete Har trocken, »dürfte Eure geringste Sorge sein. Viele sind zu mir gekommen und haben mich gebeten, sie zu lehren; nur sehr, sehr wenige haben diesen Saal mit den Malen der Vesta auf den Händen verlassen. Ihr habt große Gaben. Hed war eine viel zu kleine Welt für Euch.«

»Wie soll ich das dem Erhabenen erklären?«

»Warum müßt Ihr Eure Fähigkeiten rechtfertigen?«

Morgon sah ihn an.

»Har«, sagte er ruhig, »Ihr wißt, daß ich trotz aller Argumente, die Ihr mir vor Augen geführt habt, dem Erhabenen noch immer als der Landherrscher von Hed verantwortlich bin, ganz gleich, wie viele todbringende Harfner, die aus dem Meer auftauchen, mich den Sternenträger nennen. Und wenn das möglich ist, so möchte ich gern, daß es so bleibt.«

Das Lächeln in Hars Augen vertiefte sich.

»Dann wird sich vielleicht der Erhabene Euch selbst gegenüber rechtfertigen müssen. Seid Ihr bereit, Euch auf die Suche nach Suth zu machen?«

»Ja. Ich habe Fragen an ihn.«

»Gut. Ich glaube, daß er sich in dem Seengebiet nördlich des Grimberges aufhält, am Rande der großen nördlichen Einöden. Dort, jenseits des Berges, ist eine große Herde von Vestas; nur selten geselle ich mich zu ihnen. Überall sonst in meinem Königreich habe ich nach ihm gesucht und nirgends eine Spur von ihm gefunden. Hugin wird Euch dorthin bringen.«

»Kommt mit uns.«

»Das kann ich nicht. Er würde vor mir fliehen, wie er das seit siebenhundert Jahren tut.«

Har schwieg. Morgon sah, wie seine Gedanken in die Tiefen der Vergangenheit tauchten.

»Ich weiß«, sagte er. »Das ist die Frage, die den Geist unablässig quält: Warum? Ihr habt Suth gekannt: Wovor kann er geflohen sein?«

»Ich glaube, er würde lieber sterben, als vor irgend etwas zu fliehen. Seid Ihr wirklich zur Suche bereit? Sie kann Monate dauern.«

»Ich bin bereit.«

»Dann brecht bei Morgengrauen auf, still und leise, zusammen mit Hugin. Sucht hinter dem Grimberg; wenn Ihr Suth dort nicht finden könnt, dann forscht an der Ose — aber nehmt Euch in acht vor Fallenstellern. Macht Euch den Vestas vertraut. Sie werden spüren, daß Ihr auch ein Mensch seid, und Suth wird von Euch Kunde bekommen, wenn er mit ihnen in Verbindung ist. Wenn auch nur ein Hauch von Gefahr spürbar wird, so kehrt augenblicklich nach Yrye zurück.«

»Das werde ich tun«, versprach Morgon, der mit seinen Gedanken schon woanders war.

Er sah vor sich lange, stille Wochen jenseits des schneeigen Berges, im Hinterland der Welt, wo er zum Herzschlag von Tag und Nacht, Wind, Schnee und Stille leben würde. Hars Augen, die sich hartnäckig in sein Gesicht bohrten, rissen ihn aus seinen Träumen.

Eine Warnung lag in ihnen.

»Wenn Ihr in Vestagestalt in meinen Landen sterbt, so werde ich augenblicklich diesen hartnäckigen Harfner im Nacken haben, der mich fragen wird, warum. Seid also vorsichtig.«

Beim Morgengrauen brachen sie auf, beide in Vestagestalt. Hugin führte Morgon die Hänge des Grimberges hinauf, durch hochgelegene Felskamine, wo Steinböcke ihn neugierig musterten und über ihnen Habichte auf dem Wind kreisten, während sie nach Beute Ausschau hielten. In der ersten Nacht schliefen sie in den Felsen, stiegen dann am folgenden Tag in das Seengebiet jenseits des Berges hinunter, wo kein Mensch lebte, außer ein paar Fallenstellern, die am Rande des nördlichen Ödlands Häute sammelten, die sie dann den Händlern verkauften. Vestaherden zogen wie Nebelschwaden durch das Land, das unberührt unter dem Winterhimmel lag. Morgon und Hugin schlossen sich ihnen an, und die Leittiere nahmen sie an wie sie Har annahmen, als fremdartige, aber nicht bedrohliche Gefährten. Mit den Herden zogen sie durch das Land der Seen und die Fichtenwälder. Des Nachts schliefen sie schutzlos im Freien, unter den Winden, die kaum ihr dichtes Fell durchdrangen. Wölfe umkreisten sie hin und wieder, hungrig und doch mißtrauisch; Morgon hörte ihr fernes Heulen in seinen Träumen. Keine Furcht regte sich in ihm, und doch war er gewahr, wie gefährlich sie sein konnten, wenn sie auf ein junges oder altes Tier stießen, das sich von der Herde entfernt hatte. Sobald er und Hugin eine Herde nach einem Anzeichen des einäugigen Suth durchforscht hatten, trennten sie sich wieder von ihr, um in den tiefen Wäldern oder an den gefrorenen, mondfarbenen Seen eine andere zu suchen. Schließlich stieß Morgon auf ein Muster von Bildern, das sich in den Seelen der Tiere einer bestimmten Herde immer von neuem widerspiegelte: das Bild einer Vesta, deren eines Auge violett war, während das andere weiß schimmerte wie Spinnweben.

Bei dieser Herde blieb er, zog mit ihr durch das Land, während er wartete und hoffte, daß die halbblinde Vesta sich ihr zugesellen würde. Hugin, den das gleiche Bild auch störte, strebte fort von der Herde, um in dem Land zwischen den Seen und Hügeln zu suchen. Der Mond rundete sich über ihnen, schrumpfte und begann erneut zu wachsen, und nun fühlte sich auch Morgon von Rastlosigkeit gepackt. Neugierig begann er von der Herde fortzuschweifen, durchstreifte forschend die niedrigen Hügel der nördlichen Grenzen. Eines Tages überschritt er sie und blickte hinaus über das flache, leere Ödland. Die Winde wirbelten Schnee auf und fegten ihn wie Sand über die Ebene. Kein Leben schien unter dem Schnee verborgen; der Himmel selbst war leer und farblos. Weit im Westen erblickte er das mächtige Haupt des Erlenstern-Bergs, sah das flache, weiße Land dahinter. Das Herz wurde ihm seltsam kalt, und er wandte sich ab und kehrte nach Osterland zurück.

Als er aus den Hügeln herunterkam, sah er eine Vesta, ein altes Tier mit grauweißem Fell. Ihre Hörner schienen sich an irgendeinem Hindernis unter dem Schnee verfangen zu haben. Wie sie so mit gesenktem Kopf dastand, sich mit der ganzen Kraft ihres Körpers gegen die Falle stemmte, die ihre Hörner gefangen hielt, konnte sie die grauen, geschmeidigen Schatten der Wölfe nicht sehen, die sich von hinten an sie heranschlichen. Morgon fing ihre Witterung auf, die schwer und beißend im Wind lag. Wie rasend stürzte er ihnen entgegen und stieß dabei ein Geräusch aus, das er nie zuvor von sich selbst gehört hatte.

Die Wölfe stoben auseinander und verschwanden zwischen den Felsen. Nur einer von ihnen, toll vor Hunger, schnappte nach Morgons Gesicht und fuhr dann herum, um die gefangene Vesta anzufallen. Wut schoß in Morgon hoch. Mit beiden Hinterläufen schlug er aus. Die scharfen Hufe trafen den Kopf des Wolfes und zerschmetterten ihn. Blut spritzte in den Schnee. Der widerliche, süßliche Geruch schlug über ihm zusammen; in einer plötzlichen Verwirrung der Instinkte fiel die Gestalt der Vesta von ihm ab, und er stand, ein Mensch jetzt, barfuß im Schnee und kämpfte gegen eine Welle der Übelkeit.

Er drehte sich gegen den Wind und kniete vor der Vesta nieder. Mit den Händen grub er im Schnee unter ihren Hörnern und entdeckte den versteckten Ast, in dem sich das Gehörn verfangen hatte. Er hob einen Arm, um die Vesta streichelnd zu beruhigen, und blickte in ein blindes Auge.

Er hockte sich auf die Fersen. Der Wind zerrte an seinem dünnen Kittel und strich mit eisigen Fingern über seinen Körper, doch er merkte es nicht. Neugierig versuchte er in die Tiefen der Seele einzudringen, die hinter dem blinden Auge war, und die Art, wie sich ihm rasch und geschickt alle Gedanken entzogen, verriet ihm, was er wissen wollte.

»Suth?«

Reglos beäugte ihn die Vesta.

»Ich habe Euch gesucht.«

Finsternis überschwemmte seinen Geist. Verzweifelt kämpfte er dagegen an, wußte nicht, wie er jenem einen, unerbittlichen Befehl entgehen sollte, der sich unablässig bohrend wiederholte wie das Tropfen von Wasser in einer stillen Höhle.

Er spürte, wie seine Hände unter den Schnee glitten und an dem Ast rissen. Abrupt verließ ihn der Impuls. Er spürte, wie seine Seele durchforscht wurde und rührte sich nicht, bis der fremde Geist sich zurückzog und er wieder den Befehl hörte: Befreie mich.

Er riß den Ast los. Die Vesta richtete sich auf, warf den Kopf zurück. Dann löste sie sich auf. Ein Mann stand vor ihm, hager und hochgewachsen. Sein weißes Haar flatterte im Wind. Das eine gesunde Auge funkelte graugolden.

Die Hand des Mannes strich über Morgons Gesicht, suchte die Sterne. Der Mann hob Morgons Hand, drehte sie mit der Fläche nach oben, zeichnete mit einem Finger die Narben darauf nach, und etwas wie ein Lächeln flammte in seinem Auge auf.

Dann legte er Morgon die Hände auf die Schulter, als wollte er sein Menschsein spüren, und sagte ungläubig: »Hed? Der Stern der Hoffnung, den ich vor tausend Jahren und früher erblickte, ist ein Fürst von Hed?« Seine Stimme war tief, wie die Stimme eines Windes; wie eingerostet. »Ihr seid bei Har gewesen; er hat Euch mit seinem Mal gezeichnet. Gut. Ihr werdet alle Hilfe brauchen, die Ihr bekommen könnt.«

»Ich brauche Eure Hilfe.«

Der schmale Mund des Zauberers verzog sich.

»Ich kann Euch nichts geben. Har hätte sich etwas Gescheiteres einfallen lassen sollen, als Euch nach mir zu schicken. Er hat zwei gesunde Augen; er hätte es sehen müssen.«

»Ich verstehe Euch nicht.« Jetzt begann er die Kälte zu spüren. »Ihr habt Har mehrere Rätsel gegeben; ich brauche die Lösungen. Warum habt Ihr Lungold verlassen? Warum versteckt Ihr Euch selbst vor Har?«

»Warum verbirgt sich wohl einer selbst vor dem, der seinem Herzen am nächsten ist?« Die mageren Hände schüttelten ihn ein wenig. »Seht Ihr's denn nicht? Nicht einmal Ihr? Ich bin gefangen. Ich bin tot, da ich mit Euch spreche.«

Morgon starrte ihn schweigend an. Hinter dem Funken des Gelächters in dem einen Auge lauerte eine Leere, die bedrükkender war als die der nördlichen Einöden.

»Ich verstehe Euch nicht«, sagte er wieder. »Ihr habt einen Sohn; Har kümmert sich um ihn.«

Der Zauberer schloß die Augen. Er holte tief Atem.

»So. Ich hoffte, daß Har ihn finden würde. Ich bin so müde, ich bin dies alles so leid... Sagt Har, er soll Euch lehren, Euch vor dem Zwang zu hüten. Wie kommt ausgerechnet Ihr zu den drei Sternen im Gesicht, wie seid ausgerechnet Ihr in dieses Spiel des Todes hineingeraten?«

»Ich weiß es nicht«, antwortete Morgon gepreßt. »Ich kann ihnen nicht entkommen.«

»Gern möchte ich das Ende sehen; ja, ich möchte es sehen — Ihr seid so unglaublich, daß Ihr das Spiel vielleicht gewinnen werdet.«

»Was für ein Spiel? Suth, was ist das für ein Spiel, das da seit siebenhundert Jahren abläuft? Was ist es, das Euch hier in Tiergestalt gefangen hält? Was kann ich tun, um Euch zu helfen?«

»Nichts. Ich bin tot.«

»Dann tut etwas für mich! Ich brauche Hilfe! Der dritte Lehrsatz des Ghisteslohm lautet: Der Zauberer, der einen Hilfeschrei hört und sich abwendet, der Zauberer, der Böses sieht und nicht spricht, der Zauberer, der auf der Suche nach der Wahrheit den Blick von ihr wendet, ist ein falscher Zauberer. Warum flieht Ihr, wenn es keinen Ort mehr gibt, wo Ihr sicher seid?«

Etwas regte sich in der Leere des gesunden Auges. Suth lächelte, wieder mit jenem leicht bitteren Zug um den Mund, der Morgon an Har erinnerte.

Überraschend sanft und leise sagte er: »Ich lege mein Leben in Eure Hand, Sternenträger. Fragt.«

»Warum seid Ihr aus Lungold geflohen?«

»Ich bin aus Lungold geflohen, weil —« Er brach ab. Ganz plötzlich streckte er die Arme nach Morgon aus, während sein Atem in scharfen, weißen Stößen kam. Morgon fing den alten Mann auf. Sein Gewicht zog ihn herunter.

»Suth!«

Suths Hände krallten sich in den Kragen seines Kittels, zwangen ihn näher heran an den offenen, angestrengten Mund, der ihm mit dem letzten Atemzug ein letztes Wort gab.

»Ohm...«

Auf dem Rücken trug er den toten Zauberer nach Yrye zurück. Hugin ging an seiner Seite, manchmal in Gestalt einer Vesta, manchmal in Menschengestalt, ein hochgewachsener, schweigsamer Junge, der mit einer Hand Suth auf dem Rücken der Vesta festhielt. Als sie über den Berg wanderten, spürte Morgon tief in seinem Inneren eine Ungeduld, als hätte er nun das Gewand der Vesta schon allzu lange getragen. Weiß bis zum Himmel dehnte sich das Land vor ihnen. Yrye selbst lag halbverborgen unter Schneewehen. Als sie es endlich erreichten, stand Har auf der Schwelle, sie zu empfangen.

Er sagte nichts. Wortlos hob er den Toten von Morgons Rücken. Und endlich konnte Morgon wieder seine eigene Gestalt annehmen. Er öffnete den Mund, um etwas zu sagen; er konnte nicht sprechen.

»Er ist seit siebenhundert Jahren tot«, sagte Har leise. »Ich nehme ihn. Geht hinein.«

»Nein«, widersprach Hugin.

Har, der über Suths Leiche gebeugt war, blickte auf.

»Dann hilf mir.«

Gemeinsam trugen sie ihn fort. Morgon ging ins Haus. Irgend jemand legte ihm einen Pelz um die Schultern, und er zog ihn geistesabwesend um sich. Er sah kaum die neugierigen Gesichter, die sich ihm zuwandten. Am Feuer setzte er sich nieder und schenkte sich Wein ein. Aia nahm auf der Bank neben ihm Platz. Sie legte eine Hand auf seinen Arm.

»Ich bin froh, daß Ihr sicher und wohlbehalten zurückgekommen seid, Ihr und Hugin, meine Kinder. Trauert nicht um Suth.«

Endlich fand er seine Stimme wieder.

»Woher wißt Ihr es?«

»Ich kenne Hars Geist. Er wird seinen Schmerz vergraben wie ein Mann, der in der Nacht sein Silber vergräbt. Erlaubt es ihm nicht.«

Morgon starrte in seinen Becher. Dann stellte er ihn auf den Tisch und drückte sich die Ballen seiner Hände gegen die Augen.

»Ich hätte es wissen müssen«, flüsterte er. »Ich hätte überlegen müssen. Ein einziger Zauberer, der nach sieben Jahrhunderten noch am Leben ist, und ich zwang ihn, aus seinem Versteck hervorzukommen, damit er in meinen Armen sterben konnte...«

Er hörte Har und Hugin hereinkommen und ließ die Hände sinken. Har setzte sich in seinen Sessel. Hugin kauerte zu seinen Füßen nieder. Sein weißer Kopf ruhte an Hars Knie. Seine Augen waren geschlossen. Flüchtig legte Har seine Hand auf das weiße Haar. Seine Augen wanderten zu Morgons Gesicht.

»Erzählt.«

»Holt es Euch selbst«, versetzte Morgon müde. »Ihr habt ihn gekannt. Erzählt Ihr mir.«

Reglos saß er da, während die Erinnerungen an die langen weißen Tage und Nächte durch seinen Geist zogen, ihren Höhepunkt fanden in dem Kampf mit dem Wolf, in den letzten Monaten von Suths Leben. Danach gab Har ihn wieder frei und blickte ihn ruhig an.

»Wer ist Ohm?«

»Ghisteslohm, glaube ich — der Gründer der Schule der Zauberer von Lungold.«

»Der Gründer ist noch am Leben?«

»Ich weiß nicht, wer es sonst sein könnte.« Seine Stimme stockte.

»Was bedrückt Euch? Was habt Ihr mir noch nicht gesagt?«

»Ohm — Har, einer der — einer der Großmeister von Caithnard hieß Ohm. Er — ich lernte bei ihm. Ich achtete ihn hoch. Die Morgol von Herun meinte, er müßte der Gründer sein.« Hars Hände schlossen sich plötzlich fest um die Armlehnen seines Sessels. »Es gab keinen Beweis...«

»Die Morgol von Herun würde etwas Derartiges ohne Beweis nicht sagen.«

»Es war höchstens der Schatten eines Beweises — nur sein Name und die Tatsache, daß sie — daß sie nicht durch ihn hindurchsehen konnte.«

»Der Gründer von Lungold ist in Caithnard? Und lenkt noch immer jene Zauberer, die vielleicht am Leben sind?«

»Es ist eine Mutmaßung. Nur das. Weshalb hätte er seinen eigenen Namen beibehalten, so daß alle Welt sofort erraten kann —?«

»Wer würde dergleichen nach sieben Jahrhunderten vermuten? Und wer wäre mächtig genug, ihn zu lenken?«

»Der Erhabene —«

»Der Erhabene.« Abrupt stand Har auf. Hugin fuhr hoch. Der Wolfskönig trat zum Feuer. »Sein Schweigen ist beinahe noch geheimnisvoller als Suths. Es war nie seine Art, sich in unsere Angelegenheiten einzumischen, doch soviel Zurückhaltung ist mehr als verwunderlich.«

»Er ließ Suth sterben.«

»Suth wartete auf den Tod«, entgegnete Har ungeduldig, und Morgons Stimme wurde wütend.

»Er lebte! Bis ich ihn fand!«

»Hört auf, Euch Vorwürfe zu machen. Er war tot. Der Mann, mit dem Ihr gesprochen habt, war nicht Suth, sondern nur noch eine Hülle, die keinen Namen hatte.«

»Das ist nicht wahr —«

»Was nennt Ihr Leben? Würdet Ihr mich einen Lebenden nennen, wenn ich mich in Furcht von Euch abwendete und mich weigerte, Euch etwas zu geben, das Euer Leben retten würde? Würdet Ihr mich Har nennen?«

»Ja.« Seine Stimme wurde milder. »Das Getreide trägt seinen Namen im Samen, der in der Erde liegt, im grünen Halm, im gelben, sonnengedörrten Halm, dessen Blättchen dem Wind Rätsel zuflüstern. Und so trug auch Suth seinen Namen und gab mir mit seinem letzten Atemzug ein Rätsel. Und deshalb mache ich mir Vorwürfe, weil es nirgends auf dieser Welt mehr den Mann gibt, der seinen Namen trug. Er nahm die Gestalt der Vesta an; er hatte einen Sohn unter ihnen; irgendwo, verborgen unter seiner Angst und Hilflosigkeit, gab es Dinge, die er noch zu leben wußte.«

Hugins Kopf fiel nach vorn auf seine Knie. Har schloß die Augen. Wortlos stand er am Feuer und regte sich nicht, während Linien der Müdigkeit und des Schmerzes die starre Maske seines Gesichts sprengten.

Morgon drehte sich auf der Bank herum und senkte sein Gesicht auf seine Arme, die auf dem Tisch hinter ihm gestützt waren.

»Wenn Großmeister Ohm Ghisteslohm ist«, flüsterte er, »dann wird der Erhabene es wissen. Ich werde ihn fragen.«

»Und dann?«

»Und dann... Ich weiß es nicht. Es gibt so viele Teile, die nicht passen... Es erinnert mich an die Scherben, die ich in Ymris zusammenzusetzen versuchte, obwohl ich nicht alle Teile hatte, nicht einmal wußte, ob die Teile überhaupt zusammengehörten.«

»Ihr könnt nicht allein zum Erhabenen reisen.«

»Doch, das kann ich. Ihr habt mich gelehrt, wie. Har, nichts Lebendes könnte mich jetzt mehr daran hindern, diese Reise fortzusetzen, bis ich ihr Ziel erreicht habe. Wenn es nicht anders ginge, würde ich meine eigenen Gebeine aus dem Grab zerren, um zum Erhabenen zu gelangen. Ich muß die Lösungen wissen.«

Unerwartet sachte spürte er Hars Hand auf seiner Schulter und hob den Kopf.

»Vollendet Eure Reise«, sagte Har leise. »Ohne die Lösungen kann keiner von uns etwas tun. Aber wenn Ihr dieses Ziel erreicht habt, dann setzt den Weg nicht allein fort. Von Anuin bis Isig sind Könige, die Euch helfen werden, und im Erlenstern-Berg ist ein Harfner, der mehr kann als nur die Saiten zupfen. Wollt Ihr mir dieses Versprechen geben? Daß Ihr, wenn Großmeister Ohm wirklich Ghisteslohm sein sollte, nicht blindlings nach Caithnard zurückeilen werdet, um ihm zu sagen, daß Ihr es wißt?«

Ein wenig müde zuckte Morgon die Achseln.

»Ich glaube nicht, daß er es ist. Ich kann es nicht glauben. Aber ich gebe Euch das Versprechen.«

»Kommt nach Yrye zurück. Reist nicht direkt nach Hed. Ihr werdet noch weit gefährlicher sein, wenn Ihr weniger unwissend seid, und ich glaube, die Mächte, die sich gegen Euch zusammenballen, werden dann schnell zuschlagen.«

Morgon schwieg. Ein Schmerz berührte sein Herz und wich wieder.

»Ich werde nicht nach Hause zurückkehren«, flüsterte er. »Ohm, die Gestaltwandler, selbst der Erhabene — sie scheinen mir das Gleichgewicht eines falschen Friedens zu halten, scheinen mir auf ein Zeichen zum Handeln zu warten... Wenn es endlich soweit ist, daß sie handeln, möchte ich ihnen keinen Grund geben, nach Hed zu kommen.« Er richtete sich auf und wandte sein Gesicht dem von Har zu. Einen Moment lang trafen sich ihre Augen in wortlosem Verständnis. Dann neigte Morgon wieder den Kopf. »Morgen will ich nach Isig gehen.«

»Ich bringe Euch bis Kyrth. Hugin kann mit uns reiten und Eure Harfe tragen. In Vestagestalt sollte es nicht länger als zwei Tage dauern.«

Morgon nickte.

»Gut. Ich danke Euch.« Er schwieg, blickte Har wieder in die Augen. Seine Hände bewegten sich ein wenig hilflos, als suchten sie nach einem Wort. »Ich danke Euch.«

Mit der Morgendämmerung brachen sie auf. Morgon und der Wolfskönig waren in Vestagestalt; Hugin ritt Har, die Harfe und einige Kleider, die Aia für Morgon eingepackt hatte, vor sich. Westwärts flogen sie durch den stillen Tag, über Ackerland, das unter einer tiefen Schneedecke schlief. Die Städte, deren Rauchfahnen in einen aschfahlen Himmel aufstiegen, mieden sie. Sie liefen bis tief in die Nacht hinein, durch mondbeschienene Wälder, hinauf in das felsige Vorgebirge, bis sie die Ose erreichten, die von Isig aus nordwärts floß. Dort rasteten sie, schliefen eine Weile, erhoben sich noch vor Tagesanbruch wieder, um weiter dem Lauf der Ose zu folgen, die sie durch das Vorgebirge in den Schatten des Berges Isig führte. Im Schatten des mächtigen, verschneiten Berges, dessen geheimnisvolle Tiefen unermeßliche Schätze an Mineralien, Erzen und kostbaren Edelsteinen bargen, liefen sie dahin. Die Handelsstadt Kyrth breitete sich zu ihren Füßen aus; die Ose zog sich auf ihrem langen Weg zum Meer in weiten Windungen durch die Stadt. Westlich von Kyrth ragten, an eine stürmische See erinnernd, weißglitzernde Felsspitzen und Hügel auf, und zwischen ihnen schlängelte sich die Paßstraße, die zum Erlenstern-Berg führte.

Kurz vor der Stadt hielten sie an. Morgon nahm seine eigene Gestalt wieder an, warf sich den schweren, mit Pelz gefütterten Umhang, den Hugin getragen hatte, um die Schultern, schulterte sein Bündel, hängte sich die Harfe um. Er blieb stehen, wartete darauf, daß die mächtige Vesta neben ihm noch einmal Hars Gestalt annähme, doch sie betrachtete ihn nur aus violetten Augen, in denen im verbleichenden Nachmittagslicht ein vertrautes Lächeln zu blitzen schien. Da legte er einen Arm um ihren Hals, drückte sein Gesicht flüchtig an das weiße, kalte Fell. Dann wandte er sich Hugin zu und umarmte ihn.

»Findet heraus, was Suth getötet hat«, sagte der Junge leise. »Und dann kehrt zurück. Kehrt zurück.«

»Ich werde zurückkehren.«

Er ging, ohne sich noch einmal umzusehen. Er folgte dem Fluß in die Stadt Kyrth hinein, deren Hauptstraße selbst mitten im Winter dicht bevölkert war von Händlern, Fallenstellern, Handwerkern und Grubenarbeitern. Die Straße wand sich oberhalb der Stadt den Berg hinauf, ihre Schneedecke zerfurcht von Wagenrädern. Mit dem Zwielicht wurde es still; die Bäume schienen miteinander zu verschmelzen. In der Ferne, manchmal verborgen hinter einem Vorsprung des Berges, sah Morgon die dunklen Mauern von Danan Isigs Haus, dessen rauhe, zackige Mauern aussahen, als wären sie von Wind und Wetter und ruheloser Erde geformt worden. Nach einer Weile bemerkte er aus dem Augenwinkel einen Mann, der ruhig wie ein Schatten neben ihm herschritt.

Unvermittelt blieb Morgon stehen. Der Mann war groß, sehnig und kräftig wie ein Baum. Sein Haar und sein Bart hoben sich graugolden vor dem weißen Pelz seiner Kapuze ab. Die Augen hatten die Farbe von Tannen.

»Ich will Euch nichts Böses«, sagte der Mann rasch. »Ich bin neugierig. Seid Ihr ein Harfner?«

Morgon zögerte. Die grünen Augen lagen freundlich und milde auf seinem Gesicht.

»Nein«, erwiderte er schließlich mit einer Stimme, die nach den langen Monaten einsamen Lebens unter den Tieren noch rauh war. »Ich bin auf Wanderschaft. Ich wollte Danan Isig bitten, mir Unterkunft für die Nacht zu gewähren, aber ich weiß nicht — steht sein Haus Fremden offen?«

»Im Winter ist jeder Reisende willkommen. Kommt Ihr aus Osterland?«

»Ja. Aus Yrye.«

»Dem Heim des Wolfskönigs... Ich bin selbst auf dem Weg nach Harte. Darf ich mit Euch gehen?«

Morgon nickte. Eine Weile schritten sie schweigend nebeneinander her, begleitet vom Knirschen des Schnees unter ihren Füßen.

Der Mann sog mit einem tiefen Atemzug die von Fichtenduft geschwängerte Luft ein.

»Ich bin Har einmal begegnet«, bemerkte er ruhig. »Er kam in der Gestalt eines Händlers, der Pelze und Bernstein verkaufte, nach Isig. Er vertraute mir insgeheim an, er wäre auf der Suche nach einem Fallensteller, der den Händlern Vestafelle verkauft hatte. Das war sicher wahr, aber ich glaube, er kam auch aus Neugier, um den Berg Isig zu sehen.«

»Hat er den Fallensteller gefunden?«

»Ich glaube schon. Er durchwanderte auch die Adern und Wurzeln von Isig, ehe er wieder fortging. Ist er wohlauf?«

»Ja.«

»Das freut mich. Er muß ein betagter Wolf sein jetzt, so wie ich ein uralter Baum bin.« Er machte eine kurze Pause. »Hört! Hier könnt Ihr das Rauschen der Wasser vernehmen, die tief unter uns durch den Berg Isig fließen.«

Morgon lauschte. Das Murmeln und Zischen ewig fließenden Wassers klang wie das Wimmern des Windes. Felsspitzen, auf denen kein Schnee lag, ragten über ihnen empor und verloren sich in grauweißen Nebelschwaden. Kyrth sah klein aus unter ihnen, hineingeschmiegt in eine Einbuchtung im Berg.

»Ich würde gerne das Innere von Isig sehen«, sagte er plötzlich.

»Ja? Ich werde es Euch zeigen. Ich kenne diesen Berg besser als mich selbst.«

Morgon sah den Mann an. Das alte, breite Gesicht verzog sich verschmitzt unter seinem Blick.

»Wer seid Ihr?« fragte er leise. »Seid Ihr Danan Isig? Habe ich Euch deshalb nicht gehört? Weil Ihr gerade erst die Gestalt gewechselt hattet?«

»War ich ein Baum? Manchmal stehe ich so lange im Schnee und betrachte die Bäume, die in ihre eigenen geheimen Gedanken versunken sind, daß ich mich vergesse und einer von ihnen werde. Sie sind so alt wie ich, so alt wie der Berg Isig...« Er schwieg, während seine Augen Morgons langes Haar musterten und seine Harfe. Dann fügte er hinzu: »Ich habe die Händler munkeln hören, daß ein Fürst von Hed auf dem Weg zum

Erlenstern-Berg ist, aber das war vielleicht nur Klatsch; Ihr wißt ja, wie sie reden...«

Morgon lächelte. Die grünen Augen erwiderten das Lächeln. Sie setzten sich wieder in Bewegung; sachte begann Schnee zu fallen, setzte sich in den Pelz ihrer Kapuzen und in ihr Haar. In weitem Bogen führte die Straße um eine Bergseite herum, und dahinter zeigten sich wieder die rauhen, schwarzen Mauern und die wie Tannen geformten Türme von Harte. Hinter den bunten Fenstern leuchtete schon Fackelschein. Die Straße führte direkt in das Herz von Hare hinein.

»Das Tor zum Berg Isig«, bemerkte Danan Isig. »Keiner betritt oder verläßt den Berg ohne mein Wissen. Die hervorragendsten Handwerker des Reiches kommen hierher, um zu lernen, um an den Metallen und Edelsteinen von Isig zu arbeiten. Mein Sohn Ash lehrt sie, so wie Sol es tat, ehe er umkam. Sol war es, der die Sterne schliff, mit der Yrth Eure Harfe schmückte.«

Morgon berührte den Riemen der Harfe. Ein Hauch aus den Tiefen der Zeit wehte ihn an bei Danans Worten.

»Warum hat Yrth der Harfe die Sterne gegeben?«

»Das weiß ich nicht. Damals machte ich mir keine Gedanken darüber... Monatelang arbeitete Yrth an der Harfe. Er baute sie mit eigener Hand und gestaltete die Muster für die Einlegearbeiten. Von meinen Handwerkern ließ er das Elfenbein schleifen und das Silber und die Steine einlegen. Dann stieg er hinauf in die höchste Kammer des ältesten Turms von Harte, um die Harfe zu stimmen. Sieben Tage und sieben Nächte blieb er dort oben, während ich die Schmelzöfen im Hof schloß, damit ihn das Stampfen und Stoßen nicht störte. Schließlich kam er wieder herunter und spielte für uns. Eine schönere Harfe gab es auf der ganzen Welt nicht. Er sagte, er hätte ihre Stimme den Wassern und Winden von Isig entlehnt. Es nahm uns den Atem, dieses Spiel... Als Yrth aufhörte zu spielen, stand er einen Moment lang still da und blickte auf die Harfe hinunter. Dann strich er mit der flachen Hand über die Saiten, und sie verstummten. Als wir protestierten, lachte er und sagte, die Harfe würde sich ihren eigenen Harfenspieler suchen. Am folgenden Tag zog er fort und nahm die Harfe mit. Als er ein Jahr später in meinen Dienst zurückkehrte, sprach er nicht mehr von der Harfe. Es war, als hätten wir alle sie nur geträumt.«

Morgon blieb stehen. Seine Hand drehte den Riemen der Harfe, während er in die fahlen, sich langsam verdunkelnden Räume blickte, als könnte er irgendwie die Gestalt des Zauberers aus dem Zwielicht herauslösen.

»Ich möchte wissen —«

»Was?« fragte Danan.

»Ach, nichts. Ich würde gerne mit ihm sprechen.«

»Ich auch. Beinahe seit den Jahren der Gründung von Isig stand er in meinen Diensten. Er kam von einem fremden Ort westlich des Reiches, von dem ich nie zuvor gehört hatte; manchmal verließ er Isig über mehrere Jahre, um andere Länder zu erforschen, andere Zauberer, andere Könige kennenzulernen... Und jedesmal wenn er zurückkehrte, war er ein wenig mächtiger und auch ein wenig sanfter. Er war so neugierig wie ein Händler, und sein Lachen war so voll, daß es bis in die tiefsten Gruben hinunter dröhnte. Er war es, der die Höhle der Verlorenen entdeckte. Das war das einzige Mal, daß ich ihn je völlig ernst sah. Er sagte mir, ich hätte mein Haus über einem Schatten erbaut, und ich täte gut daran, die Erweckung dieses Schattens zu verbieten. Darum achten meine Bergleute mit Sorgfalt darauf, ihn niemals zu stören, besonders seitdem sie Sol tot vor seiner Tür fanden...« Er schwieg ein Weilchen, dann fügte er hinzu, als hätte er Morgons unausgesprochene Frage gehört: »Yrth hat mich einmal hingeführt, um sie mir zu zeigen. Ich weiß nicht, wer die Tür zu der Höhle gemacht hat; sie war da, ehe ich kam, aus grünem und schwarzem Marmor. Die innere Höhle war von einem unglaublichen Reichtum und blendender Schönheit, aber — es war nichts darin, so weit ich sehen konnte.«

»Nichts.«

»Nur Steine und Stille und eine schreckliche Ahnung von etwas, das sich wie hinter einem Schleier dem Auge verbarg. Ich fragte Yrth, was es wäre, aber er hat es mir nie gesagt. Irgend etwas ist dort vor der Gründung von Isig geschehen, lange, ehe die Menschen in das Reich des Erhabenen kamen.«

»Vielleicht während der Kriege der Erdherren.«

»Ja, ich denke, daß es da einen Zusammenhang geben

könnte. Aber worin er besteht, weiß ich nicht; und der Erhabene — falls er wissen sollte, was damals geschah — hat nie darüber etwas gesagt.«

Morgon dachte an die versunkene Stadt in der Ebene der Winde, an die Glasscherben, die er in einem der leeren, dachlosen Gemächer entdeckt hatte wie einen Hinweis auf eine Lösung. Und plötzlich, noch während er daran dachte, durchfuhr ihn das entsetzliche Grauen einer ganz einfachen Lösung, und wieder blieb er in der stillen, eiskalten Abenddämmerung stehen; vor sich glatt und weiß wie ausgebleichte Knochen lag der Berg. »Hüte dich vor dem ungelösten Rätsel«, flüsterte er.

»Wie?«

»Keiner weiß, was die Erdherren vernichtete. Wer kann mächtiger gewesen sein als sie, und welche Gestalt mag die Macht angenommen haben...?«

»Das war vor Jahrtausenden«, sagte Danan. »Was könnte das mit uns zu tun haben?«

»Nichts. Vielleicht. Aber eben das vermuten wir seit Jahrtausenden, und der Weise vermutet nichts...«

»Was seht Ihr vor uns in der Finsternis, was sonst keiner sehen kann?« fragte der Bergkönig in staunender Verwunderung.

»Ich weiß es selbst nicht. Etwas, das keinen Namen hat.«

Sie erreichten die dunklen Torgewölbe von Harte gerade, als der Schnee wieder zu fallen begann. Der Hof mit seinen vielen Schmelzöfen und Werkstätten war beinahe leer. Hier und dort schimmerte rotgoldenes Licht durch eine halboffene Tür; der Schatten eines Handwerkers, der bei der Arbeit saß, lag über der Schwelle. Danan führte Morgon durch den Hof in einen Saal, dessen Mauern filigranartig durchsetzt waren von den blitzenden Farben der Edelsteine, die in den Stein eingebettet waren. Ein Bach durchschnitt in weitem Bogen den Steinboden. Eine große Feuerstelle, die über ihm angebracht war, erwärmte die Steine, und das Licht ihrer Flammen tanzte auf dem dunklen Wasser. Bergleute, schlicht gekleidete Handwerker, Händler in ihrer prächtigen Gewandung, Fallensteller in Pelz und Leder blickten auf, als Danan eintrat. Instinktiv zog sich Morgon in die Schatten zurück, die der Schein der Fackeln nicht erreichen konnte.

»Im Ostturm ist eine ruhige Kammer«, sagte Danan leise, »wo Ihr Euch waschen und ausruhen könnt; kommt später herunter, wenn hier nicht mehr so viele Menschen sind. Die meisten dieser Leute werden nach dem Nachtmahl nach Kyrth zurückkehren; sie arbeiten nur hier.«

Er führte Morgon durch eine Seitentür aus dem Saal heraus, eine Treppe hinauf, die sich in Windungen im Inneren eines weiten Turms emporschwang.

»Dies ist der Turm, in dem Yrth wohnte«, bemerkte er. »Talies hat ihn oft hier besucht, und auch Suth war ein paarmal da. Suth war ein wilder Mann, selbst als er jung war, war sein Haar so weiß wie Schnee. Er machte den Bergleuten angst, aber ich habe einmal erlebt, wie er sich unzählige Male von einer Gestalt in die andere verwandelte, um meinen Kindern eine Freude zu machen.« Auf einem Treppenabsatz blieb er stehen, zog schwere Behänge aus weißem Fell von einer Türöffnung weg. »Ich schicke jemanden herauf, der Euch ein Feuer machen kann.« Er schwieg einen Moment und fügte dann etwas zögernd hinzu: »Wenn es keine Zumutung für Euch ist, würde ich gern diese Harfe wieder hören.«

Morgon lächelte. »Nein, es ist keine Zumutung. Ich danke Euch. Ich bin Euch dankbar für Eure Güte.«

Er trat in den Raum und ließ die Riemen der Harfe und seines Bündels von den Schultern gleiten. Die Wände waren mit Fellen und Teppichen behangen, doch der Kamin war leergefegt, und das Zimmer war kalt. Morgon setzte sich in einen Sessel neben dem Kamin. Die Steine bildeten einen Kreis des Schweigens um ihn. Er konnte nichts hören, kein Gelächter aus dem Saal, kein Windesrauschen von draußen. Ein Gefühl der Einsamkeit, anders noch als jenes, das er auf dem Weg durch die herrenlosen Einöden verspürt hatte, berührte ihn. Er schloß die Augen und fühlte, wie eine Müdigkeit, die tiefer war als Schlafbedürfnis, ihn einzusaugen suchte. Rastlos stand er auf, sich ihr zu entziehen.

Dann kamen Leute herein, brachten Holz und Wasser, Wein und Speisen; er sah zu, während sie das Feuer entfachten, die Fackeln anzündeten, Wasser aufsetzten, um es zu erhitzen. Als sie wieder fort waren, stand er lange Zeit am Feuer und starrte in die Flammen. Das Wasser begann zu zischen; langsam zog er sich aus und wusch sich. Er aß etwas, das er nicht schmecken konnte, schenkte sich Wein ein, saß da, ohne zu trinken, während sich die Nacht wie eine Faust um den Turm schloß und das seltsame Grauen wie ein Wasserstrudel tief in seinem Herzen brodelte.

Die Augen fielen ihm wieder zu. Eine Zeitlang flog er mit den Vestas an der Oberfläche seiner Träume, bis er sich plötzlich in seiner eigenen Gestalt durch den Schnee stolpern sah, während die Vestas in der Ferne versanken. Dann durchquerte er, gefangen in einem Gefühl der Einsamkeit, das qualvoll und unerträglich war, Raum und Zeit wie ein Zauberer und befand sich plötzlich in Akren. Eliard und Grim Eichenland saßen am Feuer und redeten miteinander; voll freudiger Erwartung ging er auf sie zu und sagte Eliards Namen. Eliard drehte sich um, und in seinem leeren, verständnislosen Blick sah Morgon sich selbst wie in einem Spiegel, mit wallendem Haar, das Gesicht eingefallen, die Vestanarben rot auf den Händen. Er nannte seinen Namen. Eliard schüttelte den Kopf und sagte verwirrt: ›Ihr müßt Euch irren. Morgon ist keine Vesta.‹ Morgon wandte sich Tristan zu, die irgendein sinnloses, weitschweifiges Gespräch mit Snog Nutt führte. Erwartungsfroh, hoffnungsvoll lächelte sie ihm zu, doch die Hoffnung erstarb rasch, und Unbehagen trat in ihre Augen. Snog Nutt sagte bekümmert: ›Er hat versprochen, er würde mir mein undichtes Dach flicken, ehe der Regen kommt, aber er ist fortgezogen, ohne es zu tun, und er ist nicht zurückgekommen.‹

Unvermittelt fand er sich in Caithnard, wie ein Wilder gegen eine Tür trommelnd; Rood, der sie mit flatterndem, schwarzem Ärmel aufriß, sagte ärgerlich: ›Du kommst zu spät. Außerdem ist sie die zweitschönste Frau von ganz An; sie kann keine Vesta heiraten.‹ Als Morgon sich umdrehte, sah er einen der Großmeister durch den Flur gehen. Er rannte, ihn einzuholen. Der gesenkte Kopf unter der Kapuze hob sich endlich auf sein Flehen; Großmeister Ohms Augen trafen die seinen, ernst, vorwurfsvoll, und entsetzt blieb er stehen. Der Großmeister schritt von ihm fort, ohne ein Wort zu sprechen; und er sagte immer wieder: ›Verzeiht mir, verzeiht mir, verzeiht mir.‹

Dann stand er auf der Ebene der Winde. Es war dunkel; stürmisch bewegt lag das Meer blaugrün im gespenstischen Licht einer mondlosen Nacht; so nahe, daß er das Licht von Danans Haus sehen konnte, stand der Berg Isig. Irgend etwas braute sich in der Finsternis zusammen; er konnte nicht sagen, ob es Sturm oder Meer war; er wußte nur, daß eine Ungeheuerlichkeit sich dort erhob, riesengroß, namenlos, unerbittlich, die alle Kraft, alle Gesetze und Regeln, alle Lieder, Rätsel und Geschichten in sich einsog, um sie auf der Ebene der Winde zum Chaos zu zersprengen. Verzweifelt begann er zu laufen, um Schutz zu suchen, während der Sturm heulte und das Meer, das eine halbe Meile entfernt war, Wellen emporschleuderte, die so hoch waren, daß die Gischt ihm ins Gesicht spritzte. Er strebte dem Licht von Danans Haus zu. Langsam ging ihm auf, während er rannte, daß Harte zertrümmert war, leer wie eine Stadt der Erdherren, und daß das bleiche, weiße Licht tief aus dem Innern des Bergs kam. Er blieb stehen. Eine Stimme, die aus einer Höhle kam, deren grüne Marmortür seit Jahrhunderten nicht geöffnet worden war, dröhnte durch den Berg, durchschnitt das Donnern und Fauchen von Wind und See und sagte seinen Namen.

»Sternenträger!«

10

Mit einem Ruck fuhr er aus dem Schlaf. Das Herz schlug ihm bis zum Hals, während er dem Echo der Stimme nachlauschte, die ihn geweckt hatte. Sie schien in den Steinen hängenzubleiben, eine seltsame Stimme, weder die eines Mannes noch die einer Frau. Jemand packte ihn, rief seinen Namen; jemand, der so vertraut war, daß Morgon ohne Überraschung fragte: »Habt Ihr mich gerufen?«

Dann hob er die Hände und schloß sie um die Arme des Harfners.

»Thod!«

»Ihr habt geträumt.«

»Ja.«

Die Mauern des Turms, das Feuer, die Stille nahmen langsam wieder Gestalt an. Seine Hände lockerten sich, fielen herab. Thod, Schnee noch auf Schultern und Haar, ließ die Harfe über seinen Arm herabgleiten und lehnte sie an die Wand.

»Ich entschied mich dafür, lieber in Kyrth auf Euch zu warten als in Harte; Danan wußte nicht, ob ich noch dort wäre, darum hat er Euch nichts gesagt.« Die gleichmäßige, unerschütterte Stimme war beruhigend. »Ihr habt viel länger gebraucht als ich erwartete.«

»Ich geriet in einen Schneesturm.« Er richtete sich auf und strich sich mit den Händen über das Gesicht. »Dann begegnete ich Har.« Mit einer brüsken Bewegung hob er den Kopf und blickte dem Harfner ins Gesicht. »Ihr habt auf mich gewartet? Ihr dachtet — Thod, wie lange seid Ihr schon hier?«

»Zwei Monate.« Er zog seinen Mantel aus. Schnee fiel zischend ins Feuer. »Ich verließ Herun einen Tag nach Euch und ritt ohne Aufenthalt die Ose hinauf bis nach Kyrth. Ich bat Danan, nach Euch Ausschau zu halten, sagte ihm, wo er mich in Kyrth erreichen könnte, und dann — wartete ich.« Er blieb einen Moment stumm. »Ich habe mir Sorgen gemacht.«

Morgon betrachtete forschend sein Gesicht.

»Ich war fest entschlossen, nach Hed zurückzukehren«, flüsterte er. »Das wißt Ihr. Ihr konntet nicht wissen, daß ich hierher kommen würde — im tiefsten Winter, mit zwei Monaten Verspätung.«

»Ich vertraute darauf, daß Ihr kommen würdet.«

»Wieso?«

»Wenn Ihr Eurem Namen, wenn Ihr den Rätseln, die Ihr lösen müßt, den Rücken gekehrt hättet — wenn Ihr allein, schutzlos nach Hed zurückgekehrt wärt, um den Tod zu empfangen, von dem Ihr wußtet, daß er kommen würde —, dann hätte es keine Bedeutung gehabt, ob ich zum Erlenstern-Berg gegangen wäre oder mich in die Tiefen des Meeres gestürzt hätte. Ich bin seit tausend Jahren auf der Welt, ich kenne die Witterung des Verhängnisses.«

Morgon schloß die Augen. Das Wort schien wie ein Harfenton zwischen ihnen zu schweben.

»Das Verhängnis«, sagte Morgon. »Auch Ihr seht es, Thod. Sein Atem berührte mich in Osterland. Ich habe Suth getötet.«

Zum erstenmal hörte er, daß die Stimme des Harfners aus ihrem ruhigen Gleichmaß geriet.

»Ihr habt was getan?«

Er öffnete die Augen.

»Verzeiht. Ich meinte, daß er meinetwegen starb. Har rettete mir in jenem Schneesturm das Leben, und dafür habe ich ihm ein Versprechen gegeben, ohne der Tatsache zu achten, daß es unklug ist, dem Wolfskönig unbesehen etwas zu versprechen.« Er drehte seine Handflächen aufwärts. »Ich lernte, die Gestalt der Vesta anzunehmen. Zwei Monate lang zog ich mit Suths Sohn Hugin, der weißes Haar und violette Augen hat, mit den Herden der Vesta durch den Winter. Ich fand Suth hinter dem Grimberg, eine alte Vesta, auf einem Auge blind. Das Auge hatte Suth in einem Rätselkampf verloren. Und dort, wo ich ihn fand, starb er.«

»Wie?«

Morgons Hände umklammerten plötzlich die Armlehnen des Sessels.

»Ich fragte ihn, warum er aus Lungold geflohen wäre — ich zitierte ihm den dritten Lehrsatz des Gründers, forderte seine Hilfe, da er doch wußte — er traf seine Wahl; er wollte mir antworten, doch er starb bei dem Versuch. Dort, am Ende der Welt, wo es nichts gibt als Schnee und Wind, starb er, wurde er getötet — der einzige Zauberer, der seit siebenhundert Jahren einem Menschen zu Gesicht gekommen ist. Er starb in meinen Armen und hinterließ mir das letzte Wort, das er sprach; ein Wort wie ein Rätsel, das zu lösen zu entsetzlich ist.«

»Was für ein Wort?«

»Ohm, Ghisteslohm. Der Gründer von Lungold tötete Suth.«

Morgon hörte, wie der Harfenspieler leise zischend den Atem einsog. Seine Augen waren verhüllt, sein Gesicht war unbewegt.

»Ich habe Suth gekannt«, sagte er.

»Ihr kanntet auch Großmeister Ohm. Ihr kanntet Ghisteslohm. Thod, ist Großmeister Ohm der Gründer von Lungold?«

»Ich will Euch zum Erlenstern-Berg bringen. Dort werde ich, wenn der Erhabene selbst Euch keine Antwort gibt, mit seiner Erlaubnis Eure Frage beantworten.«

Morgon nickte. Ruhiger sagte er: »Ich möchte wissen, wie viele andere Zauberer unter Ghisteslohms Macht noch am Leben sind. Ich möchte auch wissen, warum der Erhabene niemals gehandelt hat.«

»Vielleicht weil seine Sache das Land ist, nicht die Schule der Zauberer von Lungold. Vielleicht handelt er schon auf seine Weise, und Ihr erkennt es nur nicht.«

»Ich hoffe es.« Er nahm den Becher, den Thod ihm eingeschenkt hatte, und trank. Danach sagte er: »Thod, Har hatte mir fünf Rätsel gestellt, die Suth ihm gegeben hatte. Er schlug vor, ich sollte sie lösen, da ich mit meinem Leben nichts Besseres anzufangen hätte. Eines davon lautet: Wer wird am Ende der Zeit kommen, und was wird er bringen? Ich nehme an, es ist der Sternenträger, der kommen wird; ich bin gekommen; ich weiß nicht, was das ist, das ich bringen werde; doch nicht die Frage nach dem Wer oder nach dem Was bedrückt mich am meisten, sondern die Frage nach dem Wann. Das Ende der Zeit. Als ich mich mit Danan auf dem Weg nach Harte befand, fielen mir die zerstörten Städte in der Ebene der Winde und in der Ebene von Königsmund ein, und ich dachte daran, daß keiner wirklich weiß, was die Erdherren vernichtet hat. Es geschah lange vor den Jahren der Gründung. Da die Steinmauern eingestürzt waren und Unkraut in ihren Ritzen wucherte, nahmen wir an, daß ein großer, schrecklicher Krieg über das Land hinweggezogen war und nichts geblieben war als die toten Steine. Wir nahmen auch an, die Zauberer wären tot. Eines weiß ich, was uns alle vernichten könnte — der Tod des Erhabenen. Ich habe Angst, daß das, was die Erdherren vernichtete, noch ehe das Reich sich gebildet hatte, seitdem in den Schatten lauert, den letzten der Erdherren zum Kampf zu fordern.«

»Ja, ich halte das für sehr wahrscheinlich«, meinte Thod ruhig.

Er beugte sich vor, so daß sein Gesicht rot erglühte im Feuerschein, und schob ein Scheit Holz tiefer in die Flammen. Ein Funkenregen schoß aufwärts.

»Hat der Erhabene die Zerstörung der Städte jemals erklärt?«

»Soviel ich weiß, nicht. Als ich damals in Caithnard war, erzählte einer der Großmeister, er hätte eine Reise unternommen, dem Erhabenen diese Frage zu stellen, da sie eines der ungelösten Rätsel in den Listen war; der Erhabene antwortete nur, es wären uralte Städte, die schon öde und leer waren, ehe er die Landherrschaft des Reiches übernahm.«

»Und das heißt, daß er es entweder nicht weiß oder daß es ihm nicht gefällt, die Frage zu beantworten.«

»Es ist unwahrscheinlich, daß er es nicht weiß.«

»Aber warum —?« Morgon brach ab. »Nur der Erhabene kann den Erhabenen erklären. Ich werde ihn selbst fragen müssen.«

Thod sah ihn an.

»Auch ich habe eine Frage«, sagte er langsam. »Ich stellte sie

Euch in Herun; da wolltet Ihr sie nicht beantworten. Jetzt aber tragt Ihr die Vestanarben auf Euren Händen, Ihr habt Euren eigenen Namen gesprochen, und Ihr richtet Euer Denken und Sinnen auf dieses Geheimnis wie ein Rätselmeister. Darum möchte ich die Frage gern noch einmal stellen.«

Morgon dachte zurück und meinte: »Ach so. Das.«

»Was trieb Euch aus Herun fort? Was brachte Euch zu dem Entschluß, nach Hause zurückzukehren?«

»Der Anblick einer Sache, in die Corrig sich verwandelte. Und das Gelächter in seinen Augen, als ich ihn tötete.«

Von Unrast getrieben, stand er auf und ging zu einem Fenster, um in die undurchdringliche Schwärze hinauszublicken, die Isig einschloß.

Hinter ihm fragte der Harfenspieler: »Was war das für eine Sache, in die er sich verwandelte?«

»Ein Schwert. Mit drei Sternen auf dem Heft.« Abrupt drehte er sich um, als es still blieb. »Ich habe lange darüber nachgedacht und bin zu dem Schluß gelangt, daß keiner, nicht einmal der Erhabene selbst, mich zwingen kann, es als das meine an mich zu nehmen.«

»Das ist wahr.« Thods Tonfall war unverändert, doch zwischen seinen Augenbrauen zeichnete sich schwach eine steile Linie ab. »Kamt Ihr auf den Gedanken, Euch zu fragen, wo Corrig es gesehen haben könnte?«

»Nein. Das interessiert mich nicht.«

»Morgon! Die Gestaltwandler wissen, daß es Euch gehört, daß Ihr es so unweigerlich finden werdet, wie Ihr die Harfe gefunden habt, auch wenn Ihr es vielleicht nicht in Besitz nehmen wollt. Und wenn Ihr es findet, dann werden sie zur Stelle sein. Sie werden nur auf Euch warten.«

Das leise Knistern eines harzschweren Asts durchbrach die Stille. Morgon fuhr ein wenig zusammen bei dem Geräusch.

»Ich bin fast am Ziel, fast am Erlenstern-Berg — dieses Schwert kann weiß der Himmel wo sein…«

»Vielleicht. Aber Danan berichtete mir einst, daß Yrth ein Schwert gemacht hätte, das er keinem zeigte — Jahrhunderte bevor er die Harfe baute. Wo er es verborgen hat, weiß keiner. Nur eines ist gewiß: Er sagte, er hätte es unter dem Ort vergraben, wo er es schmiedete.«

»Wo hat er —?« Morgon brach ab. Er sah wieder das Schwert vor sich, erkannte die Hand des Meisters in den makellos gelungenen Verzierungen der Klinge, der klaren Form der Sterne. Er drückte eine Hand auf seine Augen und fragte, obwohl er die Antwort wußte: »Wo wurde es geschmiedet?«

»Hier. Im Berg Isig.«

Danach ging Morgon mit Thod nach unten und sprach mit Danan. Seine Harfe nahm er mit.

Der Bergkönig, der mit seinen Kindern und Enkeln am Feuer im stillen Saal saß, blickte mit einem Lächeln auf, als sie eintraten.

»Kommt und setzt Euch. Thod, ich war mir nicht sicher, ob Ihr noch in Kyrth wärt, oder ob Ihr die Hoffnung aufgegeben und Euch den Paß hinaufgewagt hättet, als ich heute nach Euch sandte. Ich hatte nichts von Euch gehört. — Morgon, dies ist meine Tochter Vert, mein Sohn Ash, und die Kleinen —«, er machte eine Pause, um ein kleines Mädchen hochzuheben, das versuchte, ihm auf die Knie zu klettern —, »sind ihre Kinder. Sie wollten alle hören, wenn Ihr auf Eurer Harfe spielt.«

Morgon setzte sich ein wenig verwirrt. Ein hochgewachsener, hellhaariger Mann mit Danans Augen, eine ranke Frau mit Haaren so dunkel wie die Rinde von Tannen, und ein Dutzend Kinder betrachteten ihn neugierig.

Die Frau, Vert, sagte entschuldigend: »Verzeiht, aber Bere wollte gerne kommen, und da mußten natürlich meine anderen mit. Und wo meine Kinder hingehen, da gehen auch die von Ash hin, und so — ich hoffe, sie stören Euch nicht.« Sie legte einem Jungen mit stumpfen, schwarzen Haaren und grauen Augen, die er offensichtlich von ihr hatte, die Hand auf die Schulter. »Das ist Bere.«

Ein dunkles Köpfchen tauchte plötzlich an Morgons Seite auf: ein kleines Mädchen, das kaum laufen konnte. Sie blickte zu ihm auf, rappelte sich unsicher auf die Beine und hielt sich schwankend an ihm fest. Sie lächelte, als er ihr seine Hand gab, um sie zu stützen, und um seinen Mund zuckte es.

»Das ist Verts Tochter Soni«, bemerkte Ash. »Meine Frau ist in Caithnard, und Verts Mann, ein Händler, befindet sich gerade auf der Reise nach Anuin. Darum haben wir die Kinder solange einfach in einen Topf geworfen. Hoffentlich können wir sie später wieder auseinandersortieren.«

Morgon, der dem kleinen Mädchen, das seine Knie umklammert hielt, den Rücken rieb, blickte auf.

»Ihr seid alle gekommen, um mich spielen zu hören?«

Ash nickte. »Bitte. Wenn es Euch keine Last ist. Diese Harfe und die Geschichte ihrer Erschaffung sind in Isig Legende. Als ich hörte, daß Ihr sie bei Euch habt, wollte ich es nicht glauben. Am liebsten hätte ich alle Handwerker aus Kyrth mitgebracht, sie ihnen zu zeigen, doch mein Vater hielt mich davon ab.«

Morgon löste die Schnüre der Harfenhülle. Neugierig zupfte die kleine Soni an den Schnüren.

»Soni!« flüsterte Bere.

Sie achtete nicht auf ihn. Da kam er zu Morgon und hob das Kind auf seinen Arm.

Morgon, der die neugierigen, erwartungsvollen Gesichter rundum wohl gewahrte, sagte abwehrend: »Ich habe seit zwei Monaten nicht mehr gespielt.«

Keiner gab ihm eine Antwort. Die Sterne fingen Feuer, als er die Harfe aus ihrer Hülle zog; die weißen Monde schienen wie von feurigen Ringen umgeben, als der Flammenschein sich blitzend in den Silberverzierungen fing. Er berührte eine Saite; süß und rein, zögernd wie eine Frage schwang der Ton in der Stille. Er hörte, wie jemand einen Seufzer ausstieß.

Unwillkürlich wanderte Ashs Hand zu den Sternen und fiel herunter.

»Wer hat die Einlegearbeiten gemacht?« fragte er beinahe flüsternd.

»Zec von Hicon, in Herun — seines vollen Namens kann ich mich nicht erinnern«, antwortete Danan. »Er ging bei Sol in die Lehre. Die Muster für die Verzierungen wurden von Yrth entworfen.«

»Und Sol hat diese Sterne geschliffen. Darf ich sie mir ansehen?« fragte er bittend, und Morgon reichte ihm die Harfe hinüber.

Der Schatten eines Gedankens war bei Ashs Worten formlos wie ein Nebelwölkchen durch seinen Geist gezogen. Er bekam ihn nicht zu fassen. Bere spähte über Ashs Schulter, während dieser das Instrument betrachtete. Soni, die ungestüm nach einer schimmernden Saite grapschte, erschreckte ihn. Er richtete sich hastig auf und drückte das Kind fester an sich.

»Ash«, bat Vert, »hör jetzt auf, die Facetten zu zählen. Ich möchte etwas hören.«

Widerstrebend gab Ash die Harfe an Morgon zurück. Ebenso widerstrebend nahm Morgon sie. Plötzliches Verständnis schimmerte weich in Verts Augen, als sie sagte: »Spielt etwas, das Ihr liebt. Spielt etwas aus Hed.«

Morgon stellte die Harfe auf seine Knie. Einen Moment lang strichen seine Finger ziellos über die Saiten, dann schlugen sie die sanften, schwermütigen Akkorde einer Ballade an. Die satten, schönen Töne, die nur er zum Klingen bringen konnte, gaben ihm Sicherheit; selbst die einfache Ballade von Liebe und Tod, die er hundertmal schon gehört hatte, gewann eine wehmütige Würde. Während er spielte, roch er auf einmal den Duft des Eichenholzes, das im Feuer brannte, sah, wie die Lichter um ihn herum über die Wände von Akren flackerten. Die sanfte Weise weckte in ihm einen Frieden, der, das spürte er instinktiv, in dieser Nacht über Hed lag; die friedliche Ruhe eines Landes, das unter einer Schneedecke schlief und dessen Tiere wohlig und warm in ihren Unterschlupfen träumten. Der Friede glättete die Linien von Müdigkeit und Anspannung in seinen Zügen.

Doch da geschah etwas in ihm; zwei Dinge fügten sich in seinen Gedanken mühelos, unwiderlegbar zusammen, und er unterbrach sein Spiel, ließ die Finger reglos auf den Saiten liegen.

Jemand protestierte zaghaft. Dann hörte er Thods Stimme aus den Schatten des Raums.

»Was ist?«

»Sol. Er wurde nicht von den Händlern getötet, weil er es aus Angst nicht wagte, sich vor ihnen in der Höhle der Verlorenen zu verstecken. Er wurde wie meine Eltern, wie der Morgol Dhairrhuwyth — von Gestaltwandlern getötet. Er war in die Höhle hineingegangen und kam wieder heraus, um auf der Schwelle für das zu sterben, was er gesehen hatte. Und gesehen hatte er Yrths Schwert.«

Alle waren ganz still, selbst die Kinder. Mit starren Blicken wandten ihre Gesichter sich ihm zu. Vert fröstelte, als hätte ein kalter Windhauch sie berührt, und Ash, dessen Züge nichts mehr von der Lust zeigten, mit der er dem Harfenspiel gelauscht hatte, fragte: »Was für ein Schwert?«

Morgon sah Danan an. Die Lippen des Königs waren geöffnet; er schien auf der Suche nach einer verlorenen Erinnerung.

»Dieses Schwert«, sagte er. »Ich entsinne mich. Yrth schmiedete es im geheimen. Er sagte, er hätte es begraben. Ich habe es nie gesehen; keiner hat es je gesehen. Das war vor langer Zeit, noch ehe Sol geboren war. Wir öffneten damals gerade die oberen Schächte. Ich habe nie wieder daran gedacht. Aber wie könnt Ihr wissen, wo es sich befindet? Oder wie es aussieht? Oder daß Sol um seinetwillen getötet wurde?«

Morgons Finger glitten von den Saiten zum Holz der Harfe. Er senkte den Blick, als könnte die klare Aufreihung der Saiten seine Gedanken ordnen.

»Ich weiß, daß es ein Schwert gibt, das drei Sterne trägt, genau wie diese Harfe. Ich weiß, daß auch die Gestaltwandler es gesehen haben. Meine Eltern ertranken auf der Fahrt von Caithnard nach Hed, als sie mir diese Harfe bringen wollten. Der Morgol Dhairrhuwyth wurde auf dem Isig-Paß getötet, als er auf der Suche nach der Lösung eines Rätsels von drei Sternen war. Der Zauberer Suth wurde vor einer Woche in Osterland getötet, weil er zuviel von diesen Sternen wußte und es mir sagen wollte.«

»Suth wurde getötet?« fiel ihm Ash ins Wort. »Suth? Das glaube ich nicht.«

»Ja.«

»Aber wie denn? Wer hat ihn getötet? Ich dachte, er wäre längst tot.«

Flüchtig blickte Morgon zu Thod hinüber.

»Das ist eine Frage, die ich dem Erhabenen stellen werde. Ich glaube, Yrth verbarg dieses Schwert in der Höhle der Verlorenen, weil er wußte, daß niemand diesen Ort betreten würde. Und ich glaube, Sol wurde nicht von räuberischen Händlern getötet, sondern entweder von Gestaltwandlern oder — eben jenen Mächten, die auch Suth töteten, weil er zuviel von diesen

Sternen wußte. Ich kenne Euren Berg nicht, Danan, aber ich weiß, daß ein Mann, der vor dem Tod flieht, nicht in den Berg hineinläuft.«

Es war still im Saal. Nur das Knistern und Knacken des brennenden Holzes und der Seufzer eines Kindes, das schlafend auf dem Boden lag, waren zu hören. Vert brach das Schweigen schließlich.

»Da ist eine Frage, die mich immer gequält hat«, sagte sie. »Warum rannte Sol dort hinunter, wo er den Berg doch so gut kannte, daß er wie ein Traum in Seitengängen hätte verschwinden können, die keiner außer ihm selbst sehen konnte. Du weißt doch noch, Ash, als wir klein waren —«

»Es gibt ein Mittel festzustellen, was Sol dort hinuntertrieb«, erklärte Ash und sprang auf.

Danans hastiges, lautes »Nein!« übertönte Morgons.

»Das«, verkündete der Bergkönig mit Entschiedenheit, »verbiete ich. Ich will nicht noch einen Landerben verlieren.«

Einen Moment lang stand ihm Ash reglos gegenüber, das Gesicht trotzig. Dann aber wich der Eigensinn aus seinen Zügen.

»Außerdem«, fügte Danan müde hinzu, »was würde es uns helfen?«

»Wenn das Schwert dort ist, dann gehört es Morgon. Er wird es haben wollen —«

»Nein, ich will es nicht haben«, unterbrach Morgon.

»Aber wenn es Euch gehört...« entgegnete Ash. »Wenn Yrth es für Euch gemacht hat...«

»Ich kann mich nicht erinnern, daß ich gefragt wurde, ob ich ein Schwert haben möchte. Oder eine Bestimmung. Ich will nur eines: zum Erlenstern-Berg gelangen, ohne getötet zu werden. Und das ist ein weiterer Grund, weshalb mir nicht daran liegt, in diese Höhle hinunterzusteigen. Da ich im übrigen ein Fürst von Hed bin, möchte ich auch nicht bewaffnet vor den Erhabenen treten.«

Ash öffnete den Mund und klappte ihn wieder zu.

»Suth...« flüsterte Danan.

Eines der kleinen Kinder begann zu weinen. Vert sprang auf.

»Unter deinem Sessel«, sagte Ash. »Kes.« Er blickte in die

Runde der beunruhigten Gesichter. »Wir bringen sie jetzt am besten zu Bett.« Er hob ein verwirrtes Kind von dem dicken Fell zu seinen Füßen auf und legte es wie einen Sack über seine Schulter.

»Ash«, sagte Danan, als er aufstand.

Ihre Blicke begegneten einander.

»Du hast mein Wort«, versicherte Ash ruhig. »Aber ich finde, es ist an der Zeit, daß diese Höhle geöffnet wird. Ich wußte nicht, daß sich im Herzen von Isig eine Todesfalle befindet.« Ehe er ging, wandte er sich Morgon zu. »Dank Euch für Euer Spiel.«

Morgon blickte ihm nach, als er hinausschritt, in jedem Arm ein Kind. Dann sah er auf seine Harfe hinunter; ein bitterer Geschmack lag in seinem Mund. Mechanisch schob er die Harfe in ihre Hülle.

Das leise Gespräch zwischen Thod und Danan brach ab, als er aufstand.

»Morgon«, sagte der Bergkönig, »Sol ist seit dreihundert Jahren tot — ganz gleich, wer ihn getötet hat. Kann ich Euch in irgendeiner Weise helfen? Wenn Ihr das Schwert haben wollt, ich verfüge über ein kleines Heer von Bergleuten.«

»Nein.« Sein Gesicht war weiß und gespannt. »Laßt mich noch ein wenig länger mit meinem Schicksal streiten. Von Caithnard bis Isig habe ich protestiert, ohne daß es viel genützt hätte.«

»Ich würde die Goldlager Isigs leeren, Euch zu helfen.«

»Das weiß ich.«

»Als ich heute nachmittag mit Euch ging, da wußte ich nicht, daß Ihr die Narben der Vesta tragt. Selten sieht man sie an einem Menschen, nie an einem Mann aus Hed. Es muß herrlich sein, mit den Vestas zu ziehen.«

»Ja, das ist es.« Seine Stimme lockerte sich ein wenig bei der Erinnerung an die stillen, schneebedeckten Weiten, an das tiefe Schweigen, das stets unter dem Winde lag. Dann sah er vor sich wieder Suths Gesicht, fühlte die Hände, die an ihm zerrten, während er im Schnee kniete, und mit einer ruckartigen Bewegung wandte er den Kopf. Die Bilder der Erinnerung erloschen.

»Wollt Ihr so den Paß überwinden?« fragte Danan.

»So hatte ich es geplant, im Glauben, daß ich allein sein würde. Doch jetzt ...« Er warf einen fragenden Blick auf Thod.

»Es wird schwierig werden für mich«, meinte der Harfenspieler, »aber nicht unmöglich.«

»Können wir morgen aufbrechen?«

»Wenn Ihr es wünscht. Aber ich denke, Ihr solltet hier ein, zwei Tage rasten, Morgon. Die Überquerung des Isig-Passes mitten im tiefsten Winter ist beschwerlich, selbst für eine Vesta, und ich denke, Ihr habt Eure Kraft in Osterland verausgabt.«

»Nein. Ich kann nicht warten. Ich kann nicht.«

»Dann machen wir uns auf. Aber schlaft erst.«

Er nickte. Dann sagte er mit gesenktem Kopf zu Danan: »Verzeiht.«

»Was soll ich Euch verzeihen, Morgon? Daß Ihr meinen alten Schmerz aufgerührt habt?«

»Auch das. Aber es tut mir leid, daß ich auf dieser Harfe nicht so für Euch spielen konnte, wie sie gespielt werden möchte.«

»Das wird kommen.«

Langsam stieg Morgon die Turmstufen hinauf. Die Harfe, deren Gewicht er nie wahrgenommen hatte, lag wie eine schwere Last auf seinem Rücken. Als er die letzte Biegung nahm, schoß ihm die Frage durch den Kopf, ob wohl auch Yrth jeden Abend diese Stufen hinaufgestiegen war, oder ob er sich seine Kunst, sich mit einem Augenzwinkern von einem Ort zu einem anderen zu versetzen, zunutze gemacht hatte. Er erreichte den Treppenabsatz, zog die schweren Vorhänge zurück und sah, daß in seiner Kammer jemand vor dem Feuer stand.

Es war Bere, Verts Sohn.

»Ich bringe Euch zur Höhle der Verlorenen«, sagte er ohne Umschweife, als er Morgon erblickte.

Morgon betrachtete ihn, ohne eine Antwort zu geben. Der Knabe war jung, vielleicht zehn oder elf, mit breiten Schultern und einem ernsthaften, ruhigen Gesicht. Morgons Musterung brachte ihn nicht in Verlegenheit.

Schließlich trat Morgon in die Kammer und ließ die Vorhänge hinter sich zugleiten. Er nahm die Harfe von der Schulter und setzte sich.

»Sag mir jetzt nicht, daß du schon dort warst.«

»Ich weiß, wo sie ist. Ich habe mich einmal verlaufen, als ich auf Erkundigung ging. Ich geriet immer tiefer in den Berg hinein, zum Teil, weil ich falsche Wege nahm, zum Teil aber auch, weil ich mir dachte, wenn ich mich schon verlaufen hätte, könnte ich auch gleich erforschen, wie es dort unten aussieht.«

»Hattest du keine Angst?«

»Nein. Ich war nur hungrig. Ich wußte, daß Danan oder Ash mich finden würden. Ich kann im Dunkeln sehen. Das habe ich von meiner Mutter. Wir könnten also ganz heimlich und ohne Licht hinuntergehen — nur in der Höhle, da würdet Ihr ein Licht brauchen.«

»Warum bist du so versessen darauf, dort hinunter zu gehen?«

Der Junge trat einen Schritt auf ihn zu.

»Ich möchte das Schwert sehen. Nie zuvor habe ich etwas so Schönes gesehen wie diese Harfe. Elieu von Hel, der Bruder von Raith, dem Herrn von Hel, kam vor zwei Jahren hierher; er fängt an, ähnliche Arbeiten zu machen — die Intarsien, die Muster —, aber ich habe nie etwas so Herrliches gesehen wie die Arbeiten auf der Harfe. Ich möchte sehen, wie Yrth das Schwert gearbeitet hat. Danan macht Schwerter für hohe Herren und Könige in An und Ymris. Sie sind sehr schön. Ich gehe bei Ash und Elieu in die Lehre; Ash sagt, daß ich einmal ein Meister werde. Deshalb will ich soviel wie möglich lernen.«

Morgon sah den friedlichen, kleinen Handwerker lächelnd an. »Das klingt sehr vernünftig. Aber du hast gehört, was ich Danan über Sol gesagt habe.«

»Ja. Aber ich kenne alle in diesem Haus; keiner würde Euch töten wollen. Und wenn wir ganz leise hinuntergingen, würde es nicht einmal einer merken. Ihr brauchtet ja das Schwert nicht an Euch zu nehmen — Ihr könntet einfach an der Tür auf mich warten. Drinnen, meine ich, weil —« Er verzog den Mund. »Ich habe ein wenig Angst, da allein hineinzugehen. Und Ihr seid der einzige, den ich weiß, der mit mir gehen würde.«

Das Lächeln in Morgons Augen erlosch. Abrupt stand er auf.

»Nein. Da täuschst du dich. Ich werde nicht mit dir gehen. Ich habe Danan meine Gründe genannt. Du hast sie gehört.«

Bere blieb stumm. Seine Augen forschten in Morgons Zügen.

»Ja, ich habe sie gehört«, erwiderte er dann. »Aber, Morgon, das ist — das ist wichtig. Bitte! Wir könnten ganz schnell hinunterlaufen und dann wieder zurückkommen —«

»So, wie Sol zurückgekommen ist?«

Bere zuckte die Achseln.

»Das war vor langer Zeit...«

»Nein.« Er sah die Enttäuschung in den Augen des Jungen. »Bitte, hör mir zu. Seit dem Tag, an dem ich Hed verlassen habe, bin ich dem Tod immer nur einen halben Schritt voraus. Die, die mich töten wollen, sind Gestaltwandler; es können die Bergleute oder die Händler sein, die heute abend mit dir an Danans Tafel gesessen haben. Es kann sein, daß sie hier sind und warten, des Glaubens, daß ich eben das tun werde: Yrths Schwert an mich nehmen. Und wenn wir, du und ich, von ihnen in der Höhle ertappt werden, dann werden sie uns beide töten. Ich achte meine Intelligenz und mein Leben zu hoch, mich in eine solche Falle locken zu lassen.«

Bere schüttelte den Kopf, als wollte er Morgons Worte fortschütteln.

Er trat noch einen Schritt näher.

Sein Gesicht war flehend.

»Es ist nicht recht, es einfach dort unten zu lassen; seiner einfach nicht zu achten. Es gehört Euch, es ist Euer von Rechts wegen, und wenn es an Schönheit der Harfe gleichkommt, dann gibt es im ganzen Reich keinen Edelmann mit einem herrlicheren Schwert.«

»Ich hasse Schwerter.«

»Es geht nicht um das Schwert«, erklärte Bere geduldig. »Es geht um die Arbeit. Die Kunst. Ich will es behalten, wenn Ihr es nicht wollt.«

»Bere —«

»Es ist nicht recht, daß ich es nicht sehen darf.« Er schwieg einen Moment. »Dann werde ich allein gehen müssen.«

Mit einem geschwinden Schritt war Morgon bei dem Jungen und umfaßte die eckigen, unnachgiebigen Schultern.

»Ich kann dich nicht daran hindern«, sagte er. »Aber ich bitte dich zu warten, bis ich Isig verlassen habe; denn wenn sie dich tot in der Höhle finden, dann möchte ich Danans Gesicht nicht sehen müssen.«

Bere senkte den Kopf. Seine Schultern wurden schlaff unter Morgons Händen. Er wandte sich ab.

»Ich dachte, Ihr würdet mich verstehen«, sagte er, Morgon den Rücken zugewandt. »Ich dachte, Ihr würdet verstehen, was es heißt, etwas tun zu müssen.«

Danach ging er. Müde drehte Morgon sich um. Er warf Holz ins Feuer und legte sich nieder. Lange Zeit lag er da und konnte nicht einschlafen. Er blickte in die Flammen und spürte, wie die Erschöpfung in all seine Glieder hineinkroch. Schließlich trieb er in eine Dunkelheit hinüber, wo seltsame Bilder sich formten und wieder zerplatzten wie die Blasen in einem Kochtopf.

Er sah die mächtigen, dunklen Wände im Inneren des Bergs Isig, deren Adern im Fackelschein silbern, golden und eisenschwarz schimmerten; er sah die Geheimnisse des Bergs, ungeschliffene Edelsteine, Kristalle von Feuer und Eis, mitternachtsblau, rauchgelb, die aus ihrer steinernen Hülle herausbrachen. Gewölbte Gänge, hohe Tunnels wanden sich durch die Schatten, die wie Spinnweben über ihnen lagen. Er stand inmitten eines Schweigens, das seine eigene Stimme hatte. Wie ein Windhauch folgte er den trägen, kaum wahrnehmbaren Bewegungen dunkler Bäche und Rinnsale, die allmählich tiefer wurden, sich durch versteckte Spalten drängten und sich in große, unergründliche Seen ergossen, in denen winzige namenlose Wesen in einer Welt ohne Farbe lebten. Am Ende eines Wasserlaufs fand er sich in einer Kammer aus milchweißem, blaugeädertem Stein. Drei Stufen führten aufwärts aus einem stillen Tümpel zu einem erhöhten Steinplateau, auf dem zwei lange Kästen aus gehämmertem Gold und weißen Edelsteinen glitzernd im Schein einer Fackel standen. Trauer um die Toten von Isig erfaßte ihn: Sol und Grania, Danans Frau. Er trat in den Tümpel und streckte den Arm nach einem der Särge aus. Unversehens klappte er von innen auf. Ein verschwommenes, unkenntliches Gesicht, das weder Mann noch Frau gehörte, zeigte sich ihm und sprach seinen Namen: ›Sternenträger.‹

Plötzlich stand er wieder in seiner Kammer, kleidete sich an, während eine Stimme aus den Gängen des Berges ihn rief, leise und drängend wie die Stimme eines Kindes bei Nacht. Er wandte sich zum Gehen, hielt an, schob sich die Harfe über die Schulter. Lautlos stieg er die öde Turmtreppe hinunter, schritt durch den Saal, wo das Feuer zu einem Häufchen glühender Asche zusammengesunken war. Ohne Mühe fand er die Tür des Steintors, das in den Berg selbst hineinführte, in den feuchten, kühlen Schacht, der den Weg zu den Gruben hinunter öffnete. Instinktiv und ohne Zögern fand er den Hauptgang, die Tunnels und Treppen zum tieferliegenden Schacht. Dort nahm er eine Fackel von der Wand. Im abweisenden Fels am Ende des Schachts zeigte sich düster eine Spalte; von dort rief ihn die Stimme, und er folgte ihr ohne Frage. Der Pfad lag in der Dunkelheit, uneben und glitschig vom Wasser, das unablässig von den Wänden tropfte. Die Decke senkte sich so plötzlich, daß er sich unter ihr bücken mußte, dann wieder erhob sie sich in ungeahnte Höhen, während die Felswände ihn von beiden Seiten bedrängten und er die Fackel hoch über dem Kopf tragen mußte, um Durchlaß zu finden. So schwer und lastend wie die Felsmassen des Berges hing die Stille über ihm. Er roch in seinem Traum den schwachen, beißenden Duft flüssigen Steins.

Er hatte kein Zeitgefühl, spürte nicht Müdigkeit noch Kälte; er gewahrte nur das unbestimmte Spiel der Schatten, war sich nur des endlosen, wirren Musters von Gängen bewußt, denen er mit einer merkwürdigen Zielgewißheit folgte. Tiefer und tiefer wanderte er in den Berg hinein. Seine Fackel brannte ruhig und stetig, unberührt von Wind. Manchmal konnte er ihren Widerschein in einem Wasserbecken sehen, das weit unter dem schmalen Sims lag, auf dem er entlangschritt.

Schließlich wurden die Wege eben; die Steine rückten näher an ihn heran, schlossen sich von oben und von beiden Seiten immer enger um ihn. Das Felsgestein rund um ihn herum war gesplittert und gespalten wie von einem inneren Aufruhr. Immer wieder mußte er über Brocken hinwegsteigen, die aus der Decke herabgestürzt waren. Unversehens endete der Pfad vor einer verschlossenen Tür.

Er stand da und sah sie an. Sein Schatten tanzte hinter ihm unruhig über den Fels. Jemand rief ihn beim Namen; er streckte den Arm aus, um die Tür zu öffnen. Da schauderte er, als wäre er an die Oberfläche seines Traums emporgestoßen, und erwachte. Er stand vor der Tür zur Höhle der Verlorenen.

Wie betäubt starrte er sie an, erkannte den blanken grünen Stein, der von Schwarz durchschossen war und im Feuer seiner Fackel leuchtete. Die Kälte, die er in seinem Traum nicht gespürt hatte, kroch durch seine Kleider, und er wurde plötzlich des massigen Felsgesteins gewahr, das ihn umschloß, der Stille und der Finsternis, die ihn einhüllten. Er wich einen Schritt zurück, und ein Laut bildete sich in seiner Kehle. Mit einer wirbelnden Bewegung fuhr er herum, blickte in eine Dunkelheit, die seine Fackel nicht zu entwirren vermochte. Zischend drang sein Atem aus seinem Mund; er rannte einige Schritte vorwärts, stolperte über einen Felsbrocken, schlug gegen die feuchte, glitschige Wand und fand sein Gleichgewicht wieder. Jetzt erst erinnerte er sich des endlosen, wirren Wegs, den er in seinem Traum genommen hatte. Krampfhaft schluckte er einen Kloß hinunter, der ihm in der Kehle saß, und wollte schreien.

Da hörte er die Stimme aus seinem Traum, die Stimme, die ihn aus Danans Haus geführt und ihn durch den Irrgarten im Berg gelockt hatte.

»Sternenträger!«

Sie kam von der anderen Seite der Tür, eine befremdliche Stimme, rein und klar und ohne Timbre. Ihr Klang zähmte die kopflose Angst in ihm. Ganz klar, wie durch ein drittes Auge, sah er die Schatten von Gefahr hinter der Tür, und die Schatten eines Wissens, das jenseits aller Hoffnung war. Lange Zeit stand er da, fröstelnd hin und wieder, die Augen auf die Tür gerichtet, und wog Wahrscheinlichkeit gegen Möglichkeit ab. Jahrtausendcalt, unberührt von der Witterung, ursprungslos stand die Tür vor ihm und gab ihm keine Antwort. Schließlich legte er eine Hand flach auf den glatten Stein.

Unter der sachten Berührung schwang die Tür einen Spalt auf und enthüllte ihm einen Streifen Finsternis. Er tappte vorwärts. Das Licht der Fackel brach sich an Wänden, die von unentdeckten Edelsteinadern durchzogen waren. Dann trat jemand in den Lichtschein, und er hielt inne.

Leise, zitternd holte er Atem. Eine Hand berührte ihn, wie Suth ihn berührt hatte, zu fühlen, ob er wirklich war. Die Augen auf das stille Antlitz gerichtet, flüsterte er: »Du bist ein Kind.«

Der bleiche Kopf hob sich, die sternenweißen Augen trafen die seinen.

»Wir sind die Kinder.«

Die Stimme war dieselbe, die klare Traumstimme eines Kindes.

»Die Kinder?«

»Wir sind die Kinder der Erdherren.«

Seine Lippen bewegten sich, formten ein Wort, das keinen Laut fand. Etwas, das nicht mehr Angst war, wuchs schwer und unbezwingbar in seiner Brust. Ein verschwommenes, leuchtendes Knabenantlitz bewegte sich leicht unter seinen Augen. Er berührte es und fand, daß es seiner Berührung nicht nachgab.

»Wir sind zu Stein im Stein geworden. Die Erde hat uns bezwungen.«

Er hob die Fackel. Rundum standen lichte, verschwommene Kindergestalten aus den Schatten auf. Neugierig, ohne Furcht blickten sie ihn an, als wäre er ein Wesen aus ihren Träumen. Die Gesichter, die das Licht beschien, waren wie fein gemeißelter Stein.

»Wie lange — wie lange seid ihr schon hier?«

»Seit dem Krieg.«

»Dem Krieg?«

»Vor der Gründung. Wir haben auf dich gewartet. Du hast uns erweckt.«

»Ihr habt mich erweckt. Ich wußte nicht — ich wußte nicht...«

»Du hast uns erweckt, und wir haben dich gerufen. Du trägst die Sterne.« Die schmale Hand hob sich, sie zu berühren. »Drei für das Leben, drei für die Winde und drei für —«, er hob das Schwert, das er trug, und bot Morgon das gestirnte Heft, »— den Tod. Das wurde uns versprochen.«

Er schluckte das Wort hinunter wie Bitterkeit in seinem Mund; seine Finger schlossen sich um die Klinge.

»Wer hat euch das versprochen?«

»Die Erde. Der Wind. Der große Krieg vernichtete uns. Darum wurde uns ein Mann des Friedens versprochen.«

»So war das.« Seine Stimme zitterte. »Ich verstehe.« Er ging in die Knie, um mit dem Knaben auf gleicher Höhe zu sein. »Welchen Namen trägst du?«

Der Knabe schwieg, als könnte er nicht antworten. Die starren Linien seines Gesichts veränderten sich. Dann sagte er stockend: »Ich war — ich war Tirnon. Mein Vater war Tir, Herr der Erde und des Windes.«

»Ich war Elona«, sagte ein kleines Mädchen plötzlich. Vertrauensvoll kam sie zu Morgon. Das Haar fiel ihr wie ein zu Eis erstarrter Wasserfall über die Schultern. »Meine Mutter war — meine Mutter war...«

»Trist«, ließ sich ein Knabe hinter ihr vernehmen. Seine Augen blickten in die von Morgon, als läse er dort seinen Namen. »Ich war Trist. Ich konnte jede Gestalt von Erde, Vogel, Baum und Blume annehmen. Ich kannte sie. Ich konnte auch die Gestalt der Vesta annehmen.«

»Ich war Elore«, sagte ein schlankes Mädchen eifrig. »Meine Mutter war Rena — sie konnte jede Sprache der Erde sprechen. Sie lehrte mich die Sprache der Grillen...«

»Ich war Kara —«

Sie umdrängten ihn, des Feuers nicht achtend. Ihre Stimmen waren träumerisch und kannten keinen Schmerz. Er ließ sie sprechen, während er ungläubig die zarten, leblosen Gesichter betrachtete.

Dann fragte er abrupt, mit seiner Stimme die ihren durchschneidend: »Was geschah? Warum seid ihr hier?«

Schweigen antwortete ihm.

»Sie vernichteten uns«, sagte Tirnon schlicht.

»Wer?«

»Jene aus dem Meer. Edolen. Sec. Sie vernichteten uns, so daß wir nicht länger auf der Erde leben konnten. Wir konnten sie nicht beherrschen. Mein Vater stellte uns unter seinen

Schutz und brachte uns hierher, wo wir vor dem Krieg verborgen waren. Wir fanden einen Ort zum Sterben.«

Morgon war wie erstarrt. Langsam ließ er die Fackel sinken. Schatten spielten wieder über den Kreis von Kindern.

»Ich verstehe«, flüsterte er. »Was kann ich für euch tun?«

»Befreie die Winde.«

»Ja. Wie?«

»Ein Stern wird rufen aus der Stille den Herrn der Winde; ein Stern aus der Dunkelheit den Herrn der Dunkelheit; ein Stern aus dem Tod die Kinder der Erdherren. Du hast gerufen; sie haben geantwortet.«

»Wer ist —?«

»Der Krieg ist nicht beendet, nur zum erneuten Kräftesammeln unterbrochen. Du wirst Sterne von Feuer und Eis zum Ende der Zeiten des Erhabenen tragen —«

»Aber ohne den Erhabenen können wir nicht leben —«

»So ist es uns versprochen. So wird es sein.« Der Knabe schien nicht mehr seine Stimme zu hören, sondern eine Stimme aus der Erinnerung. »Du bist der Sternenträger, und du wirst aus ihrer Macht befreien die —«

Unvermittelt brach er ab.

»Weiter«, drängte Morgon.

Tirnon senkte den Kopf. Er umklammerte plötzlich Morgons Handgelenk.

»Nein«, flüsterte er in tiefer Angst.

Morgon hob seine Fackel. Jenseits der zarten Ovale der Gesichter fing das Licht einen Schatten ein, der nicht weichen wollte. Aus den Fetzen der Finsternis hob sich ein dunkler Kopf; eine Frau mit einem schönen, stillen, scheuen Gesicht sah ihn an und lächelte.

Er fuhr hoch; feurig tanzten die Sterne um ihn. Tirnons Kopf fiel auf die angezogenen Knie. Morgon sah, wie die Konturen seines Körpers miteinander zu verschmelzen begannen. Hastig drehte er sich um und drängte sich durch die steinerne Tür. Sie schleuderte ihn nach draußen, und da sah er auf dem Pfad einen Zug von Männern kommen, die Lichter auf den Flächen ihrer Hände trugen. Sie hatten die Farben und die Bewegungen der See.

Tödliche Angst überfiel ihn und lähmte ihn einen Moment

lang. Dann aber sah er aus dem Augenwinkel eine Öffnung, einen schmalen Seitenweg neben sich. Er schleuderte seine Fackel so weit wie möglich von sich weg. Wie ein Feuerstern flog sie seinen Verfolgern entgegen. Dann tastete er nach der Öffnung und glitt blinden Auges in eine unbekannte Klamm hinein, deren Wände sich bei jedem Atemzug und jeder Bewegung gegen ihn stemmten. Er tastete sich vorwärts. Seine Hände strichen über nassen, glatten Fels, während er mit Kopf und Schultern immer wieder gegen unerwartete Vorsprünge schlug, die an jeder Windung Hindernisse bildeten. Finsternis hatte diesen Weg geformt, hatte den Stein unter seinen Händen geformt. Ungebrochen lag Schwärze hinter ihm und preßte sich von vorn auf seine Augen. Einmal hielt er an, entsetzt über seine Blindheit, und hörte über seinen keuchenden Atem hinweg die erbarmungslose Stille des Berges Isig. Er stolperte weiter, die Hände aufgerissen von rauhem Gestein, das er nicht sehen konnte, Blut aus einer Schürfwunde im Gesicht, bis der Stein unter seinen Füßen plötzlich wich und er in schwarze Finsternis stürzte, wo sein Schrei von Wasser verschluckt wurde.

Er zog sich an rauhem Fels wieder hoch, heraus aus dem Wasser. Immer noch umklammerte er, ohne sich dessen bewußt zu sein, das Schwert. Auf dem feuchten Stein blieb er liegen und vernahm nichts als seinen Atem, der wie leise wimmerndes Schluchzen klang. Dann jedoch, als er langsam ruhiger wurde, hörte er einen Schritt nicht weit von seinem Gesicht, hörte den Atem eines anderen. Er erstarrte. Jemand berührte ihn.

Mit einem Sprung war er auf den Beinen und wich zurück.

»Morgon«, flüsterte eine Stimme. »Gebt acht! Das Wasser —«

Er hielt inne, spähte angestrengt in die Dunkelheit, das bleiche Leuchten eines Gesichts zu sehen; doch die Finsternis war undurchdringlich. Dann erkannte er die Stimme.

»Morgon. Ich bin es, Bere. Ich komme zu Euch. Bewegt Euch nicht, sonst stürzt Ihr wieder ins Wasser. Ich komme...«

Es kostete ihn seinen ganzen Mut, still stehen zu bleiben und die Finsternis auf sich zukommen zu lassen. Wieder berührte ihn eine Hand. Dann fühlte er, wie das Schwert in seiner Hand sich bewegte.

»Es war also dort. Ihr hattet recht. Ich wußte es. Ich wußte, daß er die Klinge mit Verzierungen versehen haben mußte. Sie ist — ich kann nicht so gut sehen. Ich brauche —« Seine Stimme brach kurz ab. »Was habt Ihr getan? Ihr habt Euch die Hand aufgeschnitten, indem Ihr es so trugt.«

»Bere. Ich kann dich nicht sehen. Ich kann überhaupt nichts sehen. Es sind Gestaltwandler im Berg, die mich suchen.«

»Gestaltwandler sind das? Ich habe sie gesehen. Ich versteckte mich hinter den Felsen, und Ihr seid an mir vorbeigelaufen. Soll ich Euch hier lassen und —?«

»Nein. Kannst du mir helfen, den Rückweg finden?«

»Ich glaube schon. Ich glaube, wenn wir dem Wasser folgen, führt es uns zu einem der unteren Schächte. Morgon, ich bin froh, daß Ihr das Schwert geholt habt, aber warum seid Ihr gegangen, ohne Danan etwas davon zu sagen? Und wie habt Ihr hier heruntergefunden? Alle suchen Euch. Ich bin später noch einmal zu Euch hinaufgegangen, um mit Euch zu sprechen. Ich hoffte, Ihr hättet es Euch doch noch anders überlegt. Aber Ihr wart fort. Da ging ich zu Thods Kammer, um zu sehen, ob Ihr dort wärt, aber da wart Ihr auch nicht, und Thod hörte mich und wachte auf. Ich sagte ihm, daß Ihr verschwunden wärt. Er kleidete sich an und weckte Danan, und Danan weckte die Bergleute. Alle suchen sie nach Euch. Ich bin vorausgelaufen. Ich verstehe nicht —«

»Wenn wir lebend zu Danans Haus zurückkommen, will ich es dir erklären. Ich will alles erklären —«

»Gut. Laßt mich das Schwert tragen.« Die Hand an seinem Arm zog ihn vorwärts. »Paßt auf! Links von Euch ist ein niedriger Überhang. Zieht den Kopf ein.«

Geschwind bewegten sie sich durch die Dunkelheit. Sie sprachen nicht; nur hin und wieder murmelte Bere eine Warnung. Den Körper abwehrend gespannt gegen unerwartete Stöße und Schläge, tappte Morgon durch die Finsternis und spähte angestrengt in die Schwärze, um vielleicht ein Schimmern von Stein oder ein Glitzern von Wasser zu sehen, doch seine Augen fanden nichts. Am Ende schloß er sie und überließ sich einfach Beres Führung.

Sie begannen zu steigen; endlos wand der Pfad sich aufwärts. Die Wände bewegten sich wie lebende Wesen unter seinen Händen; bald verengten sie sich, schlossen sich soweit, daß er sich seitlich zwischen ihnen hindurchdrängen mußte, bald weiteten sie sich, liefen so weit auseinander, daß er sie nicht mehr berühren konnte, um gleich darauf wieder scharf zusammenzulaufen. Schließlich blieb Bere stehen.

»Hier sind Stufen. Sie führen in den Schacht. Wollt Ihr rasten?«

»Nein. Geh weiter.«

Die Stufen waren steil und nahmen kein Ende. Morgon zitterte vor Kälte. Blut tropfte über seine Finger. Dann sah er plötzlich Farbblitze hinter seinen geschlossenen Augen. Er hörte Beres müden Atem. Mit einem Seufzen sagte der Junge: »So. Wir sind oben.« Er hielt so unvermittelt an, daß Morgon gegen ihn prallte. »Ich sehe Licht im Schacht. Das muß Danan sein. Kommt!«

Morgon öffnete seine Augen. Bere ging ihm voraus durch ein Steingewölbe, dessen Wände sich in flackerndem Licht zu kräuseln schienen.

»Danan?« rief Bere leise.

Dann fuhr er zurück, fiel torkelnd gegen Morgon, während der Atem ihm zischend über die Lippen kam. Eine grau-grün schimmernde Klinge sauste durch das Licht, traf Beres Kopf. Er stürzte, und klirrend schlug das Schwert unter ihm auf den Stein.

Morgon starrte auf seinen schlaffen, reglosen Körper, der klein wirkte inmitten der rauhen, massigen Felsen. Ein Gefühl, das sich nicht bändigen ließ, wallte in ihm auf und schlug in einer Explosion wütenden Zorns über ihm zusammen. Er wich einem Schwert aus, das nach ihm schnappte wie eine silberglänzende Schlange. Er zog den Riemen der Harfe über seinen Kopf und ließ das Instrument fallen. Dann griff er zu dem Schwert, das unter Bere lag.

Um Haaresbreite entging er den tödlichen Hieben zweier Klingen, die hinter ihm durch die Luft pfiffen, als er aus dem Gewölbe hervorsprang; eine dritte Klinge, die eben auf ihn heruntersausen wollte, wehrte er ab, zwang sie aufwärts unter blechernem Klirren und sprühenden Funken, ließ dann plötzlich ab und schlug seitwärts. Blut erglühte wie eine rote Sonne auf einem muschelfarbenen Gesicht. Eine Feuerzunge, die seinen Arm entlangleckte, ließ ihn herumwirbeln. Eine blitzende Klinge kam ihm entgegen; beinahe verächtlich schlug er sie mit einem beidhändig geführten Hieb weg, so daß sie scheppernd über die Steine rutschte. Sogleich zog er sein Schwert in raschem Bogen wieder zurück, und der Gestaltwandler krümmte sich zusammen und stürzte, während sein Blut aus einer Wunde strömte, die von der Schulter zur Hüfte reichte. Noch eine Klinge holte nach ihm aus, hätte ihn entzwei gespalten, wenn sie ihn getroffen hätte. Er wich vor ihr zurück. Wie eine Axt schwang er sein Schwert abwärts, und der Gestaltwandler, den die Klinge in der Schulter traf, riß es Morgon aus den Händen, als er zusammenbrach.

Bedrückend drängte sich die Stille um ihn. Er starrte auf die Sterne, die unter den letzten Atemzügen des Gestaltwandlers leicht erzitterten. Das Heft des Schwertes war mit Blut überzogen. Eines der seltsamen Lichter, das heruntergefallen war und noch brannte, lag gleich neben dem ausgestreckten Arm des Gestaltwandlers. Ein heftiges Zittern überfiel Morgon, als er darauf niederblickte. Er drehte sich um, trat das Licht mit dem Fuß aus und schritt vorwärts, bis er nicht mehr weiterkonnte. Stumm drückte er sein Gesicht gegen die harte, schwarze Felswand.

11

Es dauerte zwei Wochen, ehe die Wunde an seinem Arm verheilte, und an seiner linken Hand durchkreuzten die Narben der Schwertklinge das Mal der Vesta. Er blieb stumm, als Danans Bergleute, deren Fackeln die ganze Höhle ausleuchteten, ihn und die toten Gestaltwandler und das mächtige Schwert mit den funkelnden, blutroten Sternen fanden. Er blieb stumm, als Bere, die Hand an den Kopf gedrückt, Blut im Gesicht, zwinkernd ins Licht stolperte. Auf dem Weg durch die Schächte nach oben hörte er Danans Fragen, doch er gab keine Antwort. Er war nicht weit gegangen, als die Finsternis des Berges sich wie eine dichte Decke über ihn senkte. Die Lichter der Fackeln wurden klein, bekamen ein blaues, kaltes Licht und erloschen.

Erst als er in seiner Kammer lag, den Arm von der Schulter zum Handgelenk eingebunden, brach er sein Schweigen. Bere, der mit ernsthaftem Gesicht völlig zufrieden dasaß und Skizzen von den Ziselierungen auf dem Schwert machte, hob den Kopf, als Morgon ihn ansprach, und auf seine Bitte holte er Thod und Danan.

Knapp und genau berichtete Morgon ihnen, was sie wissen wollten.

»Kinder«, flüsterte Danan. »Als Yrth mich dort hinunterführte, sah ich nur Steine. Woher wußte er, was sie waren?«

»Ich werde ihn fragen.«

»Yrth? Ihr glaubt, daß er noch am Leben ist?«

»Wenn er noch am Leben ist, werde ich ihn finden.« Er schwieg einen Moment, die Augen nach innen gerichtet, zugesperrt. »Es ist noch jemand an diesem Spiel beteiligt außer dem

Gründer, den Gestaltwandlern, den Wesen, deren seltsame Namen mir genannt wurden — Edolen, Sec; einer, den sie den Herrn der Winde nannten. Vielleicht meinten sie den Erhabenen.« Er sah Thod an. »Der Erhabene ist auch ein Herr des Windes?«

»Ja.«

»Und es gibt einen Herrn der Finsternis, der sich zweifellos zeigen wird, wenn er bereit ist. Das Zeitalter des Erhabenen nähert sich seinem Ende —«

»Aber wie kann das sein?« protestierte Danan. »Unsere Länder werden sterben ohne den Erhabenen.«

»Ich weiß nicht, wie es möglich sein kann. Aber ich berührte das Gesicht des Sohnes eines Herrn der Winde, während er mit mir sprach, und es war aus Stein. Ich denke, wenn das möglich ist, dann ist alles möglich, auch die Zerstörung des Reiches. Dies ist nicht unser Krieg — wir haben ihn nicht angefangen, wir können ihn nicht beenden, wir können ihn nicht vermeiden. Es gibt keine Wahl.«

Danan holte Atem, als wollte er sprechen, doch er sagte nichts. Beres Feder war still geworden; das Gesicht des Jungen war den Männern zugewandt.

»Das Ende eines Zeitalters«, sagte Danan schließlich wie in einem Aufseufzen. »Wie kann man einem Berg ein Ende machen? Morgon, es kann sein, daß Ihr Euch irrt. Jene, die vor Jahrtausenden diesen Krieg begannen, wußten nicht, daß sie mit Männern zu rechnen haben würden, die kämpfen werden um das, was sie lieben. Diese Gestaltwandler können vernichtet werden. Ihr habt es bewiesen.«

»Ja, das habe ich. Aber sie brauchen nicht mit uns zu kämpfen. Wenn sie den Erhabenen vernichten, sind wir zum Untergang verdammt.«

»Warum versuchen sie dann noch immer, Euch zu töten? Warum greifen sie Euch an und nicht den Erhabenen? Das ergibt keinen Sinn.«

»Oh, doch: Jedes Rätsel hat eine Lösung. Wenn ich all die Antworten auf die Fragen, die ich stellen muß, aneinanderfügen werde, dann werde ich den Anfang einer Antwort auf Eure Frage haben.«

Danan schüttelte den Kopf.

»Wie wollt Ihr das zuwege bringen? Nicht einmal die Zauberer konnten es.«

»Ich werde es tun. Ich habe keine Wahl.«

Thod sprach wenig. Als sie gingen und Bere mit sich nahmen, stand Morgon unter Schmerzen auf und ging zu einem der Fenster. Der Abend dämmerte; die Flanken der Berge warteten bläulich-weiß und still auf das Kommen der Nacht. Er betrachtete die mächtigen Bäume, die langsam im Schatten versanken. Nichts regte sich, kein Tier, kein schneebeladener Zweig, während das mächtige weiße Haupt des Berges Isig allmählich mit dem dunklen, sternlosen Himmel verschmolz.

Er hörte Schritte auf der Treppe. Der Vorhang teilte sich, und ohne sich umzudrehen, sagte er: »Wann sollen wir zum Erlenstern-Berg aufbrechen?«

»Morgon —«

Da erst wandte er sich um. »Das ist ein Ton, den ich selten in Eurer Stimme höre. Protest. Wir befinden uns auf der Schwelle zum Erlenstern-Berg, und ich habe tausend Fragen, auf die ich Antwort brauche —«

»Der Erlenstern-Berg ist der Erlenstern-Berg«, gab Thod ruhig zurück, »ein Ort, wo Ihr vielleicht die Antworten findet, die Ihr sucht, vielleicht aber auch nicht. Seid geduldig. Die Stürme, die aus dem nördlichen Ödland durch den Isig-Paß blasen, sind im tiefen Winter erbarmungslos.«

»Ich habe schon früher in diesen Stürmen gestanden und sie nicht einmal gespürt.«

»Ich weiß. Aber wenn Ihr Euch in diesen Winter hineinwagt, ehe Ihr kräftig genug seid, ihn auszuhalten, werdet Ihr keine zwei Tage über Kyrth hinaus am Leben bleiben.«

»Ich werde überleben«, entgegnete Morgon grimmig. »Das kann ich am besten — das Überleben mit allen Mitteln. Ich besitze große Gaben, die ungewöhnlich sind für einen Fürsten von Hed. Habt Ihr die Gesichter der Bergleute gesehen, als sie in die Höhle kamen und uns alle dort fanden? Was glaubt Ihr wohl, wie lange es dauern wird, ehe über die Händler, von denen das Haus hier voll ist, die ganze Geschichte nach Hed gelangt? Nicht nur verstehe ich zu töten, nein, ich habe sogar ein Schwert, das meinen Namen trägt und das mir von einem Kind mit steinernem Antlitz gegeben wurde. Und dieses Schwert wurde dem Kind von einem Zauberer anvertraut, der es im Vertrauen darauf schmiedete, daß der Mann, dessen Namen es trägt, seine Bestimmung annehmen würde. Ich sitze in der Falle. Wenn ich nichts anderes tun kann als das, was mir zu tun bestimmt ist, dann will ich es jetzt tun, so schnell wie möglich. Es regt sich kein Lüftchen draußen. Wenn ich heute nacht aufbreche, könnte ich den Erlenstern-Berg in drei Tagen erreichen.«

»In fünf«, verbesserte ihn Thod. »Selbst Vesta müssen schlafen.« Er ging zum Feuer und griff nach Holz. Sein Gesicht erglühte, als die Flammen hochzüngelten, und zeigte Mulden und haarfeine Linien, die zuvor nicht dort gewesen waren. »Wie weit könntet Ihr mit einem kranken Bein laufen?«

»Schlagt Ihr vor, daß ich hier warten soll, bis man mich tötet?«

»Die Gestaltwandler griffen Euch hier an und verloren. Danans Haus ist bewacht, Ihr habt das Schwert, und die Antworten, die die versteinerten Kinder Euch gaben, sind Euch nicht zu entreißen. Vielleicht werden sie warten, bis Ihr etwas unternehmt.«

»Und wenn ich nichts unternehme?«

»Ihr werdet es tun. Das wißt Ihr.«

»Ja, das weiß ich«, gab er zurück. »Wie könnt Ihr nur so ruhig sein? Nie habt Ihr Furcht; nie seid Ihr überrascht. Ihr lebt seit tausend Jahren, und Ihr habt Euch das Schwarze Gewand der Rätselmeister erworben — wieviel von alledem, was sich zugetragen hat, habt Ihr erwartet? Ihr wart es, der mir in Herun meinen Namen gab.«

Er sah die Bestürzung in den Augen des Harfners, und seine Gedanken kreisten schwerfällig wie Mühlsteine um die Frage. »Was habt Ihr von mir erwartet? Daß ich, nachdem ich mich einmal auf diesen Kampf eingelassen hatte, auch nur ein Ding oder ein Wesen *nicht* hinterfragen würde? Ihr kanntet Suth — hat er Euch die Rätsel von den Sternen anvertraut? Ihr kanntet Yrth; Ihr habt gesagt, daß Ihr in Isig gewesen seid, als er meine Harfe baute. Hat er Euch gesagt, was er in der Höhle der Verlorenen gesehen hatte? Ihr seid in Lungold geboren — wart Ihr dort, als die Schule der Zauberer aufgelöst wurde? Habt Ihr selbst dort studiert?«

Thod richtete sich auf und sah Morgon in die Augen.

»Ich bin keiner der Zauberer aus Lungold. Ich habe nie einem anderen als dem Erhabenen gedient. Ich studierte eine Zeitlang an der Schule der Zauberer, weil ich sah, daß ich alt wurde, ohne zu altern, und ich glaubte, mein Vater wäre vielleicht ein Zauberer gewesen. Ich besaß keine großen Gaben der Zauberei, deshalb ging ich wieder fort — weiter geht meine Bekanntschaft mit den Zauberern von Lungold nicht. Ich habe Euch fünf Wochen lang in Ymris gesucht; ich habe zwei Wochen in Kyrth auf Euch gewartet, ohne meine Harfe anzurühren, weil ich fürchtete, jemand könnte mich erkennen und erraten, auf wen ich wartete; ich habe zusammen mit Danans Bergleuten den Berg Isig nach Euch durchforscht; ich sah Euer Gesicht, als man Euch fand. Glaubt Ihr, *wenn* ich etwas für Euch tun könnte, daß ich es dann *nicht* tun würde?«

»Ja.«

Gespanntes, knisterndes Schweigen war zwischen ihnen. Morgon griff nach dem Schwert, das Bere abgezeichnet hatte, schwang es in einem weiten, blitzenden Bogen und schlug es gegen die Steinmauer, daß blaue Funken aufstoben. Tief und voll wie eine Glocke klang es auf, ehe er es fallen ließ. Über seine schmerzenden Hände gebeugt, sagte er bitter: »Ihr könntet meine Fragen beantworten.«

Ein paar Tage später durchbrach er schließlich seine Abgeschiedenheit im Turm und ging hinaus in den Handwerkshof. Sein Arm war fast verheilt; seine Kraft kehrte zurück. Er stand im Schnee und roch die Feuer der Schmiede. Die Welt schien ruhig unter einem grauweißen Himmel. Danan rief ihn beim Namen, und er drehte sich um. Der Bergkönig legte ihm die Hand auf die Schulter.

»Es freut mich, daß es Euch besser geht.«

Er nickte. »Die frische Luft hier draußen tut gut. Wo ist Thod?«

»Er ist heute morgen mit Ash nach Kyrth geritten. Bei Sonnenuntergang wollen sie zurückkehren. — Morgon, ich habe nachgedacht... Ich wollte Euch etwas geben, das Euch eine Hilfe sein kann. Ich habe mir das Hirn zermartert, um mir etwas einfallen zu lassen, und da dachte ich mir, daß es auf Eurer

Wanderschaft vielleicht Zeiten geben wird, wo Ihr Euch einfach zurückziehen wollt, vor Feinden, vor Freunden, vor der Welt, um zu rasten, um nachzudenken... Es gibt nichts, das weniger auffällt als ein Baum in einem Wald.«

»Ein Baum. Danan, könnt Ihr mich das lehren?«

»Ihr habt die Gabe der Verwandlung in Euch. Die Gestalt eines Baumes anzunehmen, ist viel einfacher als die einer Vesta. Ihr müßt einfach lernen, ganz still zu werden. Ihr wißt, welche Stille in einem Stein wohnt, oder in einer Handvoll Erde.«

»Ich wußte es einmal, ja.«

»Ihr wißt es tief in Eurem Inneren.« Danan blickte zum Himmel hinauf, dann auf die geschäftigen Arbeiter rundherum. »An einem so stillen Tag wie heute ist es leicht. Kommt! Keiner wird uns vermissen, wenn wir eine Weile verschwinden.«

Morgon folgte ihm aus Harte hinaus, die gewundene, ruhige Straße hinunter, dann hinein in die Wälder hoch über Kyrth. Ihre Füße sanken tief in den lockeren Schnee ein, während sie stumm zwischen weißen Tannen hindurchwanderten, bis sie die Straße nicht mehr sehen konnten, und auch nicht Kyrth, das unterhalb lag, sondern nur noch die stillen, dunklen Bäume.

Sie standen da und lauschten. Die Wolken, von den Winden fein geformt, schwebten auf der Stille. Und die Bäume waren in die Ruhe hineingegossen, die die Kerben und Windungen ihrer Rinde formte, die Biegung der Äste, den Abwärtsschwung ihrer Nadeln. Ein Habicht trieb auf der Stille, störte sie kaum, tauchte tief in sie hinein und verschwand.

Nach langer Zeit drehte sich Morgon nach Danan um. Er fühlte sich plötzlich allein gelassen. Und da sah er neben sich eine hohe Tanne, die still und träumend über Isig stand.

Er rührte sich nicht. Die Kälte begann ihn zu quälen und verging, als die Stille greifbar wurde, mit seinem Atem und seinem Herzschlag pulsierte, in seine Gedanken und in seine Knochen einsickerte, bis er sich ausgehöhlt fühlte, eine Hülle winterlicher Stille. Die Bäume, die ihn umringten, schienen eine Wärme einzuschließen, die vor dem Winter schützte wie die Steinhäuser von Kyrth. Als er lauschte, hörte er plötzlich das

Rauschen ihrer Adern, die aus den Tiefen unter dem Schnee und unter der hartgefrorenen Erde Leben sogen. Er fühlte sich angewurzelt, in den Rhythmus des Berges eingebunden; sein eigener Rhythmus wurde still, verlor sich, aller Erinnerung fern, in der Stille, die ihn formte. Ein Wissen ohne Worte durchpulste ihn von zeitlosem Alter, von grimmigen Stürmen, vom Beginn und vom Ende der Jahreszeiten, von einem geduldigen, ruhigen Warten auf etwas, das tiefer lag als Wurzeln, das tiefer als das Herz des Berges Isig in der Erde schlief, das eben zu erwachen begann...

Die Stille verließ ihn. Er bewegte sich, spürte eine seltsame Starrheit, als wäre sein Gesicht aus Baumrinde gemacht, als verwandelten sich seine Finger in kleine Äste und Zweige. Sein Atem, den er eine Weile gar nicht bemerkt hatte, quoll in einem schnellen Stoß aus ihm heraus.

In einer Stimme, die dem gelassenen Rhythmus der Stille angemessen war, sagte Danan: »Übt immer, wenn Ihr Zeit habt, damit Ihr mit der Schnelligkeit eines Gedankens vom Menschen zum Baum werden könnt. Manchmal vergesse ich, mich rückzuverwandeln. Dann sehe ich zu, wie die Berge im Zwielicht erblassen und die Sterne durch die Dunkelheit stoßen wie Edelsteine durch den Fels, und ich vergesse mich selbst, bis schließlich Bere kommt und mich ruft, oder ich unter mir die Bewegungen von Isig spüre und mich erinnere, wer ich bin. Es ist ruhevoll und wohltuend, ein Baum zu sein. Wenn ich zu müde bin, um weiter zu leben, dann werde ich so weit ich kann den Berg hinaufwandern und dort oben zum Baum werden. Wenn dieser Weg, den Ihr beschreitet, unerträglich wird, dann könnt Ihr einfach auf ein Weilchen verschwinden, und kein Zauberer oder Gestaltwandler auf der ganzen Welt wird Euch finden, ehe Ihr bereit seid, Euch finden zu lassen.«

»Ich danke Euch.« Seine Stimme erschreckte ihn. Er hatte vergessen, daß er eine besaß.

»Ihr habt große Kräfte. Ihr habt das so leicht gelernt wie meine eigenen Kinder.«

»Es war einfach. So einfach, daß es mir seltsam erscheint, daß ich es nie zuvor versucht habe.«

An Danans Seite schritt er durch den Wald zur Straße zurück und spürte in sich noch immer die beschauliche winterliche

Stille. Danans Stimme, die ihren eigenen inneren Frieden hatte, störte sie kaum.

»Einmal, als ich jung war, verbrachte ich einen ganzen Winter als Baum, um zu sehen, wie das ist. Ich merkte kaum den Gang der Zeit. Grania schickte die Bergleute aus, nach mir zu suchen; sie kam auch selbst, aber ich sah sie so wenig wie sie mich sah. In dieser Gestalt könnt Ihr auf dem Weg zum Erlenstern-Berg schreckliche Stürme überleben, wenn es sein muß; selbst die Vesta werden mit der Zeit müde, wenn sie gegen den Wind laufen müssen.«

»Ich werde überleben. Aber was ist mit Thod? Ist er ein Gestaltwandler?«

»Ich weiß es nicht. Ich habe ihn nie gefragt.« Sein Gesicht runzelte sich nachdenklich. »Ich habe immer den Verdacht gehabt, daß er größere Gaben besitzt als ein Talent für die Harfe und Takt, und doch kann ich mir nicht vorstellen, daß er sich in einen Baum verwandelt. Das scheint mir keine Handlung zu sein, die er tun würde.«

Morgon sah ihn an.

»Was für Gaben vermutet Ihr an ihm?«

»Nichts im besonderen; es ist einfach so, daß mich bei ihm nichts überraschen würde. In ihm ist eine Stille, die er nie gebrochen hat, sooft ich mit ihm gesprochen habe. Ihr kennt ihn wahrscheinlich besser als jeder andere.«

»Nein. Ich weiß um diese Stille... Manchmal glaube ich, es ist nichts anderes als eine Stille der Abgeklärtheit, zu anderen Zeiten dann verwandelt sie sich in eine Stille des Wartens.«

Danan nickte. »Ja, aber des Wartens worauf?«

»Das weiß ich nicht«, erwiderte Morgon leise. »Aber ich will es wissen.«

Sie erreichten die Straße. Ein Wagen, der mit Häuten und Fellen der Fallensteller von Kyrth beladen war, holperte vorüber. Der Fahrer hielt seine Pferde an, als er sie erkannte, und sie kletterten hinten auf das Fuhrwerk. Danan lehnte sich gegen einen Stapel von Fellen.

»Thod hat meine Neugier geweckt«, sagte er, »seit dem Tag vor siebenhundert Jahren, als er mitten im Winter an meinen Hof kam und darum bat, die alten Lieder und Weisen von Isig lernen zu dürfen. Als Gegenleistung bot er sein Harfenspiel. Er sah eigentlich nicht anders aus als jetzt, und sein Harfenspiel — selbst damals schon war es unirdisch.«

Morgon drehte langsam den Kopf.

»Vor siebenhundert Jahren?«

»Ja. Ich erinnere mich, daß es nur wenige Jahre nach dem Verschwinden der Zauberer war.«

»Ich dachte —« Er brach ab. Ein Wagenrad rumpelte über einen verborgenen Stein im durchfurchten Schnee. »Dann war er nicht in Isig, als Yrth meine Harfe baute?«

»Nein«, antwortete Danan überrascht. »Wie hätte er in Isig sein können? Yrth baute die Harfe etwa hundert Jahre vor der Gründung von Lungold, und in Lungold wurde Thod geboren.«

Morgon schluckte. Es begann wieder leicht zu schneien. Mit einer plötzlichen, verzweifelten Ungeduld blickte Morgon zum leeren Himmel auf. »Es fängt alles wieder von vorn an!«

»Nein! Konntet Ihr es nicht spüren, tief unten in der Erde? Das Ende...«

Am Abend saß Morgon allein in seiner Kammer, reglos, die Augen ins Feuer gerichtet. Die steinernen Mauern, das Dunkel der Nacht umgaben ihn mit einer vertrauten, unerbittlichen Stille. Er hielt die Harfe in seinen Händen, doch er spielte nicht auf ihr; seine Finger zeichneten langsam, unaufhörlich die Kanten und Facetten der Sterne nach.

Endlich hörte er Thods Schritte, dann das sanfte Rascheln der Vorhänge, die geteilt wurden. Er hob den Kopf, zog die Augen des Harfners auf sich, als dieser eintrat, schickte die geschwinden, forschenden Finger seines Geistes durch die verschwimmenden, unergründlichen Augen hindurch.

Er empfand eine kurze Regung der Verwunderung, so als hätte er die Tür zu einem geheimnisvollen, einsam stehenden Turm aufgestoßen und wäre in sein eigenes Haus getreten. Dann schnellte etwas wie eine weißglühende Stichflamme in seinen eigenen Geist zurück; es traf ihn wie ein Schlag, und geblendet sprang er auf, während die Harfe krachend zu Boden fiel. Einen Moment lang hörte er nichts und sah nichts; dann, als das grelle Licht hinter seinen Augen wich, hörte er Thods Stimme.

»Morgon — es tut mir leid. Setzt Euch.«

Morgon hob den Kopf aus seinen Händen und zwinkerte; Lichtkringel tanzten durch das Zimmer. Er machte einen Schritt und stieß gegen den Tisch. Thod führte ihn zu seinem Sessel zurück.

»Was war das?« flüsterte er.

»Eine Abwandlung des Großen Schreis. Morgon, ich hatte vergessen, daß Ihr von Har gelernt habt, die Seele eines anderen zu erforschen; Ihr habt mich erschreckt.«

Er schenkte Wein ein und hielt Morgon den Becher hin. Morgon saß mit geballten Fäusten da, während die zitternden Schwingungen des Schreis sich in Wellen in seinem Hirn fortpflanzten. Schwerfällig, mit steifen Fingern öffnete er eine Hand, den Becher entgegenzunehmen. Wieder stand er schwankend auf und schleuderte den Becher durch das Zimmer an die Wand.

Er sah den Harfenspieler an und fragte ruhig: »Warum habt Ihr mich belogen? Warum habt Ihr mir gesagt, Ihr wärt in Isig gewesen, als Yrth seine Harfe baute? Danan sagte mir, daß sie gebaut wurde, noch ehe Ihr geboren wurdet.«

Die Augen des Harfenspielers zeigten keine Überraschung, nur ein Aufblitzen des Verständnisses. Er neigte leicht den Kopf; er schenkte neuen Wein ein und trank.

Dann setzte er sich und umschloß den Becher mit beiden Händen.

»Glaubt Ihr, ich habe Euch belogen?«

Morgon schwieg. Dann sagte er beinahe verwundert: »Nein. Seid Ihr ein Zauberer?«

»Nein. Ich bin der Harfner des Erhabenen.«

»Wollt Ihr mir dann erklären, warum Ihr sagtet, Ihr wärt hundert Jahre vor Eurer Geburt in Isig gewesen?«

»Wollt Ihr eine Halbwahrheit oder die Wahrheit?«

»Die Wahrheit.«

»Dann müßt Ihr mir vertrauen.« Seine Stimme war plötzlich leiser als die Geräusche des Feuers. »Wider Logik und Vernunft und Hoffnung. Vertraut mir.«

Morgon schloß die Augen. Er setzte sich wieder und neigte seinen schmerzenden Kopf nach hinten.

»Habt Ihr das in Lungold gelernt?«

»Es war eines der wenigen Dinge, die ich erlernen konnte. Ich geriet einmal versehentlich in einen geistigen Schrei des Zauberers Talies, als dieser vom Jähzorn übermannt wurde. Er lehrte ihn mich, gewissermaßen zur Entschädigung.«

»Wollt Ihr ihn mich lehren?«

»Jetzt?«

»Nein. Jetzt kann ich kaum einen Gedanken fassen, geschweige denn schreien. Wendet Ihr ihn häufig an?«

»Nein. Er kann gefährlich sein. Es war einfach so, daß ich das Eindringen eines fremden Geistes fühlte und reagierte. Es gibt einfachere Mittel, sich dagegen zu wehren; wäre mir klar gewesen, daß Ihr es wart, so hätte ich Euch nicht weh getan.« Er schwieg einen Augenblick. »Ich kam, um Euch zu sagen, daß der Erhabene seinen Namen jedem Fels und jedem Baum am Isig-Paß aufgeprägt hat; das Land jenseits von Isig ist das seine, und er kann jeden Schritt wie einen Herzschlag spüren. Er wird keinen außer uns durchlassen. Danan meint, wir sollen aufbrechen, wenn das Eis auf der Ose schmilzt. Das müßte bald sein; das Wetter schlägt um.«

»Ich weiß. Ich fühle es. Danan hat mich heute nachmittag die Gestalt des Baumes gelehrt.« Er stand auf, um seinen Weinbecher vom Boden aufzuheben. Während er einschenkte, fügte er hinzu: »Ich vertraue Euch mit meinem Namen und meinem Leben. Aber mein Leben wurde aus seiner Bahn geworfen, wurde darauf gerichtet, Rätsel zu lösen. Ihr habt mir heute abend eines gestellt; ich werde es lösen.«

»Das«, erwiderte der Harfenspieler schlicht, »ist der Grund, weshalb ich es Euch gestellt habe.«

Ein paar Tage später, als Morgon allein den Isig hinaufstieg, um den Gestaltenwechsel zu üben, geriet er wieder in jenen Strom der Stille. In ihm entdeckte er einen unerwarteten Quell der Wärme, die aus tiefer Erde aufstieg, sich durch Adern und Äste ausbreitete, so daß er, als er wieder er selbst war, sie noch in seinen Fingerspitzen und in seinen Haarwurzeln spürte. Ein Wind fegte über den Isig hinweg; er blickte in ihn hinein und roch die Erde von Hed.

Als er zurückkam, stieß er auf Thod und Danan, die mit einem der Handwerker im Hof sprachen. Danan lächelte, als er sich ihnen näherte, und griff in eine Innentasche seines Umhangs.

»Morgon, heute kam ein Händler aus Kraal hier vorbei — sie flattern jetzt herein wie die Vögel zu Beginn des Frühjahrs. Er hat einen Brief für Euch gebracht.«

»Aus Hed?«

»Nein. Er sagte, er hätte ihn vier Monate mit sich herumgetragen. Aus Anuin.«

»Anuin«, wiederholte Morgon leise.

Er streifte seine Handschuhe ab und erbrach hastig das Siegel. Dann las er; die Männer beobachteten ihn. Der leichte Wind, der ihn in den Bergen gestreichelt hatte, zupfte an dem Papier in seiner Hand. Er blickte nicht gleich auf, als er zum Ende gekommen war; er versuchte, sich eines Gesichts zu erinnern, das Zeit und Entfernung zu einer schönen, verschwommenen Impression von Farben verwischt hatten. Schließlich jedoch hob er den Kopf.

»Sie will mich sehen.« Die Gesichter der anderen waren einen Moment lang nur unkenntliche Schatten. »Sie riet mir, ich sollte auf der Heimreise Schiffe meiden. Sie bat mich, nach Hause zu kommen.«

In dieser Nacht hörte er in seinen Träumen das Donnern und Krachen der Ose und erwachte davon. Am Morgen hatten sich filigranartige Netze von Rissen und Sprüngen im Eis gebildet, und zwei Tage später trieb der dunkle, aufgeschwollene Fluß Eisbrocken von gewaltiger Größe durch Kyrth hindurch dem Meer zu. Die Händler in Harte machten sich daran, ihre Waren zu packen, um die Reise nach Kraal anzutreten und von dort in See zu stechen.

Danan schenkte Morgon ein Packpferd und eine sanftmütige Stute mit zottigen Hufen, die in Herun gezüchtet worden war. Thod gab er für sein Harfenspiel an den langen, stillen Abenden eine Kette aus Gold und Smaragden.

Eines Tages dann bei Morgendämmerung traten der Bergkönig, seine beiden Kinder und Bere in den Hof hinaus, um Morgon und Thod Lebewohl zu wünschen. Während an einem leuchtend blauen, wolkenlosen Himmel die Sonne über Isig aufging, ritten Morgon und Thod durch Kyrth der wenig bereisten Straße entgegen, die über den Isig-Paß zum Erlenstern-Berg führte.

Nackte Granitzacken glitzerten in der frühen Sonne, die ihre Strahlen langsam die Berghänge hinunterschob. Die Straße, die vom Frühjahr bis zum Ende des Herbsts von Männern offengehalten wurde, die für den Erhabenen arbeiteten, war verwüstet von Steinschlag und umgestürzten Bäumen, die Sturm und Schnee erlegen waren. Sie schlängelte sich am Lauf eines Flusses entlang und wand sich aufwärts zu schmalen Graten und Felskämmen. Mächtige Wasserfälle, die der beharrlich blasende, milde Südwind aus ihrer eisigen Erstarrung gelöst hatte, rauschten hinter Bäumen verborgen oder glitzerten im gefrorenen silbernen Fluß hoch oben zwischen den Gipfeln. In der Stille klang das Aufschlagen von Huf auf nacktem Fels wie das Klirren von Eisen.

In der ersten Nacht lagerten sie am Fluß. Der Himmel über ihnen, der den ganzen Tag über von einem tiefen Blau gewesen war, verdunkelte sich mit der hereinbrechenden Nacht. Ihr Feuer flackerte zu den Sternen hinauf wie eine Spiegelung ihres Lichts. Träge rauschte der Fluß an ihrer Seite. Sie waren still, bis Morgon, als er einen Topf und einen Becher im Fluß wusch, aus der Dunkelheit die Klänge einer Harfe hörte, die schnell und feurig wie die sonnenbeschienenen Wasser der Sturzbäche dahinsprudelten. Er kehrte zum Feuer zurück. Thod ließ die Weise sanfter werden, so daß sie sich dem Murmeln des Flusses anpaßte. Klar gezeichnet war sein Gesicht im Flammenschein.

Morgon legte neues Holz auf. Das Harfenspiel brach unvermittelt ab. Morgon stieß einen Laut des Protests aus.

»Ich habe kalte Hände«, sagte Thod. »Es tut mir leid.«

Er griff nach der Hülle für die Harfe. Morgon lehnte sich an einen umgestürzten Baumstamm und blickte zu den kalten, unzugänglichen Gesichtern der Sterne hinauf, die durch das Gewirr der Tannenzweige schimmerten.

»Wie lange werden wir brauchen?«

»Bei gutem Wetter dauert es zehn Tage. Wenn das jetzige Wetter anhält, dürften wir eigentlich nicht viel länger brauchen.«

»Das Land ist schön, schöner als alle anderen Länder, die ich in meinem Leben gesehen habe.« Seine Augen wanderten zu dem Harfner, dessen Gesicht unter seinem Arm halb verborgen war. Wieder begann die Frage an ihm zu nagen, was das für ein Geheimnis war, das diesen Mann umgab; doch mit einer Willensanstrengung drängte er seine Fragen zurück und sagte statt dessen: »Ihr wolltet mich den geistigen Schrei lehren. Könnt Ihr mich auch den Großen Schrei lehren?«

Thod hob seinen Arm und schob ihn im Liegen unter seinen Kopf. Ausnahmsweise wirkten seine Gesichtszüge offen und friedlich. »Der Große Schrei des Körpers kann keinem beigebracht werden. Da braucht man einfach die Inspiration.« Er schwieg einen Augenblick und fügte nachdenklich hinzu: »Ich hörte ihn das letzte Mal bei der Hochzeit von Mathom von An mit Cyone, Rendels Mutter. Cyone stieß einen Schrei aus, der eine ganze Ernte halbreifer Nüsse von den Büschen schüttelte und sämtliche Harfensaiten im Saal zerriß. Zum Glück war ich eine Meile weit fort; ich war an dem Tag der einzige Harfner, der spielen konnte.«

Morgon lachte. »Und warum hat sie so geschrien?«

»Das hat mir Mathom nie erzählt.«

»Ich möchte wissen, ob Rendel das auch könnte.«

»Wahrscheinlich. Es war ein ungeheurer Schrei. Der Körperschrei ist nicht zu dirigieren, und er ist etwas sehr Persönliches; der geistige Schrei wird Euch nützlicher sein. Man sammelt in einem schnellen Moment alle seine geistigen Energien und bündelt sie zu einem einzigen Laut. Früher riefen die Zauberer in entfernten Königreichen einander auf diese Weise. Beide Schreie können zur Verteidigung eingesetzt werden, aber der Körperschrei ist, wie ich schon sagte, schwierig zu kontrollieren. Wenn man jedoch ungewöhnlich bewegt ist, dann kann er sehr wirksam sein. Der geistige Schrei ist im allgemeinen der gefährlichere; wenn Ihr mit gesammelter Kraft in den Geist eines Menschen hineinschreit, der in Eurer Nähe ist, kann dieser das Bewußtsein verlieren. Geht also vorsichtig damit um. Versucht es. Ruft meinen Namen.«

»Ich habe Angst davor.«

»Ich wehre Euch schon ab, wenn der Schrei zu kräftig ist. Es dauert ein Weilchen, ehe man lernt, seine Kräfte zu sammeln. Konzentriert Euch.«

Morgon leerte seinen Geist. Das Feuer verdunkelte sich vor seinen Augen, verwob sich mit der Finsternis. Das Gesicht ihm gegenüber wurde namenlos wie ein Baum oder ein Stein. Dann glitt er durch die Hülle des Gesichts hindurch und ließ seinen Geist plötzlich mit Thods Namen aufflammen. Seine Konzentration zerriß; er sah wieder das Gesicht und das Feuer und die Schatten der Bäume.

»Morgon«, sagte Thod geduldig, »das klang, als befändet Ihr Euch auf der anderen Seite eines Bergs. Versucht es noch einmal.«

»Ich weiß nicht, was ich tue...«

»Sprecht meinen Namen so, wie Ihr es sonst auch tun würdet, aber tut es mit der Stimme Eures Geists. Und dann schreit ihn heraus.«

Er versuchte es nochmals. Doch er vergaß Hars Lehren und hörte diesmal selbst seinen Schrei fruchtlos und wirkungslos in seinem Geist. Wieder leerte er seinen Geist, versuchte es erneut und brachte eine Zusammenballung von Energie zustande, die anwuchs und platzte wie eine Blase in einem Suppentopf. Er zuckte zusammen.

»Verzeiht — habe ich Euch weh getan?«

Thod lächelte. »Das war ein wenig besser. Versucht es noch einmal.«

Er versuchte es wieder.

Als schließlich der Mond aufging, hatte er seine Konzentrationsfähigkeit erschöpft.

Thod setzte sich auf, um Holz aufzulegen.

»Man versucht, ohne Geräusch die Illusion von Geräusch herzustellen. Das ist nicht einfach, aber wenn man mit einem anderen Gedanken austauschen kann, dann sollte man auch fähig sein, ihn anzuschreien.«

»Was mache ich falsch?«

»Vielleicht seid Ihr zu vorsichtig. Denkt an die Großen Schreier von An: Cyone von An; Herrn Col von Hel und die Hexe Madir, deren Schreikrieg über das Landrecht auf einen Eichenwald, in dem ihre Schweine weideten, legendär ist; denkt an Kale, den ersten König von An, der ein riesiges Heer aus Aum durch seinen Verzweiflungsschrei über die Vielköpfigkeit dieses Heeres sprengte. Vergeßt, daß Ihr Morgon von

Hed seid und ich ein Harfenspieler namens Thod. Tief in Eurem Inneren irgendwo liegt ein Schatz an Kraft und Energie, den Ihr noch nicht entdeckt habt. Zapft diese Quelle an, und Ihr werdet einen geistigen Schrei hervorbringen, der nicht so klingt, als käme er vom Grund eines Brunnenschachts.«

Morgon seufzte. Er bemühte sich, seinen Geist ganz leer zu machen, doch wie vom Wind getriebene Blätter zogen die lebhaften Bilder von Col und Madir vorbei, wie sie einander mit Schreien bewarfen, die wie Donnerschläge den blauen Himmel von An erzittern ließen; von Cyone, die im rotgoldenen Hochzeitsgewand einen gewaltigen Schrei von legendärer Wirkung ausgestoßen hatte; von Kale, dessen Gesicht verdunkelt war von den Schatten verblichener Jahrhunderte, der angesichts seiner ersten Schlacht mit einem Schrei höchster Verzweiflung seiner Hoffnungslosigkeit Ausdruck gegeben hatte. Und seltsam bewegt von dieser Geschichte, schrie Morgon Kales Schrei heraus und spürte, wie er schnell und gerade wie ein Pfeil aus ihm hervorschnellte.

Thods Gesicht tauchte wieder vor ihm auf, still und starr über dem Feuer.

»War das besser?« fragte Morgon, von einem merkwürdigen Gefühl des Friedens beseelt.

Thod antwortete nicht gleich.

»Ja«, sagte er dann vorsichtig.

Morgon richtete sich auf.

»Habe ich Euch weh getan?«

»Ein wenig.«

»Ihr hättet — warum habt Ihr mich nicht abgewehrt?«

»Ich war zu überrascht.« Er holte tief Atem. »Ja. Das war viel besser.«

Am folgenden Tag entfernte sich der Fluß von ihnen, als ihr Pfad sie in Windungen die Gebirgshänge hinaufführte, während die blauen, weißschäumenden Wasser sich in der Tiefe durch ein Tal wälzten. Eine Weile verloren sie den Fluß aus den Augen, als sie durch die Wälder ritten. Morgon mußte an Danan denken, als er die endlosen Baumreihen sah, und ihm war, als blickte ihn das Gesicht des Bergkönigs aus den mächtigen, alten Stämmen an. Gegen Mitte des Nachmittags gelangten sie auf einen Grat und sahen den blitzenden, rastlosen Fluß wieder und die Berge, deren weiße Winterumhänge schon große, dunkle Löcher und Risse hatten.

Das Packpferd schweifte vom Weg ab und löste einen Felsbrocken unter ihnen, der zum Fluß hinuntersprang. Morgon riß das Pferd zurück. Die Sonne lag hell auf dem Berggipfel über ihnen; Lichtreflexe funkelten auf einer Kette von Eiszapfen am Felsüberhang. Morgon blickte hinauf zu den Hängen über ihren Köpfen, und das grelle Weiß des Berges brannte in seinen Augen.

Er wandte sich ab und sagte zu Thod: »Wenn ich jetzt in Hed mit dem Großen Schrei die Nußernte von den Büschen schütteln wollte, wie müßte ich das anstellen?«

Thod, aus seinen eigenen Gedanken gerissen, erwiderte zerstreut: »Vorausgesetzt, daß die Nußbäume an einem abgeschiedenen Ort stehen, fern von Euren Tieren, die bei einem solchen Schrei in alle Windrichtungen davonjagen würden, brauchtet Ihr nur aus derselben Kraftquelle zu schöpfen wie gestern abend. Die Schwierigkeit liegt darin, einen Ton hervorzubringen, dem keine physischen Grenzen gesetzt sind. Das bedarf einer starken Ausgangskraft und großer Hingabe. Am besten wartet Ihr auf einen günstigen Wind.«

Morgon ließ sich das durch den Kopf gehen. Das sanfte, rhythmische Trappeln der Hufe und das ferne Rauschen des Flusses klangen zerbrechlich in der Stille, die für jeden Schrei undurchdringlich schien. Er dachte an den vergangenen Abend zurück, versuchte, die Quelle unerschöpflicher Kraft wiederzufinden, die ihn mit solcher Macht überwältigt hatte, daß er den stummen Schrei hervorgebracht hatte. Die Sonne, die hinter einer Wegbiegung hervorsprang, übersäte plötzlich seinen Pfad mit Sternen. Das ungebrochene Blau des Himmels erzitterte in einem Klang ohne Ton. Er nahm einen Atemzug von dem verborgenen Klang und ließ einen Schrei aus sich hervorbrechen.

Aus den Bergen kam ein Schrei der Antwort. Einen Herzschlag lang lauschte er ihm ohne Überraschung. Dann sah er, wie Thod vor ihm anhielt und sich verblüfft nach ihm umdrehte. Thod sprang vom Pferd, riß an den Zügeln des Packpferds, und Morgon, der plötzlich erkannte, was das für ein

Geräusch war, glitt ebenfalls von seinem Pferd und zerrte es dicht an die Felswand. Er kauerte sich hinter ihm nieder, als das Pfeifen und Scheppern kollernder, springender Steine zu ihnen heruntersauste, auf die Straße prallte, den Hang hinunterraste.

Die Gewalt des Steinschlags erschütterte die kahlen Gipfel und versteckten Wälder. Ein Felsbrocken, so groß wie ein Fohlen, schlug auf den Felsrand über ihren Köpfen, sprang leicht über sie hinweg und stürzte sich den Hang hinunter zum Fluß, wo er im Vorbeirasen einen jungen Baum mitnahm. Dann dröhnte ihnen triumphierend die Stille in den Ohren, die sich wieder gesammelt und ihren Platz zurückerobert hatte.

Morgon, der hart an der Felswand kauerte, als müßte er sie abstützen damit sie nicht einstürzte, drehte vorsichtig den Kopf. Thods Blick, der den seinen traf, war ausdruckslos. Dann aber spiegelte sich doch ein Ausdruck in seinen Augen.

»Morgon —«, sagte er.

Er brach ab und führte die zitternden Pferde von der Wand weg. Morgon beruhigte sein eigenes Pferd und zog es wieder auf die Straße hinaus. Neben ihm blieb er stehen, zu müde plötzlich, um in den Sattel zu steigen. Schweißtropfen rannen in der kühlen Luft prickelnd über sein Gesicht.

»Das war dumm«, sagte er wie benommen.

Thod senkte seinen Kopf an den Hals seines Pferdes. Morgon, der ihn nie zuvor lachen gehört hatte, stand baß erstaunt im Schnee und lauschte. Das Gelächter hallte aus den hochgelegenen Spalten und Klüften zu ihnen zurück, bis das Gelächter von Stein und Mensch sich zu einem unmenschlichen Geräusch vermischte, das Morgon schmerzhaft in den Ohren klang. Verwirrt machte er einen Schritt vorwärts. Thod gewahrte die Bewegung und verstummte. Seine Hände waren in die Mähne des Pferdes verkrampft, seine Schultern waren starr. »Thod —«, sagte Morgon leise.

Der Harfner hob den Kopf. Er nahm die Zügel und stieg bedächtig auf sein Pferd, ohne Morgon anzusehen. Unten am Hang legte ein großer Baum, halb entwurzelt, sein Stamm gebrochen, sein Gesicht in den Schnee. Morgon starrte hinunter und schluckte trocken.

»Es tut mir leid. Es war gedankenlos, den Großen Schrei gerade bei Schneeschmelze in den Bergen zu üben. Ich hätte uns beide töten können.«

»Ja.« Der Harfenspieler stockte kurz, als müßte er seine Stimme suchen. »Der Paß scheint gegen Gestaltwandler gefeit zu sein, nicht aber gegen Euch.«

»Habt Ihr deshalb so gelacht?«

»Ich wußte nicht, was ich sonst tun sollte.« Endlich sah er Morgon an. »Seid Ihr bereit weiterzureiten?«

Müde zog Morgon sich auf den Rücken seines Pferdes. Die Abendsonne, die sich langsam zum Erlenstern-Berg hinneigte, malte einen Leuchtpfad den Paß hinunter.

»In ein paar Meilen«, bemerkte Thod, »steigt die Straße zum Fluß ab. Dort können wir unser Lager aufschlagen.«

Morgon nickte. Während er seiner zitternden Stute beruhigend den Hals tätschelte, fügte er hinzu: »So laut klang es gar nicht.«

»Nein. Es war ein sanfter Schrei. Aber er hatte Wirkung. Wenn Ihr einmal den Großen Schrei richtig hervorstoßt, wird, glaube ich, die Welt zerspringen.«

In acht Tagen erreichten sie, dem Fluß folgend, seinen Ursprung: die Hänge und den hoch in den Himmel ragenden, von ewigem Schnee bedeckten Gipfel des Berges, der auf die Königreiche unter der Herrschaft des Erhabenen herabschaute. Am Morgen des neunten Tages erblickten sie das Ende der Straße; sie führte über die Ose hinweg direkt in das Herz des Erlenstern-Bergs hinein.

Morgon zügelte sein Pferd, als er sich so dicht vor der Schwelle zum Haus des Erhabenen sah. Reihen mächtiger, alter Bäume säumten die Straße, die, jenseits des Flusses vom Schnee befreit, wie die inneren Mauern von Harte glitzerte. Das äußere Tor war eine Spalte im Berg, die zu einem Torbogen ausgearbeitet worden war. Noch während Morgon hinsah, trat ein Mann aus dem Tor, schritt die feuerblitzende Straße herunter, um an der Brücke zu warten.

»Seric«, bemerkte Thod. »Der Wächter des Erhabenen. Er wurde von den Zauberern von Lungold geschult. Kommt!«

Doch er selbst rührte sich nicht von der Stelle. Morgon, in dem eine Mischung aus Furcht und Erregung aufwallte, sah Thod abwartend an. Der Harfner saß ganz still, das Gesicht unbewegt wie immer, und blickte auf das Tor zum Erlenstern-Berg. Dann drehte er den Kopf. Die Augen, die sich auf Morgons Gesicht richteten, zeigten einen seltsamen Ausdruck, halb forschend, halb fragend, als wöge er in Gedanken ein Rätsel und eine Lösung gegeneinander ab. Dann setzte er sich mit einem Ruck in Bewegung.

Morgon folgte ihm das letzte Stück Straße hinauf, über die Brücke hinweg, wo Seric in einem langen, wallenden Gewand, in das alle Farben unter der Sonne eingewoben zu sein schienen, sie anhielt.

»Das ist Morgon, der Fürst von Hed«, sagte Thod, als er vom Pferd stieg.

Seric lächelte. »So kommt also Hed endlich zum Erhabenen. Ihr seid willkommen. Er erwartet Euch. Ich nehme Eure Pferde.«

An Thods Seite schritt Morgon den glitzernden Pfad entlang. Das Tor des Erlenstern-Bergs führte in eine weite Innenhalle, in deren Mitte ein riesiger kreisrunder Kamin war. Seric führte ihre Pferde durch einen Seitengang fort, während Thod Morgon zu einer hohen Flügeltür vorausging. Lautlos öffnete sich die Tür. Männer in den gleichen hellen, prächtigen Gewändern begrüßten Morgon mit einem Neigen der Köpfe, schlossen die Tür wieder hinter ihm und Thod.

Ein unablässiges Funkeln von Licht, hervorgezaubert durch das Spiel von Feuer auf edelsteindurchsetzten Böden, Wänden, gewölbten Felsdecken, durchdrang die Schatten. Es war, als wäre das Haus des Erhabenen der Mittelpunkt eines Sterns.

Thod legte Morgon leicht die Hand auf den Arm und geleitete ihn zu einer erhöhten Bühne auf der anderen Seite des runden Raums. Drei Stufen führten zu einem hochlehnigen, aus einem einzigen gelben Kristall gehauenen Thron, der zwischen zwei Fackeln stand.

Am Fuß der Stufen blieb Morgon stehen. Thod wich von seiner Seite, um hinter dem Thron Aufstellung zu nehmen. Der Erhabene, in einem sonnengoldenen Gewand, das weiße Haar streng aus der Stirn gestrichen, so daß die herben, asketischen Linien seines Gesichts sichtbar wurden, hob die Hände von den Armlehnen des Thronsessels und legte die Fingerspitzen aneinander.

»Morgon von Hed, Ihr seid willkommen«, sagte er ruhig. »Wie kann ich Euch helfen?«

In einem Schwall schoß Morgon das Blut zum Herzen und schien dort zu einem unerträglichen Klumpen zu werden. Die juwelenblitzenden Wände rund um ihn herum pulsierten in lautlosen, flackernden Lichtwellen. Er sah Thod an. Der Harfner stand reglos, während seine Mitternachtsaugen ihn unbewegt betrachteten. Morgon blickte wieder auf den Erhabenen, doch das Gesicht blieb dasselbe: das Gesicht eines Rätselmeisters aus Caithnard, das er drei Jahre lang gekannt und doch nie gekannt hatte.

Rauh und krächzend kam seine Stimme. »Großmeister Ohm —«

»Ich bin Ohm von Caithnard. Ich bin Ghisteslohm, der Gründer von Lungold und — wie Ihr erraten habt — sein Zerstörer. Ich bin der Erhabene.«

Morgon schüttelte den Kopf. Wieder wandte er sich Thod zu, der plötzlich vor seinen Augen verschwamm und dennoch in einer Stille dastand, die so unerschütterlich und so unüberwindlich war wie die Stille, die schwer wie Eis über dem Isig-Paß lag.

»Und Ihr —«, flüsterte er.

»Ich bin sein Harfner.«

»Nein«, wisperte er. »O nein!«

Dann spürte er, wie das Wort aus einem Quell des Schrekkens emportauchte und aus ihm hervorbrach. Die vergitterten Türen und Tore im Haus des Erhabenen barsten unter der Gewalt dieses Schreis.

Damit schließt der erste Teil der Erdzauber-Trilogie, die von den Abenteuern Morgons und Rendels berichtet, von der Welt, in der sie leben und vom Ende der Zeit des Erhabenen.

Der zweite Teil der Trilogie: ›Die Erbin von Wasser und Feuer‹, erscheint im Goldmann-Verlag unter der Nummer 24728.

AIA Frau von Har aus Osterland
AKER, JARL toter Händler aus Osterland
AKREN Sitz der Landherrscher von Hed
ALOIL Zauberer, der in den Diensten der Könige von Ymris stand und lebte, noch bevor die Schule der Zauberer von Lungold gegründet war
AMORY, WYNDON Bauer aus Hed; seine Tochter ist Arin
AN großes Königreich mit der Hauptstadt Anuin und dem Herrscher Mathom
ANOTH Ärztin am Hofe Heureus von Ymris
ANUIN Hauptstadt von An; Sitz von Mathom
ASH Sohn und Landerbe von Danan Isig
ASTRIN Landerbe von Ymris; Bruder Heureus
ATHOL toter Vater von Morgon, Eliard und Tristan; ein Fürst von Hed
AUBER VON AUM Nachkomme von Peven von Aum
AUM einstiges Königreich, nun einer der drei Teile von An

BERE Enkel von Danan Isig; Sohn von Vert
BORST VONAN einstiger Landherrscher von An; kam um, weil er absichtlich einen Teil von An zerstörte, um es dem Zugriff der Feinde zu entziehen

CAERWEDDIN Hauptstadt von Ymris; Sitz von Heureu; eine Hafenstadt
CAITHNARD eine freie Hafenstadt zwischen Ymris und An; Sitz der Schule der Rätselmeister
COL einstiger Herr von Hel
CORRIG Gestaltwandler
CRON einstiger Morgol (Landherrscher) von Herun; voller Name Ylcorcron; sein Harfner war Tirunethod
CYONE Frau von Mathom von An; Mutter von Rendel und Rood

DANAN ISIG Landherrscher und König von Isig
DUAC Sohn von Mathom und Landerbe von An

EBENE DER WINDE Flachland in Ymris, wo der Turm der Winde steht und sich eine der zerstörten Städte der Erdherren befindet
EBENE VON KÖNIGSMUND ein anderes Flachland, wo ebenfalls die Ruinen einer Stadt der Erdherren verstreut liegen; der Name ist neueren Datums
EICHENLAND, GRIM Verwalter im Dienste Morgons von Hed
EICHENLAND, SPRING tote Mutter von Morgon von Hed; Frau von Athol
EL Morgol (Landherrscher) von Herun; voller Name Elrhiarhodan
ELIARD Bruder von Morgon und Landerbe von Hed
ERDHERREN einstige Bewohner des Landes; Erbauer der beiden untergegangenen Städte von Ymris, eine in der Ebene der Winde, eine in der Ebene von Königsmund
ERHABENE, DER Gesetzgeber und Lebensspender seit dem Untergang der Erdherren
ERIEL MEREMONT Frau von Heureu, dem Landherrscher von Ymris
ERLENSTERN-BERG Sitz des Erhabenen

GALIL einstiger König von Ymris; Zeitgenosse von Aloil
GHISTESLOHM Begründer der Schule der Zauberer in Lungold
GRANIA tote Frau von Danan Isig, Mutter von Sol
GRIMBERG dort liegt Yrye, das Heim von Har von Osterland

HAGIS toter König von An; Großvater von Mathom
HAR Landherrscher und König von Osterland; manchmal auch Wolfskönig genannt
HARTE Sitz von Danan Isig auf dem Berg Isig
HED kleines Inselfürstentum, von Bauern bevölkert
HEL einstiges Königreich, nun Teil von An

HERUN Königreich mit der Hauptstadt Kronstadt; unter der Herrschaft der Morgol El
HEUREU König und Landherrscher von Ymris
HLURLE Handelshafen in der Nähe von Herun
HUGIN Sohn des Zauberers Suth

IFF MIT DEM UNAUSSPRECHLICHEN NAMEN Zauberer im Dienste von Herun zur Zeit des Morgol Rhu
ILON einstiger Harfner von Har von Osterland
INGRIS VON OSTERLAND weigerte sich, den in anderer Gestalt auftretenden Har von Osterland aufzunehmen, und mußte dafür sterben
ISIG Königreich unter Danans Herrschaft; berühmt für seine kunstvollen Metallarbeiten und Edelsteinschleifereien
ISIG-PASS der Weg von Harte zum Erlenstern-Berg

KALE erster König von An, der eine verzweifelte Schlacht mit dem ›Großen Schrei‹ gewann
KERN VON HED einstiger Fürst von Hed; um ihn dreht sich das einzige Rätsel, das je in Hed seinen Ursprung hatte
KOR, RUSTIN Händler
KRAAL Handelsstadt im hohen Norden am Meer gelegen
KRONSTADT Hauptstadt von Herun; umgeben von sieben Rundmauern; Sitz der Morgol El von Herun
KYRTH Handelsstadt in der Nähe von Harte, dem Sitz von Danan Isig; an der Ose gelegen

LAERN Rätselmeister in Caithnard; verlor sein Leben bei einem Rätselkampf mit Peven von Aum
LOOR Fischerdorf in Ymris
LUNGOLD alte Stadt, von Ghisteslohm gegründet; Sitz der Schule der Zauberer
LYRA Tochter der Morgol El von Herun; Landerbin von Herun; voller Name Lyraluthuin

MADIR alte Zauberin von An
MARCHER Gebiet im Norden von Ymris; vom Ritter von Marcher im Namen des Königs regiert

MATHOM Landherrscher und König von An; Vater von Rendel, Rood und Duac
MEISTER CANNON Bauer aus Hed
MEREMONT Küstengebiet von Ymris unter der Herrschaft des Ritters von Meremont
MEROC TOR Ritter und Herrscher von Tor; Untertan Heureus von Ymris
MORGON Landherrscher und Fürst von Hed

NUN alter Zauberer von Lungold, im Dienste der Herren von Hel
NUTT, SNOG Schweinehirt in Hed

OEN VON AN Eroberer von Aum; König von An; errichtete einen Turm, um die Zauberin Madir gefangenzusetzen
OHM ein Rätselmeister von Caithnard
OSTERLAND Königreich unter der Herrschaft von Har mit der Hauptstadt Yrye

PEVEN VON AUM einstiger Herr von Aum; von den Herrschern von An seit fünfhundert Jahren in einem Turm gefangen; er bewacht die alte Krone von Aum

RAITH Herr von Hei, aber Mathom unterstellt
RE VON AUM beleidigte einst den Herrn von Hel und ließ sich aus lauter Angst um die eigene Sicherheit vom Herrn von Hel auf seinem eigenen Herrensitz einkerkern
RENDEL Tochter von Mathom von An; dem Eroberer der Krone von Aum versprochen
RHU vierter Morgol von Herun; baute sieben Mauern um Kronstadt; starb auf der Suche nach der Lösung eines Rätsels; voller Name Dhairrhuwyth
ROGGE, TOBAK Händler
ROOD Landerbe von An; Sohn von Mathom; Freund von Morgon
RORK Ritter von Umber, aber Heureu unterstellt

SERIC Wächter des Erhabenen; geschult bei den Zauberern von Lungold

SOL VON ISIG toter Sohn von Danan Isig; starb vor der Tür zur Höhle der Verlorenen auf dem Grund des Berges Isig; schliff die Steine für die Sterne auf der Harfe, die Yrth baute
STEIN, HARL Bauer in Hed
STREIFER, ASH Händler aus Kraal
SUTH alter Zauberer, Freund von Har von Osterland

TALIES alter Zauberer
TEL einer der Rätselmeister an der Schule von Caithnard
THISTIN VON AUM Herr von Aum, aber Mathom unterstellt
THOD Harfner des Erhabenen
TIR Erdherr; Herr der Erde und des Windes
TIRUNETHOD Harfner des Morgol Cron, des einstigen Herrschers von Herun
TOL kleiner Fischerhafen in Hed
TRISTAN Schwester von Morgon von Hed
TURM DER WINDE einziges intaktes Bauwerk der Ruinenstadt in der Ebene der Winde; die Spitze des Turms ist unerreichbar

UMBER Gebiet von Ymris, das von Rork regiert wird, der Heureu unterstellt ist
UON vor drei Jahrhunderten Harfenbauer in Hel
USTIN VON AUM einstiger König von Aum; starb vor Verzweiflung über die Eroberung von Aum durch An

VERT Tochter von Danan Isig

WALT, LATHE Urgroßmutter von Morgon von Hed
WALT, SIL Bauer in Hed

XEL wilde Katze von Astrin Ymris; ein Geschenk von Danan Isig

YLON einstiger Gestaltwandler
YMRIS Königreich unter der Herrschaft Heureus; Hauptstadt Caerweddin

YRTH mächtigster Zauberer von Lungold nach dem Gründer selbst; manchmal als Harfner von Lungold bekannt
YRYE Heim von Har von Osterland

ZEC VON HICON Handwerker, der die Einlegearbeiten auf der Harfe mit den drei Sternen machte

GOLDMANN

Der phantastische Verlag

Phantastische Sphären, in denen Magie und Zauberer, Ungeheuer, Helden und fremde Mächte regieren – das ist die Welt der Fantasy bei Goldmann.

Jennifer Roberson:
Herrin der Wälder 24622

Allan Cole/Chris Bunch:
Die Fernen Königreiche 24608

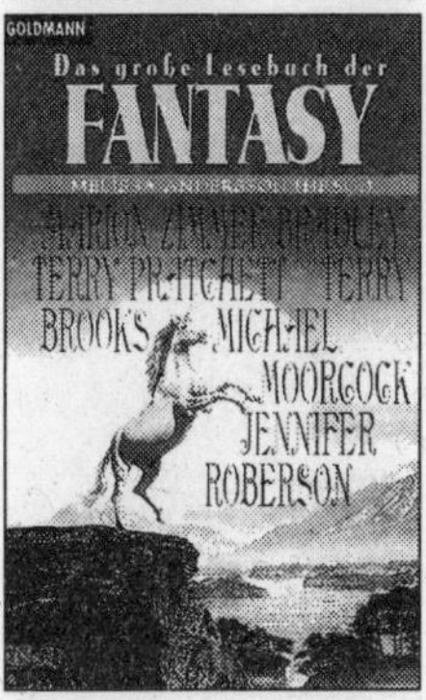

Melissa Andersson: Das große
Lesebuch der Fantasy 24665

Gillian Bradshaw:
Die Ritter der Tafelrunde 1 24682

Goldmann · Der Taschenbuch-Verlag

GOLDMANN

Der phantastische Verlag

Michael Scott Rohans Pfortenwelt – Abenteuer-Fantasy vom Feinsten, mitreißend, geheimnisvoll, packend.

Rohan, Wolfsdämmerung 24670

Rohan, Hexendämmerung 24671

Rohan, Gralsdämmerung 24672

Goldmann · Der Taschenbuch-Verlag

GOLDMANN

Der phantastische Verlag

Guy Gavriel Kays Epos über die Herren von Fionavar – *»Die eindeutig beste Fantasy, die je nach Tolkien erschienen ist.«* Isaac Asimov

Silbermantel 24714

Das wandernde Feuer 24715

Das Kind des Schattens 24716

Goldmann · Der Taschenbuch-Verlag

GOLDMANN

Das Gesamtverzeichnis aller lieferbaren Titel erhalten Sie im Buchhandel oder direkt beim Verlag.

Taschenbuch-Bestseller zu Taschenbuchpreisen
– Monat für Monat interessante und fesselnde Titel –

*

Literatur deutschsprachiger und internationaler Autoren

*

Unterhaltung, Thriller, Historische Romane und Anthologien

*

Aktuelle Sachbücher, Ratgeber, Handbücher und Nachschlagewerke

*

Esoterik, Persönliches Wachstum und Ganzheitliches Heilen

*

Krimis, Science-Fiction und Fantasy-Literatur

*

Klassiker mit Anmerkungen, Autoreneditionen und Werkausgaben

*

Kalender, Kriminalhörspielkassetten und Popbiographien

Die ganze Welt des Taschenbuchs

Goldmann Verlag · Neumarkter Str. 18 · 81673 München

Bitte senden Sie mir das neue kostenlose Gesamtverzeichnis

Name: ______________________________

Straße: ______________________________

PLZ/Ort: ______________________________